COLLECTION FOLIO

Eleanor Catton

La répétition

Traduit de l'anglais (Nouvelle-Zélande)
par Erika Abrams

Denoël

Ouvrage traduit avec le concours
du Centre national du livre

Titre original :

THE REHEARSAL

Éditeur original : Granta Books.

Eleanor Catton est née en 1985 au Canada et a grandi à Canterbury, en Nouvelle-Zélande. Elle n'a pas encore vingt-trois ans quand elle écrit *La répétition*. Ce premier roman est immédiatement acclamé par le public et la critique. Il a remporté le prix Betty Trask, a été nommé Meilleur premier roman à l'occasion des Montana New Zealand Book Awards 2009, et a reçu le First Novel Award du site Amazon en 2011.

pour Johnny

1

Jeudi

— Je ne peux pas.

Voilà. Et elle ne s'en tient pas là :

— Je ne peux tout simplement pas accepter des élèves sans aucune formation musicale. Mes méthodes d'enseignement, madame Henderson, sont un peu plus pointues que vous ne semblez vous en rendre compte.

On entend une pulsation jazzique, démarrant à la batterie et à la contrebasse. La femme donne un grand tour de cuiller, suivi d'un coup sec.

— La clarinette, voyez-vous, est au saxophone comme qui dirait un têtard. Un spermatozoïde noir et argent. La clarinette est un spermatozoïde qui grandira et deviendra un jour saxophone, si on lui donne beaucoup, beaucoup d'amour.

Elle se penche en avant, par-dessus le bureau.

— Allez, madame Henderson. Votre fille est tout simplement trop jeune. Engluée, si vous le permettez, dans une gangue de lait maternel aigri.

Mme Henderson ne lève pas les yeux. La prof de saxophone reprend, plus sévère :

— M'entendez-vous, avec votre bouche cousue de fil rouge et votre poitrine dégonflée et votre corsage moutarde pourrie ?

Mme Henderson hoche la tête, un mouvement imperceptible. Elle cesse de tripoter ses manches.

— Mes élèves, poursuit la prof de saxophone, je les veux duvetées et pubescentes, arborant l'acné d'une sombre défiance, bouillonnant intérieurement de rage et d'ardeur et d'incertitude et de désolation. Je veux qu'elles attendent au moins dix minutes sur le palier avant chaque leçon, à couver avec tendresse leurs injustices en remâchant piteusement leur indignité, comme d'autres gratteraient une croûte ou caresseraient une cicatrice. Si vous, ma chère, l'impossible et adorable mère dépassée que vous êtes, vous désirez que je sois le professeur de votre fille, il me la faut lunatique et égarée et maladroite, mécontente et dans son tort. Quand elle aura compris que son corps est un mystère, un secret noir et béant dont elle aura honte, de plus en plus, revenez me voir. Que ceci soit bien clair entre nous. Je ne prends pas les enfants.

Kiss-kiss-kiss, fait la caisse claire dans le silence qui suit.

— Mais elle veut apprendre le saxophone, déclare finalement Mme Henderson d'un ton honteux et buté à la fois. Elle ne veut pas de la clarinette.

— Adressez-vous donc à la section de musique de son école.

Mme Henderson fait la tête, mais ne bouge pas. Au bout d'un moment, elle recroise les jambes et retrouve la question qu'elle voulait poser.

— Vous souvenez-vous du nom et du visage de toutes vos élèves, depuis le début ?

La prof de saxophone paraît apprécier.

— Il y a bien un visage dont je me souviens, répond-elle. Pas celui d'une élève en particulier. Plutôt l'empreinte que toutes ont laissée, une image négative, gravée en creux dans ma mémoire, comme au vitriol.

Elle cherche une carte et conclut :

— Pour la clarinette, je recommande Henry Soothill. Il est très compétent. Il joue dans l'orchestre symphonique.

— Eh bien, soit, lâche Mme Henderson en prenant le bristol de mauvaise grâce.

Jeudi

Cela, c'était à quatre heures. À cinq heures, on frappe à nouveau. La prof de saxophone ouvre.

— Madame Winter, fait-elle. Vous venez au sujet de votre fille. Entrez donc, que nous voyions ensemble à la découper en tranches d'une demi-heure hebdomadaire pour mieux faire bouillir ma marmite.

Elle s'efface, cédant le passage à la visiteuse qui se précipite. C'est la même femme que tout à l'heure, seul le costume a changé — Winter plutôt que Henderson. Avec encore quelques petites différences — la femme est une professionnelle, et elle a eu tout le temps de peaufiner son personnage. Ainsi, Mme Winter, lorsqu'elle sourit, ne relève qu'un coin de la bouche. Mme Winter, lorsqu'elle hoche la tête, insiste quelques secondes de trop. Mme Winter, lorsqu'elle réfléchit, inspire doucement entre les dents.

En femmes bien élevées, toutes deux font

semblant de ne pas remarquer qu'elle est toujours la même.

— Premièrement, dit la prof de saxophone en lui offrant une grande tasse du thé noir qu'elle prépare sans sachet, je ne permets pas aux parents d'assister aux cours particuliers. C'est un peu vieux jeu, je sais — mais j'ai mes raisons. D'une part, les élèves ne sont jamais à leur avantage dans un tel cas de figure. Elles se mettent à rougir et à transpirer, ricanent pour un oui, pour un non, changent de posture, comme la fleur qui se replierait en bouton. Mais je crois aussi que, si je tiens tant à l'intimité, c'est que ces petites tranches d'une demi-heure sont *pour moi* l'occasion d'un regard que je n'ai pas envie de partager.

— Je ne suis pas de ces mères-là, voyons, proteste Mme Winter en laissant errer ses yeux autour d'elle.

Le studio se trouve au dernier étage, avec une vue trustée par les oiseaux des toits. Le mur derrière le piano est blafard, en briques nues qu'une maladie inconnue a semées de squames crayeuses.

— Que je vous dise un mot du saxophone, reprend la prof.

Un alto attend sur un pied près du piano. Elle le brandit comme un flambeau.

— Le saxophone est un instrument à vent, explique-t-elle. Alimenté par le souffle. Je trouve intéressant que notre mot « esprit » dérive du latin pour « souffle ». Autrefois, on ne faisait pas de distinction entre l'âme et la respiration, comme si la vie se réduisait au souffle qui anime. Lorsque vous soufflez dans cet instrument, ma chère, vous lui donnez la vie — pas seulement la vie en général, mais *la vôtre*.

Mme Winter approuve d'un geste énergique qui insiste quelques secondes de trop.

— Votre vie est-elle quelque chose qui mérite d'être offert en cadeau ? Voilà la question que je pose à mes élèves, poursuit la prof de saxophone. Votre vie normale, arôme vanille, avec vos nouilles instantanées en rentrant du lycée, votre télé jusqu'à vingt-deux heures et les bougies sur la coiffeuse et le gel nettoyant sur le lavabo ?

Elle sourit et répond à sa propre question en hochant elle aussi la tête, dans l'autre sens :

— Non. Bien sûr que non, et l'explication est simple. Elles n'ont pas encore assez souffert pour que ça vaille la peine de les écouter.

Elle adresse un sourire aimable à Mme Winter, assise là avec ses genoux jaunes qui pointent, serrés, ses deux mains collées à sa tasse.

— J'aurai plaisir à compter votre fille parmi mes élèves, dit-elle. Je l'ai trouvée si merveilleusement impressionnable.

— C'est bien notre avis, s'empresse Mme Winter.

La prof de saxophone la dévisage.

— Revenons, dit-elle enfin, à l'instant qui précède l'inspir, lorsque le saxophone est plein de votre souffle et que votre corps en est vidé : cet instant où le saxo est plus vivant que vous. Nous savons toutes les deux, madame Winter, ce que c'est que de tenir une vie entre nos mains. Je ne pense pas là à la responsabilité ordinaire, comme de garder un enfant ou de surveiller une casserole sur le feu ou de traverser au vert — c'est la vie d'un autre, comme un vase de porcelaine dans le creux de votre main...

Elle soulève son saxophone, une main sous le pavillon.

— Si on voulait, on pourrait simplement... lâcher prise.

Jeudi

Sur le mur du palier se trouve une photographie encadrée, noir et blanc, montrant de dos un homme en pardessus qui monte une petite volée de marches, la tête dans les épaules, le col relevé, les lacets de ses bottines à moitié défaits. On ne voit ni son visage ni ses mains, rien que le dos du manteau avec une moitié de semelle, un soupçon de chaussette grise et le sommet de sa tête. L'homme projette sur le mur qui borde l'escalier une ombre pliée en accordéon. En bien regardant l'ombre, on s'aperçoit qu'il joue du saxophone tout en montant, mais son corps est ramassé sur l'instrument, les coudes collés aux côtes, de façon à n'en rien laisser deviner par-derrière. L'ombre s'écarte de l'homme comme un ennemi, faisant bifurquer l'image pour trahir le saxophone sous le manteau. Le saxophone fantôme ressemble un peu à un narguilé, sombre et frêle et hors de proportion sur le mur de brique, traçant une courbe qui se fond dans le menton et les mains fantômes, sombres et frêles, telle une volute de fumée.

Les filles qui s'asseyent sur le palier avant leur leçon de musique regardent la photo en attendant.

Vendredi

Isolde trébuche après les six premières mesures.

— Je n'ai pas travaillé, avoue-t-elle sans se

faire prier. Mais j'ai une excuse. Voulez-vous l'entendre ?

La prof de saxophone la regarde en sirotant son thé noir. Pour un peu, les excuses seraient ce qu'elle préfère.

Isolde prend son temps, lisse son kilt et inspire un grand coup avant de se lancer :

— Je regardais la télé hier soir, quand voilà papa qui s'amène, l'air sérieux comme un pape, en tripotant sa cravate comme si elle l'étranglait, et pour finir il l'enlève carrément et il s'en débarrasse…

Elle ouvre le mousqueton du cordon de son saxophone, pose l'instrument sur une chaise, fait mine de desserrer le cordon comme s'il la gênait.

— … et il me dit de m'asseoir, mais j'étais déjà assise, alors il se met à se frotter les mains, bien fort.

Elle se met à se frotter les mains, bien fort.

— Il dit : Ta mère pense que je ne devrais pas t'en parler pour le moment, mais ta sœur a été victime d'abus de la part d'un enseignant au lycée.

Elle décoche un regard rapide à la prof de saxophone, se détourne et poursuit :

— Et puis il dit encore : D'abus « sexuels ». Pour mettre les points sur les i, des fois où j'aurais compris qu'il lui avait raconté des bobards ou quoi.

L'éclairage vertical a baissé. On distingue encore Isolde, baignant dans une vacillante lueur bleutée, un scintillement froid, semblable à la clarté à éclipses d'un écran de téléviseur, mais la prof de saxophone est repoussée dans l'ombre. Une moitié de son visage prend une teinte gris fer, l'autre apparaît blême et luisante.

— Alors il prend une drôle de petite voix,

coince-coince, et il me parle de ce M. Saladin ou je ne sais pas comment, comme quoi il enseigne le jazz-band et l'orchestre et l'ensemble de jazz des grandes, tout ça le mercredi matin, un cours après l'autre. Moi je ne l'aurai qu'en première, et encore si je prends l'option jazz-band, c'est la même tranche horaire que le netball, alors il va falloir choisir. Mais enfin, voilà papa qui me regarde comme s'il avait la trouille que je pique une crise et qu'il se retrouve avec une folledingue sur les bras, il aurait bonne mine. Alors je lui fais: Comment tu le sais? Et lui...

Elle s'assied sur les talons à côté de la chaise et parle d'un ton pénétré, en écartant les bras:

— Si j'ai bien compris, ma puce, il a commencé tout en douceur, en lui faisant sentir parfois, à peine, une pression fugitive sur l'épaule, comme *ça*.

Isolde tend la main et frôle du bout des doigts le bocal du saxophone qui repose sur le côté, sur la chaise. Le contact donne le signal d'un battement régulier, comme le rythme du cœur. La prof ne pipe pas.

— Et ensuite, parfois, quand personne ne regardait, il s'approchait tout près et il lui soufflait dans les cheveux...

Elle colle la joue contre l'instrument et expire, un souffle qui court tout du long...

— ... comme ça, tout hésitant et timide, parce qu'il ne sait pas encore si elle en a envie et il ne veut pas se faire rembarrer. Mais elle se laisse faire, elle l'aime bien à sa façon, elle croit même qu'elle craque sur lui, et il y va donc, bientôt c'est sa main qui descend, qui descend...

La main d'Isolde glisse sur le corps du saxophone, s'attarde à tracer le contour du pavillon...

— ... qui descend, et elle commence un peu à répondre, elle lui sourit parfois pendant le cours, et ça fait danser son cœur dans sa poitrine, et quand ils sont seuls tous les deux, dans la réserve de la salle de musique ou après les cours, quand il l'emmène en balade dans sa voiture, ça arrive, bref, quand ils sont seuls tous les deux, il l'appelle sa petite bohémienne — il le répète encore et encore, ma petite bohémienne qu'il dit — et elle voudrait avoir quelque chose à lui dire en retour, quelque chose de spécial qu'elle pourrait lui souffler dans les cheveux, des mots que personne n'aurait prononcés avant elle.

La musique de fond se tait. Isolde regarde la prof de saxophone et dit :

— Elle ne trouve rien.

L'éclairage revient à la normale. Isolde fait la grimace, se jette dans un fauteuil et conclut avec colère :

— De toute manière, elle n'a plus le temps, c'est trop tard, ses copines ont commencé à remarquer ce qui lui arrive, cette façon qu'elle a de baisser parfois le menton, la tête sur l'épaule, comme pour flirter, et alors tout commence à s'écrouler, d'un coup, comme un château de cartes.

— Je vois pourquoi tu n'as pas eu le temps de travailler, dit la prof de saxophone.

— Ce matin encore, proteste Isolde, je voulais faire des gammes, au moins ça, avant d'aller en cours, alors j'y vais, mais elle se ramène et c'est tout de suite : Comment tu peux être *insensible* à ce point ? Et elle se tire avec une espèce de faux sanglot, je sais que c'est du chiqué, si elle chialait pour de bon, elle ne se tirerait pas, elle aurait envie de se faire voir.

Isolde attrape le gros bout de son épingle de kilt et se l'enfonce dans le genou.

— On la traite comme une putain de pièce de musée.

— Tu trouves cela étrange ? demande la prof de saxophone.

Isolde lui lance un regard haineux.

— C'est *taré,* dit-elle. Taré, comme les gosses qui déguisent leurs animaux en vrais gens, avec des fringues et des perruques et tout, et puis ils les font marcher sur leurs pattes de derrière et ils les prennent en photo. C'est exactement pareil, sauf que c'est pire, parce qu'on voit comme elle y prend son pied.

— Je suis sûre que ta sœur ne fait rien de la sorte, répond la prof de saxophone.

— Papa dit que ça risque de prendre des années et des années avant que M. Saladin se fasse définitivement condamner et envoyer en prison. Tous les journaux parleront de viol sur mineure, mais il n'y aura plus de mineure, elle sera majeure depuis le temps, tout comme lui. C'est comme si on détruisait la scène du crime, exprès, pour mettre à la place un beau bâtiment tout neuf.

— Allez, Isolde, — la prof de saxophone prend un ton plus ferme —, je suis certaine que, s'ils ont peur, c'est simplement qu'ils savent que le péché est toujours là. Ils savent que le péché s'est niché en elle, indélogeable, dans un lieu secret qu'on ne trouvera jamais. Ils savent que le péché de l'homme n'était qu'un acte, un pelotage fatal, sans y penser, dans l'atmosphère poussiéreuse et la lumière crue d'une pause de midi, mais *elle* — son péché à elle est un état, une maladie fourrée tout au fond d'elle, maintenant et pour toujours.

— Mon père ne croit pas au péché, objecte Isolde. On est athées.

— On a toujours intérêt à garder l'esprit ouvert.

— *Moi* je vous dirai pourquoi ils ont tellement peur. Ils ont peur parce que maintenant elle sait tout ce qu'ils savent, eux. Ils ont peur parce que maintenant ils n'ont plus de secrets.

La prof de saxophone se lève soudain et s'approche de la fenêtre. Le silence se prolonge avant qu'Isolde ne reprenne :

— Alors papa il me fait : Je ne sais pas comment c'est arrivé, ma puce. L'essentiel, c'est que, maintenant que nous sommes au courant, cela ne se reproduira plus.

Mercredi

— Alors, pas de jazz-band ce matin, raconte Bridget. Annulé. Ils sont venus nous l'annoncer. Comme quoi M. Saladin ne pourra pas venir, il est entendu en témoin.

Elle suce bruyamment son anche et continue :

— C'est là qu'on voit que c'est grave, quand ils s'emmêlent les pinceaux entre le trop et le pas assez. Normalement, ils auraient réglé ça en cinq sec : Écoutez, vous autres, y'aura pas de jazz-band aujourd'hui, on vous donne trois minutes pour remballer votre barda, débarrasser le plancher et aller profiter du soleil, exceptionnellement, allez, fissa, ne vous le faites pas dire deux fois.

La fille est une bonne imitatrice. En fait, elle aurait voulu être Isolde — Isolde a un plus beau rôle —, mais pâle et maigrichonne et chiffonnée comme elle l'est, avec ce petit air effaré qui ne la quitte jamais, elle n'a vraiment pas le physique de l'emploi, elle joue donc Bridget à la place. En fait, son désir d'être une Isolde est ce qui la caractérise surtout en tant que Bridget : les Bridget ont toujours envie d'être quelqu'un d'autre.

— Ou bien au contraire, dit celle-ci, ils nous auraient raconté tout un roman, exprès, en nous faisant bien sentir l'honneur que c'est pour nous. L'appel sacré aux grands sentiments solennels et nunuches : Nous vous demandons, à toutes, toute votre attention, nous avons une annonce importante à vous faire. M. Saladin a été contraint de s'absenter à l'improviste pour cause de maladie dans sa famille. Cela pourrait être extrêmement grave, nous en appelons à votre cœur et à votre conscience à toutes en vous incitant à ne pas le bousculer, mais à lui témoigner tous les égards que sa situation requiert le jour où, ce qui n'est pas certain, il reprendra ses cours.

C'est là une théorie que Bridget mijote depuis un bon moment déjà et qui visiblement la réjouit. Elle place son anche, serre à fond la ligature et produit un gros son pour voir.

— Entendu en témoin, répète-t-elle avec mépris en procédant au réglage du bec. Et ils sont venus nous le dire tous ensemble, en bande quoi, on les entendait respirer tous ensemble, en synchro, le souffle court et les regards pas francs, fuyants, à droite, à gauche, toujours en coin, et le proviseur qui marchait devant pour couper le vent, comme chez les oies, le chef de file à la pointe du V.

— Je pense que les oies se relaient, intervient la prof de saxophone d'un ton distrait. Il paraît qu'elles s'épuisent aux avant-postes.

Elle fouille tout en parlant dans une pile de

partitions. La bibliothèque derrière son bureau regorge de vieux cahiers dont des feuilles dépareillées s'échappent et traînent par terre.

La prof de saxophone n'aurait jamais coupé la parole à Isolde de façon aussi cavalière : c'est une des raisons pour lesquelles Bridget lui envie son personnage. Reprenant conscience de la fille pâle et maigrichonne et chiffonnée qu'elle est, second rôle sous tous les rapports, elle rougit, plus déterminée que jamais de ravir la vedette.

— Bon, alors, ils s'amènent, tous ensemble quoi, en V ou n'importe, toute la bande en polyester gris, et ça se voit qu'ils traînent les pieds et ils se donnent tous un mal de chien pour ne regarder personne, surtout pas le grand vide à côté du premier alto, la place à Victoria.

Bridget insiste sur le nom de Victoria, manifestement ravie d'elle-même. Elle regarde la prof de saxophone pour frimer, mais la prof est toute aux papiers que remuent ses grosses mains aux veines saillantes, et elle ne bronche pas.

— Dans les portes des salles de travail, — Bridget redouble d'efforts, ce qui a pour effet de lui faire tirer sur sa voix, — il y a un petit panneau de verre insonorisé, pour qu'on voie ce qui s'y passe. Mais M. Saladin y a collé son emploi du temps, alors tout ce qu'on voit c'est la feuille et puis un petit cadre de lumière tout autour quand il allume là-dedans. Quand Victoria y allait avec son instrument pour son cours de perfectionnement, le petit cadre ne s'allumait pas.

— Enfin, voilà ! s'exclame la prof de saxophone en brandissant une partition. « Le Vieux Château », une des pièces des *Tableaux d'une exposition*. Je pense que cela t'intéressera, Bridget. Ce sera l'occasion de discuter des raisons pour lesquelles le saxophone n'a jamais vraiment trouvé sa place au sein de l'orchestre symphonique.

La prof de saxophone est parfois elle-même révoltée de la façon dont elle se laisse aller à taquiner Bridget. Comme elle l'a expliqué une fois à la mère : « C'est qu'elle en fait trop, comme si sa vie en dépendait. Sans cela, ce ne serait pas si facile. Si elle se donnait moins de mal, si cela ne se voyait pas à ce point, je serais peut-être tentée de la respecter davantage. »

La mère de Bridget a abondé dans son sens : « Eh oui, eh oui, c'est bien le problème, très souvent, on s'en rend compte. »

Pour l'instant, la prof de saxophone regarde simplement Bridget, maigrichonne et chiffonnée, qui se donne tant de mal. Elle la regarde bien en face, et elle hausse les sourcils.

Rouge de frustration, Bridget saute délibérément toutes les répliques possibles sur Moussorgski et ses *Tableaux d'une exposition* et Ravel et les raisons pour lesquelles le saxophone n'a pas trouvé sa place au sein de l'orchestre symphonique. Tout cela, elle s'assied dessus pour enchaîner sur une réplique qui lui plaît, forçant encore un peu plus sa voix :

— Ils font comme si tout était une question de dosage. Comme une vaccination, où on vous sert une petite tranche de maladie, pour inciter votre corps à mettre en place les défenses dont il aura besoin le jour où vous serez contaminée pour de bon. Pour le coup, ils ont peur, c'est la première fois qu'ils nous servent de cette maladie-là, ils essaient donc de nous vacciner sans nous dire en fait de quoi il s'agit. Ils veulent nous faire la piqûre en douce, sans qu'on s'aperçoive de rien. Ça ne marchera pas.

Elles se regardent maintenant toutes les deux, les yeux dans les yeux. La prof de saxophone s'attarde un instant encore à aligner sa pile de paperasses sur le bord du tapis avant de demander :

— Pourquoi est-ce que cela ne marchera pas, Bridget ?

— Parce qu'on ne débarque pas de la lune, répond Bridget en expirant un grand coup par le nez. On a tout vu.

Lundi

Julia traîne toujours les pieds, et elle a des croûtes autour de la bouche.

— Ils ont réuni toute la terminale ce matin, dit-elle, et le psy était là, gonflé à bloc, comme si jamais de la vie il ne s'était senti aussi important.

Elle lance les mots par-dessus son épaule en sortant son instrument de l'étui. La prof de saxophone est assise près de la fenêtre, dans un mince rai de soleil sans chaleur, à regarder les mouettes tournoyer et lâcher leur fiente. Le ciel est couvert, bas.

— Ils se sont mis à nous parler au cœur avec une voix de circonstance, tout sucre tout miel, comme s'ils avaient peur qu'on se casse s'ils y allaient trop fort. Ils nous font : Vous êtes toutes au courant des bruits qui courent depuis huit jours. Il y a des choses dont il importe de discuter ensemble, ouvertement, que tout le monde sache bien à quoi s'en tenir.

Julia pivote sur ses talons, attache son saxophone à la cordelière qu'elle s'est déjà passée autour du cou et tient la pose un instant, les mains sur les hanches. L'instrument lui barre le corps, comme une arme.

— Le psy est un débile, reprend-elle d'un ton sans appel. Katrina et moi, on est allées le voir dans le temps, en quatrième, parce que Alice Franklin s'était fait sauter par un type au cinéma et on avait peur pour elle, qu'elle devienne une pétasse et gâche sa vie en pondant des enfants sans faire exprès. On lui a tout déballé, nos angoisses et tout, et Katrina a même pleuré. Il n'a pas bronché, rien. Il ne faisait que hocher la tête, sans arrêt, mais au ralenti, genre celui qui serait programmé à un quart de sa vitesse normale, et après, quand on a vidé notre sac et que Katrina a fini de pleurer, il a pris un papier dans son tiroir, il a dessiné dessus trois cercles, l'un dans l'autre, et il y a écrit *Toi*, puis *Ta famille* et enfin *Tes amis*, et il a dit : Voilà comment c'est, n'est-ce pas ? Et il a dit encore qu'on pouvait garder le papier si on voulait.

Pouffant d'un rire morne qui s'étrangle aussitôt, Julia ouvre la chemise plastifiée où elle range ses partitions.

— Et Alice Franklin, qu'est-elle devenue ? demande la prof de saxophone.

— Oh ! elle mentait. Elle a fini par lâcher le morceau.

— Elle ne s'était pas fait sauter au cinéma ?

— Nan.

Julia met un moment à régler les pieds arachnéens du pupitre.

— Pourquoi aurait-elle menti ? demande encore la prof de saxophone par courtoisie.

— Probable qu'elle *s'ennuyait*.

La réponse vient avec un grand geste de la main qui semble englober le monde entier. Dans la bouche de Julia, le verbe a des consonances nobles, somptueuses.

— Je vois, dit la prof de saxophone.

— Ben, de toute façon, aujourd'hui ils donnent le coup d'envoi, comme ils disent, en demandant si l'une de nous n'a pas sur le cœur quelque chose qui lui pèse et dont elle aurait envie de parler. Et il y a une fille qui se met tout de suite à chialer, alors qu'il ne s'était encore rien passé, et le psy, fallait voir comme il était content, il a failli pisser dans sa culotte, et il nous fait : Aucune des paroles prononcées ici ce matin ne passera les portes de cette salle. Des conneries. Alors la fille elle commence à raconter une histoire vaseuse, et sa copine se penche et lui prend la main, complètement tarée quoi, et puis tout le monde y va de sa petite confidence et tout le monde dégoise sur la confiance et la trahison et l'indépendance et ce qui les chamboule et les fait flipper… et moi je me dis : Putain, on en a pour jusqu'à midi à se faire chier.

Julia regarde en dessous la prof de saxophone pour voir si elle tique sur les gros mots, mais la prof se contente de lui adresser un sourire glacial et attend. Bridget serait restée court en tremblant et en rougissant, pour ensuite remâcher l'incident pendant des heures. Pas Julia. Elle arbore un petit sourire narquois et met un soin exagéré à fixer sa partition rebelle sur le pupitre avant de reprendre son récit :

— Alors, au bout d'un moment, le psy nous fait : Dites-moi, mes amies, c'est quoi, le harcèlement ? Et il nous regarde, tout impatient et encourageant, comme quand les profs ne savent pas ce qu'ils veulent ou plutôt quand ils ont vraiment envie d'entendre la bonne réponse, mais qu'en même temps ça les arrangerait tellement qu'on raconte n'importe quoi et qu'ils aient le plaisir d'éclairer notre lanterne. Il attend un peu et puis il baisse la voix, tout solennel, comme pour nous révéler un secret que personne ne connaît, et il y va. Le harcèlement, qu'il fait, mes chères amies, n'est pas forcément synonyme d'attouchements. Le harcèlement, ça peut être aussi un regard. Il peut y avoir harcèlement si quelqu'un vous regarde d'une façon qui vous déplaît. — Et moi alors, je lève le doigt et je lui fais : Ça devient du harcèlement à cause de ce que c'est qu'on regarde ? Ou plutôt à cause des fantasmes qu'on se fait en regardant ? Tout le monde s'est retourné, je suis devenue rouge de chez rouge, et le psy il a joint les mains, juste le bout des doigts, et il m'a regardée un bon moment, l'air du type qui se dit : Je sais ce que tu manigances, tu veux bousiller le beau climat de confiance qu'on a mis en place au sein de ce groupe, je vais donc répondre à ta question, je suis là pour ça, mais je ne te ferai pas la réponse que tu veux entendre.

La prof de saxophone se lève finalement et prend son propre instrument d'un geste qui, lui, semble dire « cela suffit ». Julia cependant lâche déjà, le rouge aux joues, comme emportée par son élan :

— *Moi* je fantasme quand je regarde les gens.

Vendredi

Isolde attend sur le palier. Elle perçoit la voix de la prof de saxophone à travers la cloison, un faible grondement indiquant que le cours de quatre heures touche à sa fin. Là, sur le palier désert, Isolde s'accorde un moment pour jouir du silence des coulisses avant que l'action ne l'appelle à frapper à la porte et à entrer en scène. Elle se remplit les poumons, savoure sur sa langue l'intimité sereine, sans souci, de qui se sait à l'abri de tous les regards.

Normalement, elle serait en proie aux affres d'avant le cours, en train de feuilleter sa partition et de repasser ses doigtés, suivant des yeux les portées déployées sur ses genoux, tandis que ses mains écartelées exécuteraient une danse dans le vide. Aujourd'hui elle ne pense pas au cours. Elle reste sans bouger, mobilisant toutes les forces de son esprit pour retenir et capter la houle ineffable qu'elle sent enfler au plus profond de sa poitrine.

Comme si une petite poche d'air s'était engouffrée dans sa bouche, faisant courir un frisson le long de son échine et vibrer la demi-lune qui se creuse entre ses os iliaques. Elle sent son cœur qui décroche, une longue plongée disloquée, un vide qui voudrait lui aspirer les côtes, et tout d'un coup elle a terriblement chaud. Isolde a parfois de ces sensations-là dans son bain ou quand elle regarde des couples s'embrasser au petit écran, parfois aussi au lit, lorsqu'elle suit d'un doigt léger la courbe doucement bombée de son ventre en s'imaginant que la main qui la caresse n'est pas la sienne. Le plus souvent, ça la prend sans raison

— à l'arrêt du bus, par exemple, dans la queue à la cantine ou même en cours, en attendant la sonnerie.

Elle se demande : Ai-je ressenti cela en regardant pour la première fois ma sœur comme un objet sexuel ? Quand papa a posé une main sur ma tête en disant : Ce sera un moment difficile à passer, pendant quelques semaines. Quand il m'a laissée devant la télé et qu'ensuite Victoria s'est amenée et elle a vu la tête que je faisais et elle a dit : Génial, maintenant donc tout le monde est au courant. Et alors on a regardé ensemble la fin d'un thriller série C dans l'émission spéciale du jeudi soir, mais je ne pouvais pas me concentrer, je ne pouvais penser qu'aux questions que je ne lui posais pas. Comment ? Comment as-tu pu te retourner et lui faire de l'œil et tendre le cou et l'embrasser sur la bouche ? Comment as-tu fait pour ne pas être glacée de peur et d'indécision ? Comment savais-tu qu'il allait t'accueillir, te cueillir dans ses bras et se serrer contre toi, bien fort, lâcher même cette petite plainte étranglée, comme un cri, un petit cri au fond de la gorge ?

Là, sur le palier, Isolde se demande : Est-ce que j'ai eu les mêmes sensations ce soir-là ? Cette panique écorchée du désir en abysse, ce vertige d'ascenseur qui décroche, cet étrange suspens, prélude à un éternuement qui ne vient pas ?

Plus tard, elle identifiera peut-être ce qu'elle ressent comme une excitation sans objet, un de ces séismes erratiques dont sa chair est périodiquement sollicitée, comme la corde qui vibre sans qu'on la touche, en sympathie harmonique avec un piano à proximité. Plus tard, elle conclura peut-être que c'est un peu comme une fringale subite, loin du besoin de la vraie faim qui tenaille et à laquelle on n'échappe pas, plutôt un simple élancement qui pointe à titre d'avertissement — aussitôt ressenti, aussitôt évanoui. Mais à ce moment-là, dans ces années encore à venir, quand elle aura appris à connaître ses flux et reflux et les redevances dues à son corps, quand elle pourra dire « ceci est de la frustration » et « cela est du désir » ou « cela encore une nostalgie, une mélancolie sexuelle qui me ramène à un temps jadis », à ce moment-là tout aura été classifié, tout aura un nom et une forme, et la modeste étendue de ses désirs sera circonscrite à l'intérieur des limites de ce qu'elle a connu, vécu ou ressenti. Pour l'instant, le vécu d'Isolde est égal à zéro, si bien que la sensation ne signifie pas « il faut que je fasse l'amour ce soir », ni « je suis encore comblée d'hier, pleine à ras bords ». Ce n'est pas une façon de se demander « de qui donc suis-je amoureuse, pour subir ainsi cet appel d'air ? » ou de se dire « voilà qu'il me reprend une envie de ce que je ne peux pas avoir ». Ce n'est pas encore une sensation qui la braque dans un sens ou dans un autre. C'est simplement une sensation de vide, un manque qui attend d'être rempli.

Rien de tout cela ne se lit sur les traits d'Isolde : elle est simplement là, assise dans le demi-jour gris, les mains sur les genoux, à regarder le mur.

Lundi

— Je ne sais jamais bien comment je dois comprendre les mères qui disent : Je veux que ma fille connaisse ce qui m'a été refusé.

La prof de saxophone poursuit :

— Si j'en juge d'après mon expérience, les mères les plus agressives et autoritaires sont toujours les âmes les moins inspirées, les plus amusicales, celles qui ont profondément raté leur vie de femme et qui portent l'image de leur fille épinglée sur leur sein comme une médaille, une babiole tape-à-l'œil faite pour détourner l'attention de leur propre manque d'éclat. Quand ces mères-là disent : Je veux qu'elle connaisse pleinement tout ce qui m'a été refusé, ce qu'elles veulent dire en fait, c'est : Je veux qu'elle *mesure bien* tout ce que moi je n'ai pas pu avoir. Ce qu'elles veulent dire en fait, c'est : L'indigence de ma vie ne sera mise en valeur que si ma fille a tout. En elle-même, ma vie est banale et sans intérêt et nulle. Mais si ma fille est riche en expériences et en possibilités, on en viendra à me prendre en pitié : la petitesse de ma vie et de mes choix ne sera plus de l'*incapacité*, ce sera un *sacrifice*. On me plaindra et estimera davantage si j'élève une fille qui est tout ce que je n'aurai pas été.

Elle passe sa langue sur ses dents.

— Les mères qui ont réussi, dit-elle, les musiciennes, les sportives, les intellectuelles, les femmes contentes et débordantes à qui on n'a rien refusé, qui, jeunes filles, avaient des parents qui leur payaient des activités, ce sont les moins tyranniques. Toujours. Elles n'ont pas besoin de surveiller, de faire acte de pouvoir ou de chercher la bagarre au nom de leur fille. Elles ne manquent de rien, chacune est un tout en elle-même. Elles sont entières, et elles en exigent autant des autres. Elles sont capables de prendre du recul et de voir leur fille comme un être à part, un être entier et donc inviolable.

Elle va baisser les stores. L'heure est entre chien et loup.

Mardi

Mme Tyke attend dix minutes sur le palier avant que la prof de saxophone n'ouvre sa porte.

— En fait, je voulais simplement reprendre contact, dit-elle lorsque l'autre la fait entrer. Après cet horrible scandale au lycée. Je pense aux jeunes filles.

— Je comprends, dit la prof de saxophone en versant deux grandes tasses de thé.

L'une des tasses est ornée de l'image d'un saxophoniste dans une île déserte avec la légende « Sax sur la plage ». L'autre est blanche et clame « Parlons sax ». La prof de saxophone replace la théière sur son support et choisit soigneusement une petite cuillère.

— Vous, madame Tyke, dit-elle, ou je me trompe, ou vous aimeriez surtout coudre les mains de vos enfants à votre ceinture, pour les garder toujours près de vous, leurs petites jambes ballottant dans le vide lorsque vous pressez le pas et traînant sur le bitume quand vous flânez. Un brusque demi-tour, et ils se déploieraient tous en éventail comme une jupe plissée soleil. Vous seriez, au milieu, une déesse en corset et tournure, vos enfants rayonnant gracieusement autour de vous à la façon des baleines d'une crinoline.

— Je pense aux filles, c'est tout.

Mme Tyke tend les deux mains pour recevoir

l'infusion. La prof de saxophone laisse s'instiller le silence jusqu'à ce que, n'y tenant plus, elle éclate :

— Je me fais simplement du souci, quand je vois les *idées* que la mienne ramène à la maison. Des idées qui ne lui seraient pas venues avant. Elles restent collées dans un coin de sa bouche, comme une grosse noix, et quand elle parle, il m'arrive de les entrevoir — dans un éclair, de loin en loin, quand elle ouvre grand la bouche — mais c'est assez pour m'inquiéter sérieusement. On dirait qu'elle les déguste, ou qu'elle les roule dans sa bouche du bout de la langue. Des idées qui ne lui seraient pas venues.

Dit avec un regard geignard, implorant, de femme désarmée qui bat ensuite des paupières, hausse les épaules et baisse la tête pour siroter son thé. La prof de saxophone prend une voix de circonstance, tout sucre tout miel :

— Voulez-vous que je vous dise ce qui, à mon avis, ne va pas ? Il me semble que c'est un peu comme si ce type horrible au lycée, cet individu vil et répugnant, avait laissé l'empreinte de son gros doigt gras sur les verres de vos lunettes. Vous avez beau regarder ailleurs, vous ne voyez que lui.

Elle se lève, fait les cent pas.

— Je sais, vous auriez voulu que votre fille découvre la chose comme cela se fait en temps normal. Qu'elle s'initie derrière les remises à vélos ou sous les tribunes du terrain de rugby ou dans son module d'éducation à la santé, en assimilant des faits inscrits au marqueur sur le tableau blanc. Vous auriez voulu qu'elle regarde en cachette des magazines et des films interdits. Qu'elle commence par une partie de touche-pipi, les yeux fermés, les doigts poisseux, au salon d'un copain, un samedi soir, quand les copines sortent vomir dans les pots de fleurs. Cela aurait pu se répéter. Cela aurait pu devenir une phase. Mais vous auriez été préparée.

En regardant la prof de saxophone, Mme Tyke change de visage. C'est une transformation lente, rien d'aussi brutal et voyant qu'un trait de lumière ou une prise de conscience, plutôt une simple nuance, se traduisant par une détente des muscles du visage, un relâchement infime. La mimique est tellement magistrale que la prof de saxophone en oublierait presque que la femme joue la comédie.

— Vous auriez voulu qu'elle attende d'être en première avant d'avoir une vraie relation, avec un garçon sans caractère, qui en jetterait et ne vous plairait guère, mais avec qui vous finiriez par la prendre en flagrant délit, un beau jour où une intuition vous ferait rentrer un peu plus tôt que d'habitude, et voilà, ça y serait : sur le canapé, au beau milieu de la moquette ou même dans son lit de jeune fille, avec ses ours en peluche et ces petits coussins roses à fanfreluches qu'elle n'aime plus vraiment, mais dont elle ne se séparera jamais.

Elle insiste :

— Je respecte ces choses que vous auriez voulues pour votre fille. C'est sans doute, je le conçois, ce que toute bonne mère souhaite, et il y a quelque chose d'atroce à penser que cet individu vicieux ait pu ravir sournoisement l'innocence de votre enfant sans même la toucher, en lui fourrant ses sales petits secrets dans la gorge comme des bonbons bon marché. Mais…

Sa voix n'est plus qu'un murmure :

— Ce qu'il faut comprendre, ma chère, c'est

que ce petit avant-goût qu'on vient d'offrir à votre fille est un échantillon d'une chose qui pourrait se réaliser. Elle l'a avalé. Elle le porte maintenant en elle.

2

Février

— La première année, disaient-ils, est pour l'essentiel une déconstruction physique et émotive. Vous allez désapprendre tout ce que vous avez jamais appris, dépouiller l'une après l'autre vos peaux empilées, affouiller de plus en plus la mise à nu jusqu'à dévoiler votre impulsion fondamentale.

Et encore :

— L'Institut ne vous apprendra pas comment faire pour être acteurs. Nous ne vous donnerons pas de canevas, aucune recette, aucun abécédaire de l'empathie ou de l'interprétation. Ce que nous faisons ici n'est pas un apprentissage par accumulation, un concours à qui collectionnera le plus de trucs et d'astuces, comme d'autres les billes, les jetons ou les breloques. Ici, à l'Institut, nous enseignons par élimination. Nous vous aidons à savoir vous éliminer vous-mêmes.

Voire :

— Il se peut que vous vous y brisiez ou que vous soyez brisés. Cela arrive.

— Un bon acteur fait don de lui-même.

C'était le gros au bout qui se penchait en avant pour souligner ainsi, aussitôt à nouveau relayé par le chœur :

— L'acteur est quelqu'un qui porte son corps en offrande au public. Cela peut se faire de l'une de deux manières. L'acteur peut se regarder lui-même comme un matériel à faire valoir, traiter son corps en instrument disponible et docile, produit proposé à la vente, mais une telle approche n'est pas encouragée chez nous. Notre Institut n'est pas une pépinière de marchands de sirop ou de clowns. Vous n'êtes pas ici pour vendre votre corps, mais pour le sacrifier.

Un dernier mot, enfin :

— Vous n'êtes plus au lycée.

Février

— J'ai terminé mon cursus à l'Institut en décembre dernier, dit le jeune prodige en promenant un regard calme, indifférent, de visage en visage. On m'a demandé de revenir vous parler aujourd'hui de mon expérience des cours et des débouchés qui s'ouvrent maintenant à moi, après quoi, si vous avez des questions, vous pourrez peut-être me les poser.

Il était assis en tailleur sur le sol du gymnase, tel un prophète.

— Mon Dieu, si vous saviez comme j'aimerais être à votre place, quand je vous vois là ! s'exclama-t-il avec un grand, grand sourire. Ni trop intacts ni trop souillés. Rayonnants, gros du meilleur encore à venir.

Le jeune prodige les contempla, le cercle étroit de visages pâles, inquiets, et de tee-shirts noirs, toujours dans leurs plis d'origine.

— Les trois années que j'ai passées ici, à l'Institut, ne m'ont pas seulement donné une formation d'artiste. Je m'y suis formé en tant que personne, dit-il. C'est de mon séjour ici que je date mon éveil.

Sa figure rosit, illuminée de l'intérieur comme à l'évocation d'un amant perdu.

— Ici, toutes vos portes claquées seront rouvertes, tout ce à quoi vous vous êtes jamais fermés. Celui d'entre vous qui ne se serait pas présenté au concours, ou qui n'aurait pas été admis, aurait fini bétonné et plâtré, coulé dans un moule pour tout le restant de sa vie adulte. C'est ce qui arrive aux autres, hors ces murs. Ici, vous ne vous figerez jamais. Vous ne durcirez pas, vous ne vous encroûterez pas. Toutes les possibilités restent ouvertes — *doivent* être maintenues ouvertes. Vous apprendrez ici à retenir dans une main l'ensemble des possibles, sans jamais en laisser échapper un seul.

Il y eut un silence. Le jeune prodige lissa le velours côtelé de ses genoux et ajouta, comme si l'idée lui venait à l'instant :

— N'oubliez pas que celui qui est assez malin pour vous rendre la liberté le sera aussi pour vous asservir.

Octobre

Stanley n'était pas content de la vie qu'il avait menée jusque-là. Là, à la veille de ses dix-huit ans, dans le calme somptueux et empoussiéré du hall aux volets clos, captif d'un immobilisme pétri de déception et d'amertume, il pensait à tout ce qu'il n'était pas.

Stanley s'était vu en adolescent déchaîné et dissident et donneur de leçons — ç'avait été sa grande ambition, son rêve — et sa frustration n'avait cessé de croître à mesure que ses années de lycée s'écoulaient dans les formes et les normes BCBG. Il s'était vu traîner sur les quais en buvant du whisky au goulot d'une bouteille camouflée, fourrer ses mains froides sous les jupes d'une fille dans le terrain vague derrière les courts de tennis et canarder les voitures avec un lance-patates depuis le toit du garage des voisins. Il s'était cru voué à se soûler à mort et à vandaliser les abribus de banlieue, à conduire sans permis, à vivre en rupture avec sa famille, à s'aigrir, peut-être même à terroriser sa mère en refusant de manger ou de sortir de sa chambre. C'était son droit, son partage légitime, au lieu de quoi le lycéen qu'il était avait joué à des sports de gentleman et regardé la télé familiale en se bornant à admirer de loin les garçons qui avaient le courage de se bagarrer et à rêver secrètement que chaque fille qu'il voyait passer allait lever la tête pour le lorgner.

Stanley entendait en esprit la voix des professeurs de l'Institut. « Ce qu'il y a de vraiment excitant quand on monte sur les planches, disaient-ils, c'est de savoir qu'à tout instant il peut arriver un pépin. À tout instant, quelque chose sur scène peut se casser ou se renverser ; quelqu'un peut rater son entrée, bâcler les éclairages, avoir un trou ou oublier son accent. Vous n'avez jamais peur en regardant un film, car le spectacle auquel vous assistez est un tout achevé, toujours le même et toujours parfait ; au théâtre, en revanche, vous tremblez souvent à l'idée des contretemps possibles et de la déconfiture que vous ne pourriez pas ne pas partager avec les comédiens en les voyant patauger et se rattraper sous vos yeux. En même temps cependant, dans l'obscurité soyeuse de la salle, vous brûlez de voir la catastrophe se produire. Vous la désirez de tout votre corps et de toute votre âme. Vous vous sentez un faible pour tout comédien qui perd un bouton ou dont le chapeau s'envole. Vous applaudissez, le souffle coupé, celui qui se rétablit après un faux pas. Et si vous saisissez un raté qui échappe aux autres spectateurs, vous vous sentez privilégié, comme si vous veniez d'entrevoir la couture d'un sous-vêtement secret, quelque chose d'aussi infiniment intime qu'une morsure écarlate sur la face cachée d'une cuisse de femme. »

Stanley, dans le hall d'entrée de l'Institut, regardait autour de lui. Voilà une autre vie possible qu'il ne tenait qu'à lui de revendiquer, une autre vie qu'il voulait, de même que, adolescent timide et sans vocation, il s'était voulu insensible et insolent et désinvolte et dépravé. À présent, comme alors, il se sentait cloué au sol, sous le poids d'une terrible inertie. Il se pénétrait derechef de la vérité décevante, faite d'ailleurs pour passer en proverbe : le monde n'allait pas venir à lui, le monde n'allait pas l'attendre ou même marquer une pause, au contraire, et si c'était lui qui attendait, la vie passerait outre en le laissant au bord de la route. Stanley y pensait, découragé, avec le sentiment de s'être fait terriblement avoir.

Dans la pièce que sa classe de première avait

montée au lycée, on lui avait assigné le rôle d'Horatio qui lui avait bien plu — Horatio était un nom mémorable, le seul qu'il avait déjà entendu avant d'aborder la pièce. Tout le monde se souvenait d'Horatio. C'était un nom qui restait. C'était Horatio qui se maintenait, critique et criard, dans la mémoire culturelle, tandis que les autres personnages moins sonores, moins prononçables, décrochaient et tombaient dans l'oubli. Le rôle de Stanley avait été réduit à deux fois rien par la prof de théâtre au nez pointu qui disait « les gens n'ont pas envie de se taper un spectacle de trois heures et demie » et commentait lors des répétitions : « Vous *êtes* bien un peu un Horatio, n'est-ce pas, Stanley ? Eh oui, l'Horatio parfait, jusqu'au bout des ongles. » Stanley avait hoché la tête en souriant, avec un remerciement muet et un secret frisson de bonheur, pour ne comprendre vraiment le sens de la remarque, rien moins que flatteuse, que quelques mois plus tard. Même sur scène, en trottinant de-ci de-là à l'ombre du ténébreux Hamlet, bombant le pourpoint et ployant les chausses, il n'avait pas bien assimilé le fait que son rôle n'était là que pour servir de repoussoir à d'autres, plus intéressants. Sa mère l'avait proclamé « fabuleux », et dans l'alignement grisant des rappels il avait été aussi près que possible du centre : à côté d'Hamlet, tenant la main suante d'Hamlet.

À la fin de sa terminale, Stanley avait vu l'annonce du concours affichée chez le conseiller d'orientation, et il avait aussitôt cherché un stylo pour inscrire son nom sur la belle feuille non rognée. En cet instant, il aurait juré qu'il voulait devenir acteur depuis tout petit. Le métier d'acteur fait partie du lexique de base de tout enfant pour exprimer ce qu'il fera de sa vie quand il sera grand : instituteur, docteur, acteur, avocat, pompier, vétérinaire. Il n'avait pas besoin d'originalité ou de prévoyance pour choisir d'être acteur. Ce n'était pas comme d'élire la profession de jockey ou de marchand de légumes ou de directeur de l'événementiel au sein d'un grand groupe local, où, avant de choisir, il aurait d'abord fallu se mettre en quête et créer l'option retenue ; là, ce n'était ni l'occasion ni l'introspection qui faisait le larron. En choisissant de devenir acteur, il cueillait simplement des deux mains une catégorie prédécoupée et préemballée. Stanley ne pensait pas à tout cela en inscrivant son nom. L'appel à candidatures était imprimé sur un papier à filigrane, d'un grammage impressionnant, estampillé en bronze au sceau de l'Institut.

Plus tard, voulant amplifier le souvenir de cette décision anodine, il se mit en tête que c'était à cet instant — en appliquant son stylo-bille au papier, en appuyant si fort, pour activer l'arrivée d'encre, que le sang s'était d'abord retiré de ses dernières phalanges — que c'était donc à cet instant qu'il avait saisi l'occasion de cesser d'être un Horatio pour se transformer en quelqu'un d'entièrement neuf et différent.

Octobre

— Je suis heureux de vous accueillir au premier tour de notre concours d'entrée, dit le Maître d'Interprétation. Nous sommes ici d'avis que l'acteur sans formation n'est qu'un menteur.

Debout derrière le bureau, les mains cambrées, ne touchant le cuir vert que du bout des doigts, il eut un bref sourire.

— Tels que vous êtes maintenant, vous êtes tous des menteurs. Menteurs, non pas sereins et convaincants, mais anxieux, rougissants, rongés par le doute. Certains d'entre vous ne seront jamais admis à cet Institut, vous resterez donc menteurs jusqu'à la fin de vos jours.

Les mots furent accueillis par des rires clairsemés, reflétant surtout l'incompréhension de ceux qui ne seraient jamais admis. Le Maître d'Interprétation sourit à nouveau, et à nouveau la mimique passa comme une ombre sur ses traits.

Stanley avait pris place au dernier rang, où il se donnait des airs inabordables. Il ne s'était pas joint aux quelques garçons qu'il connaissait du lycée, de peur qu'ils ne trahissent ou renforcent un des aspects de sa personnalité sur lesquels il tenait justement à tirer le rideau. L'atmosphère dans la salle était électrique, chargée de désirs et d'espoirs.

— Qu'est-ce donc qui se passe chez nous, à l'Institut ? reprit le Maître d'Interprétation. Comment scandons-nous les convulsions épileptiques de nos journées ? Quelle violence infligeons-nous et que pourrez-vous faire pour limiter les dégâts ?

Il marqua une pause, laissant les questions se déposer comme une poussière en suspens.

— Ce week-end, dit-il enfin, sera une simulation virtuelle de la sorte d'environnement pédagogique dans lequel nos élèves évoluent quotidiennement. Aujourd'hui nous dispenserons des cours d'improvisation, de mime, de chant, de mouvement et d'histoire du théâtre, et la journée de demain sera consacrée à un travail intensif d'atelier où chacun répétera un texte au sein d'un petit groupe. Nous demandons à tous de participer pleinement aux cours et à chacun de faire son possible pour nous prouver tout l'engagement qu'il voudra bien nous apporter si jamais il se voit invité à étudier parmi nous. Nous vous observerons tout au long de ces deux jours, rôdant à la frange des groupes et prenant des notes. Ceux qui réussiront cette première épreuve seront convoqués pour un entretien et une audition moins informelle. Y a-t-il des questions sur le déroulement du week-end ?

Ils portaient tous des numéros en papier épinglés sur la poitrine, comme les coureurs d'un marathon. Le numéro 45 leva le doigt et demanda :

— Pourquoi est-ce que vous ne nous faites pas passer des auditions comme tout le monde, comme dans les autres écoles d'acteurs ? Genre où on prépare deux monologues, un moderne et un classique ?

— Parce que nous ne tenons pas à attirer ce type d'élève, répondit le Maître d'Interprétation. Celui qui sait se vendre, qui choisira deux monologues contrastés, bien faits pour illustrer l'amplitude de son talent et la profondeur de son astuce. La querelle des classiques et des modernes ne nous intéresse pas. Les élèves qui stabilotent leurs notes et commencent leurs dissertations des semaines à l'avance ne sont pas pour nous.

Le numéro 45 rougit, se sentant visé comme un qui stabiloterait ses notes et commencerait ses dissertations des semaines à l'avance. Les autres candidats le regardèrent avec pitié, bien résolus, chacun à part soi, à le tenir à distance.

— Le métier d'acteur, dit le Maître d'Interprétation, exige chez qui le pratique une complétude spécifique. Le conseil que j'aurais à vous donner aujourd'hui serait celui-ci : laissez tomber toutes les idées que vous avez pu vous faire sur le talent. L'instant où nous déciderons de mettre l'un de vous sur la liste des Oui — où nous déciderons que vous méritez une place parmi nous à l'Institut — ne sera pas forcément un de ceux où nous vous regarderons jouer. Ce sera peut-être un moment où vous soutiendrez un autre candidat. Un moment, peut-être, où vous serez vous-même spectateur. Où vous vous préparerez à une épreuve. Où nous vous surprendrons immobile, les mains dans vos poches, la tête basse.

Les stratèges avisés parmi les candidats approuvèrent ce discours à grand renfort de hochements de tête, combinant déjà les moyens de se faire surprendre, le plus souvent possible, l'air de celui qui ne se croit pas observé. Il faudrait bien se rappeler de prendre la pose, les mains dans les poches, les yeux baissés.

Stanley regardait ses rivaux, tous fervents et zélés comme des candidats au martyre, le Maître d'Interprétation dressant au-dessus du lot sa masse grossie encore de l'extraordinaire honneur de désigner les premiers à mourir.

— Je passerai maintenant la parole à notre Maîtresse d'Improvisation, conclut le Maître d'Interprétation. Bonne chance.

Octobre

Le plus grand couloir de l'Institut bordait le gymnase sur toute sa longueur. Il était vitré d'un côté, avec de larges baies garnies de rideaux et ponctuées de portes en retrait ; de l'autre, le mur s'étendait sans autre coupure que la lourde porte à deux battants qui s'ouvrait à mi-parcours sur le gymnase. On avait accroché à cette vaste surface quantité de vieux costumes, plaqués à même la brique, en hauteur, leurs manches vides éployées, telle une volée de fantômes changés en pierre et cloués là par une clarté inopinée.

Stanley fit halte pour les examiner. Sans doute gardait-on les costumes en commémoration de productions remarquables. Il s'avança donc pour lire la première plaque de laiton, vissée sous un pantalon écossais qui pendait mollement en compagnie d'une coquette chemise à jabot. Elle n'indiquait ni le titre de la pièce ni le nom de l'acteur, seulement celui du personnage, accompagné d'une date, gravée là comme sur une pierre tombale. Belville. 1957. Les plaques se succédaient à intervalles réguliers tout le long du mur. Stanley parcourut le couloir comme on rendrait hommage à des défunts, levant les yeux sur la raideur des manches étalées, les jambes de pantalon ballottantes et les dentelles déchirées, les costumes les plus anciens presque en loques, piqués de moisissures. Vindici, Ferdinand, Mme Alving, l'Envoyé de la Cour. Il s'arrêta plus longuement devant un lourd costume de roi, en brocart d'argent doublé de satin. L'une des manches étalées en majesté avait échappé à ses agrafes pour retomber mollement, si bien que l'effigie semblait diriger les passants vers le hall, le tissu du bras tombé l'obligeant à se contorsionner et à baisser aussi l'épaule. Le Ministre de la Guerre. Hal. La procession solennelle des costumes se suivant sur le mur était comme un petit filet sinistre d'esprits échappés aux enfers par une faille dans la frontière des deux mondes. Stanley frissonna. Perdita. Volpone. Crapaud.

Novembre

— On te fera des horreurs là-dedans, disait le père de Stanley. Tu communieras avec tes émotions et ton regard intérieur et pire encore. Dans un an, je ne te reconnaîtrai plus. Tu ne seras plus qu'une énorme boule rose de sensations.

— Regarde donc toutes les célébrités qui sont passées par là, objecta Stanley.

Il reprit la brochure à son père et lui montra la liste des anciens élèves en troisième de couverture, les vedettes du grand et du petit écran marquées d'une étoile rouge. Les pages étaient molles au toucher, à force d'avoir été feuilletées.

— J'aurai plaisir à te voir meubler les heures creuses à la télé, répondit son père. Voilà mon fils, dirai-je tout haut, sans personne pour m'entendre. Là, à l'écran, avec le brushing et la moumoute. C'est mon fils.

— As-tu vu les photos du campus ? demanda Stanley en les cherchant dans la brochure. C'est dans l'ancien bâtiment du musée. Tout en pierre avec des sols en mosaïque et tout et tout, et des fenêtres jusqu'au plafond.

— Je vois.

— Trois cents candidats se présentent au concours.

— C'est formidable, Stanley.

— Et on n'en prend que vingt.

— Formidable.

— Je sais que ce n'est qu'un début, dit Stanley.

Un serveur se présenta, et son père commanda du vin. Stanley se laissa aller en arrière sur son siège en promenant ses regards autour de la salle. Le restaurant était amidonné et discret, règne d'une pénombre pleine de murmures et de rires étouffés et de senteurs d'eau de Cologne. La lumière venait de guirlandes de petites lanternes rouges qui clignotaient doucement au plafond.

Le serveur s'inclina et s'en fut. Le père de Stanley secoua ses manchettes et arbora son sourire de thérapeute, posant la brochure luxueuse sur la nappe et la repoussant de son côté.

— Je suis fier de toi, dit-il. Ce sera formidable. Mais, tu sais, on ne joue plus dans la même équipe maintenant. Tu es passé chez l'adversaire.

— Qu'est-ce que tu veux dire ?

— Ce dont il s'agit dans le théâtre, c'est l'inconnu, n'est-ce pas ? Le théâtre a ses racines dans la magie et les rites et le sacrifice, et la magie et les rites et le sacrifice dépendent tous d'une part de mystère. Ce dont il s'agit en psychologie, c'est de dissiper le mystère, de ramener les peurs et les superstitions à quelque chose de compréhensible. C'est pratiquement la guerre entre nous, conclut-il avec un clin d'œil en piquant une olive avec un cure-dent.

Stanley avait l'impression de sécher, comme souvent lorsque son père lançait un bon mot. Chaque année, après leur repas en commun, il passait des heures au lit sans dormir, à penser à ce qu'il aurait pu répliquer pour se montrer à la hauteur. Pour l'instant, il garda la tête et le doigt dans son assiette, poussant de-ci de-là les bulles huileuses dans un fond de vinaigrette. Son père fixait sur lui un regard perçant tout en mastiquant.

— Tu n'es pas d'accord ?

— Ben, un peu, fit Stanley. Sans doute que je pensais... Ou plutôt, ben, faire du théâtre, pour moi, c'est comme une façon de découvrir l'autre, de me mettre dans sa peau. Je veux dire, il faut comprendre la tristesse pour la rendre sur scène. Je ne sais pas. Mais je dirais que c'est un peu comme ce que tu fais, toi.

— Ah ! s'exclama son père avec la promptitude déplaisante, avide, de celui qui tient à avoir le dernier mot. Tu penses donc que les acteurs en savent plus long sur les gens normaux que les gens normaux eux-mêmes ?

— Non, mais je ne suis pas certain que les psychologues en sachent plus long, eux non plus.

L'autre éclata de rire et abattit son poing sur la table.

— Tu ne devrais pas être en train de me parler au cœur, pour passer le flambeau ou je ne sais pas moi ? demanda Stanley pour détourner la conversation.

— Merde ! Je me serais préparé. Je propose plutôt que tu m'apprennes les derniers gros mots à la mode, puis on pourra passer aux blagues cochonnes. Moi je n'ai jamais fait d'école de théâtre. Ne me parle pas sensations.

— Je ne connais pas de nouveaux gros mots, dit Stanley. C'est toujours les mêmes, autant que je sache.

Il y eut un silence.

— J'ai une blague pour toi, reprit enfin son père. Comment fait-on pour vasectomiser un curé ?

— Je ne sais pas.

— On flanque un coup de pied à la nuque de son enfant de chœur.

Stanley rit, écœuré de constater une fois de plus que son propre père était plus mauvais garçon que lui. Il se remit à feuilleter sa brochure, au cas où il aurait oublié quelque chose.

On apporta le vin. Le père de Stanley fit tout un cirque, tournant un petit fond dans son verre pour en admirer la robe et épluchant l'étiquette avant de déguster et de donner enfin le feu vert au serveur d'un bref signe de tête :

— Très bien.

Cela fait, il reporta son sourire sur son fils et renoua :

— Alors, tu sens le besoin de te faire parler au cœur ?

— Pas plus que ça. Je pensais simplement que tu allais me sortir le grand jeu : « maintenant que tu as atteint l'âge d'homme » et tout le tralala.

— Tu veux un baratin de psy ?

— Non.

— Allez, mon vieux, tu as de belles godasses et de qui tenir.

— Il ne s'agit pas de ça.

— Je t'ai raconté l'histoire de ma cliente qui s'est transformée en torche vivante ?

— J'ai entendu quand tu l'as sortie à Roger.

— Bon, le grand jeu alors, fit le père de Stanley en levant son verre. J'ai quelque chose de bien salé. Pour marquer ton rite de passage, Stanley, je vais te confier un secret.

Ils trinquèrent, burent, et Stanley acquiesça, réticent :

— D'accord.

Son père passa le bout des doigts sur le revers

de son veston. Balançant son verre dans l'autre main, dans un équilibre nonchalant, il était le parfait m'as-tu-vu, cousu d'or, ravageur.

— Je vais te dire comment gagner un million, dit-il.

Repris d'un sentiment cuisant d'impuissance, Stanley se borna pourtant à réitérer son accord. Il ajouta même un sourire en prime.

— Très bien, commença son père. Je veux que tu repenses aux années que tu viens de passer au lycée. Cinq ans, n'est-ce pas ? Au cours de ces cinq années, comme pendant les cinq ans que n'importe qui passe dans n'importe quel lycée, tu as eu un condisciple qui est mort. J'ai raison ?

— Ben, oui.

— Quelqu'un qui conduisait peut-être trop vite, ou bien qui s'alcoolisait à outrance, ou bien qui jouait avec des armes à feu — peu importe — il y en a toujours un qui meurt. Savais-tu, Stanley, qu'on peut souscrire une assurance sur la vie d'un tiers sans que l'intéressé soit au courant ?

Stanley le regarda sans rien dire.

— Et les primes, quand il s'agit de mineurs en âge scolaire, sont *données*, vraiment deux fois rien. En supposant, bien sûr, que la compagnie n'a aucune raison de penser que ces gamins-là risquent de casser leur pipe. Tu peux assurer la vie d'un gamin à hauteur d'un million de dollars pour une prime annuelle qui va chercher dans les deux cents.

— Papa, protesta Stanley incrédule.

— Toi, tu n'as qu'à pronostiquer. Te débrouiller pour être dans le coup, fouiller un peu pour recueillir les infos qui te donneront l'avantage.

— Papa, répéta Stanley.

Son père, l'air innocent comme l'enfant qui vient de naître, leva les bras au ciel, éclata de rire et en remit une couche :

— Allez, ça vaut de l'or, le conseil que je te donne là. Pense à la victime. Au gamin, dans ton lycée, qui est mort. Tu aurais pu le prédire ? Si tu pouvais voir venir, tu aurais pu aussi te mettre dans le coup et en profiter. Voilà le conseil, le viatique que j'ai à t'offrir, Stanley : c'est comme ça qu'on s'enrichit. Il n'y a pas d'autre secret. On voit venir, et on fonce.

Le père de Stanley arborait son sourire de thérapeute.

— Je n'aurais pas pu le pronostiquer, répondit enfin Stanley. Dans le cas du garçon à qui c'est arrivé dans mon lycée. Il s'est fait renverser par une voiture alors qu'il rentrait du boulot en skate. Je n'aurais jamais pensé à lui.

— Dommage.

Son père n'en dit pas plus. Il joua un instant avec sa fourchette, reprit son verre et observa Stanley par-dessus le bord frêle du ballon.

Stanley, marri, tripotait la brochure de l'école de théâtre. Il avait chaud, se sentait gêné aux entournures dans son complet-veston, comme la volaille bridée qu'on s'apprête à mettre au four.

— Et moi ? demanda-t-il. Qu'est-ce que tu vois venir, pour moi ?

Son père se pencha en avant et fit mine de transpercer la nappe d'un doigt blanc, effilé.

— Je vois, dit-il, que tu auras une année formidable. Tu seras formidable.

Octobre

— Le jeu d'acteur n'est pas une forme d'imitation, dit tout de go la Maîtresse d'Improvisation lorsque les candidats réunis dans la salle de répétition eurent pris place, assis en tailleur, dans un ovale approximatif.

Le Maître d'Interprétation, muni d'un porte-bloc, le stylo en suspens au-dessus du papier, rôdait du côté de la porte d'un air d'indifférence calculée, l'œil aux aguets pour mettre dans la balance le mérite et les qualités des uns et des autres. La Maîtresse d'Improvisation parlait toujours :

— Ce dont il s'agit dans le jeu d'acteur, ce n'est pas de reproduire quelque chose qui existe déjà. Le manteau d'Arlequin *n'est pas* une fenêtre. La scène *n'est pas* une petite chambre ouverte d'un côté, où la vie suivrait son train-train ordinaire. Le théâtre est un *concentré* de la vie ordinaire. Le théâtre est une *version épurée* de la vraie vie, une distillation, une quintessence du comportement humain, plus étrange, plus tragique, plus parfaite que toute normalité, chez moi, chez vous ou chez quiconque.

La Maîtresse d'Improvisation prit une balle de tennis dans le sac de toile à son côté et la lança à l'un des candidats de l'autre côté du cercle. Le garçon l'attrapa de justesse entre les paumes des deux mains.

— Ne regardez pas le Maître d'Interprétation, dit la Maîtresse d'Improvisation. Faites comme s'il n'était pas là. C'est moi qu'il faut regarder.

Elle ouvrit les mains, et le garçon lui renvoya la

balle d'un air penaud. Le stylo du Maître d'Interprétation descendit en piqué pour une petite note assassine.

— Pensons un peu au monde antique, poursuivit la Maîtresse d'Improvisation en repliant les jambes sous elle. Dans le monde antique, on ne faisait pas des statues d'Apollon ou d'Aphrodite pour tromper les gens et leur faire croire que la statue *était* réellement la divinité représentée ou même qu'elle en offrait une *image* fidèle. La statue fonctionnait comme un lieu d'accès. Elle était là pour que les gens puissent approcher la divinité, en faire l'expérience *en ce lieu*. Ça va ? Tout le monde me suit jusque-là ?

Elle lança encore une balle à un autre candidat qui, tressaillant malgré lui, réussit néanmoins à l'attraper et la renvoya en chandelle, sans prendre de risque. La Maîtresse d'Improvisation la reçut et la tint un instant dans ses mains, enfonçant pensivement les doigts dans le feutre pelé jusqu'à déformer le caoutchouc, puis laissant la pression se rétablir avec un petit *clac* en même temps qu'elle reprenait son discours :

— Bref, la statue n'est décidément pas la *chose même*. La statue n'est pas Apollon en personne — tout le monde sera d'accord là-dessus, n'est-ce pas ? Et elle n'est pas non plus une copie conforme. Elle n'est pas une image d'Apollon, une indication de la tête que le *vrai* Apollon pourrait avoir ou du costume qu'il porterait *dans la réalité*. Elle n'est rien de tout cela. La statue est simplement un lieu qui rend le culte possible. Elle est un lieu qui fait qu'on n'a pas besoin de chercher cette interface ailleurs. Rien de plus. Pourquoi est-ce important, ce que je vous raconte là ?

Elle lança sa balle à une fille à l'autre bout du cercle.

— Parce que c'est la définition du théâtre ? demanda l'élue du tac au tac, recevant la balle sans bavure, du bout des doigts, et marquant une pause pour répondre avant de la renvoyer. Le théâtre n'est pas la vraie vie, et il n'en est pas non plus une copie parfaite. Il n'est qu'un point d'accès.

— *C'est ça.*

La Maîtresse d'Improvisation attrapa la balle et referma la main dessus comme pour trancher la question une fois pour toutes.

La fille lorgna avec un sourire fugitif du côté du Maître d'Interprétation. Avait-il bien vu son triomphe ? Non, il ne regardait pas. La Maîtresse d'Improvisation expliquait :

— La scène n'est pas la vraie vie, et elle n'en est pas non plus une copie. Comme la statue, la scène n'est qu'un lieu où certaines choses sont *rendues présentes*. On fait en sorte que se produisent sur scène des événements qui normalement ne se produiraient pas. La scène est un *lieu* où les gens peuvent accéder à ce qui, sans cela, ne serait pas à leur portée. Un lieu où on peut être témoin d'une façon qui dispense de ressentir ou d'accomplir soi-même ce à quoi l'on aura assisté ainsi. Je parle là de… ? Qui me le dira ?

La question était trop pointue. Les candidats la regardèrent en silence, fronçant le front avec des moues qui disaient bien leur ignorance. La Maîtresse d'Improvisation frémissait presque. Elle interrogea rapidement les visages, sans marquer de déception, au contraire, avançant déjà des lèvres à moitié souriantes. La réponse était là, prête à jaillir, communicative, dans un trop-plein de bonheur. Elle retentit enfin comme un chant de triomphe.

— La catharsis, voyons ! Je parle là de la catharsis. Voilà un mot que vous devriez tous connaître. C'est la catharsis qui fait tout le sens du métier d'acteur, qui fera que *votre* jeu en vaudra la chandelle.

Octobre

Deux masques en porcelaine se dressaient dans le hall d'entrée, tel un couple de conjurés impénétrables, au-dessus d'une vasque de même matière remplie d'eau. La Comédie se détournait, braquant le regard mort de ses yeux hilares au fond du couloir, par-delà le secrétariat et la vitrine des trophées, du côté des W.-C. La Tragédie, elle, paraissait tout entière attirée vers le haut. Son masque était soutenu par deux tuyaux de cuivre qui partaient du fond du bassin et couraient derrière la mâchoire et les pommettes, débouchant au coin des yeux que le malheur maintenait grands ouverts. Lorsqu'on faisait marcher la fontaine, les tuyaux aspiraient l'eau et contraignaient le masque tragique à pleurer.

L'eau de la vasque était cernée d'un cercle de crasse insolente avec, au fond, quelques pièces de monnaie qui perpétuaient la mémoire d'espoirs passés. Le tout reposait sur un socle portant une plaque gravée :

L'esprit croit ce qu'il voit
et fait ce qu'il croit :
c'est le secret de la fascination.

Octobre

La première réaction de Stanley en apercevant les deux masques avait été pour se dire qu'il y a des gens qui baissent les coins de la bouche en souriant, et qu'il y en a qui sourient au plus fort de leur malheur. Pour l'instant, il ne les regardait pas. Il traînait simplement, les mains dans les poches, les sourcils froncés, le regard dans l'eau, luttant pour calmer les palpitations de son cœur. La fontaine ne marchait pas à cette heure, et la surface de l'eau était lisse et tendue comme une peau de tambour dans le calme matinal, la porcelaine des masques sèche et jaunâtre sous ses veines bleutées.

Incapable de supporter plus longtemps l'orbite étriquée autour de sa chambre, ponctuée encore et toujours des mêmes gestes — se lisser les cheveux, revérifier les pièces de son dossier, chercher à tâtons dans sa sacoche le bord plastifié du numéro d'ordre qu'il se fixerait sur la poitrine au moyen de deux minuscules épingles dorées avant d'auditionner —, Stanley était arrivé avec près d'une heure d'avance. Le hall était désert, le secrétariat fermé derrière ses volets clos, tous les couloirs plongés dans la pénombre. Planté là sans bouger, il traitait son trac comme il aurait soigné un accès de mal de mer, une crise d'hypocondrie ou un frisson nerveux, attendant que ça passe.

Il perçut le bruit amorti de la porte de l'auditorium, se retourna et vit venir un garçon rougeaud et échevelé, porteur d'un antique phonographe à disques dont le pavillon de cuivre reposait sur son épaule. Il serrait l'appareil contre lui, s'accrochant des deux mains à la base feutrée, tendant le cou pour voir où il allait, posant précautionneusement les pieds dans le demi-jour.

— Hé, lança-t-il. T'es techno ? T'aurais pas des fois la clé du bureau ?

— Désolé, répondit Stanley. Je suis là pour le concours.

— Ah, un candidat, fit l'autre sans s'émouvoir, en le regardant mieux. J'oubliais que c'était déjà ce week-end-là. T'as le trac ?

— Ouais.

Stanley haussa les épaules et secoua les bras, répétant plusieurs fois le mouvement en cherchant quelque chose à dire qui ne porterait pas à conséquence. Ne trouvant rien, il finit par demander :

— Et toi, tu es acteur ?

— Nan, Costumes. On démonte *La Belle Machine*. C'était la dernière hier soir, et il faut libérer le plateau pour demain.

— C'est quoi, *La Belle Machine* ?

L'autre avait fait halte au seuil du hall. Stanley trouvait étrange de causer ainsi, en criant presque, à travers toute cette étendue de marbre et de vide. La réponse vint :

— Le projet dramaturgique original des première année. C'est comme ça qu'ils font leurs preuves à l'Institut, on laisse les nouveaux se lancer et concevoir un spectacle tout seuls, sans que personne s'en mêle. C'est hallucinant, ce qu'ils vont chercher. Ils le montent en fin d'année, une vraie production avec les éclairages et tout le toutim.

— Ah bon, dit Stanley.

— T'aurais dû voir ça. Hier c'était la dernière. Ça déchirait grave.

Le garçon désigna le phonographe d'un signe de tête et ajouta :

— Y'a pas mal de musicos cette année, alors on a monté une espèce de comédie musicale, un truc trop abstrait, avec de la diversité tous azimuts. Fallait voir ça. Hallucinant !

Il se gonflait à vue d'œil. Stanley nota l'abandon de la troisième personne, le « on » employé pour « nous ». Il comprenait que « diversité » et « abstrait » devaient être des mots à la mode, de ces vocables attrape-tout qui, servant de signes de ralliement, ont le pouvoir de mettre celui qui les utilise à part du commun des mortels et de le marquer comme un des élus. Son interlocuteur était d'une nonchalance étudiée, secouant sa crinière comme un petit cheval, tournant la hanche en dehors dans une pose calquée sur les mannequins des magazines de mode masculine. Voilà qu'il reprenait la parole pour demander :

— C'est la première fois que tu auditionnes ?

Il se remit en marche tout en parlant, gagna la porte du secrétariat et fléchit le genou pour poser le phonographe doucement par terre sous les casiers en métal jaune rutilant qui occupaient tout le mur. Stanley crut réentendre sa prof de théâtre au lycée : « Bougez en disant votre texte, n'attendez pas d'en avoir fini. »

— Oui, répondit-il. Je devrais m'en faire ?

— Nan. Tranquillos. Fais-toi plaisir, te prends pas la tête. Tout le monde en fait toujours tout un plat, mais y'a pas de quoi.

— Et toi, on t'a fait auditionner pour l'équipe des Costumes ?

— Nan.

Stanley attendit, mais son interlocuteur ne développa pas. Il se redressa et essaya sans conviction d'ouvrir la porte du secrétariat. Elle était fermée à clé. Il regarda à nouveau Stanley et dit :

— Ce qu'y a de bizarre avec cette boîte, c'est qu'y a jamais personne qui en dit vraiment du mal. Même ceux qui se font recaler — t'en as vu ?

— Non.

— Ils disent toujours : Je sais maintenant que j'en veux vraiment. J'ai eu un petit aperçu de ce qui se passe là-dedans, et même si j'ai pas été reçu, j'ai une nouvelle flamme intérieure et, nom de Dieu, je vais bosser et bosser et tenter encore ma chance dans un an, et je continuerai à me présenter au concours jusqu'à ce que j'y arrive. Ils disent : Quel honneur, quel privilège d'avoir pu auditionner devant ces gens incroyables, passer un week-end à l'Institut et voir un peu ce lieu d'où sortent les vrais talents. Ils disent : Cette boîte-là, c'est vraiment un endroit où on te réveille. Tu trouves pas ça bizarre ?

Stanley, dans le doute, haussa les épaules. Il avait reculé d'un demi-pas pendant que l'autre parlait, et il sentait la fraîcheur de la vasque de porcelaine se diffuser dans ses reins.

— Y'a personne qui fait un bras d'honneur en repassant la porte. Personne qui dit : Vous pouvez vous le mettre quelque part. Personne qui dit : J'en voulais pas de toute façon, de votre saloperie de bordel d'école à petits cons. Personne qui dit : Merde alors, je vaux bien untel ou untel, je veux savoir exactement pourquoi j'ai pas été reçu. En général, y'a personne qui râle. Franchement, tu trouves pas ça bizarre ?

— Ben, c'est une école prestigieuse. Il faut croire que les gens y tiennent.

— Ouais, dit l'autre d'un ton soudain méprisant, rejetant manifestement Stanley comme un personnage qui n'avait rien à lui offrir. Enfin, bonne chance. Peut-être qu'on se reverra l'année prochaine.

— Ouais.

Honteux de sa propre nullité, Stanley était pourtant trop obsédé par l'audition, trop traqueux pour s'en faire. Il se retourna du côté de la fontaine et renfonça brutalement les mains dans ses poches, guettant les pas de l'autre qui allèrent se perdre au bout du couloir, jusqu'à ce que le choc feutré de la porte de l'auditorium se refermant vînt enfin y couper court.

3

Jeudi

Le journal du matin titre *Enseignant nie avoir abusé de son élève*.

— Ce pauvre M. Saladin, dit la prof de saxophone. Ce pauvre M. Saladin avec ses mains fines et son cœur palpitant et solitaire et son visage comme…

— On ne voit pas son visage, coupe Patsy qui se sent mal lunée. Il le cache sous sa veste.

Le téléphone sonne.

— Elles l'imaginent quand même, dit la prof de saxophone. Les mères avides avec leurs tristes yeux noirs. Elles imaginent de petites dents pointues et le spasme moite de sa gorge serrée. Elles imaginent l'ombre bleue des poches sous ses yeux.

Patsy contemple l'article en penchant la tête sur l'épaule. L'esprit ailleurs, elle fait la chasse aux miettes sur son assiette.

— Je comprends parfaitement, madame Miskus, dit la prof de saxophone au téléphone. Oh, mon Dieu, non! Je n'ai jamais rencontré cet homme, mais permettez tout de même que je vous en dise un mot.

Là-dessus, Patsy se lève et se met à la recherche de son manteau. La prof de saxophone la suit des yeux tout en parlant :

— M. Saladin a laissé derrière lui une méfiance singulière, tout ensemble ingénue, fascinée et aguichante, qui a ravagé mes élèves comme un virus. La jeune fille violée est suivie partout où elle va de chuchotements et de coups de coude et d'une jalousie aveugle et endolorie. Lorsque les lumières s'éteignent, les parents pleurent et se demandent l'un à l'autre ce qu'il lui a *fait*, mais c'est une tout autre question qui tracasse les filles : qu'est-ce qu'elle a fait, *elle* ? Qu'est-ce qu'elle sait maintenant qui la rend tellement dangereuse, comme la lente fuite ambrée d'un gaz nocif ?

Patsy se tortille pour enfiler son manteau, agite la main, envoie un baiser. Elle s'en va.

— C'est elle qu'elles essaient d'imaginer, elle qui caresse le visage de son amant et cambre le cou et murmure de petits riens, des mots spéciaux, que personne n'aurait prononcés avant elle. Elles essaient de l'imaginer contre le mur de la salle de musique, haletant, les yeux fermés, les poings plaqués à la cloison au-dessus de sa tête. Elles essaient d'imaginer les petites choses de tous les jours, « la pause de midi, ça te va ? » ou « hier, je n'ai pas fermé l'œil de la nuit » ou « j'aime mieux la chemise à rayures ». Elles se disent que, peut-être, quand elle croise maintenant les bras sur la poitrine et s'étreint, quand elle lisse sa mèche, quand elle se tait soudain et se mord la lèvre, elles se disent que tout cela a peut-être un sens nouveau, qui leur échappe. Elles essaient de se l'imaginer, madame Miskus. Elles essaient d'imaginer ce que tout cela peut bien vouloir dire.

La prof de saxophone se tait, écoute en tripotant le fil. La cage d'escalier résonne du bruit de la porte qui claque.

— Je comprends, reprend-elle au bout d'un moment. Votre pauvre fille si sensible et si fragile se sent souillée par association et elle veut se distancer autant que possible de cet horrible individu. Dites-lui que j'ai un créneau le mardi à quinze heures.

Vendredi

On affiche la reprise des répétitions. Le jazz-band, l'orchestre et l'ensemble de jazz des grandes auront un nouveau directeur, une directrice plutôt, dont le nom figure en gras sur l'avis : Mme Jean Critchley. La précision, inhabituelle, fait ressortir le titre et le prénom féminins.

— Évidemment qu'ils ont été chercher une femme, commente le premier alto d'un ton sinistre à l'adresse du groupe lâchement agglutiné dans le couloir.

— Moi j'aimais bien M. Saladin, dit Bridget, toujours aussi maigrichonne et inélégante.

— Il est déjà en taule ?

— Plutôt assigné à résidence, opine la contrebasse. Pour qu'il recommence pas.

— Mon cul ! s'exclame le premier trombone. Il est chez lui, tranquille. Je parie qu'il passe ses journées en pyjama devant la télé.

Ayant épuisé le sujet, elles restent un instant encore à considérer le nom de Mme Jean

Critchley, porté en caractères gras à la connaissance de tous.

— C'est un nom d'emmerdeuse, dit le premier alto, exprimant à haute voix ce que chacune pense tout bas.

Vendredi

— Je suis allée voir M. Partridge hier après les cours pour demander un délai supplémentaire, raconte Isolde. Il était dans son bureau, mais dès que j'y ai mis le nez, lui il part comme une fusée et il me dit : Sortons, allez, nous serons mieux pour discuter dans le couloir. Ils sont tous comme ça en ce moment. Ils ont peur des lieux fermés.

La prof de saxophone la regarde et pense : Voici la naissance d'une nouvelle Isolde, une Isolde durcie, insensibilisée, témoin de la séduction sale et perverse du monde, mais qui nourrit toujours un petit germe de doute, car ce qu'elle a pu voir et entendre, elle ne l'a pas encore ressenti.

— Enfin, bref, on sort dans le couloir, poursuit Isolde.

Elle repousse son saxophone qui ballotte, suspendu à son épaule à la façon d'un cartable, tandis que ses deux mains vont s'accrocher au cordon. Elle effectue un transfert de poids, avance la hanche et bat des paupières, mimique qui, avec ses grands yeux, la transforme sur-le-champ en la douce victime d'un sort immérité. L'éclairage change, baisse, de plus en plus diffus, jusqu'à montrer Isolde sous le jour lilas crémeux d'un couloir du lycée en fin d'après-midi avec tous les casiers béants et les emballages de chips qui tourbillonnent par terre comme des feuilles argentées.

— Alors je lui fais : Je me demandais si je ne pourrais pas avoir un délai supplémentaire ou quoi, puisque ce n'est vraiment pas facile à la maison en ce moment...

Sans un pli, elle fait glisser le saxo de son épaule dans ses bras. Le pavillon repose librement dans ses mains, mais en même temps elle semble vouloir le presser contre son bassin, s'en faire, mine de rien, un bouclier, comme un homme pourrait se réfugier derrière un classeur en se retrouvant seul avec une élève, dans un rayon de soleil lilas crémeux, dans un couloir où, hormis eux deux, il ne reste plus personne.

La prof de saxophone réfléchit au plaisir que lui donnent ces transformations, lorsque Isolde dépouille en douceur la peau d'un personnage pour en devenir un autre. Bridget imite bien les voix, mais avec Isolde le spectacle est toujours physique et total, comme une mue imprévue. La prof de saxophone change de position sur sa chaise et hoche la tête pour bien montrer qu'elle écoute.

— Mais lui il refuse, dit Isolde qui du coup rejette son corps en arrière, balançant sur les talons et rentrant le ventre de façon à enfler les pectoraux et à gagner en largeur. Il fait d'abord non de la tête, puis il remet ça. Moi, Isolde, qu'il me dit, je ne suis pas de ces enseignants qui font des fleurs à leurs élèves pour se faire aimer. Ce n'est pas mon genre. Moi, ma tactique pour plaire consiste à désigner un bouc émissaire. J'en choisis toujours un, dans toutes les classes qui me passent entre les mains. Vous accorder le délai que vous sollicitez, ce serait de ma part de l'hypocrisie qui saperait les méthodes que j'ai moi-même mises en place.

Et encore :

— Isolde, qu'il me fait, si je veux me faire aimer d'une élève, je ne commence pas par lui offrir des délais supplémentaires dont elle n'a pas vraiment besoin. Je commence par cultiver un climat de jalousie dans ma classe. La jalousie est une composante essentielle de tout environnement scolaire, car la jalousie signifie la compétition, et la compétition signifie l'excellence. Un amour ardent et sincère ne pourra s'épanouir que dans une classe jalouse. Ce n'est donc qu'une fois certain que mes élèves sont fin prêtes à devenir très jalouses les unes des autres que je choisis mon bouc émissaire. Ce n'est pas facile, Isolde, de choisir un bouc émissaire. Bien moins facile que d'offrir un délai supplémentaire pour ses devoirs à une élève qui n'en a pas vraiment besoin. Choisir un bouc émissaire, c'est une affaire épineuse au sens propre du terme. Le truc…

Isolde brandit son saxophone, assenant des coups dans le vide pour souligner les paroles qui se suivent :

— Le truc, c'est de ne pas choisir la fille que tout le monde trouve déjà franchement antipathique. Ce serait inciter les autres à prendre mon bouc émissaire en pitié et à me mépriser, moi, pour ma cruauté. Je ne veux pas être cruel avec mes élèves. Le truc donc, c'est de choisir la fille la moins originale de la classe. Il faut une personne sans originalité, sur qui je vais pouvoir compter pour se comporter exactement de même façon chaque fois que je ferai appel à elle. Une personne sans originalité, qui sera assez bête pour se croire distinguée pour ses propres talents comiques. Qui croira, lorsque je ferai rire d'elle, que tout le monde rit avec.

C'est toujours l'homme qui parle :

— Isolde, qu'il me fait, je suis un bon enseignant, aimé de mes élèves. Je m'assure leur amour collectif, non pas en recherchant les bonnes grâces de chacune prise à part, mais en désignant une victime expiatoire pour le compte de toutes les autres. C'est une bonne méthode et je suis un bon enseignant. Il n'est pas question que je vous accorde un délai supplémentaire parce que votre sœur a couché avec un homme et que tout le monde est au courant et que j'en suis navré pour vous. Je me suis expliqué. Je suis désolé.

Les lumières reprennent petit à petit leur intensité première. Isolde termine gracieusement et rattache son saxophone au cordon, prête à prendre sa leçon.

— Donc tu ne l'as pas eu, ton délai supplémentaire, conclut la prof de saxophone en se levant.

— Nan, confirme Isolde. Il me fait : Vous, Isolde, il serait temps d'apprendre que la vie est injuste. Et voilà.

Vendredi

C'est une tradition nouvelle, en vogue dans cet établissement laïque, que d'acheter du Coca chez le vendeur de sandwiches du coin dans une de ces bouteilles en plastique qui n'ont presque pas de col et de récupérer avec l'ongle la rondelle bleue à bords rigides qui se niche à l'intérieur du bouchon. Les filles portent ensuite ce disque bleu à leur bouche et enfoncent les incisives au cœur du plastique gras jusqu'à le transpercer. Elles peuvent alors arracher toute la chair du disque, l'évider pour ne laisser que le bord. Elles tirent enfin doucement sur ce petit cercle de plastique translucide, le tournent et le retournent entre les doigts, avec de tendres sollicitations qui, à force, l'élargissent de plus en plus et transforment le cercle étroit en un pâle ruban dans lequel elles arrivent à passer la main. Les filles portent alors ces rubans de plastique autour du poignet.

On appelle ces bracelets des « Baise-moi ». C'est une marque d'audace chez les filles que de s'en fabriquer un à partir du cachet du col d'une bouteille de Coca, car quiconque rompt le bracelet, même sans faire exprès, conclut de ce fait un pacte avec celle qui le porte. Parfois, dans une fête, un garçon se penchera pour embrasser une fille et profitera de la posture pour, libérant une main, chercher en douce son poignet et tenter de rompre le cachet du Coca. Le plus souvent, la fille sent bien qu'il essaie de casser son bracelet et elle fait semblant de lutter, sachant à quoi la rupture du cachet l'engage : elle simulera des résistances, arrachera son poignet à l'assaillant en sorte que le bracelet, lui, n'y résiste pas. Le cercle une fois rompu, ils savent tous deux qu'ils devront assurer et aller jusqu'au bout.

C'est une honte pour une fille de rompre son propre bracelet. La perspective fait doucement ricaner tout le monde, et celle qui aurait la maladresse de casser la mince bande de plastique en en accrochant le bord au cadre d'une porte ou à une boucle de son sac à dos se ferait mettre au ban du groupe.

Une des filles dit :

— On a trouvé un Baise-moi dans la salle où M. Saladin donnait ses cours de perfectionnement. Sous le piano. C'était cassé.

Ce n'est pas vrai.

Lundi

Le psychologue-conseiller de vie scolaire lève les deux bras, mains ouvertes, paumes en avant, comme s'il se prenait pour un politicien ou un curé. Sa voix couvre le raclement des pieds qui ne tiennent pas en place.

— Je remercie tout le monde d'être là ce matin, dit-il. J'ai bien envie de développer encore quelques-unes des questions que nous nous sommes posées la dernière fois. Je me suis dit que nous pourrions parler aujourd'hui de la domination.

Julia est assise dans le fond de la salle où elle fait le dos rond, les bras croisés sur la poitrine, les chevilles aussi croisées et les cheveux dans les yeux. Elle regarde les autres entrer d'un pas allègre, fuyant le froid du dehors, bras dessus bras dessous avec leurs meilleures copines, avançant groupées, formant des escadrons carrés de copinerie. Lorsque le carré se défait pour prendre place dans une rangée, elles franchissent l'écueil à grand renfort de chuchotements et de coups de coude, non sans quelques signes d'une panique folle qui fait plisser les yeux, chacune craignant de se retrouver un jour dans les places terribles à l'extrême périphérie de la bande, qui obligent à se pencher par-dessus ses voisines pour demander et redemander à tout bout de champ : « Comment ? Pourquoi vous vous marrez ? Qu'est-ce qu'elle a dit ? »

Avec mépris et une ombre de jalousie, Julia les regarde se caser, chacune à son rang, autour de celle qui figure momentanément l'acmé de la popularité et de l'esprit. La plupart des filles sont des élèves de terminale, du même âge que celle qui s'est fait violer, contaminées tout au plus par un vague voisinage. Les autres, qui font de la musique, ont été plus sérieusement exposées. Celles-là ont été convoquées dans les formes, à titre individuel, par une petite fiche rose, photocopiée à de multiples exemplaires dont chacun porte la signature du psychologue, d'une main aussi discrète qu'un chuchotement.

La porte s'ouvre, et Julia s'étonne de voir la sœur de la victime qui, froissant une convocation rose dans son poing serré, vérifie le chiffre inscrit sur la plaque de cuivre au-dessus de la poignée. Isolde n'est qu'en seconde, trop jeune pour faire partie du jazz-band ou de l'orchestre ou de l'ensemble de jazz des grandes ; si elle fait signe, en entrant, à quelques-unes des présentes, il s'agit manifestement de copines de sa sœur. Le psychologue arbore un sourire approbateur en l'apercevant, montrant à tout le monde qu'il est terriblement fier d'elle, comme on peut être terriblement fier d'une mascotte ou d'un drapeau.

En regardant Isolde, qui repousse ses cheveux derrière une oreille et, d'un air revêche, s'occupe de se trouver une place, Julia ressent une pointe d'intérêt pour cette fille, reléguée, une fois pour toutes maintenant, dans l'ombre cambrée et pantelante de sa sœur. Elle se demande à quoi elle peut bien penser.

Lorsque Isolde s'assied, la fille derrière elle se penche et lui serre amicalement les épaules, glissant les pouces dans le creux de ses clavicules en murmurant dans un souffle chaud et apitoyé : « Ça va ? » Isolde se contorsionne pour se dégager, fait signe que oui et dit quelque chose que Julia ne distingue pas. L'autre secoue la tête et bat en retraite sur une dernière petite tape en poussant un soupir maternel. Elle se tourne aussitôt pour tirer par la manche sa voisine de gauche qui tend déjà l'oreille, impatiente.

Julia voit les murmures haletants enfler et courir d'un bout à l'autre de la rangée derrière celle où Isolde a pris place. Elle étudie la mine dure et impassible affichée par celle-ci.

— Sauteriez-vous d'un pont simplement parce que vos amies se seraient mises à sauter des ponts ? demande le psychologue.

C'est sa question préférée, il la pose à tout le monde et en toutes circonstances, d'une voix sonore, triomphante, comme s'il venait, par un coup de génie, de mettre son adversaire échec et mat.

Julia regarde Isolde qui remue sur son siège. Isolde, elle, fixe le psychologue d'un regard morne ; elle fronce les sourcils, mais ne paraît pas vraiment écouter ; ses lèvres, détendues, ont presque l'air de faire la moue. Elle a les mêmes pommettes rondes, les mêmes grands yeux innocents que sa sœur, mais là où la rondeur de Victoria est une plénitude provocante, qui ne s'excuse pas et ne cherche pas à se cacher, le même trait donne à

Isolde le minois en susucre, grassouillet, d'une enfant gâtée. Isolde porte son propre visage comme un accessoire de mode dont elle saurait pertinemment qu'il siérait mieux à n'importe qui plutôt qu'à elle.

— Pour certaines personnes, rabâche le psychologue, la séduction est un moyen de se faire remarquer. La séduction est un appel au secours, une dernière tentative désespérée pour nouer un vrai contact avec autrui.

Il brandit un doigt dodu et promène ses regards sur le demi-cercle en écossais qui l'entoure, les cravates desserrées, les jambes de velours croisées.

— Ce sont des solitaires, des traumatisés, qui recherchent les rapports physiques et sexuels par simple compulsion, sans véritable désir. Il faut toujours vous tenir sur vos gardes contre les personnes de ce genre.

Il marque une pause pour plus d'effet. Puis :

— M. Saladin en était.

Julia lance un regard du côté d'Isolde qui, sans broncher, fixe toujours le psychologue du même air absent. Julia se demande si ce n'est pas qu'une façade. Elle essaie de s'imaginer à la place d'Isolde, se demande comment ce serait de rentrer jour après jour du lycée en émissaire d'un lieu interdit, en ayant soin de ne pas se retrouver nez à nez avec sa sœur, comment ce serait, le soir à table, de la regarder réduire sa patate en une lugubre pâtée, de passer devant la porte close de sa chambre, avec ses vieux autocollants fatigués et sa bande adhésive antivol dérobée dans un magasin, de la croiser dans le couloir au sortir de la douche, nue et ruisselante sous sa serviette. Julia s'imagine une mère hagarde et en larmes, un père qui tripote sa cravate comme si elle l'étranglait. Elle s'imagine des coups de téléphone pressants, des murmures qui valent des cris, un silence moite et fuyant. Elle s'imagine Isolde au milieu de tout cela, essayant de regarder la télé ou de polir les chaussures qu'elle met pour aller en cours ou de lire les bandes dessinées dans le journal — seule, isolée par une poche de calme plat, tel un navire dans l'œil du cyclone.

Julia regarde Isolde qui contemple tranquillement ses ongles et ronge une petite peau.

— Ce cas terrible d'abus sexuels sur une enfant, dit le psychologue, est un exemple classique de la séduction utilisée comme moyen d'imposer sa domination. En s'attaquant en prédateur à cette jeune fille, M. Saladin lui a ravi le droit de disposer de son propre corps. Il a abusé de l'autorité que lui conférait son statut d'enseignant. Il a utilisé son autorité pour *imposer sa domination*.

Il a écarté son pupitre pour prendre une pose plus nonchalante, appuyé au bord d'une table, une main dans la poche de son pantalon. Son poing serré tire sur le tissu, faisant bâiller un peu la fermeture éclair de sa braguette, tandis que l'autre main, qui cueille on ne sait quoi dans le vide, lui donne l'air de diriger un morceau de musique très moderne et très émouvant.

— Mon but aujourd'hui, dit-il d'un ton suave, est de discuter de ce que je pourrai faire pour vous aider à apprendre, *vous*, à dominer la situation. L'une de vous a-t-elle une remarque à faire avant qu'on ne donne le coup d'envoi ?

Elles déclinent toutes en secouant la tête, lui sourient et remuent sur leurs sièges comme des poules au perchoir. Enfin Julia dit :

— Oui. Moi.

Un brusque bruissement parcourt la salle où toutes sauf Isolde se retournent pour la dévisager. Julia bat calmement des cils et dit :

— Je ne suis pas d'accord. Je ne crois pas que M. Saladin ait voulu imposer sa domination.

L'homme se renfrogne et lève la main pour tirailler une mèche de cheveux à sa nuque. Il fait écho :

— Vous ne croyez pas.

— Non, je ne crois pas, répète Julia. Ce n'est pas la domination qui est excitante. Ce qu'il y a d'excitant dans le fait de coucher avec une mineure, ce n'est pas de pouvoir se faire obéir. L'excitant, c'est le risque. Et ce que le risque a d'excitant, ce n'est pas ce qu'on peut y gagner, c'est ce qu'on peut y *perdre*.

Les autres filles la détaillent du regard et s'étonnent collectivement avec une fascination dégoûtée. Leur expression est celle de toute fille populaire qui condescend à prêter attention lorsqu'une mal-aimée prend la parole. Julia est à leurs yeux comme un phénomène de foire : quelque chose qui pique leur curiosité, mais aussi qui dérange. Elle hausse encore la voix.

— C'est comme les paris et les jeux d'argent. Si vous engagez un pari que vous êtes presque certain de gagner, ça ne vous coûtera pas beaucoup d'adrénaline. Ce n'est pas vraiment excitant, le plaisir ne va pas chercher loin. Mais si vous faites un pari où tout est contre vous, où vous n'avez qu'une minuscule lueur d'espoir d'y arriver peut-être malgré tout, c'est là que vous donnerez votre maximum. Il est plus probable que vous perdrez. C'est cette possibilité-là, la possibilité de perdre, qui vous grise.

Les filles commencent à se tortiller et à murmurer, mais Julia ne regarde que le psychologue. Elle a les yeux plissés, étincelants, implacables. Le psychologue, lui, regarde ses chaussures.

— Le fait que Victoria était mineure et vierge et tout n'était pas excitant parce qu'il pouvait mieux lui imposer sa domination. L'excitant, c'était tout ce qu'il risquait de perdre si jamais on découvrait le pot aux roses, dit Julia qui a une façon à elle d'incliner la tête, un petit air bravache qui souligne ce que ses propos ont de choquant. Ce n'est pas seulement elle qu'il perdrait. C'est tout.

Il y a un bref silence, suivi encore d'un mouvement d'ensemble : comme si elles s'étaient donné le mot, toutes les filles se retournent pour regarder le psychologue. Elles le voient lever les yeux, tourmenter sa mèche, soupirer.

— Il me semble, dit-il, que nous nous sommes écartés de notre sujet. Ce qui nous intéresse ici, c'est le déséquilibre du pouvoir. Ce qui nous intéresse, c'est le fait que M. Saladin, en tant qu'enseignant, a abusé de son autorité en cherchant à nouer une relation avec une élève.

— Nous nous sommes écartés de *votre* sujet, oui, rétorque Julia. Nous parlons maintenant de ce qui m'intéresse, *moi*. De toute manière, est-ce que toute relation n'implique pas un déséquilibre du pouvoir, peu ou prou ?

Avant qu'elle ne puisse ajouter un mot, le psychologue la prend de vitesse. Il parle à la cantonade, en laissant appesantir son regard sur les filles les plus passives, les moins disertes du groupe :

— Et vous autres, qu'en pensez-vous ? Y a-t-il des commentaires ? Vous êtes d'accord ? Pas d'accord ?

Quelques-unes lèvent le doigt et prennent la parole. Julia n'écoute plus. Elle jette un regard mauvais au psychologue, tire un stylo-bille de sa poche et se met à dessiner sur le dos de sa main pour bien montrer son indifférence. Au bout d'un moment elle lève la tête et encaisse un coup de massue : Isolde la regarde. Elle n'a plus son minois enfantin, en susucre. La tête légèrement tournée, elle regarde par-dessus son épaule comme une reine froide et nonchalante, les tendons de son cou bandés comme des cordes sous la peau.

Julia sent le sang lui monter au cou et se reprend trop tard. Son cœur bat à se rompre. Elle a tout d'un coup l'impression d'être trop grande pour son corps, maladroite et bête et godiche, c'est un frisson terrible qui déferle comme une vague.

Leurs regards restent un instant accrochés, puis Isolde se détourne.

Samedi

Isolde et Victoria regardent la télévision. Isolde est lovée dans le creux d'un fauteuil tapissé de poils de chat, ses jambes serrées contre sa poitrine, sa tête sur l'accoudoir. Victoria est étendue sur le canapé, un genou relevé, la télécommande reposant lâchement entre son pouce et son index. Leur père vient d'entrer dans la pièce et de froisser les orteils d'Isolde dans sa grosse paluche avec un « bonne nuit, les limaces ». Leur mère vient de rappeler depuis l'escalier : « À onze heures au lit, n'est-ce pas ? » Le contrepoint lourd-léger de leurs pas est allé se perdre à l'étage, couronné du petit *toc* qui fait écho au bruit de la porte de leur chambre refermée.

— Et ces garçons avec qui tu copinais dans le temps ? Ils déconnent toujours avec ta bande ?

La question est auréolée de la prérogative absolue d'une sœur aînée d'exiger toute la vérité. En tant qu'aînée, Victoria porte toujours sur la vie de sa petite sœur le regard de quelqu'un qui vient de passer par là, quelqu'un de qualifié, qui sait tout ce qu'il y a à savoir et que rien ne peut choquer. Comme si, à chaque nouvelle étape, Isolde ramassait encore un costume déjà porté, devenu trop petit pour Victoria qui l'a jeté derrière elle, mais qui conserve le droit d'entrer dans sa loge, d'être témoin du mal qu'elle aura à passer les manches. Quand Isolde a ses premières règles, essaie son premier soutien-gorge, plante son premier baiser, choisit une robe pour son premier bal — à tous ces événements marquants, Victoria est ou sera présente. Sans quoi, la grande sœur sera toujours en droit de demander : « Mais pourquoi ne m'as-tu rien *dit*, Issie ? Pourquoi ? »

En revanche, la petite Isolde n'oserait jamais demander à Victoria ce qui s'est *vraiment* passé de l'autre côté du carreau aveuglé de la porte de la salle de travail. Elle n'oserait jamais demander des détails — la vie sous les vêtements de cet homme, son souffle, son corps au toucher. Ce n'est pas elle qui demanderait : « Est-ce qu'il avait le trac, Toria ? » ou « Qui a donné la première caresse ? » ou « Est-ce que vous avez commencé par vous parler, pendant des semaines et des semaines — de vous-mêmes, de ce à quoi chacun aspire et qui lui manque ? » Ce sont là des questions qu'Isolde n'a pas le droit de poser. Elle n'a pas pu demander « mais pourquoi ne m'en as-tu rien *dit* ? » quand Victoria a pris dans ses filets un premier amant, quand elle a noué sa première liaison, quand elle a commis sa première infidélité ou versé pour la première fois ces petites gouttes de sang virginal qui font tant penser à des fleurs, car tous ces minces jalons relèvent d'un terrain où la cadette n'a pas encore sa place.

Plus tard, quand Isolde aura l'âge de Victoria maintenant et que Victoria, avec ses deux longueurs d'avance, sera sans doute à la fac et ne logera plus chez papa-maman, quand elle en sera à fumer son premier joint, à rentrer pieds nus après son premier coup sans lendemain, à se demander pour la première fois sérieusement ce qu'elle compte *faire* de sa vie — alors peut-être Victoria lui racontera-t-elle ce qui s'est vraiment passé. Pas dans tous les détails, car avec le recul Victoria affectera l'insouciance, écartant le souvenir d'un revers de main en protestant : « quand même, papa et maman étaient trop cons » ou « mon Dieu, mais ça fait une éternité ». Elle dira peut-être : « On voulait partir ensemble, mais pour finir il s'est recollé avec son ex. Je l'ai croisé dans la rue il y a quelques mois. Dis donc, il a pris du ventre. »

Mais il serait impossible d'en parler maintenant. Insister pour obtenir de Victoria un détail ou une réponse ou un dessin, ce serait, se dit Isolde, comme de sauter un chapitre dans le livre qu'elle serait en train de lire. La vie de Victoria aura toujours deux longueurs d'avance, maintenant et à jamais, et Isolde, à voir le chemin avant d'avoir à le parcourir elle-même, aurait l'impression de tricher.

— Ben oui, mais ça veut dire que tu feras jamais les mêmes bêtises que moi, dit Victoria qui ne veut pas qu'Isolde se sente flouée.

— Si, rétorque Isolde. Je les *ferai*, exactement les mêmes, mais quand j'en serai là, elles seront plus intéressantes, puisque tu seras déjà passée par là et moi je serai qu'une copie.

— Ouais nan, fait Victoria, c'est toi qui as tous les avantages. Papa et maman sont carrément plus sévères avec moi qu'avec toi. Ils dépensent toute leur énergie sur moi, et ensuite, quand il s'agit de toi, ils ont plus les mêmes exigences et ils laissent pisser.

— Ouais nan, mais il faut que je joue toujours la petite dernière, le bébé quoi, et ça craint.

— Ouais, mais moi, à six ans, j'ai eu droit à une boîte de pastels pour Noël, et toi, à six ans, tu as eu une raquette de tennis rose, dans une housse rose à paillettes. Plus ils se font vieux et plus ils ont de fric. Tu as eu carrément plus de jouets que moi.

— Ouais, mais justement. On arrête pas de me comparer avec toi. Toi, on te compare à personne, puisque c'est toi qui fais tout en première.

— Tu parles ! C'est quand, la dernière fois qu'on t'a comparée à moi ?

L'échange soulage, car tout ce qu'elles se disent là est sous-tendu par la conscience qu'elles ont d'avoir au moins chacune sa place, l'aînée et la cadette, une case qu'elles peuvent remplir exactement, faite pour les accueillir comme les coussins du vieux fauteuil contre le mur, défoncés par le chat, accueillent le corps d'Isolde. Elles savent aussi qu'il s'agit au fond plutôt d'un équilibre nécessaire que d'une copie imparfaite. Chaque sœur réclame, non pas une réplique, mais une moitié approximative, mal taillée et distordue, de l'attention et de la disponibilité de leurs parents.

— Et ces gars avec qui tu copinais dans le temps ? demande à présent Victoria.

— Nan, c'est pas ça, répond Isolde. Tous les gars de Saint-Sylvestre c'est des cons, on dirait.

— C'est ce que je pensais, moi, dit Victoria. Quand j'avais ton âge.

Mercredi

Une ambiance étrange règne dans la salle de musique, où les membres du jazz-band sortent leurs instruments et déploient leurs pupitres. C'est la première fois depuis trois semaines qu'elles se retrouvent pour répéter et, à part soi, chacune se sent trahie — non par M. Saladin, qui était toujours enjoué et échevelé et leur donnait à toutes du « madame » et du « princesse », mais par Victoria, qui les a roulées dans la farine en faisant semblant d'être des leurs.

Les filles gardent le silence, souffrant collectivement de l'impossible humiliation d'avoir été les dernières au courant. Plus elles y pensent et plus elles en veulent à celle qui pendant tout ce temps les a regardées s'enfoncer sans rien dire, qui les a côtoyées pendant tout ce temps, renfermée, suffisante, seule maîtresse de son secret. À présent elles ne peuvent pas ne pas rougir en se rappelant leurs propres velléités de flirt, timides et innocentes, avec M. Saladin, tous ces frissons délicieux rétrospectivement empoisonnés par l'idée de Victoria qui le leur a soufflé sous le nez, si bien qu'alors déjà il ne s'appartenait plus. Elles se souviennent des tête-à-tête des cours de perfectionnement, lorsqu'il levait le poing et criait victoire — «*voilà* ce que je veux entendre!» — avec un grand sourire gamin, du jour où il s'est joint un moment à leur partie de haki dans la cour, pendant la pause de midi, pour se sauver avec la balle dès qu'il a commencé à perdre, des instants avant les séances de travail où il venait causer sans façon du festival Shakespeare et du concours de musique de chambre et des modifications apportées à l'uniforme d'été...

— Elle, il la trouvait jolie dans son uniforme d'été, je le lui ai entendu dire, au premier trimestre déjà, dit le premier trombone en vidant sa clé d'eau sur la moquette. J'étais là, moi aussi.

Qu'elles fassent ainsi semblant d'avoir d'emblée subodoré l'intrigue, c'est la marque d'une blessure profonde. Tout ce qu'elles ont jusque-là vu et appris de l'amour les a placées au point de vue des protagonistes, et elles ne sont pas prêtes à assumer le poids écrasant de cette exclusion. Elles commencent maintenant à mesurer tout ce qui leur a échappé et combien elles ont pu être importunes, prise de conscience qui va de pair chez chacune avec l'invention douloureuse d'une nouvelle image de soi: hors du coup, celle dont personne ne veut et qui n'a rien à faire là.

— Il lui faisait un truc, raconte la percussionniste, quand ils étaient couchés ensemble dans le noir et que lui il parlait, mais dans le noir il savait pas si elle souriait ou pas. Alors il écartait l'index et le majeur comme les bras d'un petit compas et il lui mettait sans arrêt la main à la bouche pour voir. Des fois, il se collait contre elle, sur le côté, et il gardait les doigts sur les deux coins de sa bouche, tout doucement, et pendant tout ce temps ils se parlaient dans le noir. Ça les faisait rire. C'était un truc qu'il faisait.

Bridget, dans un coin, extrait son saxophone du feutre gris de l'étui et enfonce le bec sur le bocal sans y penser. La semaine dernière, elle a acheté chez différents fabricants toute une collection d'anches qu'elle se propose d'essayer ; elle y a même inscrit, en tout petit, des chiffres rouges, pour s'y retrouver. Elle en choisit une dans la boîte et consulte ses notes avant de la serrer sur la table du bec. L'anche est plus forte que celles avec lesquelles elle a l'habitude de jouer, elle peut donc s'attendre à avoir la langue en sang.

— Il l'appelait sa petite bohémienne, dit la seconde trompette. C'était son petit nom câlin. Sa petite bohémienne.

La sonnerie déclenche un bref affolement sonore, fait de chaises et de semelles qui raclent le sol. Les musiciennes jettent leurs restes de sandwiches à la corbeille et gagnent chacune sa place dans le demi-cercle qui entoure le pupitre du chef.

— Elle, on lui a fait avouer que c'est l'an passé déjà que ça a commencé, dit le saxophone ténor. Elle a dû faire une déposition à la police et tout.

Sur ce, elles restent un moment sans parler, ruminant chacune pour soi la conscience affligeante de sa victimisation : ce sont en effet elles, plus que quiconque, qui ont été trompées.

Mercredi

— Si tu t'imagines les cheveux sagement nattés, ton kilt bien repassé, en train de jouer *Sweet Georgia Brown* au ténor à la remise des prix de ton lycée, si tu te vois déjà prendre la pose, le parfait petit agneau sous les feux des projecteurs, je suis désolée, mais tu n'y es pas.

Les ongles de la prof de saxophone sont rouge sang aujourd'hui, des ongles qui battent doucement un rythme tandis qu'elle enchaîne :

— Ce n'est pas là la langue du saxophone. Le saxophone parle la langue des bas-fonds, l'argot blasé et mélancolique du demi-jour — sale et sexy et suant et dur. C'est la langue des orphelins et des bâtards et des putains.

Bridget ne bouge pas. Entre ses mains, le saxophone baisse la tête comme une fleur fanée.

— Le saxophone, dit encore la prof, est la cocaïne de la famille des bois. On admire les saxophonistes parce qu'ils sont dangereux, parce qu'ils ont exploré une face plus sombre, plus sinistre de leur propre personnalité. Dans ton jeu, Bridget, je ne vois rien de sale ou de sexy, de suant ou de dur. Tout ce que je vois est bien récuré, rose et blanc, propre sur soi, expurgé et assommé de tranquillisants comme un caniche à une exposition.

— D'accord, acquiesce la malheureuse Bridget.

L'ongle rouge sang continue à tambouriner sur la tasse à thé.

— Qu'est-ce qui fait un bon professeur ? À ton avis, Bridget ?

Bridget se suce les lèvres en réfléchissant pour répondre enfin sans conviction :

— Ben quoi, je pense qu'il faut être doué. Bien maîtriser son sujet.

— Et encore ?

— Ben, avoir de la patience. Je pense.

— Veux-tu que je te dise ?

— D'accord.

— Le bon professeur, dit la prof de saxophone, c'est celui qui réveille en toi quelque chose qui n'existait pas jusque-là. Le bon professeur te transforme si bien que tu ne pourras plus revenir en arrière, même s'il t'arrive d'en avoir envie. Mettons que tu travailles, que tu apprennes les notes par cœur et que tu maîtrises ton instrument. Tu arriveras un jour à jouer ce morceau très convenablement, mais en attendant que toi et moi, on trouve moyen de travailler ensemble de façon à te mettre au défi, à réveiller et à *changer* quelque chose en toi, tu n'iras jamais plus loin. Ton jeu sera correct sans plus.

— J'essayais simplement de faire comme Mme Critchley nous a dit, bafouille Bridget. C'est elle qui remplace M. Saladin. On l'a eue aujourd'hui en jazz-band.

La prof de saxophone plisse fugitivement les yeux et demande sans autre commentaire :

— Nous parlons bien de *Jean* Critchley ?

— C'est elle qui remplace M. Saladin, répète Bridget.

— Je l'ai vue en concert. Elle joue de la trompette.

La prof de saxophone semble soudain se replier sur elle-même. Sa voix est froide, calme et prudente, et elle toise Bridget comme à la recherche des stigmates de la trahison.

— Et *vous*, pourquoi n'avez-vous pas postulé ?

demande la jeune fille, ouvrant de grands yeux à cette idée qui lui vient à l'instant.

— Je n'aime pas les lycées, dit la prof de saxophone.

— Elle n'a pas la tête d'une Mme Jean Critchley. Elle a des lunettes rouges et elle s'habille en tee-shirt extra-large avec un caleçon et des baskets. La première chose qu'elle a dite, raconte Bridget en s'animant enfin, la toute première, c'est : Fermez-la, hein ! Que je vous parle un peu de moi. Moi je suis la prof qui vient après le prof qui a couché. Voilà, c'est dit. Maintenant remettons les compteurs à zéro et qu'on n'en parle plus. On est là pour faire de la musique et pour se faire plaisir. Vous n'avez rien à craindre. On m'a fait jurer de ne coucher avec personne ici.

Bridget regarde la prof de saxophone en battant des paupières d'un air innocent. Elle est une bonne imitatrice.

— Ça a fait rire ? demande la prof de saxophone.

— Ouais, clair. Tout le monde l'aime bien.

— Elles ont donc ri. Elles ont ri de l'absurdité pure de l'idée que Mme Jean Critchley puisse séduire l'une de vous, t'attirer, toi ou une autre, par des moyens subtils et insidieux, t'acculer contre la porte de la réserve de la salle de musique et coller sa joue frigide contre la tienne, frôler de ses lèvres le lobe duveté de ton oreille. L'idée que l'une de vous puisse même vouloir d'*elle*, la choisir en tant qu'objet à conquérir. Que l'une de vous puisse rougir à son moindre regard, bafouiller et trébucher et saisir tous les prétextes pour faire un détour du côté des salles de musique dans l'espoir de la croiser dans le couloir.

— Ouais, dit Bridget. Alors elle a remis les

compteurs à zéro, pour qu'on n'en parle plus et qu'on fasse de la musique et qu'on se fasse plaisir.

— Et vous n'en avez plus parlé et vous avez fait de la musique et vous vous êtes fait plaisir.

— Ouais.

— Et c'est Mme Jean Critchley qui t'a conseillé de jouer ce morceau comme la petite musique du marchand de glaces.

Bridget, se sentant bizarrement en passe d'avoir le dessus, redresse la tête et proteste :

— Elle ne l'a pas dit comme ça. Elle a dit simplement que, des fois, ce n'est pas l'originalité qui compte. Des fois, tout ce qui compte c'est de se faire plaisir.

La prof de saxophone fait la grimace. Serait-elle jalouse ? Elle se redit que Bridget est celle de ses élèves qu'elle aime le moins, celle dont elle a le plus tendance à se payer la tête, dans la peau de qui elle aurait le moins envie de se retrouver. Elle se redit que Bridget est maigrichonne et falote, avec sa face anguleuse et sa peau grasse, son nez pincé de perroquet et les cils décolorés qui la font ressembler à une petite bête, furet ou martre blanche.

Oui, elle est jalouse. Elle n'aime pas l'idée de Mme Jean Critchley, cette godiche joviale qui ne demande à ses élèves que de *se faire plaisir*. Elle n'aime pas l'idée de Bridget à même de faire des comparaisons, de la voir, *elle*, la prof de saxophone, sous un jour nouveau et différent. Ça ne lui plaît pas du tout.

— Bon, n'insistons pas, dit-elle. Je pense qu'il serait temps de passer à autre chose. Quelque chose de plus ardu, qui te fera te décarcasser un peu et remettra nos pendules à l'heure, que tu saches bien qui c'est qui donne le ton ici. D'accord ?

— D'accord, acquiesce Bridget.

— Allez, je vais te trouver un morceau de niveau avancé. Quelque chose à quoi Mme Critchley ne trouvera rien à redire.

Vendredi

Isolde trébuche après les six premières mesures.

— Je n'ai pas travaillé, dit-elle. Je n'ai pas d'excuse.

Elle reste un instant en posture, les doigts de la main droite en éventail au-dessus des clés dont ils tirent un vague cliquetis humide. On voit bouger les tendons sous la peau tirée, blanche et violette.

La prof de saxophone la regarde et renonce à lutter. Elle s'approche de la bibliothèque, enlève le capot antipoussière du tourne-disque, choisit un vinyle et propose :

— Je te ferai donc écouter l'enregistrement dont je t'ai parlé. Raconte-moi ta journée au lycée.

— Ils voulaient annuler le cours d'éducation sexuelle, commence Isolde d'un ton lugubre. À la lumière des événements. Ils ont fait sortir Mlle Clark dans le couloir, le proviseur était là, on a tout entendu. En fait, ils ne veulent pas qu'on parle d'éducation sexuelle. Officiellement, ça s'appelle les sciences de la vie.

La prof de saxophone pose le saphir qui grésille et émet un petit sifflement. C'est Sonny Rollins jouant *You Don't Know What Love Is* au saxophone ténor. Le disque tremble comme une feuille.

— Et qu'est-ce qu'on vous apprend en sciences

de la vie ? demande-t-elle tandis que toutes deux s'installent pour écouter.

— On nous apprend comment les garçons sont faits, répond Isolde toujours de la même voix blanche. On nous fait nous entraîner à poser des préservatifs sur des bâtons. On nous apprend à les dérouler pour qu'ils ne se déchirent pas. Mlle Clark a mis un préservatif à son soulier pour bien montrer comme ils sont élastiques.

Isolde se tait, se souvenant du mal que Mlle Clark a eu à enfiler un préservatif sur le bout de son bon gros soulier plat, sautillant sur l'autre pied, la face congestionnée, soufflant comme un phoque. Elle a poussé enfin un cri de triomphe — « ça y *est* ! » — en agitant le pied pour que tout le monde voie. Elle a dit ensuite : « Ne croyez pas le garçon qui prétendra qu'il n'arrive pas à le mettre, que c'est trop petit. Dites-lui : Moi j'ai vu Mlle Clark poser un préservatif à son soulier, et elle l'y a fait rentrer tout entier. »

La musique joue toujours. Isolde n'écoute que d'une oreille, laissant errer ses regards sur le paysage de toits, de cheminées et de câbles.

— Les filles, on ne nous en dit pas grand-chose, ajoute-t-elle enfin. Quand il s'agit des garçons, c'est toujours interactif, on nous donne des BD et des modèles 3D. Pour les filles, c'est plutôt en coupe transversale, avec des diagrammes à la place des photos. Pour les garçons, on nous parle éjaculations, tout tourne autour de ça. Pour les filles, c'est des histoires de reproduction. La ponte, point barre.

Les cours, faits de bric et de broc, sont réellement lacunaires, des heures de vagues gloses qui n'apportent rien d'utile, illustrées de dessins schématiques et semées d'omissions prudentes qui seraient plutôt un handicap qu'un secours. La plupart des filles manquent maintenant d'une définition clé dans ce lexique nouveau et hésitant de mots interdits, gardent dans leur chair une écharde d'ignorance qui deviendra un jour une source d'humiliation, les confondra et démasquera, car elles sont censées désormais tout savoir. Elles s'imaginent des érections rigides, perpendiculaires, et une parfaite trinité glabre des parties masculines, réunies dans un bouquet bien propre et lisse. Elles ne savent rien de la sève lustrée qui annonce le jaillissement du désir féminin. Elles connaissent l'*ovulation*, mais ignorent l'*orgasme*, ont entendu parler du *follicule*, mais jamais de la *fellation*. Leur savoir est comme un article de journal déchiré par le milieu, dont il ne resterait qu'une moitié.

— Est-ce que ça sert à quelque chose ? demande la prof de saxophone. Est-ce que vous apprenez des choses que vous ne saviez pas déjà ?

— On a appris qu'on ne peut avoir qu'une émotion à la fois, répond Isolde. On peut être excitée ou on peut avoir peur, mais jamais les deux en même temps. On a appris pourquoi la beauté est tellement importante : la beauté est importante parce qu'on ne peut pas vraiment souiller quelque chose qui est déjà laid, et le but final de la pulsion sexuelle est de souiller. On a appris qu'il est toujours possible de dire non.

Elles restent assises là dans l'attitude empruntée, entre face et profil, dictée par l'étiquette des leçons de musique. Il y aurait trop de familiarité dans le face-à-face, trop de formalité dans l'alignement côte à côte, disposition qui les apparenterait aux comédiennes amateurs qui montent sur scène pour la première fois et craignent de manquer leur effet en se détournant même un instant du public. Elles se placent donc toujours à un angle de quarante-cinq degrés, l'angle de l'acteur professionnel qui englobe à la fois le plateau et la salle et maintient un équilibre fragile entre ce qui est exprimé et ce qui demeure celé.

Le morceau de Sonny Rollins a le son grêle et grinçant d'un vieil enregistrement.

— Tu peux emprunter le vinyle si ça t'inspire, propose gentiment la prof de saxophone. Je crois vraiment que le ténor te conviendrait.

— On n'a pas de tourne-disque à la maison, dit Isolde.

4

Octobre

Le gymnase n'était pas un gymnase, mais un espace liquide, un espace qui semblait inspirer et expirer et se déposer autour des formes et des figures disposées à même le sol. Il y avait là un accordéon géant en acier, qui comprimait les gradins en plastique contre le mur, et de lourds rideaux poussiéreux, qui pouvaient diviser l'espace en trois ou en quatre ou en cinq. La scène se composait d'une multitude de plates-formes modulables où la poussière de craie conservait des traces de pas, éléments qu'on pouvait empiler ou retourner ou étager, selon le résultat désiré. Ce jour-là, les rideaux étaient tous repoussés sur les côtés et les praticables empilés contre le mur dans une barricade à la va-comme-je-te-pousse. L'espace était vierge et plein de lumière.

— Le mime est une incarnation littérale, dit le Maître de Mouvement une fois les portes fermées. Mimer un objet, c'est découvrir son poids, son volume et, par conséquent, sa signification.

Il soupesait quelque chose dans sa main tout en parlant, un objet invisible et lourd.

— C'est en nous habitant les uns les autres que nous commençons véritablement à nous comprendre. La même chose vaut pour les objets, pour tout. Le mime est une voie d'accès à la compréhension.

Il retourna la chose qu'il tenait à la main.

Tout le monde était motivé, tendu et sur le qui-vive, guettant l'occasion de dire quelque chose d'intelligent ou de profond ou d'intéressant qui les ferait détacher du lot et distinguer par l'enseignant. Les uns hochaient posément la tête en plissant les yeux, croyant exprimer ainsi une perspicacité recueillie. D'autres attendaient que le professeur touche à un sujet sur lequel ils avaient déjà planché, un prétexte à lancer le dialogue et à faire étalage de leur savoir. Stanley avait pris place à la périphérie où, attentif, le dos bien droit, il coulait pourtant des regards en douce vers les autres candidats dès qu'il ne se croyait pas observé.

— Avant tout, le plus important, dit le Maître de Mouvement, c'est qu'il ne faut pas partir d'une simple idée de la chose, mais de la chose même. Je peux *voir* ce que j'ai dans la main. Je peux en visualiser le poids, la forme, la consistance. Que vous le voyiez ou non pour le moment, c'est sans importance : ce qui compte, c'est que je le vois, moi.

Ils firent l'impossible pour apercevoir l'objet invisible dans sa main. Toutes les têtes pivotaient, dans un sens puis dans l'autre, tous les yeux suivant la lente déambulation du Maître de Mouvement. Comme tous les enseignants à l'Institut, il était pieds nus, et ses foulées élastiques avaient une qualité féline, langoureuse et résolue à la fois. Il avait les pieds nerveux, d'un blanc de lait.

Le Maître de Mouvement parla encore :

— Nous sommes nombreux à craindre les femmes. Nous avons peur de la femme en tant que femme, tout en la désirant en tant que vierge ou madone ou putain. Le moyen d'avoir raison de cette peur, ce n'est pas de devenir femme. C'est de nous identifier plutôt aux choses qui lui passent entre les mains, à l'espace qui l'embrasse, aux gestes discontinus qui, sans être en eux-mêmes signifiants, sont pourtant bien à elle, partie intégrante de son être. Quand nous aurons découvert la portée de ces petites choses, la femme nous apparaîtra, non pas en tant qu'idée, mais dans sa vie et sa totalité.

Il marqua une pause, passa sa langue sur sa lèvre inférieure. Les candidats remuaient, hésitants, ignorant si, oui ou non, il souhaitait la discussion. Pendant un moment, nul ne prit la parole.

Stanley, qui sortait d'un lycée de garçons, avait vivement conscience de la présence des filles dans le groupe. Elles brillaient comme un semis de diamants à la périphérie de son champ visuel, mais lorsqu'il promenait ses regards sur la salle, il ne s'y arrêtait pas, passant outre comme il aurait pu, non sans embarras, passer devant un ivrogne ou un handicapé en faisant comme s'il ne les voyait pas, comme s'il n'avait pas bronché. Mal à l'aise, il attendait à présent qu'une des filles prenne la parole, peut-être même pour contester. Il baissa les yeux.

— *Moi* je n'ai pas peur des femmes, clama enfin un garçon.

La réplique déclencha une cascade de rires. L'atmosphère se détendit. Le Maître de Mouvement approuva d'un hochement de tête et s'adressa à l'intervenant :

— Lève-toi. Je vais te dire deux ou trois choses sur toi.

Cela dit, il croisa les bras sur la poitrine, oubliant son objet invisible qui, du coup, disparut.

Le garçon se leva. C'était un maigre au visage criblé de taches de rousseur, la poitrine en retrait derrière un sternum proéminent, les ailes du bassin pointant hors du pantalon de survêtement qu'il portait en taille basse. Ses épaules et ses chevilles et ses genoux paraissaient un peu surdimensionnés, comme chez un pantin de papier articulé avec des attaches parisiennes à grosse tête de cuivre jaune.

— Promène-toi, lui dit le Maître de Mouvement. Allez, vas-y. Marche un peu dans la salle.

Le garçon y alla. Le Maître de Mouvement le suivit des yeux. Les bras croisés, tous les traits du visage au repos, il le laissa faire un tour entier du gymnase sans rien dire. Enfin, lorsque le marcheur revint à son point de départ, il lui emboîta le pas en contrefaisant sa démarche. Rentrant la tête comme une tortue, il poussait le sternum en avant, serrait les omoplates et avançait comme s'il avait de l'eau jusqu'au cou, le torse raide, les bras pendouillant gauchement de ses épaules, l'air de ramer à chaque pas. Ils se promenèrent ainsi un bon moment en tandem. Le cobaye jetait à tout bout de champ des regards éperdus par-dessus son épaule ou se tournait tristement vers ses camarades qui, assis par terre, le voyaient prendre conscience comme jamais de ses gros pieds et de sa poitrine étriquée et de la raideur de ses bras barbotants.

— Tu peux t'arrêter, merci, dit enfin le Maître de Mouvement avant de s'adresser au groupe : L'un de vous veut-il bien commenter la façon dont j'ai rendu la démarche de ce jeune homme ?

Les candidats se tortillaient, l'air embarrassé, mais personne ne parla. Le Maître de Mouvement laissa le silence se prolonger avant de répondre enfin à sa propre question :

— Ce que j'ai fait là était une parodie. Forcément. Cela ne pouvait pas être autre chose, car je ne connais pas ce jeune homme. Je suis vieux, en paix avec moi-même, et je ne comprends vraiment pas sa nervosité, ni ses doutes, ni ses espoirs. Il m'est totalement impossible de comprendre tout cela rien qu'en le regardant marcher pendant quinze secondes. En parodiant ce jeune homme, je fais l'économie de toute complexité possible. Je le diminue, je l'insulte. *Vos* interprétations aussi seront une insulte si vous ne comprenez pas réellement ce dont vous assumez l'apparence.

Dans le gymnase, personne ne pipait. Le Maître de Mouvement reprit :

— Vous ne pouvez pas mimer ce que vous ne comprenez pas. La mort, Dieu, la femme, vous ne les percerez pas à jour. En faire l'essai, c'est viser la sincérité plutôt que le vrai. La sincérité n'est pas assez pour les élèves de notre Institut. La sincérité est bonne pour les camelots, les VRP et autres bonimenteurs. La sincérité est un procédé et, ici, les procédés ne sont pas notre fonds de commerce.

Il dit :

— Le mime. Commençons par le commencement. Tout le monde debout.

Février

— Ici, à l'Institut, nous encourageons nos élèves à multiplier les expériences sexuelles, dit le Maître d'Interprétation. Nous faisons un métier où chacun doit connaître son corps. Se connaître soi-même. Explorer tout ce qui fait partie de son être. Cela dit, nos anciens élèves vous déconseilleront sans doute de coucher entre vous. Vous n'êtes pas nombreux et, de toute manière, deux acteurs ensemble feront à tous les coups un couple impossible.

Ses paroles furent accueillies par une rumeur réjouie. Les élèves tournaient la tête et se reluquaient en roulant les yeux, réprimant un sourire ou gloussant tout bas à cette perspective. Un instant, n'importe quel accouplement aurait été possible, n'importe quel collage à deux, impliquant n'importe lesquels d'entre eux. Durant cette fraction de seconde, tous, même les mal fichus et les asexués, qui seraient ensuite rejetés ou laissés pour compte, tous se virent en puissance, virils, turgescents. Ils sentaient battre leur cœur.

— Nous vous encourageons à explorer les confins de votre corps, à en mesurer l'amplitude et sonder les limites, reprit le Maître d'Interprétation. Nous vous encourageons à soigner votre condition physique, à tomber amoureux, à souffrir, à vous masturber.

Il jouit de leur réaction collective, mouvement de recul intime se manifestant à vue de nez par une sévérité blasée, obligeant chacun à prendre un air grave pour rencontrer son regard sans broncher et faire preuve d'assez de maturité pour ne pas s'effaroucher. Des garçons qui, quatre mois plus tôt, auraient ricané et cherché un copain à proximité pour lui mettre la main au collet et le repousser l'instant d'après, ceux qui auraient hurlé un nom au hasard et éclaté de rire à voir l'intéressé faire la tête et rougir et s'avachir encore un peu plus dans sa chaise coque en plastique, ceux qui, plus discrets, se seraient empressés d'agrémenter d'organes génitaux tous les graphiques du manuel de cinquième main ouvert sur leurs genoux — ces mêmes garçons gardaient un silence respectueux et ouvraient de grands yeux.

Les filles aussi se taisaient, les mâchoires serrées, le regard fixe. Seuls les garçons pouvaient être des *branleurs*, des *glandeurs*, *peigner la girafe* : les garçons étaient les champions de cette fonction solitaire par défaut, fait connu qui atténuait la honte, si bien que celui qui se retrouvait en état d'accusation n'était jamais vraiment compromis ou exclu. Pour les filles, en revanche, ce même territoire restait inexplicablement tabou. Quatre mois plus tôt, elles se seraient bornées à froncer les sourcils, affichant tout au plus une mine excédée ou esquissant un geste de refus à peine perceptible, afin de bannir à jamais le sujet de leur cercle réuni sur le gazon poussiéreux pendant la pause de midi. À présent, elles étaient moins sûres d'elles : à entendre le Maître d'Interprétation prononcer le mot tout haut, elles eurent soudain peur qu'un démenti pur et dur ne fût — aux yeux de cet homme que toutes aspiraient à impressionner — *mal*. Comme si le bref été séparant le lycée du monde au-delà avait vu tourner un bouton de commande cosmique : la connaissance de soi était désormais une qualité conférant à une fille une patine sombre et suggestive, une insolente autosuffisance, un attrait tout ensemble expérimenté et blasé et désirant. Assises là, raides et tendues, sur le sol du gymnase, les filles cherchaient, pour se composer un visage, un impossible mariage de gravité et de désinvolture.

C'était la méthode du Maître d'Interprétation : sacraliser tout ce que ces jeunes gens pouvaient tenir pour profane, puis les mettre au défi de flancher ou de rire. Et ça marchait. Les élèves le regardaient avec respect, sans les défenses de l'amour-propre qui, en temps normal, les auraient fait se récrier : « Tout le monde se masturbe sauf moi. »

— Bien, dit doucement le Maître d'Interprétation. Allez, que tout le monde se lève. Mettez-vous en cercle.

Dans leur empressement à lui obéir, ils se montrèrent maladroits, gauches et disgracieux, bien en peine de dénouer leurs membres pour former un cercle correct. Témoin de leur embarras, le Maître d'Interprétation souriait.

Octobre

— Qu'en penses-tu, Martin ? demanda le Maître d'Interprétation en se tapotant la joue avec son stylo. Le numéro 12 m'a paru très enseignable.

— Ouvert, approuva le Maître de Mouvement. Disponible, et pourtant capable de patience. Décidément, je le retiendrais parmi les Peut-être.

— Nous avons trop de Peut-être, objecta la Maîtresse de Voix et de Diction, faisant tourner le tableau blanc pour que les autres aussi le voient. Il faut commencer à trancher, si vous n'avez pas envie d'y passer la nuit.

— C'est qu'il y a de plus en plus de Peut-être, chaque année, grogna le Maître d'Interprétation. Les gamins ne sont plus ce qu'ils étaient. Il y a vingt ans, ils arrivaient là souples, flexibles, malléables. Aujourd'hui on dirait qu'ils sont en bois. Tous, tous des putains de Peut-être.

Il se laissa tomber en arrière dans son fauteuil pivotant dont les ressorts le prirent en traître, le propulsant derechef en avant pour le faire ensuite rebondir en râlant, le temps que le mouvement s'essouffle.

En haut du tableau blanc, la Maîtresse d'Improvisation avait inscrit de son écriture de chat, excessivement penchée, Ambition, Enseignabilité, Sociabilité, Talent. Les mots allaient se rapetissant de gauche à droite, si bien que l'Ambition dominait, le Talent se terminant en fer de lance, fiché dans le bord chromé du cadre. Le Maître d'Interprétation renversa la nuque et contempla avec dédain ce catalogue décroissant. La Sociabilité était une catégorie nouvelle. Pendant des années, ils avaient mis en avant plutôt l'Esprit de Corps, et encore avant le maître mot avait été le Courage. Quand lui avait commencé à enseigner, c'était le Courage. À ses yeux, les changements étaient l'expression d'un déclin.

— L'Enseignabilité, dit-il tout haut. Chez les garçons, ce qui nous intéresse là, c'est l'aptitude à recevoir un enseignement sur eux-mêmes, à faire l'apprentissage de leur propre corps. Les filles, nous leur demandons d'accepter au contraire de désapprendre tout ce qu'elles ont pu déjà se mettre dans la tête sur elles-mêmes et leur corps.

— Ne charrie pas, intervint la Maîtresse d'Improvisation. À t'entendre, on croirait que les garçons et les filles n'appartiennent même pas à la même espèce.

— Je ne perds pas de vue les différences, c'est tout.

— Les différences ne sont pas si énormes, si tu veux mon avis. Par exemple, le garçon dont on vient de parler — le numéro 12 —, en quoi ses chances et ses choix seront-ils différents de ceux d'une fille ?

Elle en voulait ce soir-là au Maître d'Interprétation, dont la bouderie appuyée l'agaçait. Directeur de l'Institut, détenteur de la voix prépondérante, il était certes en droit d'exprimer sa déception, et il ne s'en privait pas. Il boudait majestueusement, comme un roi gâté. Il répondit :

— Eh bien, premièrement, il ne sera pas obsédé par sa beauté. Il n'exigera pas que tous ses rôles le flattent, que toutes ses photos soient prises à contre-jour, baignant à tout jamais dans un flou artistique. Il acceptera d'être laid si son art l'exige.

— Très commode, rétorqua la Maîtresse d'Improvisation. Tous les rôles où la beauté ne compte pas, les rôles de composition, sont écrits pour les hommes de toute façon.

De l'autre côté de la table, le Maître de Mouvement les regardait se chamailler et s'interrogeait sur sa propre position. Il lui semblait discerner chez l'homme, son aîné, un fond revêche de misogynie, une haine qui avec le temps l'avait marqué de son empreinte, présente, palpable et palpitante, dans cette grosse veine bleue à la tempe qui ne s'effaçait jamais. Chez la femme, c'était un nerf à vif, une hypersensibilité, une sorte d'hystérie crue, indécente, qui lui donnait envie de se détourner avec une grimace de dégoût. Il arrivait souvent au Maître de Mouvement de se sentir ainsi suspendu dans le vide, à la dérive entre deux points de vue. Il poussa un soupir.

— N'intellectualisons pas trop, concéda enfin la Maîtresse d'Improvisation. L'important, c'est que ce garçon est humble et suffisamment réceptif pour accepter d'expérimenter, qu'il sera capable d'élargir ses horizons et de grandir en tant qu'acteur.

— L'Humilité, lança le Maître d'Interprétation. Voilà ce qui devrait figurer au tableau. Si c'est ça que nous recherchons.

Personne ne réagit. Le Maître de Mouvement se massa le front.

— Bon. Tout cela ne nous avance pas, dit enfin la Maîtresse de Voix et de Diction. Nous sommes bien d'accord que le numéro 12 est enseignable. Mais après ?

Ils reportèrent les yeux sur la photo du numéro 12, agrafée à son dossier de candidature. Il avait l'air vaguement mélancolique, avec ses grands yeux, ses longs cils décolorés et sa blondeur.

— Pour le numéro 12, j'ai noté Vulnérable, dit la Maîtresse d'Improvisation.

— J'ai fait, en d'autres termes, la même observation, approuva le Maître d'Interprétation. J'ai mis Vierge.

— Bien, renchérit la Maîtresse d'Improvisation. On pourra en faire quelque chose.

À présent, ils faisaient assaut de courtoisie. Un

peu plus, et ils l'accepteraient, pensa le Maître de Mouvement. Le garçon serait admis simplement pour jeter de la poudre aux yeux : l'homme faisant semblant de déférer au jugement de la femme qui, elle, se grisait de sa propre mansuétude.

— Je serais disposé à en faire un Oui, dit le Maître d'Interprétation. Et toi, Martin ?

Le Maître de Mouvement haussa les épaules. Dans le temps, plus jeune, il trouvait passionnant de sélectionner dans le tas les élèves de premier choix, tel un fin gourmet dans un marché aux épices, faisant rouler les possibles sur sa langue, plein d'espoir et d'ambition pour l'année à venir. À présent, parcourant les paperasses des dossiers de candidature, il était sans entrain, presque honteux, comme celui qui aurait vendu sciemment un article inutile ou surfait. Il avait trop d'années d'enseignement au compteur.

Il finit par s'incliner :

— Pour moi, c'est Oui.

— Tout le monde est d'accord ? demanda le Maître d'Interprétation en les regardant tous à tour de rôle.

Le vote, à main levée, fut en effet unanime. La Maîtresse de Voix et de Diction, signifiant sa satisfaction d'un bref signe de tête, tira à elle le tableau blanc, décapuchonna son feutre et inscrivit le nom de Stanley en gros caractères carrés en tête de la colonne des Oui.

Novembre

Oui. Attendant son tour au foyer des acteurs, Stanley se cramponnait à la lettre qui lui avait apporté la bonne nouvelle. Les autres admissibles étaient là aussi, tout autour, perchés qui dans un fauteuil, qui sur un des bancs de bois empilés ou une des chaises tournantes fixées par intervalles devant un miroir fêlé et poussiéreux. Un hasard y mit Stanley face à lui-même. Raide dans sa chemise bien repassée, avec ses cheveux fraîchement coupés et ses longues mains exsangues, il mesura du coup toute l'immensité de son trac. Son regard glissa vers la gauche, croisa à l'improviste celui de son voisin immédiat, et tous deux se détournèrent, honteux de s'être fait prendre à violer ainsi l'intimité de leurs reflets respectifs.

Stanley se cala les chevilles contre la barre de son tabouret et reprit son inspection du local. On avait convoqué autant de filles que de garçons pour l'audition du second tour. Le choix final de vingt élèves devant respecter comme toujours une parité rigoureuse, la rivalité entre les deux sexes était *de facto* exclue : filles et garçons concouraient parallèlement, sans s'affronter entre eux. Par conséquent, les filles pouvaient être enjouées et aguicheuses dans leurs rapports avec les garçons tout en se montrant sournoises et rusées entre elles ; les garçons, lorsqu'elles leur adressaient la parole, se marraient sans gêne pour, l'instant passé, se renfermer chacun dans son quant-à-soi et suivre avec un mélange de désarroi et de mépris la géométrie variable des éphémères sympathies et solidarités féminines.

Stanley regardait justement les filles. Même rivales, elles se serraient les coudes, semant des germes d'amitié et de communion qui n'iraient jamais plus loin. « Je sais que ça ne se fera pas, disaient-elles, mais j'espère que nous serons *toutes* admises. Vrai de vrai, tout le monde. Ce ne serait pas super, que les profs annoncent au bout du compte : Allez, on vous prend tous ? » Paroles de filles : « Même s'il y en a qui se font recaler, on restera en contact. » Et il y en avait pour enchaîner : « Je n'ai aucune chance, franchement. Pas contre vous autres. J'ai chialé au premier tour, quand vous avez joué ce morceau sur le trousseau. Vous êtes tellement meilleures que moi que c'est pas drôle. » Paroles de filles : « Au fond, je veux seulement que tout le monde me trouve sympa, que tout le monde m'aime. » L'une massait les épaules d'une autre. Triturant avec les pouces les omoplates de cette fille qu'elle connaissait à peine, sa rivale, son adversaire, elle susurrait : « Tu seras super. Tu étais super au premier tour. On te prendra, ça ne fera pas un pli. »

Plus tard, Stanley en conclurait que les filles étaient naturellement plus fourbes, plus futées, plus douées pour cacher leur vrai moi sous un manteau fictif, là où la personnalité des garçons transparaissait bon gré mal gré. C'était, se dirait-il, l'aptitude des filles à fonctionner en mode multitâche, le petit côté sorcière qu'elles avaient toutes, qui leur permettait de démultiplier leur attention pour suivre deux ou trois fils à la fois. Les filles pouvaient, sans s'emmêler les pinceaux, faire toujours le départ entre elles-mêmes et l'impression qu'elles voulaient donner, entre la forme et le fond. Ce tour de main ambidextre, cette dualité perpétuelle faisait de chacune une publicité ambulante pour son propre produit. Les filles étaient tout le temps en train de jouer la comédie. Les filles, se dirait-il, la bouche amère, levant sa main libre pour lisser une mèche au sommet de son crâne, les filles pouvaient se réinventer, alors que les garçons ne savaient pas faire.

Qu'est-ce que les profs trouveraient plus difficile ? se demandait-il pour l'instant. Faire une sélection parmi les filles ou parmi les garçons ? Avaient-ils des critères différents selon le sexe, un point de repère variable, pour pondérer la différence fondamentale entre les garçons tout d'une pièce, qui étaient simplement ce qu'ils étaient, et les hydres à multiples têtes qu'étaient les filles ? Il se rendit compte avec un mouvement de recul à peine conscient que toutes les filles présentes étaient belles, absolument toutes, lisses et sveltes comme des variations sur un même thème. Les garçons, par contraste, paraissaient pour la plupart quelconques, voire grotesques, avec des visages et des épaules et des mains qui n'avaient pas fini de grandir, les uns doucereux et effrontés, d'autres maigres et boutonneux, à la voix mal placée. À les voir là, on aurait dit qu'ils auditionnaient pour dix rôles de composition tous différents, alors qu'il n'y aurait eu pour les filles qu'un rôle unique. Stanley se leva et alla se dégourdir les jambes.

La salle était un véritable capharnaüm, entre les portants chargés de costumes, les coulisses peintes, les malles, les éléments d'échafaudage, les cartons pleins à craquer, les pots de peinture, les meubles dormant sous des housses funéraires. Du côté de la scène, le mur disparaissait sous les étagères et les rangées de têtes en polystyrène, sans visage, coiffées de casques ou de chapeaux ou de couronnes. Une armure complète se dressait dans un coin, mangée de rouille, le bassin en avant, les mains sur les hanches.

Toutes les cinq ou dix minutes, on appelait un numéro. Cette fonction était assurée par une élégante en gris qui rayait les noms sur sa liste avec un plaisir manifeste, observant les candidats dans l'intervalle avec une pitié teintée de curiosité, comme des gladiateurs qui se seraient mis sur leur trente et un pour mourir.

— Le 5 ! cria-t-elle à présent.

Le numéro 5 se leva d'un bond et sortit en trottinant, l'air nerveux. Les autres le suivirent des yeux. La porte une fois refermée, le numéro 14 demanda :

— Et si tout cela fait partie de l'épreuve ? Il y a peut-être des caméras vidéo en train de nous filmer en ce moment même avec des gens qui nous surveillent en direct pour voir comment on interagit.

— Peut-être qu'il n'y aura même pas d'audition, renchérit le numéro 61. On nous fera sortir l'un après l'autre pour nous renvoyer à la maison quand on nous aura assez vus.

— Comme des rats, résuma le numéro 14.

L'échange s'arrêta là.

Parmi les garçons, il y en avait qui ne tenaient pas en place. Tentant de maîtriser leur trac en faisant les cent pas, ils examinaient au passage, par désœuvrement, les photos encadrées sur le mur. C'étaient, année après année, les portraits collectifs des classes qui avaient achevé le cursus de l'Institut. Les images devenaient de plus en plus nettes au fur et à mesure du temps qui passait, les progrès de la technologie prêtant aux groupes les plus récents une fraîcheur et un éclat qui manquaient à leurs prédécesseurs. Contemplant les visages de tous ces jeunes gens qui s'étaient fait ouvrir, réveiller, puis briser, à qui il n'avait pas été donné de s'encroûter, Stanley se demandait combien avaient fini par jeter l'éponge et rentrer dans le moule. Sur les photos, ils avaient tous l'air durs, sûrs d'eux-mêmes, éclatants sous leur maquillage de scène et leurs costumes improvisés, le teint animé par la fièvre d'une soirée de première. Il suivit les images tout le long du mur, vit des soldats, des moines, des orphelins, des pirates, des femmes au foyer, des dieux, des samouraïs et un groupe de veilleurs muets aux sévères masques emplumés qui lui donnèrent le frisson, lui-même ne savait pourquoi.

L'appel tomba :

— Le 33 ! À vous !

En arrivant ce jour-là, ils avaient été accueillis par le Maître d'Interprétation qui avait fait une entrée majestueuse, l'air distrait, la nuque inclinée à l'angle bizarre de ceux qui portent des lunettes à double foyer. Il était allé droit au fait :

« Une des questions que nous allons vous poser aujourd'hui, c'est pourquoi. Pourquoi voulez-vous suivre l'enseignement de l'Institut ? Pourquoi voulez-vous devenir acteurs ou actrices ? Je vous le dis d'avance pour vous permettre de réfléchir sérieusement à votre réponse. Sachez que tout ce que je désire est une réponse sincère à cette double question. Je ne veux pas vous entendre broder sur la passion noble et sacrée dont vous brûlez pour le théâtre, parce que vous croyez que ce sera la réponse gagnante. Je veux la vérité. Que je m'explique.

« Je me suis présenté moi aussi au concours de l'Institut, il y a près de quarante ans. Quand je suis venu passer l'audition, quand je me suis retrouvé là, dans ce même foyer, à attendre, comme vous tous aujourd'hui, je ne brûlais pas de l'amour sacré de la scène. Je savais seulement qu'une école de théâtre promettait *a priori* d'être plus amusante que la fac, et puis je me disais que ce serait sans doute un endroit où je n'aurais pas à me fouler. Pour ça, j'avais tort. »

L'aveu avait été souligné d'un petit sourire, puis le discours avait repris, sur un ton toujours aussi impersonnel :

« En fait, si j'ai décidé de poursuivre mes études après le bac, c'est uniquement parce que je savais que les jeunes filles préfèrent les étudiants. Au lycée, j'avais été un gringalet impossible, dont aucune ne voulait. J'avais envie de me rattraper. Bref, je pensais m'inscrire quelque part, m'acheter une voiture et essayer de décrocher une petite amie.

« Je vous parle ainsi de moi-même parce que je ne veux pas de mensonges devant le jury. Je veux entendre la vérité, même si c'est une vérité ennuyeuse ou inconfortable ou méprisable. Ce que vous direz n'a aucune importance, tant que c'est *vous* et que c'est pour de vrai. »

Il avait parcouru l'assemblée du regard avant de conclure, avec une ombre de sourire, en leur souhaitant bonne chance.

Stanley passa de la photo de la promotion de 1961 à celle de 1962 et reconnut soudain le Maître d'Interprétation. Il était jeune et un peu plus mince, mais il avait déjà l'air dans la lune, comme s'il regardait par-dessus l'épaule du photographe quelque chose qu'il eût été seul à voir. Tout le groupe portait des uniformes militaires, et le futur Maître d'Interprétation était au premier rang, un genou en terre, un fusil en travers de la cuisse ; son képi, repoussé sur la nuque, laissait échapper une boucle gominée. S'approchant pour mieux l'examiner, Stanley se demanda si ce guerrier à la mâchoire carrée s'était jamais trouvé une amie.

Février

La trappe donnait dans une fosse tapissée de mousse, au remugle humide, d'où une galerie basse en béton armé partait des deux côtés, et il y avait encore une seconde galerie, au-delà de la fosse d'orchestre, qui passait sous les premiers rangs de fauteuils. Ces dessous rudimentaires encadraient la fosse comme des douves souterraines, reliant les coulisses de part et d'autre de la scène et permettant de passer rapidement, inaperçu, de cour à jardin et vice versa. Le boyau extérieur, éclairé au ras du sol par une guirlande d'ampoules poussiéreuses qui se mettaient parfois à clignoter si on heurtait par mégarde la boîte de commande, serpentait entre les vieilles fondations de la salle. C'était un tunnel bas et exigu, avec des murs en parpaings dont les joints de mortier gras accrochaient le passant, chatouillé également par les brins eczémateux d'une substance isolante, évocatrice de la barbe à papa, qui dépassaient entre les poutrelles du plafond. La galerie intérieure, revêtue de placoplâtre, était plus étroite encore : deux acteurs venant à s'y croiser étaient contraints d'exécuter dans le noir une maladroite pirouette enlacée, comme un tourniquet vivant.

Les élèves de première année furent initiés aux

secrets de la scène dès la deuxième semaine des cours. Ils défilèrent sur la pointe des pieds dans les deux galeries, inspectèrent et essayèrent la trappe, se hissèrent dans les cintres et s'en firent descendre en volant, s'accrochant des deux mains aux sangles du harnais, maladroits et méfiants, le regard rivé anxieusement sur le treuil de levage. Ils traversèrent la passerelle ajourée permettant de circuler là-haut, frémirent en baissant les yeux sur le plateau, en tendant les bras pour tâter les gros filins de part et d'autre. Les cintres avaient bien le double de la hauteur du cadre de scène, et le Maître d'Interprétation montra comment on pouvait faire envoler tout un pan du décor et le laisser suspendu dans cet espace en attendant le signal de le planter sur le plateau. Il fit une démonstration de la plate-forme élévatrice qui ajustait le niveau de la fosse d'orchestre pour former une avant-scène, leur montra la lourde chaîne motorisée du plateau tournant sous le faux plancher scénique et actionna le mécanisme qui les emporta tous dans sa révolution puissante et silencieuse, arc-boutés, les jambes raidies, comme des pions sur un échiquier face à la gueule rouge de la salle qu'ils voyaient passer et repasser.

Le Maître d'Éclairage prit alors la relève pour leur parler des gobos qui pouvaient transformer la lumière en le miroitement de l'eau sous le vent, des filtres qui donnaient l'illusion de la distance, des lumières qui pouvaient rendre n'importe qui beau ou ignoble ou vieux, et de la poursuite, projecteur muni d'une grosse poignée d'acier, fait pour suivre un acteur dans tous ses déplacements sur la scène. Il leur donna la recette pour construire un effet de plein soleil, de clair de lune ou d'incendie. Il leur montra comment faire basculer un intérieur en extérieur ou inversement.

Debout sous la porteuse chargée, ils levèrent les yeux vers la masse noire des projecteurs suspendus aux tubes comme une nuée de chauves-souris s'installant pour dormir, les volets à quatre faces repliés ou dépliés comme d'innombrables ailes membraneuses, obturant ou cadrant le faisceau lumineux. Les appareils étaient accrochés chacun séparément au bâti métallique par un collier de serrage en acier qui permettait de diriger le faisceau cadré sur n'importe quel point de la scène : le Maître d'Éclairage en fit la démonstration, insérant d'une main experte des gélatines colorées dans le porte-filtre tout en manipulant les colliers. Il pérorait du haut de son échelle cabossée, à califourchon, les pieds calés sous le dernier barreau pour mieux consolider la position, plissant les yeux et tripotant sa barbe châtain de sa main libre.

Vint ensuite tout le catalogue des menus mystères : les accessoires de bruitage, une petite boîte en bois renfermant un lourd verrou coulissant, conçue pour simuler une porte claquée en coulisse, et une autre, remplie, elle, de pois secs, pour reproduire les divers bruits de la pluie — « avant que tout ne soit informatisé », selon le commentaire du Maître d'Interprétation, qui secoua la boîte avec une nostalgie solennelle, remplissant l'air du tambourinement discret des gouttes. Il expliqua aux première année le secret des coulisses peintes, dont la perspective faussée faisait paraître la scène plus grande qu'elle ne l'était, le dispositif des costières et des rainures dans lesquelles on faisait glisser les châssis des décors. Il leur montra l'antique poulie entraînant le rideau rouge d'avant-scène, le cyclorama incurvé qui, à l'arrière du plateau, créait un effet d'immensité sans fond.

— Ce théâtre est un lieu sacré, dit finalement le Maître d'Interprétation en regardant d'un air grave les novices qui, regroupés au milieu de la scène, sous le feu des projecteurs, humaient l'odeur poussiéreuse et douceâtre des ampoules chauffées et du brouillard artificiel. Aucun cours n'aura lieu ici. Ce n'est qu'en préparant un spectacle, à partir de la générale, que vous y serez admis. Il vous est défendu d'y venir sans être accompagnés.

La classe esquissa un geste d'assentiment collectif. Stanley se tenait à l'arrière du groupe, la tête toujours renversée, sondant du regard la vaste nuit des cintres en s'efforçant de graver dans sa mémoire tout ce qu'il venait d'apprendre. Le Maître d'Interprétation lui paraissait un peu formidable, mais au fond des fonds il n'était pas sûr de le trouver sympathique. Il y avait dans toute sa manière une froidure palpitante qui faisait penser à une grenouille ou à un lézard. Il n'avait jamais touché ses mains, avec leurs grosses veines saillantes et leurs taches de vieillesse, mais il se les imaginait froides et moites et avides.

Tout le monde pensait que le Maître d'Interprétation allait parler encore, mais il se borna à montrer la sortie, joignant les talons et raidissant le bras pour leur indiquer que la visite était finie.

Les première année défilèrent en silence. Il les regarda s'éloigner, descendre les marches en aluminium de l'escalier amovible et remonter l'allée entre les fauteuils, rang après rang, pour émerger enfin dans la clarté marmoréenne du hall d'entrée. Lorsque tous furent sortis, il alla couper les lumières dans la cabine de régie. La main sur le levier de métal gris, frais au toucher, il se racla la gorge et, par habitude, lança dans les cintres le mot consacré :

— Noir.

Novembre

Stanley sortit étourdi du second tour de l'audition. Il s'arrêta un instant près de la fontaine du hall pour se remettre, s'accrochant des deux mains à la vasque. Concentré sur sa respiration, sondant du regard le second plan brumeux d'un souvenir récent, au-delà des masques de porcelaine, il mit un moment à se rendre compte qu'il n'était pas seul. Il se redressa, décocha à son public un petit sourire penaud. Celle qui l'observait, le menton dans la main, était une femme d'un certain âge, peut-être la secrétaire, cadrée derrière le haut comptoir d'accueil comme une présentatrice de JT.

— Je parie que vous êtes en train de vous dire que vous auriez dû apporter de l'alcool, fit-elle. Vous sortez d'auditionner, n'est-ce pas ?

— Est-ce que tout le monde sort dans le même état ? demanda Stanley, soulignant encore sa posture cassée d'un petit spasme, bras ballants.

La femme rit et répondit :

— Plus ou moins, oui. Ceux qui ont l'air trop contents d'eux sont suspects. D'après mon expérience, ce sont les plus culottés qui ont les meilleures chances de se faire recaler.

— Ah bon !

Stanley se ressaisit un peu. La femme continua :

— C'est votre première audition, n'est-ce pas ? Il y en a qui repassent le concours trois, quatre, cinq fois. C'est à se demander ce qu'ils font de leur vie pendant toutes ces années, en attendant d'être enfin admis.

— Ouais, fit Stanley. Ben, ça alors. Moi, c'est la première fois.

— Ils ne vous ont pas trop secoué ? Ils peuvent être vraiment méchants, au début. Le temps que vous vous y fassiez.

Elle avait l'air de s'ennuyer, assise là, le menton dans la main, dans l'immensité du hall peuplé d'échos. Toutes les surfaces étaient propres et nues, le parking, qu'on voyait à travers la haute baie vitrée, désert.

— Pas plus que ça, répondit Stanley. Je n'ai eu que ce que je mérite, il faut croire.

La femme éclata de rire. Stanley, regardant son rire, fut frappé de constater, pour la première fois de sa vie, qu'il y a une beauté qui n'appartient qu'aux femmes mûres et n'est pas à la portée des adolescentes : les lignes que la bonté creuse autour des yeux et de la bouche, un certain tassement du corps, une lassitude dans la posture et le maintien, aussi indéfinissablement érotique que le charme suranné d'une robe en taffetas poussiéreux ou d'un bijou fantaisie au fermoir rouillé. Il n'y avait jamais pensé jusque-là. Il avait supposé (sans vraiment se poser la question) qu'une femme, pour être belle, devait ressembler à une toute jeune fille ; que le charme féminin déclinait progressivement, passé le cap de la vingtaine, puis de la trentaine, pour être enterré une fois pour toutes à partir de quarante ans ; que les qualités recherchées par les femmes étaient toujours celles qu'elles avaient eues autrefois et que leur vie entière se consumait ainsi dans de vains efforts pour remonter le cours du temps. Il avait supposé que les hommes ne couchaient avec des femmes de leur âge que parce qu'ils n'arrivaient pas à mettre la main sur une plus jeune, ou bien parce qu'ils étaient toujours mariés à leur premier amour ; jamais il n'aurait pensé que les femmes fatiguées, affligées de varices et d'une culotte de cheval, pouvaient avoir un attrait en et pour elles-mêmes — elles étaient à ses yeux un pis-aller, un lot de consolation. À présent, sentant quelque chose remuer faiblement dans sa poitrine affouillée par le trac, il voyait cette femme sous un autre jour.

Elle était maquillée, les cils de la paupière supérieure soulignés d'un fin trait noir, sans doute régulier et droit lorsqu'elle avait tiré sur sa paupière pour appliquer le khôl, mais qui avait pris des rides dès que, lâchant la peau, elle avait cligné des yeux pour contempler le résultat. Le résultat, du coup, lui donnait un air flouté, presque une tête de clown ou plutôt, pensa Stanley, de vieille putain au cœur d'or. Il remarqua aussi, dans son sourire, une incisive bordée du gris oxydé d'un vieux plombage. La peau molle du dos des mains ne s'opposait plus à la saillie des veines et des tendons, et les jointures des doigts étaient un empilement de bourrelets pâteux. Un bronzage artificiel faisait ressortir le gros grain de la peau des clavicules et de ce que le décolleté en V permettait d'entrevoir de la naissance des seins : les rides s'y entrecroisaient dans un réseau qui, avec l'aspect, promettait aussi l'infinie douceur du daim usé.

Pour la première fois de sa vie, Stanley voyait là une femme qui n'était pas simplement une jeune fille ratée et impossiblement montée en graine. Un être d'une tout autre espèce que les filles lisses et mimi tout plein qui attendaient pour auditionner : ces filles-là, pensa Stanley, ne pourraient tenir le rôle de cette femme que le jour où elles seraient à sa place, mais, dès lors, elles ne pourraient plus jamais jouer les jeunesses.

— Vous avez raison pour l'alcool, dit-il. En sortant d'ici, j'irai sans doute droit au premier pub.

— Buvez aussi un coup pour moi, repartit la femme. Et bonne chance. Si ça peut servir.

Stanley passa la grande porte, se retrouva dans la chaleur soporifique de l'après-midi avancé. En tournant au coin de la rue, laissant derrière lui les hauts pignons de l'Institut, il se dit qu'il était sans doute le vingtième jeune homme à émerger ce jour-là de la salle d'audition pour traverser le hall, passer devant le comptoir d'accueil et échanger quelques mots avec la secrétaire avant de quitter les lieux. Il se demanda ce qu'elle avait dit aux autres, sur quel ton, et ce que ces autres avaient pensé en la regardant dans les yeux.

Octobre

— Allez, que je voie un peu de chimie, dit le Maître d'Interprétation en faisant signe au couple de commencer.

— Je l'ai rencontré la semaine dernière, sur le satin moite de la piste du bal inter-lycées, dit la fille, laissant échapper les mots trop vite, trop tôt, avant d'avoir ravalé son trac et trouvé son rythme. Tout le monde se pressait au pied de l'estrade dans une masse serrée, comme un nœud humain qui allait se resserrant autour d'un couple, au milieu. C'est pour cacher aux profs ce qu'ils y fabriquent. Vu du dehors c'est horrible, avec tout le monde qui se serre et se bouscule et joue des coudes, comme les badauds autour d'un combat de coqs ou d'un montreur d'ours. On se relaie à l'intérieur du nœud. Moi j'étais à l'autre bout, je regardais simplement, et lui s'amène et me demande comme ça, l'air de rien, si j'ai envie de boire quelque chose.

Assise au bord de l'estrade, elle balançait doucement les jambes dans le vide, sans but, les chevilles croisées, les talons sans cesse rebondissant. Stanley était un peu plus loin. Debout, les mains dans les poches, il la regardait sans s'émouvoir.

— Bientôt, dit-il, je te raccompagnerai chez toi à l'ombre bleue de la nuit, je demanderai si tu n'as pas les mains froides, histoire de pouvoir te toucher.

— Il me demande si j'ai envie de boire quelque chose, répéta la fille.

Elle ne le regardait pas. Elle avait enfin trouvé son rythme, et ses yeux lançaient des éclairs.

— Moi j'ai compris qu'il avait de l'alcool, alors j'ai dit oui. On nous fait souffler dans le ballon maintenant à l'entrée, et il faut que tout le monde donne son nom et son adresse, et du coup on a la gorge serrée, pour rien, mais on a quand même la trouille, des fois où ça serait positif. Les garçons amènent parfois de vieux appareils photo, avec des boîtes à pellicule où ils mettent du rhum qu'ils boivent une fois dedans. Ou bien ils s'attachent une flasque à la cuisse sous leur pantalon. La plupart ont des pilules, c'est plus simple. Moi j'ai compris qu'il avait de l'alcool, alors j'ai dit oui. Il a disparu.

— Tu m'as déçu dès le premier regard, enchaîna Stanley. Que pourra-t-il sortir d'un début aussi quelconque ? me suis-je demandé. Je t'ai regardée et j'ai pensé à tout ce que tu n'es pas. Avant de te dire un mot, je t'en voulais déjà de ne pas être davantage.

— Il est revenu, dit la fille, et j'ai failli lui rire au nez. Il était allé nous prendre des Coca au bar, les bouteilles sortaient tout droit du frigo, encore transpirantes et givrées, et il a ouvert la mienne en rougissant presque d'une espèce de fierté rentrée, l'air du héros de cinoche noir et blanc qui allume ta cigarette et te prépare ton cocktail juste comme tu aimes. On a bavardé un peu sur le lycée qui venait de finir et la fac qui allait commencer, et il m'a dit qu'il voulait être acteur, et on est restés comme ça un moment à regarder les autres.

— Tu m'as déplu, dit Stanley. Tu m'as déplu parce que tu me retenais à ce stade sans fin de silences tendus et de papotages et d'énervement. Je ne voulais pas de ce que tu avais à offrir. Je suis resté parce que je t'en voulais, et je voulais que tu voies bien comme je te trouvais ennuyeuse. Je voulais que *toi aussi* tu te trouves aussi ennuyeuse que moi.

Le Maître d'Interprétation les regardait sans sourciller. Stanley voyait du coin de l'œil sa tête parfaitement immobile.

— J'avais déjà pris ma décision, dit la fille. Il ne pouvait pas le savoir. Dès que je l'ai vu, j'ai su comment cela allait se passer. Je ne lui ai pas laissé une chance.

Novembre

— Pourquoi tu veux être acteur, mon vieux ?

Stanley, à qui la question s'adressait, contemplait l'enchevêtrement de petites veines illuminées sur les joues couperosées de son père. Il n'aurait même pas vu que l'autre était ivre, sans le branlement de sa tête, très légèrement inclinée à chaque battement des paupières. Pris d'une subite envie de mentir, il répondit en le regardant reprendre du vin :

— On m'a demandé la même chose à l'audition. Ben, en fait je veux prendre mon pied. Tout bêtement.

— Ce n'est pas pour la gloire et l'argent ? insista son père, allongeant le bras pour lui servir le fond de la bouteille.

— Bof ! Non. Plutôt... Non. Je veux prendre mon pied, point barre.

— Bien répondu. J'ai une blague. Je pense qu'elle te plaira.

— Ouais ?

C'était la partie de la soirée que Stanley appréciait le moins. Il tenta de lire l'heure à la montre de son père, par-dessus la table. Ils avaient déjà commandé le dessert, de petites éclaboussures de crème et de couleur dans d'immenses assiettes blanches, et bientôt son père allait appeler deux taxis, glisser cinquante dollars dans sa poche de poitrine et prendre congé d'une tape sur l'épaule. Dehors, l'asphalte était gras et luisant sous la pluie.

— Quelle est la principale cause de pédophilie dans ce pays ?

— Je ne sais pas.

— Les gosses sexy.

— Marrant.

— Pas mal, hein ?

— Ouais.

— Je tiens ça d'un client. Je t'ai parlé de lui ? Celui qui entend la voix des anges. Tu vas adorer, Stanley. Il n'y en a pas deux comme ce type-là.

Stanley essayait parfois de s'imaginer comment ce serait de vivre avec son père, dans la même maison, de le voir tous les jours, en train de faire un somme sur le canapé ou de se brosser les dents ou d'inspecter le contenu du frigo. Leur sortie annuelle les menait chaque fois dans un restaurant différent. L'histoire de leurs rapports pouvait ainsi se résumer à un chapelet d'enseignes : *Le Salon Empire, Au soleil couchant, Chez Federico, La Vista*. Il arrivait aussi que son père lui téléphone, mais les deux secondes de battement introduites par le relais satellite prêtaient à tout ce qu'il disait une distanciation distraite, et Stanley avait invariablement l'impression d'en dire trop ou pas assez.

« Tu es un accident, lui avait expliqué son père dans un restaurant déjà lointain. J'avais avec ta future mère une relation occasionnelle, dans le respect mutuel, mais qui n'était pas faite pour durer. Quand elle a appris qu'elle était enceinte, j'étais sur le point de délocaliser mon cabinet en Angleterre. Il était peu probable que je revienne dans les parages, mais elle a quand même tenu à te garder. J'ai promis de rester en contact et de la soutenir dans la mesure du possible. Et tu me dois une fière chandelle — elle voulait t'appeler Gerald. J'y ai mis mon veto.

— Merci, avait dit Stanley.

— De rien. Mais crois-moi, avait répondu son père en brandissant un morceau de calmar embroché. Le sperme, ce n'est pas de la rigolade. »

Stanley le regardait à présent, viveur ivre et malicieux, riant tout le premier de ses propres blagues. Son père lui paraissait un peu effrayant. Il trouvait effrayante la façon dont il édictait ses opinions, prenant toujours le contre-pied avec une rouerie qui le laissait, lui, dans le doute, à se demander s'il était censé contester ou abonder dans le même sens. L'idée du million à gagner dans l'assurance vie était un piège typique, un appât saignant qu'il lui lançait tout cru avec un geste élégant et un sourire hypocrite. Son père s'attendait-il à le voir s'approprier l'idée ? Était-il censé la traduire dans les faits ou, au contraire, critiquer ce qu'elle avait de macabre et de grossier ? Stanley ne savait pas. Il glissa une main dans sa poche, palpa le papier glacé de la brochure de l'Institut.

— Allez, c'est à nous, on dirait, fit son père.

Il reposa son verre, leva la main, lissa le revers de sa veste et conclut :

— L'année prochaine, mon vieux, à cette même époque, tu seras devenu une âme sensible.

Novembre

— Parle-nous de toi, Stanley, invita le Maître d'Interprétation avec un geste péremptoire.

Raconte. N'importe quoi, même à côté de la question, c'est égal.

Stanley bascula son poids d'un pied sur l'autre. Son cœur cognait à se rompre. Le jury était installé contre un mur dont les hautes fenêtres laissaient passer un soleil éblouissant, obligeant le candidat à fermer à demi les yeux, tandis que les visages de ses juges restaient dans l'ombre.

— Je ne sais pas si je suis vraiment doué pour les émotions, commença-t-il d'une voix qui lui parut toute petite dans l'espace immense. Je n'ai pas encore fait de grandes expériences. Je n'ai vu mourir personne, je n'ai pas connu de vrai malheur, je ne suis pas tombé amoureux, rien de ce genre. C'est drôle, mais d'un côté j'aurais envie d'une bonne catastrophe, simplement pour voir comment c'est.

Il resta court. Le Maître d'Interprétation le relança :

— Et encore ?

— J'ai toujours été un peu jaloux des gens qui vivaient de vraies tragédies et pouvaient ensuite s'en repaître. J'avais l'impression d'être désavantagé, sans rien. Je ne veux pas dire que je souhaite un décès dans ma famille, mais je sens le besoin de quelque chose à surmonter. J'ai envie d'un défi. Je pense que je serais prêt à le relever.

Faisant de son mieux pour partager son regard entre tous ceux qui lui faisaient face, il poursuivit :

— Au lycée, j'ai essayé toutes sortes de choses, comme on essaie un vêtement, pour voir. Même quand je me fâchais, quand je me mettais dans tous mes états et que je me bagarrais, c'était comme si je voulais simplement tâter le terrain, voir jusqu'où je pouvais aller. Il y a toujours un petit coin de moi qui n'est pas fâché, qui reste calme, dans un rôle de spectateur amusé.

— Bien, coupa le Maître d'Interprétation. Dis-nous pourquoi tu veux faire du théâtre.

— Je veux me faire voir, répondit Stanley. En fait, c'est toute ma réponse. Me faire voir, voilà.

— Pourquoi ? demanda le Maître d'Interprétation, sa plume en suspens au-dessus du papier.

— Parce que le regard de l'autre, c'est la preuve qu'on vaut quelque chose.

5

Lundi

Le psychologue-conseiller de vie scolaire lève les deux bras, mains ouvertes, paumes en avant, comme s'il se prenait pour un politicien ou un curé. Isolde entend sa voix en entrant :

— Je remercie tout le monde d'être là ce matin. J'ai bien envie de développer encore quelques-unes des questions que nous nous sommes posées la dernière fois. Je me suis dit que nous pourrions parler aujourd'hui de la domination.

La salle est presque pleine. Isolde cherche une place libre, adressant un bref signe de tête à quelques copines de sa sœur qui la regardent en roulant des yeux tristes, comme si elles se mettaient dans sa peau et s'y trouvaient bien à plaindre. Isolde fronce les sourcils, prend une chaise et s'y avachit, cherchant à passer inaperçue. Le psychologue lui fait un sourire, un horrible rictus lippu et satisfait qui lui donne froid dans le dos. Elle se détourne aussitôt, baisse le regard pour examiner ses ongles et les poignets fatigués de son chandail d'uniforme. Elle subit passivement les questions et les câlins de la fille assise derrière elle, une dondon maternelle avec qui Victoria jouait autrefois au tennis, au collège, et qui a partagé un jour un sachet de bonbons avec Isolde sous les arbres au bout de la pelouse.

La fille la laisse enfin tranquille et se réinstalle avec des airs de grosse poule huppée. Isolde l'entend chuchoter à sa voisine :

— On ne lui dit sûrement pas tout. C'est plus raisonnable.

— Tout est une question de... Allez, qui sait ? demande pendant ce temps le psychologue en ouvrant grand les bras, afin que nulle ne se sente exclue. Ça commence par un L.

La précision fait taire toutes celles qui tenaient déjà prête une réponse commençant par une autre lettre de l'alphabet. Les doigts tentés de se lever retombent, les filles passent en revue tous les mots commençant par un L qu'elles ont déjà entendus dans la bouche du psychologue.

— Une question de *limites*, lance enfin celui-ci d'une voix chantante, accueillie par un soupir collectif. De limites, mes amies.

Isolde ne bouge pas, ne laisse rien voir, se replie sous une surface lisse comme un miroir ou un masque de verre qu'elle imposerait à ses traits. Charognards ! se dit-elle en écho au mot que sa mère a lâché en voyant les gros titres ravis du journal du matin. « Charognards ! » a-t-elle dit en fonçant pour se venger sur la une — sans réussir à l'arracher. La feuille s'est déchirée au milieu de la colonne incriminée, de haut en bas, laissant en place toute une moitié discontinue de l'article au titre réduit à *Enseignant abusé*. Charognards ! se dit à présent Isolde tandis que les rumeurs font des remous autour d'elle et que le psy lui adresse son sourire gras et lippu.

— Peut-être, dit-il justement, peut-être vous laisseriez-vous faire dans un cas comme celui-là, simplement parce que vous ignorez que vous pouvez réagir autrement.

Isolde soupire. Elle voudrait être morte.

« Pourquoi faut-il que j'y aille ? a-t-elle demandé hier soir à sa mère en jetant la fiche rose sur le plan de travail, entre les oignons émincés et la farine. Il y aura la terminale et celles qui font de la musique et puis *moi*. Je serai la seule de la seconde et tout le monde le saura et c'est *humiliant*. Elles ont toutes pitié de moi et je ne le supporte pas. »

Sa mère s'est mordillé la lèvre comme elle fait toujours quand elle sait que la situation la dépasse. Elle a répondu d'un ton distrait :

« Eh bien, tu pourrais refuser, ma chérie, mais tu risques qu'on interprète ça comme une révolte. Tu te ferais remarquer, et ce n'est quand même pas ce que tu veux. Il vaudrait peut-être mieux y aller et faire le dos rond. Je ne sais pas. C'est à toi de décider. » Elle a souri, encourageante, sans s'engager, lâchant encore un « pauvre petite ! » avant de retourner à ses oignons en laissant son indifférence agir sur sa fille comme elle aurait laissé agir la mousse chimique d'un extincteur sur un départ de feu dans sa cuisine.

Isolde a repris la fiche rose et, quittant la pièce d'un air digne, s'est défoulée sur sa sœur, croisée dans le couloir : « On m'envoie chez le psy à cause de toi.

— Pourquoi ? a demandé Victoria, s'arrêtant net, l'air de tomber des nues.

— Parce qu'ils veulent nous mettre en quarantaine, a hurlé Isolde. Ils veulent nous entasser toutes ensemble, le temps de trouver un vaccin, pour que la contagion ne s'étende pas. Ils veulent nous parquer dans une cour bétonnée et nous mettre nues et nous arroser avec des manches à incendie et nous récurer avec du papier de verre et du white-spirit et des chiffons taillés dans de vieux slips kangourou décolorés. Comme si on était toutes marquées d'une grosse tache noire à cause de toi, toutes celles que tu as croisées, mais surtout moi, c'est moi qui suis la plus noire, je nage dans l'encre, ça me dégouline le long des bras et des jambes, ça dégoutte de mes doigts dans une mare par terre qui n'arrête pas de grossir. »

Debout là dans le couloir, le visage doré par les derniers rayons obliques du soleil, Victoria n'a pas réagi tout de suite. Isolde, le souffle entrecoupé, le regard furieux, se tenait sur le seuil de sa chambre, une main sur la porte, prête à la claquer dès que l'autre lui en donnerait le signal. Enfin, Victoria a dit : « Désolée.

— Tu parles ! »

Et la porte de claquer.

— L'une de vous a-t-elle une remarque à faire avant qu'on donne le coup d'envoi ? demande maintenant le psy.

Une fille au fond répond :

— Oui. Moi.

Isolde boude toujours. Dans sa bulle, elle ne tourne pas la tête lorsque l'autre prend la parole. Elle l'entend dire : « Je ne suis pas d'accord. Je ne crois pas que M. Saladin ait voulu imposer sa domination », mais elle met un moment à comprendre le sens des paroles prononcées. L'autre continue :

— Ce qu'il y a d'excitant dans le fait de coucher avec une mineure, ce n'est pas de pouvoir se faire obéir. L'excitant, c'est le risque. Et ce que le risque a d'excitant, ce n'est pas ce qu'on peut y gagner, c'est ce qu'on peut y *perdre*.

Isolde se retourne pour voir.

Celle qui parle est une élève de terminale, une fille cassante, aux doigts tachés d'encre, qui fume des cigarettes solitaires entre les poteaux du terrain de foot et purge ses heures de colle en affichant un petit sourire suffisant, façon de dire que c'est elle qui l'a voulu. Trop intelligente pour les filles mauvais genre et trop sauvage pour les bonnes élèves, elle n'a pas de copines, mais hante les marges et les coins obscurs de l'établissement comme un fantôme maussade et désenchanté, cible de rumeurs venimeuses et apeurées, qui la disent peut-être, plus que probablement, *lesbienne*.

Comme les bruits qui courent sur Julia ne sont appuyés d'aucun témoignage, direct ou indirect, sa sexualité demeure une qualité fuyante, inquiétante mais difficilement quantifiable, imprévisiblement, irrésistiblement prédatrice. Julia elle-même, revêche et caustique et isolée par son baladeur et ses bouquins et la mèche qui lui tombe dans les yeux, ne juge jamais bon de dissiper les on-dit qui lui collent aux talons. Provoquée, elle fera peut-être la grimace ou un bras d'honneur, mais la provocation n'est pas bien vue en ce moment, et le plus souvent on lui fiche la paix.

À présent, tandis que les filles reluquent Julia comme un phénomène de foire et que le psychologue tiraille la mèche à sa nuque, Isolde prend conscience d'un changement subtil dans l'atmosphère de la salle. C'est comme un remugle de peur froide, qui s'élève de l'assistance et va se renforçant. La menace rétrospective représentée par M. Saladin, désormais absent, le cède à celle, plus insidieuse et innommable, qu'elles perçoivent chez Julia. Ce n'est pas simplement l'opinion exprimée qui les effraie. Julia est une agente infiltrée, une taupe dangereuse et insaisissable, qui pourrait, à leur insu, avoir *flashé* sur l'une quelconque d'entre elles, qui pourrait être à tout instant en train de *fantasmer* sur elles toutes — il n'y a pas de séances de soutien psychologique pour mettre les filles en garde contre les avances d'une des leurs.

— Le fait que Victoria était mineure et vierge et tout n'était pas excitant parce qu'il pouvait mieux lui imposer sa domination, dit Julia. L'excitant, c'était tout ce qu'il risquait de perdre si jamais on découvrait le pot aux roses.

Elle incline la tête d'un petit air bravache, qui souligne ce que ses propos ont de choquant, et conclut :

— Ce n'est pas seulement elle qu'il perdrait. C'est tout.

Isolde, fascinée, la détaille du regard. En réfléchissant aux paroles de Julia, elle commence pour la première fois à s'intéresser à M. Saladin : M. Saladin, qui voyait chez sa sœur quelque chose qui méritait d'être recherché, qui lui murmurait des paroles que personne n'avait prononcées avant lui, qui a risqué son tout et qui a perdu.

Pourquoi M. Saladin a-t-il choisi Victoria ? Pour la première fois, Isolde se pose sérieusement la question. Elle imagine la moue pulpeuse de sa sœur, ses lèvres vermeilles et ses grands yeux ingénus, l'éclair de satin rouge quand elle se penche en avant et offre aux regards la ceinture du kilt d'uniforme qu'elle a trouvé le moyen de porter en mode taille basse. Elle imagine Victoria pendant les heures de jazz-band, se penchant justement pour tourner une page, avec son saxo qui lui barre le corps d'une ligne oblique, le poids de l'instrument qui tire la cordelière vers le bas et la serre contre son sternum, faisant luire l'or du bec dans la vallée de laine bleue que soulève de part et d'autre la houle de sa poitrine. Arrivée là, Isolde se demande pourquoi Victoria a choisi M. Saladin.

Tout d'abord, témoin des disputes de ses parents qu'elle voyait se cramponner aux épaules de Victoria comme le bon et le mauvais ange d'une moralité, Isolde n'a connu que la douleur lancinante de l'injustice anticipée, en se demandant s'ils auraient jamais l'occasion de se soucier aussi exclusivement d'*elle*. Elle a réfléchi sérieusement à leur détresse, elle a observé aussi Victoria, en gardant une distance prudente, mais elle n'a jamais eu l'idée de penser à M. Saladin en train d'arpenter son appartement au décor fauve écru, d'accepter sans se battre de donner sa démission et de téléphoner honteusement à sa famille pour se confesser.

Même maintenant, l'idée qu'elle se fait de M. Saladin est vague et tangente. Elle se souvient de lui en costume de cérémonie, en train de diriger l'orchestre au concert de gala en fin d'année, et de la fois où elle l'a vu courir du pavillon de musique au parking du personnel, sa cravate voltigeant par-dessus son épaule, une liasse de papiers à la main. Elle se souvient vaguement de son premier jour au lycée : il était là, sur scène, avec les autres enseignants, affalé sur une chaise, elle l'a vu se passer la main dans les cheveux et consulter sa montre à la dérobée pendant l'interminable cérémonie d'accueil des quatrième. Elle se souvient qu'il avait l'habitude de donner du « princesse » à ses élèves, sur un ton mi-taquin, mi-désespéré, quand il n'y avait vraiment rien à en tirer.

Isolde essaie de s'imaginer M. Saladin dans un contexte sexuel, mais elle n'y arrive pas. Tâtant d'un autre biais, elle tente de le caser parmi ses pairs. M. Horne, victime de l'acné qui lui a marqué les deux joues d'une traînée de cellulite et dont la poche porte toujours l'empreinte de doigts tachés de craie. M. Kebble, prof de maths et d'un français suranné, avec les auréoles de sueur qui fleurissent comme des ecchymoses secrètes sous ses aisselles. M. MacAuley, de l'intendance, qui est coquet et pétillant et brille comme un sou neuf derrière le verre de son guichet blindé. Elle s'imagine en train de les déboutonner, de dégager leur chemise de leur pantalon et de les acculer contre la porte de la réserve de la salle de musique. Elle s'imagine en train de leur sourire pendant les cours, et que ça fasse danser leur cœur dans leur poitrine. Elle imagine les petites phrases dans sa bouche, les « la pause de midi, ça te va ? » ou « j'aime mieux la chemise à rayures ». Elle s'imagine qui proteste : « Ne me dis pas que c'est trop petit. Moi j'ai vu Mlle Clark en poser un à son soulier, et elle l'y a fait rentrer tout entier. »

Isolde est abîmée dans cette contemplation lorsque Julia relève la tête et que leurs yeux se croisent. Les siens, absents, ont besoin d'un instant pour s'accommoder à la réalité, et elle sent alors son estomac qui décroche, un éclair de panique à l'idée que l'autre ait pu deviner l'objet de ses pensées à quelque signe extérieur. Son cœur s'emballe. Isolde repense aux rumeurs qui collent à la peau de Julia, et soudain elle a un peu peur, comme si elle venait de se rendre terriblement vulnérable, elle-même ne sait pas bien comment. Elle panique donc et se détourne. Le psychologue a repris la parole. Autour d'elle, c'est un concert de hochements de têtes. Les filles sont toutes contentes et compatissantes et profondément en paix avec elles-mêmes.

Le cœur d'Isolde reprend son rythme normal. Les paroles de Julia lui reviennent dans un écho attardé, la submergent soudain avec la puissance de la marée printanière qui te gifle de sa ruée inopinée. « Je ne suis pas d'accord, a-t-elle dit. Je ne crois pas que M. Saladin ait voulu imposer sa domination. » Honteuse, en plein désarroi, Isolde se recroqueville sur sa chaise. Dès que la sonnerie retentit, elle file à l'anglaise sans regarder en arrière.

Mercredi

— Bridget, dit la prof de saxophone. Je t'ai dit que si tu ne jouais pas cette mesure-là à la perfection dès la première fois, j'allais hurler.

— Je sais, reconnaît la malheureuse Bridget.

— Veux-tu me faire hurler ? Voyais-tu en esprit l'aigu de chaque fausse note fiché comme une banderille dans mon profil ? C'est ça que tu voulais ?

— Non, dit Bridget.

La prof de saxophone étire le silence le temps

de trois blanches, le métronome sur le piano marquant obstinément la mesure.

— Es-tu sous pression à la maison ? demande-t-elle enfin. Ou au lycée ?

Les yeux de Bridget s'emplissent de larmes et elle gémit, redoutant l'inéluctable :

— M'man vous a donc téléphoné ? Elle a promis de ne pas le faire. Elle promet toujours, et puis elle fait quand même.

— Est-ce à dire, Bridget, que ta mère te ment ?

La prof de saxophone la toise des pieds à la tête. Bridget réfléchit à la question, trop accablée pour répondre.

Chaque fois qu'elle est brimée ou flouée ou maltraitée peu ou prou, le premier souci de Bridget paniquée est de le cacher à sa mère. La mère de Bridget opère tous les quinze jours une descente dans les bureaux de l'administration du lycée pour se plaindre ou protester ou revendiquer au nom de sa fille, toujours au nom de Bridget qui, elle, se laisse entraîner dans le sillage de cette justicière sans peur et sans reproche, et qui a entendu un jour la secrétaire murmurer : « Celle-là alors. Elle fait marcher sa mère comme ce n'est pas permis. »

« S'il te plaît, ne viens pas au lycée, a supplié Bridget, tétanisée, la semaine dernière, quand sa mère a appris qu'elle avait par erreur réglé deux fois la location mensuelle de son saxophone. J'arrangerai ça en jazz-band. S'il te plaît, ne viens pas.

— Très bien, mais n'oublie pas de te faire établir un reçu », a consenti finalement la mère en dévisageant Bridget d'un air rechigné et méfiant. Le jour même, elle a fait un détour en rentrant du supermarché pour passer malgré tout à la section de musique avant que sa fille n'ait rien pu faire.

« J'avais dit que j'arrangerais ça en jazz-band, a rappelé Bridget.

— Allez, c'était l'occasion de me renseigner sur les mesures prises, a répondu sa mère en extrayant un pied enflé de sa chaussure pour le masser posément. Je voudrais juste savoir les mesures que vous avez prises, que je leur ai dit, après cette histoire pénible avec ce M. Saladin. » Brandissant la chaussure à bout de bras, elle a fait peser son regard sur sa fille avant d'enchaîner : « *Rien*, et voilà. Voilà ce qu'ils ont fait. *Rien !*

— Je t'avais priée de ne pas y aller, a répété Bridget sans élever la voix. Quand tu y vas, tout le monde pense que c'est moi qui te fais marcher.

— C'est mon argent, Bridget, que tu dépenses pour ce saxophone, a rétorqué la mère. Je peux bien gérer mon argent comme je l'entends. Et puis c'était l'occasion de les secouer un peu. *Rien !* Voilà ce qu'ils ont fait. »

La prof de saxophone attend patiemment que Bridget arrive à la fin de son flash-back.

— Ben peut-être, répond-elle finalement. Peut-être bien que c'est des mensonges. Ouais, je pense.

La trahison se tord, acide, au fond de son estomac.

— Ça te mine, dit la prof de saxophone.

— Ouais, peut-être.

Le bras du métronome poursuit toujours son va-et-vient, mesurant la distance qui les sépare. La prof de saxophone laisse cuire Bridget dans sa misère.

— Ta maman est effectivement venue me voir, dit-elle enfin. La semaine dernière. Comme ça, pour se tenir au courant. Elle avait eu une prise de bec avec un enseignant au lycée.

Le visage de Bridget, affolée, se défait.

— Qu'est-ce qu'elle a dit ?

La prof de saxophone aime jouer la mère de Bridget. Elle se contracte, se ratatine jusqu'à paraître pâle et maigrichonne et chiffonnée, prend un petit air effaré et se met à triturer le bout de son foulard avec une afféterie maniaque, ses petits yeux fuyant son interlocuteur, vers les quatre coins de la pièce.

« Bridget n'a jamais eu de chance avec ses professeurs. » Ainsi a parlé la mère de Bridget. « La mayonnaise ne prend pas. Je ne sais pas pourquoi. Elle n'est pourtant pas une gamine difficile — vraiment pas ce qu'on pourrait appeler un élément perturbateur — et elle est loin d'être bête. Mais elle a quelque chose, je ne sais pas quoi, qui agace toujours ses profs. Elle n'est pas sympathique, voilà ce qu'il y a. Moi je ne comprends pas. Comment est-ce qu'on fait pour rendre son enfant sympa ? Et quand ? J'ai raté le coche, on dirait, mais franchement je ne l'ai pas vu passer. »

L'interprétation est fidèle. La prof de saxophone redevient elle-même, les traits illuminés de la satisfaction impatiente de celle qui sait qu'elle a été parfaite, mais qui tient néanmoins à se l'entendre confirmer.

— Elle est tout le temps en train de dire des choses comme ça, se lamente Bridget. En train de me débiner. D'aller voir mes profs pour leur raconter que je me fais des idées ou bien pour leur demander pourquoi je n'en ai pas et qu'est-ce qu'ils comptent faire pour me réveiller.

— Elle veut que tu aies tout ce qu'il y a de

meilleur. C'est bien simple, dit la prof de saxophone.

— Non. C'est qu'à part moi, il n'y a rien dans sa vie. Il faut bien qu'elle se mêle de mes oignons si elle ne veut pas crever d'ennui.

— Voyons, Bridget ! Elle a été vraiment secouée par ce drame dans ton lycée — cette horrible histoire d'abus sexuels. Elle est inquiète pour toi.

Ces derniers mots sont dits sur un ton de réprimande. La rupture est typique des échanges entre la prof de saxophone et Bridget. Une volte-face subite plonge toujours celle-ci dans une perplexité mortifiée qui donne à l'autre le plaisir de lire sur ses traits assombris la honte et le regret lancinant, irréparable, d'avoir trop dit. Elle s'en rince l'œil sans se gêner.

Bridget, elle, garde les yeux rivés sur sa partition. Elle est malheureuse comme les pierres, ses couettes pendouillent, ses rubans ont perdu leurs couleurs.

— Elle a dit : Dieu merci que vous soyez une femme, ajoute-t-elle, soudain songeuse, comme si elle venait seulement de comprendre le sens des mots.

Jeudi

L'établissement dont toutes ces jeunes filles suivent de si mauvaise grâce l'enseignement se nomme Abbey Grange, soit, plus familièrement, Rabais Grange ou Abbey Grunge, selon l'humeur ou l'humour du moment. Les garçons du lycée d'en face se suspendent par les aisselles à la grille de fonte et hurlent des « Abbey au Rabais ! » entre les barreaux, et quand les filles prennent le raccourci qui coupe à travers le parc de Saint-Sylvestre, elles lancent de leur côté un « Syphilo ! » ou un « Saint-Viceloque ! » avec le sentiment somme toute justifié d'égaliser le score, même sans personne pour l'entendre.

C'est Isolde aujourd'hui qui s'achemine vers Abbey Grange à travers le pré dégarni, posant les pieds avec précaution entre les détritus charriés par le vent et les fondrières pleines d'empreintes de pas que le gel de la nuit a recouvertes d'une croûte beige clair. Les courts de netball fument sous le soleil qui chauffe l'asphalte humide, et la rosée fait scintiller le filet reprisé de la cage au bout du terrain de foot. Les lignes peintes sur les courts sont à moitié effacées, leur blanc initial réduit à un gris sale et filandreux. Les bâtiments du lycée présentent pour la plupart des façades de bois, habillées de lambris extérieurs aux teints blanc sale et jaune-brun, mais il y a aussi une petite grappe de pavillons plus récents, dont la peinture fraîche ressort en clair, semblable aux plaques luisantes qui remplacent d'abord la peau brûlée. Tous les arbres sont emprisonnés dans des carcans de fer, ceinturés de sièges burinés dont les entailles donnent à lire le nom et le sort de chaque élève jamais captive de ces lieux.

Isolde avance lentement, les yeux sur ses souliers crottés, sur la marée de gadoue mêlée de tontes de gazon dont la ligne grise monte inexorablement, par-dessus le cou-de-pied, jusqu'à imprégner la laine humide de ses chaussettes. La plupart des filles se bousculent à l'entrée principale. Isolde, sur le chemin de son premier cours, se sent abandonnée, seule et ravie de l'être. Depuis le départ de M. Saladin, elle jouit d'une liberté singulière au sein de l'établissement, avec les autres filles qui se troublent face à elle et marchent sur la pointe des pieds, comme si elle allait se casser, et tous les enseignants, plus impersonnels, plus expéditifs les uns que les autres, dont l'unique souci semble être de ne pas la distinguer. Elle apprécie qu'on la laisse tranquille, sans se leurrer : la célébrité par ricochet à laquelle elle doit cette considération n'aura qu'un temps. Elle a noté, avec une indifférence teintée de mépris, qu'il n'y a plus un seul prof pour la comparer à sa sœur, même pas la coach de netball qui aimait tant rabâcher : « Vous deux, je le jure — il doit y avoir quelque chose dans l'eau que vous buvez à la maison. »

Isolde décoche un coup de pied à une cannette de Coca aplatie qui fait un bond de quelques mètres en direction du lycée. Elle décide de l'amener ainsi jusqu'à la salle de classe. Voilà la sonnerie. Isolde relance la cannette et transfère sous l'autre bras son projet d'anglais, une affiche dessinée à la main et roulée en tube, maintenue avec des élastiques.

Isolde a traité le sujet en dessinant un roi mort dans son lit, le cœur percé d'une épée. Sur les draps se répand une tache de sang dont la forme reproduit les contours de l'Écosse. En guise de légende, elle a calligraphié le vers « saigne, saigne, pauvre patrie — *bleed, bleed, poor country* ». Isolde est forte en dessin, surtout comme portraitiste, et elle est fière de cet échantillon de son art, exécuté au crayon de couleur et au fusain, qu'elle a pulvérisé avec un fixatif pour le rouler sans l'abîmer.

« Tu sais que quand Shakespeare emploie le mot *country*, ce qu'il a en tête, c'est le plus souvent des histoires de cul — de *cunt,* tu vois ? À l'époque, les gens étaient plus cochons », a dit Victoria qui, apercevant l'affiche sur la table de la salle à manger, s'est accoudée au dossier d'une chaise pour en faire la critique.

Isolde a posé son crayon et s'est replongée dans le texte de la pièce. Après avoir lu et relu en contexte le passage cité, elle a répondu : « Je n'ai pas l'impression que ce soit le sens ici. Dans les notes, on n'en dit rien.

— C'est quand même une édition pour les collèges et lycées, non ? a insisté Victoria. Ils ne peuvent pas se permettre de parler du côté cochon. Crois-moi, il faut entendre le con, littéralement, dans tous les mots qui commencent par là. Les *country matters* — les "vilaines choses" dont parle Hamlet. Ou encore le sonnet 148. Ça pue le cul à plein nez. »

Elles se sont tues alors, tout à leur contemplation. Au bout d'un moment, Victoria a repris : « On apprend ces choses-là en terminale. Quand l'anglais n'est plus obligatoire et qu'on te parle enfin des trucs intéressants.

— Tu crois que je devrais recommencer ? » a demandé Isolde, cueillant un copeau de crayon entre le pouce et l'index.

L'image n'avait pas bougé, mais elle ne la regardait plus du même œil. Victoria, la tête inclinée sur l'épaule pour mieux voir, l'a rassurée gentiment :

« Nan, en fait ça ajoute encore un niveau de sens à ce que tu as fait. Le sang et tout. Je parie que tu auras une note canon. »

M. Horne monte la garde à l'entrée du parking, menaçant sporadiquement du poing le flot de filles emmitouflées d'écharpes et de moufles qui afflue toujours, plus particulièrement les cyclistes, qui se faufilent en danseuse entre leurs camarades, leur casque suspendu au guidon par la bride, et se font gronder :

— Descendez de là ! Marchez comme tout le monde !

Lorsque Isolde passe discrètement en traînant les pieds, son affiche sous le bras, il lève l'index et le majeur à son front dans une parodie de salut militaire et lance :

— 'Jour, Isolde !

Isolde sourit, répond en agitant la main et monte les marches du pavillon de musique.

Lorsqu'elle entre dans la classe, une de ses camarades accourt en s'écriant :

— Salut, Issie ! Ça va ?

La fille lui fait une grimace de clown triste, tirant sur les coins de sa bouche comme pour faire la manche, en admiration devant sa propre tendresse et sollicitude maternelle. Isolde répond, le regard mauvais :

— Ce n'est pas un bon jour aujourd'hui. Je n'en sais encore rien, mais c'est plus facile de faire comme si.

Samedi

— « Un homme peut être puissant et pourtant aimé, lit Patsy tout haut, mais il est rare de voir une femme aimée pour son pouvoir — les femmes doivent être impuissantes. À mesure que les femmes acquièrent plus de pouvoir au sein de notre société, elles ont aussi plus de mal à parvenir à l'amour. »

Elle referme le livre et se tourne vers la prof de saxophone d'un air interrogateur.

— Tu es d'accord ?

C'est une scène d'il y a longtemps. La prof de saxophone a l'air plus jeune. La peau sous ses yeux est plus ferme, et on ne voit pas encore les lignes molles des bajoues naissantes de part et d'autre de sa bouche. Patsy est entourée de livres et de papiers et de stylos-billes. Il pleut.

La prof de saxophone se laisse aller contre le dossier de sa chaise et réfléchit, la mine sceptique.

— J'ai connu un couple avec un bébé, dit-elle enfin. Un petit garçon, il pouvait avoir un an et deux mois. Le père travaillait toute la journée, rentrait le soir, et le bébé souriait et faisait des mines et tendait ses menottes et sortait le grand jeu pour son papa. Mais si la mère le quittait même un instant, si elle le confiait à un parent ou à une voisine le temps de faire une petite course, le bébé piquait une crise à son retour. Il lui faisait la tête, se détournait et refusait de se laisser prendre dans ses bras, il hurlait même si elle approchait trop près. Dans l'esprit du bébé, *elle* n'avait pas le droit de s'en aller sans lui. L'amour du père était conditionnel, il savait qu'il lui fallait lutter pour le conquérir. Son père était une personne à séduire, et il s'y appliquait. Mais il regardait l'amour de sa mère comme légitimement *in*conditionnel, et lorsqu'elle le retirait, il la trouvait injuste et méprisable. Tout d'abord, il m'a semblé que la mère était à plaindre, et le bébé, terriblement injuste. Mais ensuite je crois bien que j'ai changé d'avis.

— Tu as changé d'avis ?

— Oui. La mère n'était pas sans pouvoir. Elle

n'était pas sans influence. C'est ce que j'ai fini par comprendre, à la longue.

— Tu n'as pas vraiment répondu à ma question. J'ai demandé si tu penses que les femmes, à mesure qu'elles acquièrent plus de pouvoir dans le monde, ont aussi plus de mal à parvenir à l'amour.

— Non. Je ne suis pas d'accord avec la question telle que tu la formules. Tu ne devrais pas poser en principe que l'amour et le pouvoir font forcément deux.

— Tu n'es *jamais* d'accord avec mes questions, se plaint Patsy en feignant de se vexer. On n'arrive jamais à une réponse parce que tu ne veux pas accepter les questions.

— C'est ce qu'on apprend à l'université. Au lycée, les enseignants attendent des réponses, mais tout ce qu'on te demande à l'université, c'est de mettre en question la manière dont la question est posée. C'est ce qu'ils veulent. Tout le monde te le dira.

— Ridicule !

Patsy soupire et fait tomber une miette de la jaquette de son livre. Elle est clairement sur le point de capituler.

— J'avais une copine en première année, raconte la prof de saxophone. Une fille qui commençait toutes ses dissertations par la même phrase. Mettons qu'on lui demandait d'écrire sur les images de violence dans le *Frankenstein* de Mary Shelley. Elle commençait son exposé : « Le problème de la violence dans le *Frankenstein* de Mary Shelley est double. » Mais c'était toujours pareil. Quel que soit le sujet. « Le problème du nationalisme dans l'Angleterre d'avant-guerre était double. » Toujours.

— Et si le problème n'était pas double ? demande Patsy, jetant à nouveau un regard mauvais au manuel posé sur la table.

— Tous les problèmes le sont, dit la prof de saxophone. C'est tout le secret.

Mercredi

— Il y a une fille au lycée — (c'est Bridget qui parle) — qui raconte des bobards pas possibles. Je dis pas possibles parce que j'ai l'impression qu'elle ne sait même pas qu'elle invente.

— Qui donc ? demande la prof de saxophone.

— Willa, répond distraitement Bridget. Mais vous ne l'y prendrez pas. Elle est fortiche.

Bridget tripote un moment son anche, puis relève la tête et s'explique :

— Genre, il y avait une faute que je faisais tout le temps en cours d'anglais. Quand je lisais et que je tombais sur le mot *misled*, je ne comprenais pas que c'était le prétérit de *mis-lead*. Fourvoyé, quoi. J'étais persuadée qu'il y avait un verbe *mizle*, qui voulait dire arnaquer, et si on était *mizled*, avec un s ou un z, peu importe, ça voulait dire qu'on s'était fait avoir. C'est moi qui me mettais le doigt dans l'œil, mais je prononçais toujours *mizled* au lieu de *miss-led*.

Les doigts de la prof de saxophone reposent sur l'instrument déjà accroché autour de son cou. Lorsqu'elle bouge la main, il reste sur le métal des ovales gris de condensation dont la surface se ride aussitôt en s'évaporant.

— Cette Willa, dit Bridget, elle était dans mon groupe pour l'aide au travail personnalisé en anglais l'an passé, et elle m'a entendue prononcer *mizled* tout haut, et la prof m'a corrigée et tout le monde s'est marré, c'est quand même trop bête comme faute. Mais ensuite, la semaine dernière, c'était à midi, à la cantine, on était toute une bande, alors voilà la Willa qui nous sort une histoire, comme quoi elle a toujours cru que *mizle* était un vrai mot et elle disait donc *mizled* au lieu de *miss-led*. Toute l'histoire, elle nous la ressert comme si ça lui était arrivé à elle.

Bridget raconte :

— Moi j'ai bien fait gaffe à sa tête. Elle a sorti ça comme ça, comme une fleur, en me regardant sans tiquer et en se moquant d'elle-même, franchement j'aurais dit qu'elle ne savait même pas que c'était mon histoire. Si elle avait fait exprès, elle aurait eu l'air coupable, elle n'aurait pas sorti ça devant moi, je ne sais pas moi. Je pense qu'elle m'a entendue faire la faute et que le mot lui a plu. Alors, à force, elle a fini par croire que c'était son histoire à elle.

— Et tu l'as démasquée devant tout le monde ? demande la prof de saxophone.

— Non, répond Bridget. Les autres auraient trouvé ça trop nul.

— Donc personne ne sait qu'elle mentait.

— Non.

— Et la prochaine fois que tu t'oublieras et que tu rediras *mizled*, tout le monde croira que c'est toi qui singes Willa.

— Ben oui, reconnaît Bridget. Si je m'oublie.

— Et tu sais pertinemment que Willa ne lit pas *mizled* quand elle voit écrit *misled*.

— Ben non, dit Bridget inébranlable. C'est mon truc. De toute façon, elle s'est moquée de moi dans le groupe d'ATP.

— Eh bien, commente la prof de saxophone, à tant faire que de chiper une histoire pour y jouer les héroïnes, elle aurait certainement pu choisir quelque chose de plus valorisant. Moi je sais que je trouverais mieux.

Elle bouge la main, et encore une fois les taches moites qui gardent en gris l'empreinte de ses doigts fondent et s'évanouissent.

Bridget s'empourpre, incapable de donner une expression cohérente à l'indignation, à la rage même que lui inspire cette menteuse, cette pillarde, cette voleuse éhontée de Willa. Bridget n'a jamais grand-chose à raconter, de beau ou de moins beau, et la voilà du coup un peu plus pauvre encore, sa vie encore diminuée de ce presque-rien, son esprit un peu moins unique encore, du fait du vol commis par cette fille. Elle s'obstine, peinant pour formuler sa pensée :

— Et maintenant en plus elle s'est fabriqué un souvenir. Elle se rappelle tout de bon toutes les fois où elle s'est trompée sur ce mot-là. Et elle se moque d'elle-même et elle se traite d'imbécile, genre c'est pas croyable d'être bête à ce point. Et elle ne l'est même pas. Pas bête du tout. Elle, elle a toujours su comment ça se prononce.

— Elle est peut-être mythomane, suggère la prof de saxophone.

— Mais si elle ne se rend pas compte elle-même qu'elle ment…, insiste Bridget au bord du désespoir. Si personne d'autre ne le sait et qu'en plus elle a dans la tête un vrai souvenir…

Elle laisse la phrase en suspens, mais ses lèvres

remuent toujours, comme la bouche d'un poisson hameçonné.

— Alors, ça pourrait aussi bien être vrai, conclut-elle enfin.

Dans son désarroi, elle écarte les bras et se bat les flancs, une fois, deux fois, puis ne bouge plus.

Lundi

— J'ai eu M. Saladin comme prof en troisième, dit Julia de but en blanc pendant sa leçon du lundi après-midi.

— Ah bon ? fait la prof de saxophone.

— Il nous a préparées à l'épreuve obligatoire de musique du brevet. Je l'ai toujours regardé plutôt comme le type intello largué.

— Tiens !

L'idée d'un M. Saladin intello largué est une nouveauté pour la prof de saxophone qui la fait rouler un instant sur sa langue, tandis que Julia raconte, sur un ton un peu rêveur :

— Elle était dans ma classe de musique cette année-là. Victoria, je veux dire. C'était avant, bien avant le début de leur affaire — à l'époque elle ne suivait pas les cours de perfectionnement pour son instrument. Je m'en suis souvenue l'autre jour, et depuis je n'arrête pas d'y penser et repenser, j'essaie de me rappeler un incident qui les aurait réunis, une scène que je pourrais découper dans le bloc de l'année et monter en épingle, en lui prêtant un sens que je sais bien qu'elle n'avait pas.

— Alors ?

— Un jour, M. Saladin lui a fait : Victoria, si vous touchez encore une fois à cette flûte à bec avant la fin de l'heure, vous connaîtrez une mort subite et intempestive, je parle sérieusement, ne m'obligez pas à vous en donner la preuve.

Julia déplie les deux bras du pupitre, cale sa partition et crache encore, sans souci d'élégance :

— Je devrais en parler au psy. En chialant.

— Et qu'est-ce qu'il vous a raconté aujourd'hui, votre psy ? demande la prof de saxophone.

— La critique est constructive, les comparaisons sont de la maltraitance, répond Julia. Dire, par exemple, « je trouve ton attitude blessante » — c'est une critique, ça va. « Je trouve que tu ressembles tellement à ta mère » — c'est une comparaison, ça ne va pas. On a commencé par apprendre ça, puis on a joué à des jeux de rôle. Les jeux de rôle sont une méthode utile, qui permet d'explorer une situation d'un autre point de vue.

La prof de saxophone se tait et passe le pouce sur le bord rugueux de sa tasse de grès, dans l'attente de la suite.

— Alors je lève le doigt, dit Julia, et je lui fais : Mais si c'est une relation entre partenaires de même sexe ? Je lui fais : La comparaison est forcément plus importante dans les relations entre partenaires de même sexe. Genre, je suis plus grosse que toi, ou je suis plus masculine, ou c'est moi la figure maternante, c'est moi le papa-gâteau, ou je ne sais pas moi. J'ai dit au psy : Si les comparaisons sont de la maltraitance, est-ce que ça veut dire, d'après vous, que dans les couples homosexuels la maltraitance est plus fréquente que dans les couples normaux ?

Julia se balance d'avant en arrière, se dandine sur ses pieds qui ne tiennent pas en place, savourant jusqu'au bout le faux prestige de sa sophistique d'adolescente, se remémorant le silence, lourd de peur et de dégoût, qui s'est fait dans la salle, le psychologue qui se frottait le front et les filles qui la regardaient à travers un grand vide, l'œil mauvais.

— Le psy il ne répond pas. Il me fait : Julia, nous ne parlons pas aujourd'hui des relations homosexuelles. M. Saladin était un homme et Victoria une jeune fille. Ne nous écartons pas de notre sujet. Et il en parle au passé, comme toujours, comme s'ils étaient déjà morts tous les deux.

Julia en a fini. Elle attrape son instrument et se met à jouer. Elle a censuré la dernière scène, juste avant la sonnerie, quand les filles se sont retournées vers la tribune et que le psychologue, l'air pas content, fouillait dans ses notes. Une des bimbos a pivoté sur son siège pour siffler : « Pourquoi tu te sens obligée de poser toujours des questions pareilles ? À chaque séance, tu sors un truc de ce genre, simplement pour voir comme ça nous fout mal à l'aise. Genre tu peux pas te sortir ça de la tête, alors tu prends ton pied en en parlant. C'est dégueu. »

Jeudi

Quelquefois, pour s'amuser, la prof de saxophone essaie de s'imaginer ce que donnerait une autre distribution. Elle s'imagine la fille qui joue Bridget dans le rôle convoité d'Isolde, opère la conversion en esprit, lissant les pauvres cheveux qui ne ressemblent à rien en un rideau uni qui tombe, soyeux, à partir de la raie au milieu, appliquant du rose aux joues et imprimant à ces traits qui s'y prêtent si peu l'expression à la fois insouciante et blessée qui est devenue la marque d'Isolde. Elle ajoute une montre en argent et une fine chaîne de même métal autour du cou, sous le col du chemisier d'uniforme. Le personnage d'Isolde joue périodiquement avec ce collier, soit qu'elle se l'enroule autour d'un doigt, soit qu'elle le mâchonne en réfléchissant, les anneaux métalliques mordant dans la peau veloutée de ses joues comme une fine bride d'argent.

Il va de soi que, si le rôle d'Isolde est convoité, cela n'a rien à voir avec ses qualités intrinsèques : le rôle d'Isolde est convoité pour sa proximité avec le scandale qui entoure sa sœur. L'écho éclatant de la honte et du déshonneur de l'autre la rend puissante, de même que les belles filles qui disent « j'ai juste besoin d'être un peu seule » y puisent un pouvoir, avec une cour de suivantes graves et soucieuses, aux petits soins pour elles, qui se font du mouron et se murmurent à l'oreille : « Pourvu qu'elle n'aille pas faire un malheur. » Même Bridget qui, Dieu sait, n'est pas une lumière, conçoit que la proximité d'Isolde compte pour beaucoup.

La prof de saxophone sourit en s'imaginant la terne Bridget dans le rôle d'Isolde. Du coup, elle se dit avec tendresse qu'il y a peut-être malgré tout une lueur d'espoir pour cette fille pâle et maigrichonne et chiffonnée, qui mordille les pointes de ses cheveux et porte ses taille basse un tantinet trop haut et se donne tant de mal pour rien.

Le rôle de Bridget, la prof de saxophone envisage de le confier à celle qui joue pour l'instant Julia. En esprit, elle la rhabille dans un uniforme trop grand, toujours un peu froissé et qui sent le moisi. Elle s'imagine la tenue du corps qui change, le repli sur soi, l'air contrit, de plus en plus, les chairs qui se ratatinent comme la couenne du lard qu'on jette dans une poêle chauffée. Le rôle de Bridget serait le plus facile des trois, car Bridget est une victime, et les victimes ne sont jamais un problème. Après avoir joué Julia, Bridget serait du tout cuit.

Le rôle de Julia reviendrait donc à la fille à la bonne bouille ronde qui joue pour l'instant Isolde. C'est la métamorphose le plus malaisément imaginable, car la plus subtile. La prof de saxophone se dit que la fille qui se cache derrière Isolde est peut-être trop innocente pour jouer Julia : la vanité parfaite de l'autodétestation qui caractérise Julia est quelque chose que cette fille-là n'est pas encore assez corrompue pour concevoir.

Assise à sa fenêtre, le menton dans la main, promenant ses regards des cheminées aux nuages, la prof de saxophone pense avec tendresse à ses élèves. Finalement on frappe à la porte. Elle pose sa grande tasse de thé noir, lisse la jambe de son pantalon et dit :

— Entrez.

Vendredi

Le ginkgo pousse dans un petit carré de terre au milieu de la cour dont le béton accuse un relief torturé tout autour de la base du tronc, où l'arbre a bougé dans le sol. Quant aux feuilles tombées, il n'en reste à cette heure qu'une pâte au remugle jaune, qui bouche les canalisations et recouvre le pavé d'un film sale et bilieux.

Arrivée en avance, elle entend vaguement un saxophone ténor exécuter une gamme ascendante dont les notes dérapent sur les ardoises des toits avant de tomber dans la cour déserte au ginkgo effeuillé. La cour est dominée par la tour de l'ancien observatoire, désormais fermée au public, sa coupole aux nervures blanches mangée d'une lèpre verte de lichens, l'escalier en fonte ajourée enduit sur toute sa hauteur de fientes et autres saletés.

Le studio où la prof de saxophone donne ses cours fait partie d'un vaste ensemble architectural, conçu à l'origine pour abriter le musée et quelques annexes de l'université. Les cours de brique avec leurs galeries à colonnes et leurs jardins en mouchoir de poche qui prennent le promeneur au dépourvu sont à présent entre les mains de bailleurs privés qui ont découpé les anciennes salles d'exposition en bureaux et boutiques et ateliers d'artistes.

Le ténor grimpe d'un demi-ton et recommence l'exercice. Isolde consulte sa montre : encore près d'un quart d'heure à attendre. Balançant négligemment son étui à saxophone, elle laisse errer ses regards à travers la cour, à la recherche de quelque chose à faire. Le béton est maculé, plus terne que jamais après la pluie récente qui a laissé aussi des mares sinistres sous les tuyaux d'écoulement des gouttières et pousse les oiseaux à se secouer en sautillant entre les fils électriques. Isolde tourne le dos à l'arbre et à la haute tour de l'observatoire et enfile une venelle au hasard, dans la vague idée de chercher une boulangerie où s'acheter un petit pain chaud.

Au milieu de l'enfilade des cours, elle perçoit

soudain un bruit sourd, cadencé, comme un lointain battement de tambour. Il arrive que des troupes de théâtre ou des saltimbanques offrent des spectacles gratuits au-delà des cloîtres, près de l'endroit où stationnent les vendeurs de viennoiseries. Isolde suit le bruit sans y penser, passe sous une voûte étroite, le long d'un petit passage pavé de briques humides qui la conduit finalement à une porte ouverte.

La porte est coupée à l'horizontale par une barre d'acier et présente, à hauteur de poitrine, une tache luisante, où des milliers de mains aux doigts gras ont eu raison de la peinture. On l'a calée avec une brique pour qu'elle ne se referme pas, et Isolde entend à l'intérieur des cris et, très nettement, le battement du tambour.

Elle entre sur la pointe des pieds, se retrouve dans un couloir qui la conduit à une petite volée de marches au nez blanc. En haut de l'escalier, elle passe devant plusieurs portes entrebâillées sur des loges et comprend qu'elle a dû pénétrer, par l'entrée des artistes, dans la vieille salle de spectacle. Elle hésite, sur le point de faire demi-tour, mais le tambour résonne plus fort et elle distingue aussi des voix, elle décide donc de pousser plus loin, pour voir au moins ce qui se passe avant de s'en retourner par le même chemin, ni vue ni connue. Elle débouche dans le noir absolu et velouté des coulisses, avance à tâtons jusqu'à ce qu'elle trouve, dans les draperies, une fente qui lui offre une vue de la scène.

Considérée ainsi de côté, la scène est un chaos, avec tous les repères au sol clairement visibles, les panneaux du décor tassés à un angle qui fausse les proportions et enlaidit, et le fouillis d'accessoires et de costumes entassés qui ferme la perspective de l'autre côté. Isolde remarque plusieurs spectateurs cachés, séparés les uns des autres par le tissu frémissant des pendrillons, certains en costume, balançant, tendus, sur les demi-pointes, guettant la réplique qui les appellera sur scène. Son regard, qui porte au-delà de la rampe, dans les brumes obscures du ventre mou de la salle à deux niveaux, est accroché par les silhouettes des acteurs se découpant au premier plan dans une maigre aura lumineuse, tel le disque du soleil lors d'une éclipse.

Le devant de la scène est occupé par un garçon au turban écarlate, vêtu d'un frac élimé avec une collerette sale et déchirée et des gants blancs, également tachés, qui bâillent au poignet. Il a le visage poudré de blanc avec, dessiné à la verticale au-dessus de chaque œil, un carreau noir dont la pointe lui entaille la joue d'une traînée grasse et gluante. Les carreaux lui donnent un étrange air hanté, hilare et mélancolique à la fois. Isolde, de son poste d'observation, distingue à peine son profil. Elle ne voit que l'arrondi de la joue, le renflement du turban au-dessus de la tempe et l'éclair d'un carreau noir lorsqu'il lui arrive de tourner la tête.

— Ceci est un jeu de cartes au grand complet, dit le garçon à la salle obscure en faisant cascader les rectangles de carton d'une main dans l'autre. Sans joker. Les as sont bas. La carte que tu pioches t'appartiendra pour toujours. Elle t'accompagnera partout comme un secret honteux.

Avec un geste outré, il étale les cartes en éventail sur le drap vert d'une table de jeu. Les yeux d'Isolde ont fini par se faire à l'obscurité, et elle perçoit maintenant d'autres figures, vêtues de rouge et de noir, on dirait une bande d'intouchables, moutonnant autour du garçon qui tient le milieu de la scène. Celui-ci a fière allure. Grand, resplendissant, il est éclairé crûment, comme un personnage dans une photo surexposée, rayonnant et embrumé, braquant sur l'éclat des yeux vitreux.

— Si tu pioches une carte noire, tu aimeras les hommes. Une rouge, et ce sera les femmes. Honneurs à part, la valeur de ta carte sera égale à ta vaillance sexuelle. Le dix t'adoube chaud lapin, l'as te fera péter plus haut que ton cul.

Le garçon tire tout en discourant des cartes du paquet, les brandit un instant entre le pouce et les quatre doigts, puis les fait brusquement envoler en fermant à demi le poing. Sa main libre attrape l'échappée en même temps que l'autre pioche à nouveau dans le talon. Il donne un peu l'impression de jongler avec les cartes qui, lancées en l'air, décrivent une petite parabole explosive pour se voir escamotées avant de retomber.

— Si tu pioches une figure, ta vie sexuelle risque de se compliquer. En général, une dame te poussera à te travestir, quelle que soit sa couleur, un roi te donnera des tendances sadiques, un valet des tendances masochistes. Mais il y a des exceptions.

Le roulement des timbales va crescendo. À mesure que le tambourinement gagne lentement en intensité sonore, le garçon se laisse saisir par l'urgence. Ses mouvements s'accélèrent et sa voix se fait plus insistante. Autour de lui, les figures noires ont commencé à se tordre.

— Le Roi de Carreau est le seul à porter une hache d'armes plutôt qu'une épée. C'est pourquoi on l'appelle l'Homme à la Hache. Si tu pioches l'Homme à la Hache, ta libido risque de tourner à la perversion. Toutes les figures sont représentées de face à l'exception de trois : deux valets et un roi sont toujours de profil. Si tu pioches une de ces cartes borgnes, tu seras enclin à l'automystification et à la mauvaise foi. Mais la plus importante de toutes les figures est la Dame de Pique.

Quelqu'un heurte violemment Isolde par-derrière. Elle chancelle de douleur et pivote sur ses talons. Le nouveau venu est un garçon qui retombe en pestant contre le pendrillon et s'accroche à pleine main au tissu, tandis que ses pieds dérapent sur les planches usées et tachées de craie et que son bras libre racle l'air dans sa lutte pour se rétablir. Maladroit, il s'escrime à ne pas perdre le sceptre qu'il tient dans l'autre main, mais l'objet s'abat bruyamment et va rouler sous un pli de la draperie.

Il fusille Isolde du regard et siffle, l'air mauvais, se baissant déjà pour récupérer le sceptre :

— Qu'est-ce que tu fous là ?

— Je regardais, c'est tout, dit-elle, s'empressant de reculer tandis que le garçon tâtonne dans la pénombre. Je suis désolée.

— Stanley ! chuchote un des intouchables sur le plateau. Stanley, à toi !

Isolde n'a le temps de rien ajouter. Le garçon attrape le sceptre, se redresse d'un bond et court sur scène, arrangeant sa couronne et remettant le sceptre à l'endroit dans la brève fraction de seconde qui s'écoule encore avant qu'il ne se retrouve sous le faisceau du projecteur. La dernière image qu'il offre à Isolde avant de se fondre dans l'éclat aveuglant des feux de la scène est celle d'un visage en pleine métamorphose, à mi-chemin entre une expression naturelle et une caricature, se transformant de l'intérieur, de même que la surface de l'eau de bain commence à se rider et à se dérober lorsqu'on lâche la bonde au fond de la baignoire.

Isolde a toujours le cœur qui bat sous l'effet du choc et elle a soudain honte d'être là à regarder sans y avoir été invitée. Elle se retourne et file à l'anglaise, redescendant les marches à nez blanc, repassant à pas de loup par le couloir étroit pour émerger enfin à la lumière du jour avec son parfum de ginkgo.

6

Avril

— Masques ou visages ? Voilà la question que je n'arrête pas de me poser. Masques ou visages.

Le Maître de Mouvement était adossé au radiateur dans la salle des professeurs, ses mains décharnées enlaçant sa tasse, son front sombre, fixant d'un air absent une tache à peine perceptible sur le lino du sol.

— Cette grande bringue, dit-il. Aujourd'hui. Celle qui a fait ce... ce morceau de... Ce morceau qu'elle a fait aujourd'hui — allez, quelqu'un, aidez-moi !

Le Maître d'Interprétation baissa son journal et le regarda par-dessus les verres de ses lunettes.

— Venez, venez, esprits...

— *Venez, venez,* esprits qui assistez les pensées meurtrières ! Désexez-moi ici, et, du crâne au talon, remplissez-moi toute de la plus atroce cruauté. Oui.

Le Maître de Mouvement resta un moment immobile, frémissant.

— Elle ne sera jamais convaincante dans ce

rôle-là. Elle est piégée à l'intérieur de ses petits yeux ronds, dans la symétrie parfaite, parfaitement lisse, de son visage. Tout ce à quoi j'ai pu penser en regardant, c'est qu'*elle* ne penserait jamais ce texte-là. Pas celle-là. Pas avec ce visage. Ce visage-là n'oserait jamais. Si j'allais la voir jouer, je partirais à l'entracte en disant : Lady Macbeth, ce n'était vraiment pas ça.

Il secoua la tête, déçu, et reprit :

— Je les regarde tous, et je vois tant d'espoir et de vigueur et de détermination, le tout pris au piège dans des visages qui ne seront jamais vendeurs, qui ne se feront jamais remarquer — des visages modernes, bichonnés, soyeux, qui n'ont jamais connu la tragédie ou les épreuves ou les extrémités ou même... Et puis zut, la plupart n'ont quasiment *jamais* mis le nez dehors. Cette fille — notre Lady Macbeth du jour. On dirait qu'elle est en plastique. Elle est trop lisse, trop ronde pour être vraie. Elle n'échappera jamais à cette onctuosité, à cette rondeur. Elle n'échappera jamais à son visage.

— Te voilà d'humeur bien sombre, Martin, dit le Maître d'Interprétation, déballant un cachet d'aspirine qu'il glissa dans son café. Elle n'était pourtant pas si mauvaise, à mon sens. Sa fraîcheur m'a bien plu. « Venez à mes mamelles de femme, et changez mon lait en fiel » — j'ai trouvé cela merveilleusement séduisant. Elle n'essayait pas d'être *méchante*.

— Elle n'essayait pas d'être méchante parce qu'elle ne comprenait pas un traître mot de ce qu'elle récitait, trancha le Maître de Mouvement.

Il y eut un silence. Le Maître de Mouvement baissa la tête sur sa tasse et but avec une avidité presque inconvenante, soufflant entre chaque gorgée déglutie, brûlante, avec une contraction reptilienne de tout son cou. Habitude de célibataire, pensa le Maître d'Interprétation. L'effet de trop de repas solitaires. Pris d'un élan de pitié pour l'autre, il posa son journal.

C'était, pensa-t-il encore, un homme qui personnalisait à outrance son éternelle insatisfaction vis-à-vis du monde ; un homme toujours à nouveau déçu, dès que la moindre chose ne répondait pas à son idéal, et qui affichait sa déception comme un enfant. On pouvait y voir la marque d'une ingénuité insolite chez quelqu'un de son âge — une innocence stupide, qui lui imposait une conduite d'échec, car il s'obstinait à croire tout en sachant pertinemment qu'il allait au-devant d'un désappointement.

D'instinct, le Maître de Mouvement était enclin à la simplicité et au scrupule, et pourtant, loin d'être un esprit scrupuleux, il se montrait anxieux, indécis et râleur, flottant toujours entre plusieurs points de vue. Il vivait en permanence à l'ombre d'un grand principe, dans l'ombre d'une cathédrale illuminée dont les voûtes obscures grouillaient de chauves-souris. Il avait beau admirer et vénérer ce monument, en redouter le contour massif, il ne pouvait se résoudre à le toucher du doigt ; jamais il ne frapperait à la porte, jamais il n'y serait admis.

Le Maître d'Interprétation le voyait froncer les sourcils et grimacer, le regard au fond de sa tasse, puis serrer les omoplates et secouer la tête, l'air de se trouver soudain à l'étroit dans sa peau. On aurait dit, pensa-t-il encore, qu'il était resté adolescent dans quelque repli secret de son être, toujours prêt à tomber amoureux, éperdument, avec l'égoïsme aveugle de la jeunesse. Et lui ? Était-il jaloux ? Enviait-il les angoisses de son collègue, les affres de ses choix, le supplice de son sentiment d'échec personnel et d'injustice universelle ?

— La fournée est donc mauvaise cette année ? demanda-t-il. C'est ça qui te donne le cafard ?

L'autre, son cadet de plusieurs années, se laissa tomber sur une chaise, comme une baudruche qui fait pschitt.

— Non, dit-il.

Le monosyllabe, tiré en longueur, laissait place au doute.

— Et la question que tu te posais ? Masques ou visages ?

— Eh oui, soupira le Maître de Mouvement. Dans le temps, j'étais pour les visages. Toute ma vie, j'ai cru aux visages. Je pense que je vais sans doute finir par changer d'avis.

Février

Chaque fois qu'on fermait une porte à l'Institut, une autre s'ouvrait, le battant glissant soudain sur ses gonds sous la poussée furtive d'un courant d'air irrépressible. Ce vent coulis, erratique et élusif, livrait tous les bâtiments à un peuple murmurant de fantômes. En fermant une porte derrière lui, Stanley ne manquait jamais de dresser l'oreille, guettant le déclic de celle qui s'ouvrirait en écho quelque part en avant, dans le demi-jour du couloir. Les becs-de-cane tournaient tout seuls.

La céramique en était marquée d'un réseau de fines craquelures, on aurait dit une dentelle sale.

L'année scolaire s'ouvrit sur une production somptueuse du *Roi Lear*, dirigée par les élèves en fin de cursus avec tous les professeurs à l'affiche, superbes en bordeaux et gris. Le rôle-titre était échu au précédent Maître d'Interprétation, homme nerveux aux dents longues, à la retraite depuis belle lurette et qui aurait pu passer pour un moine, avec ses maigres cheveux blancs méticuleusement ramenés sur le front. Un mois environ après la dernière, un nouveau costume, fraîchement aplati, prit place sur le mur pelé du couloir. Le col était encore noir du sang qui avait coulé des orbites vides pour dégoutter, rouge et poisseux, des poils gris qui hérissaient le menton du Maître de Mouvement en Gloucester.

L'année démarra alors pour de bon. *Le Roi Lear* était aussi un défi, monté pour intimider les bizuts en leur mettant sous le nez l'héritage qu'ils ne pourraient revendiquer sans un dur combat. Dans un premier temps, cela fit son effet. Les première année regardaient leurs professeurs et leurs aînés avec une humble vénération, mais plus les semaines passaient et plus ils se mettaient à occuper l'espace par eux-mêmes, avec une motivation et une confiance en soi qui enflaient de jour en jour.

Stanley n'en revenait pas de s'entendre dire : « Je suis acteur… » Il marquait donc une pause, puis, s'étant avisé que le développement était flatteur, voire tout à son avantage, ajoutait sans se faire prier « à l'Institut d'art dramatique », attendant de pied ferme que son interlocuteur enchaîne : « Ah, *l'Institut* ! Le concours d'entrée passe pour très sélectif, n'est-ce pas ? Vous devez être vraiment bien, dites donc. »

Les premières semaines s'écoulèrent dans une sorte de fièvre. Les nouveaux s'abordaient sous des airs hésitants et timides, tout en travaillant, chacun pour soi, à se tailler une place au sein du groupe. Ceux qui voulaient passer respectivement pour comiques ou tragiques ou excentriques ou profonds commençaient à marquer leur territoire, se forgeaient des épithètes-étiquettes percutantes pour se faire un genre en évinçant tous leurs concurrents. Ainsi, une des filles se jetait au cou de ses camarades, sur les quelques pas qui séparaient le cours de Mouvement de l'atelier de Voix, avec des effusions du genre « vous êtes tous trop chou ! mon Dieu, si vous saviez comme je vous adore ! », pour asseoir sans conteste son identité comme *la gentille* de la bande. Cette case-là une fois prise, les autres s'empressèrent de mettre en avant qui son entregent mondain, qui ses dons musicaux ou intellectuels, chacun cernant un petit espace dont il s'arrogeait dès lors l'exclusivité. Les autres disaient tous « Esther est tellement *marrante* ! » et « Quel *mauvais garçon*, ce Michael ! », et — ce n'était pas plus difficile que ça — l'un et l'autre étaient doublement sécurisés, à titre individuel et comme incarnation d'un type.

Stanley ne savait pas bien ce qui le distinguait en tant qu'individu. Il resta d'abord en retrait, laissa les autres garçons revendiquer les rôles du meneur et du séducteur et du clown, observant à distance, avec un respect presque craintif, ceux qui se démenaient pour recruter une cour d'admirateurs et un public. Il aurait aimé sans doute qu'on le prenne pour une âme sensible et un méditatif, mais il ne s'activa pas assez à se démarquer, et ces cases-là aussi ne tardèrent pas à être prises. Il se vit totalement éclipsé par des garçons dont l'humeur ténébreuse se conjuguait avec une plus forte dose d'ambition, des jeunes gens porteurs d'une mèche rebelle qu'ils repoussaient en cambrant la nuque avec une élégance étudiée, des maigres avec toujours un bouquin de Nietzsche dans leur sacoche, de grands nerveux, visiblement sous-alimentés, affichant des mines d'un parfait désespoir complexé. Quand l'un de ceux-là prenait la parole, tout le groupe se reculait respectueusement pour écouter.

Sans même savoir comment, Stanley se retrouva dans le ventre mou de la promotion, fondu dans la masse de ceux qui n'avaient rien de particulier pour se faire remarquer. Comme les autres, il nourrissait lui aussi un petit espoir de s'imposer un jour et de les surpasser tous, mais l'espoir était déjà à demi enfoui, et il était rare que Stanley brille en cours.

— On finira quand même par tirer quelque chose de toi, lui dit un matin la Maîtresse d'Improvisation en se penchant pour lui tapoter la poitrine avec son index. Il y a quelque chose là-dedans. Quelque chose qui, un beau jour, *mûrira*. Comme ça, du jour au lendemain. Tu verras.

Elle passa son chemin, laissant Stanley avec l'écho chaleureux de ce doigt pressé contre son sternum dans l'attente d'un heureux événement dont il ne douta plus dans les jours et les semaines qui suivirent. Il s'appliqua avec une ardeur renouvelée à sa technique, aiguillonné par ce germe de confiance qui lui dilatait le cœur, jusqu'à déborder ou presque. Il commença à croire en son propre mûrissement, vivant dans la pieuse expectative du religieux qui attend l'exaucement de ses prières. Il ne se laissait plus énerver par ses échecs, sachant en toute certitude qu'un jour, bientôt, il y arriverait.

— C'est étrange..., dit plus tard la Maîtresse d'Improvisation dans la salle des professeurs, laissant la phrase en suspens pendant qu'elle comptait ses mailles de la pointe nacrée d'un ongle puis lissait le carré de laine pour mesurer ses progrès. C'est étrange de caresser l'ego de nos élèves comme nous le faisons. Je vois bien comme ça les impressionne, ils en sont tout illuminés et je me sens responsable, je dirais même coupable, comme si je mettais un pistolet chargé entre les mains d'un enfant.

— Tous les acteurs sont pervertis par leur métier, répliqua le Maître d'Interprétation en secouant son journal pour lui faire retrouver ses plis. Nous leur gonflons l'ego pour compenser tout ce qu'ils perdent par ailleurs, brisé ou foulé aux pieds. Tu ne leur fais pas de mal, Glenda. Tu ne fais qu'amortir le choc.

La plupart des copains de lycée de Stanley s'étaient dispersés, avalés par l'université et l'école polytechnique de la ville, sinon, pour les plus chanceux, expédiés à l'étranger, vers de meilleures occasions à saisir ailleurs. Stanley s'enterra à l'Institut. Les première année avaient tous les jours de longues heures de cours obligatoires, et de plus en plus souvent Stanley inventait des prétextes pour y retourner aussi les samedis et dimanches. Il fouillait dans les archives de pièces, publiées et manuscrites, ou y prenait un volume et montait à la galerie d'où il avait une vue plongeante sur la salle de danse, livrée pendant le week-end aux enfants des écoles qui y suivaient des cours de classique ou grimpaient à la corde ou faisaient des activités d'éveil. Il prit un appartement avec deux autres apprentis acteurs, figures maigres et solennelles qui, comme lui, avaient laissé se défaire toute l'ossature de leur vie d'avant. Il finit possédé par l'Institut, de son plein gré et si totalement qu'il repensa plus d'une fois aux paroles du jeune costumier à la mine revêche et au phonographe. Il lui arrivait de le croiser sur le chemin de l'atelier des costumes et des décors, allant ou venant, chargé toujours de pots de peinture ou de chutes de tissu ou de marionnettes hérissées d'épingles, ni faites ni à faire.

Chez eux, les garçons ne parlaient que du métier de comédien, du cinéma et du théâtre, des spectacles de rue et de la révolution, bien au chaud dans la bulle qui les maintenait rigoureusement à l'écart de la réalité, et pourtant pris de vertige, comme s'ils se tenaient tous les trois, chacun pour soi, au seuil d'un nouveau monde, inconnu des cartographes. Ils discutaient bien avant dans la nuit, ébauchaient des pièces sur des bouts de journal tachés de gras, fantasmaient sur les merveilleux mensonges qu'on les paierait un jour pour raconter.

— Quand on écrira l'histoire de notre vie, disaient ses colocataires, le jour où on en sera là, tout cela fera partie du premier chapitre, qui parlera de l'avant, avant le grand tournant qui aura fait de nous des vedettes, avant que les choses sérieuses commencent. Et c'est ce chapitre-là que tout le monde trouvera vraiment intéressant et inspirant, parce qu'on y verra que nous aussi, on est au fond des gens comme les autres, des gens qui ont démarré à partir de rien, qui ont connu la misère et mangé de la vache enragée et trimé pour un salaire ordinaire. Dans un sens, ce sera le chapitre le plus passionnant de tout le bouquin.

Stanley commençait à se regarder autrement, à valoriser les éléments de sa propre personnalité qui pourraient un jour lui servir, à se tâter précautionneusement, cherchant à mettre le doigt sur ses faiblesses, partagé entre la crainte et l'espoir d'en sortir blessé ou brisé. Son père, qui jusque-là n'avait pas joué de rôle marquant dans sa vie quotidienne, imposait sa présence comme veine tragique, à exploiter jusqu'à épuisement. En cours, il en parlait de plus en plus. Petit à petit, sans en avoir conscience, Stanley se mit à se regarder comme un personnage tragique — victime non seulement des mortifications inséparables de l'adolescence, mais d'injustices plus profondes, une figure royale, un héros émotionnel. Il soupirait la nuit au lit, martelait son oreiller à coups de poing et parfois pleurait.

— Notre arriviste. Il y en a toujours un, commenta le Maître d'Interprétation à la salle des professeurs sur un ton à la fois amusé et paternel. On les récupère trop tard. C'est tout le problème. On devrait avoir une école pour les seize ans. Ils en sortiraient à dix-neuf. Il faudrait qu'ils abandonnent le lycée pour se présenter au concours. Ça leur ferait du bien.

— Ils sont déjà formés en s'inscrivant chez nous, approuva la Maîtresse de Voix et de Diction. Formés psychiquement. Au moral. De nos jours, tout arrive trop tôt.

— Et ils sont tellement entichés d'eux-mêmes,

dit la Maîtresse d'Improvisation en tirant sur sa laine avec une brusquerie qui envoya la pelote rouler sous la table. C'est ça qu'on a le plus de mal à défaire.

À la cantine des élèves, à l'étage au-dessous, les première année étaient aux prises avec le même sujet. Stanley écoutait le débat, l'air rêveur, en grignotant du bout des dents une tranche de porc exsangue.

— Il faut admirer celles et ceux qui viennent ici, disait donc l'un d'eux, celles et ceux qui choisissent de s'exhiber, de jouer, en connaissance de cause, avec les aspects de leur personnalité qui les rendent le plus vulnérables. Il n'y a pas plus courageux.

Avril

Il tombait un petit crachin oblique qui noircissait les ardoises et faisait perler à la surface des mousses gorgées une mince pellicule semblable à une rosée d'argent. Stanley se vautrait sur un des canapés en vinyle qui meublaient les couloirs de l'aile technique, allongé de tout son long, les jambes enroulées autour du tuyau du chauffage, en train de lire un livre qu'il maintenait ouvert, au-dessus de sa tête, grâce à une pression du pouce sur la tranche.

— Tu lis ton XVIIe ? demanda une fille, elle aussi en première année, en se posant par terre à côté du canapé.

Stanley fit glisser son pouce pour ne pas perdre sa place sur la page et répondit :

— Ouais, j'ai *La Tragédie du vengeur*. Et toi ?

— *L'Alchimiste*, dit la fille, pêchant un exemplaire écorné de la pièce de Jonson dans son sac. J'ai pas encore commencé. Ça parle de quoi, ton truc ?

Stanley réfléchit.

— Ça parle, dit-il enfin, d'un type qui se déguise pour venger la mort de quelqu'un qu'il a aimé, mais une fois que ça y est, il se rend compte qu'il ne peut plus enlever son déguisement. Il est devenu le personnage qu'il a joué pendant tout ce temps.

Il retourna le livre pour considérer à nouveau la couverture sur laquelle un homme enveloppé dans une cape tentait de violer un squelette. Le crâne était rendu dans des teintes vives, pêche et écarlate, les pommettes fardées de rouge, les orbites soulignées d'un noir brillant.

— Cool.

Le ton était parfaitement indifférent. Le mot lâché, la fille étendit les jambes et se plia en deux pour se masser les orteils et parler d'autre chose :

— Le cours de danse hier m'a carrément *démolie*. Je boitais en rentrant. Genre vrai de chez vrai, je boitais.

— Ouais.

Stanley resta court, indécis sur la réplique à lui donner. Il faillit dire que, pour sa part, le cours de danse l'avait fait suer, les mots étaient là, sur le bout de sa langue, mais il se ravisa. Il faillit opter pour l'autodérision, broder sur sa mauvaise forme en général, mais il ne savait pas par où commencer. Il chercha donc plutôt une remarque à faire sur l'instructeur ou le cours en général, ne trouva pas et resta enfin tétanisé, paniquant de plus en plus, le silence se prolongeant. La fille changea de posture pour soigner l'autre jambe. *L'Alchimiste*, qu'elle avait posé sur ses genoux, roula à terre.

— Tous les profs de danse dans cette boîte sont des sadiques, dit-elle. Tu vois le bleu que j'ai.

Stanley regarda. De fins tentacules bleu-noir lui entaillaient le haut de la fesse pour se fondre dans une rougeur floue au-dessus de l'os iliaque. La fille caressa dramatiquement l'ecchymose du doigt, écartant de l'autre main l'élastique de son pantalon de survêtement pour qu'il voie bien sa peau.

— Ouah ! fit Stanley.

— Faut dire que je marque facilement.

La fille escamota sa nudité et reprit ses étirements.

Stanley ravala le bœuf sur sa langue et réessaya en se frappant timidement la cuisse avec *La Tragédie du vengeur* :

— Elle est pas mal, tu sais, cette pièce. Folle-dingue, trop glauque.

La fille lança un regard rapide à la couverture.

— C'est celle où le gars cloue la langue de l'autre par terre avec son poignard ?

— Ouais ! Puis, quand il est en train de mourir, il lui fait regarder sa femme s'envoyer en l'air avec son bâtard.

— Ouais, je connais.

L'indifférence de la fille semblait clore définitivement la conversation, claquer la porte d'une gifle sans écho. Elle soupira. Stanley se mit à tambouriner des doigts. Pour un peu, il aurait repris sa lecture. Il transigea en retournant le volume pour parcourir une énième fois le baratin au dos.

— Et *toi*, t'as eu des bleus après le cours d'hier ? demanda la fille au bout d'un moment en le reluquant non sans intérêt de derrière ses paupières mi-closes.

Résigné, comme s'il avait su dès le départ qu'il en viendrait là, Stanley répondit :

— J'ai sué, c'est tout. Les cours de danse me font suer.

— Berk !

La fille se remit à palper prudemment son bleu à travers le tissu du pantalon, ses doigts épousant la courbe de sa hanche.

Mars

— Allez, que je voie un peu de chimie, dit le Maître d'Interprétation en faisant signe au couple de commencer.

Stanley était assis cette fois sur un banc public, les pieds ramenés sous lui, les oreilles rentrées dans les épaules pour se protéger du froid. Il flottait dans l'air piquant un parfum de ginkgo.

— Je t'ai déjà vue là, dit Stanley. Allant à ta leçon de musique, essayant de ne pas marcher sur les feuilles tombées.

La fille fit halte à quelque distance, laissa l'étui de l'instrument glisser de son épaule par terre, le mit debout et y posa les poignets comme la caissière d'une cabine de péage. Stanley parla encore :

— Je pensais que je pourrais peut-être te donner le sentiment que tu vaux quelque chose. Si ça te dit. Ce week-end, par exemple. Je ne t'embrasserais qu'une fois que tu aurais tout à fait confiance en moi. Je prendrais soin de toi. Je te le promets.

— Pourquoi ? demanda la fille.

— Tu m'intéresses, dit Stanley. Je veux mieux te connaître.

Le vent taquinait doucement l'ourlet de sa jupe. Serrant les genoux pour s'en défendre, elle raconta :

— L'an passé, j'attendais le car après le netball et il y a un garçon qui se pointe à vélo, je lui ai souri et on s'est mis à causer sur les gens qu'on connaît, puis il m'a dit : Devine ce que j'ai donné à ma copine pour la Saint-Valentin — un polichinelle dans le tiroir. J'ai souri encore, je l'ai félicité. Mais alors il m'a regardée de travers et il a dit : Tu parles, on est allé chez le toubib. Elle a que seize ans.

— Je ne comprends pas, dit Stanley.

— L'innocence n'existe plus. Il n'y a plus que l'ignorance. On s'imagine qu'on est en train de préserver quelque chose de pur, mais ce n'est pas vrai. On est ignorant, c'est tout. On est handicapé par tout ce qu'on ne sait pas encore.

— Mais moi je vois quelque chose de pur chez *toi*, insista Stanley tout bas. Je vois chez toi quelque chose qui te met à part de toutes les autres. Je vois chez toi une pureté.

— La seule différence entre moi et n'importe quelle autre, dit la fille avec une délectation morose, c'est mon prix. Les conditions auxquelles j'accepterai de céder.

Avril

— Le combat de scène, dit le Maître de Mouvement, est aussi appelé mime de combat.

Ce matin-là, tous étaient bien droits et bien

éveillés, ils sautillaient sur place en secouant les mains pour se dégourdir les doigts. Voilà le cours que tout le monde attendait avec impatience, l'heure, soulignée en rouge dans les emplois du temps, que chacun avait tenté d'anticiper dans le secret de sa chambre.

— Le combat de scène n'est pas une forme de violence, poursuivit le Maître de Mouvement. C'est une danse, une danse contrôlée qu'on répète très lentement, jusqu'à la perfection, avant d'accélérer le tempo. L'année prochaine, vous apprendrez les rudiments de l'escrime, avec l'épée, le sabre et le fleuret. Cette année, nous nous en tiendrons aux gifles, aux coups de poing et aux coups de pied, en puisant dans les méthodes de la boxe française, de la capoeira et de l'acrobatie élémentaire. En fin d'année, vous devriez pouvoir chorégraphier et exécuter un combat simulant des coups de poing et des coups de pied donnés et reçus, des projections et des chutes.

En voyant leur impatience, il ajouta avec un sourire :

— Vous constaterez qu'il est aussi difficile et éprouvant de perdre un combat de scène que d'en sortir vainqueur. Bien. Qui me donnera la définition d'un effet spécial ?

Il promena ses regards sur la salle, sans accrocher. Les élèves étaient distraits, se balançant de droite et de gauche, brûlant de mettre la main à la pâte.

— Un effet spécial, reprit patiemment le Maître de Mouvement, c'est quelque chose qui n'arrive pas, qui *paraît* seulement arriver. Les combats de scène sont des effets spéciaux. La violence que vous simulez à la scène *n'a pas lieu*. Celui qui ne comprend pas cela échouera dans cette matière. Il nous est arrivé, par le passé, de devoir exclure de ce cours certains élèves qui n'arrivaient pas à comprendre la définition d'un effet spécial. Bien. Que tout le monde se mette dans les lignes.

Il désigna un quadrilatère dessiné à la craie sur le sol. Les élèves avancèrent en se bousculant pour se positionner tous à l'intérieur de la figure exiguë. Il fallait se serrer, s'emmêler les pinceaux et s'accrocher les uns aux autres pour ne pas perdre l'équilibre et tomber en dehors du périmètre. Les filles rapprochaient les épaules et adoptaient une attitude légèrement concave, avançant d'instinct le haut des bras réunis pour se protéger les seins. Les garçons ricanaient et se décochaient des bourrades avec l'épaule ou le dos de la main. Stanley se retrouva au cœur de la mêlée, coincé inconfortablement entre le devant de deux filles. Il sentait dans le creux de la clavicule l'haleine de celle à qui il faisait face, puis ses pieds qui, se déplaçant avec précaution, vinrent se nicher entre les siens. Lorsque la tranche de l'un des deux racla son pied à lui, elle se dégagea pourtant d'une saccade en opérant un hâtif transfert de poids.

— Avant d'aborder le combat proprement dit, je vous propose de commencer par quelques exercices qui vous habitueront au contact physique, dit le Maître de Mouvement. Celui-ci s'appelle le Radeau de la Méduse. Le but est d'être le dernier à se maintenir dans le périmètre marqué au sol. Au signal du départ, vous pourrez vous pousser comme bon vous semble. Si n'importe quelle partie de votre corps touche le sol en dehors des lignes, vous devrez aussitôt quitter le radeau. Le dernier à bord gagne. Compris ?

Une vague de hochements de tête déferla à travers l'embarcation surchargée.

— Je dis bien *pousser*, répéta le Maître de Mouvement. Pas de coups de poing. Pas de coups de pied. Pas encore.

Tous serrèrent les coudes et s'arc-boutèrent sur leurs jambes, prêts à en découdre. Les élèves à la périphérie, comprenant trop tard leur handicap, tentèrent de se repositionner pour mieux forcer un passage vers le centre.

— Bon, dit le Maître de Mouvement. Allez-y.

La masse compacte se mit aussitôt à bouillonner. Quelques élèves furent mis hors jeu dès les premières secondes ; ils rebondirent et battirent en retraite, l'air penaud, pour assister à la suite en simples spectateurs. Stanley, entouré de filles, décocha d'abord quelques bourrades timides, mobilisant surtout ses épaules et ses hanches, prenant bien garde de ne pas toucher par inadvertance un téton. Les filles, elles, ne s'embarrassaient pas de pareils scrupules. Stanley sentit soudain des petites paumes se poser au creux de ses reins et pousser, pousser inexorablement, il sentit ses pieds déraper. Il s'accrocha au pull de quelqu'un dans un effort pour freiner le mouvement. Toute la mêlée fit alors une brusque embardée ; les pieds nus se cambrèrent, glissant sur les planches, et une moitié du groupe bascula par-dessus la ligne de craie marquant la limite occidentale du radeau. Les élèves éliminés s'écartèrent prestement, laissant les autres à leur combat.

Avec une bonne part de la classe désormais hors jeu, ceux dont le sort restait en suspens jouissaient d'une plus grande liberté de mouvement. L'exercice devint plus tactique, moins ouvertement agressif. Stanley réussit à faire tant bien que mal une prise de tête à l'une des filles, un petit gabarit, qu'il essayait de pousser vers la sortie lorsqu'un autre élève, à sa gauche, perdit l'équilibre, le heurta dans sa chute, et tous trois se retrouvèrent à tituber dans l'eau. Le Maître de Mouvement restait à l'écart, impassible. Stanley le vit consulter sa montre.

Lorsque le radeau se fut en grande partie vidé, les éliminés firent cercle autour des derniers combattants et donnèrent de la voix. Les trois finalistes se neutralisaient dans une étreinte suante au milieu du radeau, avec de périodiques dérapages sur le côté, l'un ou l'autre tombant douloureusement sur le genou ou la hanche, entraînant ses adversaires aussi dans sa chute sur les planches crayeuses. Les jambes étaient arquées, l'appui vital dans cette lutte qui opposait deux garçons et une fille — une fille mince et musclée, sûre d'elle, au corps galbé de danseuse.

Quelqu'un en bordure du quadrilatère se mit à taper du pied en cadence. L'instant d'après, tous les élèves trépignaient à qui mieux mieux, leurs pieds nus soulevant des nuages de poussière blanche dans un battement régulier qui remplissait toute l'immensité de l'espace, jusqu'au gril des cintres où les projecteurs éteints pendaient, tous volets clos, à leurs rails d'acier bleu. Le Maître de Mouvement se tint à l'écart, mais ses longs doigts marquaient la mesure en tambourinant sur son avant-bras gauche, et il partageait rigoureusement son attention entre le cercle bruyant des spectateurs et les trois combattants. Chaque fois qu'un des finalistes encaissait une bourrade particulièrement chiadée ou se voyait poussé plus près du périmètre de craie, la foule hurlait son approbation dans un tonnerre d'applaudissements et de rires. Les pieds frappaient le sol à une cadence toujours accélérée. Le Maître de Mouvement hochait la tête en esquissant par moments une ombre de sourire.

Il y eut alors, au milieu de la confusion, un mouvement maîtrisé qui changea la physionomie du combat : les deux garçons s'attaquèrent à la fille en travaillant pour la première fois en tandem. L'entente tacite dont cet instant donna le signal fut accueilli par une longue inspiration solennelle de la part du Maître de Mouvement ; sa main se porta à sa bouche, le pouce et l'index écartés, caressant les commissures. La fille fut enfin expulsée, projetée au-delà de la ligne par la déferlante d'une attaque parallèle des deux garçons. Ceux-ci se retournèrent alors pour s'affronter, regagnant d'un bond la sécurité du centre du radeau. La fille ajouta sa voix au concert des bravos et du trépignement, et les garçons s'unirent derechef dans une double clé de tête dérapante, danse éreintée, au grand ralenti, qui ne prit fin qu'à l'instant où tous deux s'abattirent par-delà le périmètre sud dans un fouillis de membres emmêlés.

Les première année refirent six fois le Radeau de la Méduse, reprenant encore et encore l'exercice qui les laissa tous rouges d'effort, froissés, courbatus. Avec l'heure qui avançait, les postures aussi changeaient. Les corps durcissaient et se redressaient, se montraient plus combatifs, jusqu'à perdre toute trace de la défensive ployante, empruntée, qui les avait tous handicapés au départ. La ligne de craie disparut très vite sous les pieds nus en sueur qui en emportaient tous un peu de la substance, laissant sur le sol des empreintes gris-blanc, telles les protubérances d'une étoile mourante.

— Je vous remercie, dit le Maître de Mouvement au bout d'une petite heure, lorsque le vainqueur en nage eut envoyé valser son adversaire chancelant par-dessus la ligne pour la sixième et dernière fois. Vous devez être maintenant tous bien échauffés et habitués au contact. Je vais commencer par le b-a ba du combat de scène pour ensuite bâtir sur ces fondations.

D'un geste, il les invita à se rapprocher.

— Nous apprendrons d'abord comment donner un coup de poing.

Mai

Le garçon masqué dit :

— J'ai besoin d'un volontaire.

Le masque était découpé autour de la bouche selon la ligne des bajoues que le garçon n'avait pas, descendant sur la lèvre supérieure, mais laissant à découvert le menton et les dents du bas. La courbe dure du plastique autour de sa bouche le faisait ressembler à un pantin articulé, raide et luisant. Le masque présentait une surface lisse, couleur chair, avec des trous en amande pour les yeux ; il adhérait au visage sans élastique.

Plusieurs des première année dans l'assistance levèrent le doigt avec des sourires embarrassés pour désarmer les critiques. Le garçon masqué en désigna un à qui il fit signe d'approcher, ne lâchant qu'un monosyllabe :

— Toi.

Le mot était manifestement un signal à l'intention de l'équipe du son : le gymnase s'emplit soudain des notes d'un accordéon classique, jouant un air de guinguette, gai et enjôleur.

Au même instant, la porte s'ouvrit. La secrétaire se glissa dans la salle, courut au Maître d'Interprétation et lui murmura à l'oreille un message apparemment urgent. Le Maître d'Interprétation hocha la tête, quitta son siège et sortit avec elle. La porte se referma derrière eux.

Stanley, dans l'assistance, tressaillit d'aise, prêt à se laisser surprendre. Il regarda le volontaire se frayer un chemin à travers les spectateurs et monter les marches du plateau. En même temps, d'autres personnages masqués arrivaient des coulisses et arpentaient la scène, froids et nonchalants, fixant sur le public des regards imperturbables à travers les ouvertures en amande de leurs masques échancrés.

— Ceci est un exercice du Théâtre de la Cruauté, lança le premier masque par-dessus le crescendo de la musique. Cet exercice est un défi.

Il alla se mettre derrière son volontaire. Celui-ci ne bougeait pas. Un sourire hésitant aux lèvres, il se balançait gauchement sur les talons, attendant des instructions, guettant les mouvements du masque dans son dos. Sans crier gare, le masque le renversa d'un croc-en-jambe. Il tomba à genoux, la tête rejetée douloureusement en arrière, l'air blessé, dérouté par cette attaque surprise, mais conservant toujours l'ombre du sourire anxieux qui, d'emblée, semblait demander pardon. Sans perdre de temps, le masque s'avança et le frappa derechef. La victime tomba à plat ventre en se cognant le menton. L'instant d'après, le masque l'immobilisait en lui enfonçant un genou dans les reins et en lui tordant les poignets derrière le dos.

Un autre accourut alors avec une auge, ou plutôt une bassine, large et peu profonde, dont l'eau gicla un peu partout lorsque son porteur la flanqua à terre. L'agresseur prit le volontaire aux cheveux, se cabra et lui plongea brutalement la tête sous l'eau. Lui-même retenait son souffle en luttant pour l'empêcher de refaire surface. Les lèvres pincées par l'effort de concentration, les bras raidis, les veines saillantes, il suivait d'un regard hautain les contorsions de sa victime. Celle-ci finit par s'affoler et se mit à labourer les planches avec les pieds, roulant aveuglément de-ci de-là comme le poisson éviscéré qui meurt dans son sang au bout d'une jetée.

De là où Stanley se trouvait, assis en tailleur au milieu de la salle, la victime, réduite à l'impuissance et en passe de se noyer, paraissait sans tête. Il ne voyait que son col humide et la bosse blanche de la dernière vertèbre au-dessus de la bassine dont le pauvre garçon ne parvenait pas à se dégager. Il voyait le corps se tordre et cogner contre le sol, il voyait l'eau bouillonner et gicler, tandis que l'accordéon jouait toujours sa petite mélodie provinciale. Près de vingt secondes s'écoulèrent avant que les spectateurs ne commencent à se tortiller en marmonnant et qu'une voix isolée s'élève enfin :

— Lâche-le !

Le masque leva brusquement les yeux, comme tiré d'un songe. Il libéra aussitôt sa victime, sauta sur ses pieds et recula en dansant, tandis que le volontaire malmené redressait sa tête ruisselante, toussait et crachait et avalait férocement de grandes goulées d'air. Il avait les yeux noyés, cerclés de rose dans une face blême. Il resta un moment assis là au milieu de la scène, ébranlé, mortifié et ahuri, haletant faiblement.

Le public le regarda reprendre son souffle, sans piper. Son propre regard s'y heurtait à un mur de suspicion avisée. Tous le croyaient complice, un simple acolyte, jouant un rôle convenu, qui allait rebondir d'un instant à l'autre pour leur taper dans le dos en rigolant: « Je vous ai bien eus. » Ils le considéraient sans sympathie. Ils n'étaient toujours pas convaincus. Quelques-uns se retournaient, pensant calquer leur attitude sur celle du professeur, mais le Maître d'Interprétation n'était plus là. Il les avait abandonnés, petit îlot noir à la dérive au milieu du gymnase, chacun seul avec son désarroi.

Sur la scène, le masque avait repris sa pose impassible, jambes écartées, mains jointes derrière le dos. Tout d'un coup il leva le bras, geste fluide en réponse auquel deux autres accoururent pour attraper le volontaire sonné sous les aisselles et le hisser debout entre eux. Le premier masque se porta en avant. Il y eut une brève mêlée, tranchante, trépidante, puis le volontaire se retrouva à genoux et encaissa une gifle retentissante. Les deux qui le retenaient se mirent à tirer sur ses manches, et Stanley se rendit compte que l'autre lui avait lacéré les vêtements dans le dos. Une longue estafilade courait de bas en haut de l'échine. Les masques arrachèrent la chemise et le pull ruinés, puis se retirèrent, laissant leur victime torse nu, pâle et frissonnant au milieu du plateau.

Cela fait, le premier masque dévisagea les spectateurs d'un air de défi. Les première année, ne sachant que penser, ouvraient des yeux ronds.

— Ça alors, non ! Ça va pas ! C'était ma chemise préférée, protesta soudain le volontaire d'une voix grêle en en contemplant les lambeaux.

Le premier masque ne broncha pas. Il regardait toujours le public, comme dans l'attente d'une prise de parole. Personne ne se manifesta. Le masque se porta donc une fois de plus en avant, brandit ses ciseaux, attrapa d'un geste expéditif une grosse mèche de cheveux au sommet du crâne du volontaire et la coupa avec un *schlac* sonore aux reflets chromés.

Les élèves dans la salle en restèrent pantois. Le masque brandissait la mèche brune comme un scalp. Personne ne bougeait. Il y eut un long silence, atroce, puis le volontaire se releva d'un bond et prit la fuite. Les acolytes du masque tentèrent de l'intercepter — trop tard, leurs mains se refermèrent sur le vide. Le fuyard sauta à bas de la scène et quitta le gymnase en courant, sans se retourner.

Le premier masque le regarda partir, bomba le torse et dit :

— Ceci est un exercice du Théâtre de la Cruauté. Nous sommes là pour vous montrer ce que c'est de sentir vraiment quelque chose.

Il esquissa un petit salut grotesque, et le rideau s'abattit comme un couperet. Il y eut le bruit sourd des plis du bas heurtant le plateau, puis plus rien. Les première année se retrouvèrent seuls dans le gymnase avec le tapotement timide des pas des acteurs, se dispersant pour enfin disparaître.

— Viens.

Le Maître de Mouvement n'en dit pas plus lorsque Stanley l'aborda. Stanley le suivit donc depuis la cour jusqu'au bureau en haut, lui aussi sans ouvrir la bouche, sans lever les yeux du déroulé des pieds nus de l'homme qui le précédait, restant un peu en arrière, tentant de ravaler et de masquer ses larmes. Il s'étonnait lui-même de la violence de ce qu'il ressentait.

— Je suis venu me plaindre.

C'était tout ce qu'il avait dit pour sa part, debout dans la cour, ses genoux anguleux s'entrechoquant, ses mains exsangues à force de se tordre :

— J'ai cherché partout le Maître d'Interprétation. Je veux me plaindre.

Au fond de son désarroi, Stanley était plutôt soulagé d'avoir trouvé porte close chez le Maître d'Interprétation et la salle des professeurs déserte. Le Maître de Mouvement était d'un abord infiniment plus facile que son aîné, qui dévisageait les élèves à travers ses lunettes avec une froideur imperturbable et portait des manches courtes même en hiver, comme s'il avait le sang froid et ne sentait pas la différence.

À présent, dans le calme de son bureau, le Maître de Mouvement joignit les mains, paume contre paume, dans un geste de supplication.

— Stanley, commença-t-il. Dis-moi, Stanley, ce que tu ferais si, ayant payé pour assister à une pièce où il y avait une scène de viol, tu voyais pendant cette scène l'assaillant se mettre à violer pour de bon sa victime.

— Je dirais quelque chose, répondit Stanley.

Sa voix faillit se briser. Il leva le bras, se frotta la joue avec la face interne du poignet.

— Tu ne dirais rien, rétorqua le Maître de Mouvement en entrelaçant les doigts. Tu te tortillerais sur ton siège et tu penserais que ça, pour le coup, c'était terriblement d'avant-garde, mais pas vraiment ta tasse de thé, et tu t'étonnerais du réalisme de la mise en scène et peut-être, si tu étais vraiment mal à l'aise, tu te retournerais pour voir les réactions des autres. Alors, si tu commençais à sentir qu'il y avait sérieusement quelque chose qui n'allait pas, disons si tu ne pouvais pas ne pas comprendre que la victime appelait au secours pour de bon ou s'il était clair que tout le monde dans la salle était aussi mal à l'aise que toi, *alors* tu te lèverais peut-être pour te faire entendre. Mais tu mettrais très longtemps à en venir là. Il est plus que probable que la scène serait finie avant que tu ne trouves le courage de protester.

Stanley ne trouvait rien à dire.

— Je sais que c'est une chose atroce à imaginer, poursuivit le Maître de Mouvement, je n'en parle que pour mieux te faire saisir mon raisonnement. Je voudrais que tu comprennes que, dans la situation où quelqu'un se présente sur scène, devant une salle pleine de spectateurs, le mot « réalité » ne veut rien dire. Il n'y a pas de réalité sur scène, rien n'est « pour de bon ». Pour la scène, tout ce qui compte, c'est que les choses aient *l'air* réelles. Tant que cela paraît être pour de bon, peu importe que cela le soit ou non. Cela n'a aucune importance. Voilà le fond de la chose.

— Ce n'est pas ce que vous nous disiez en cours de Mouvement, objecta Stanley qui sentait monter sa colère. Vous disiez que ce qui compte, c'est la vérité, pas la sincérité. Tout ce que vous avez raconté sur le mime. J'y ai *cru*, moi.

Le Maître de Mouvement poussa un soupir, porta la main à sa bouche et pressa les doigts sur ses lèvres.

— Non, dit-il.

Il se tut à nouveau et secoua la tête en rassemblant ses idées, inspira avec lassitude et répéta :

— Non. Nous ne parlons pas de la même chose. Réfléchis, Stanley. Mettons que tu joues dans une pièce où ton personnage meurt. Comment réagirais-tu si, après la représentation, tout le monde venait te dire : J'y ai cru pour de bon, j'étais sincèrement persuadé que tu étais mort. Je t'ai vu mort sur scène et je me suis dit : Mon Dieu, il est vraiment *mort*. Tu serais aux anges. Ce serait le meilleur compliment qu'on pourrait te faire : dire que ton artifice, ton grand jeu de faire-comme-si avait l'air tellement vrai que quelqu'un y a cru pour tout de bon.

— Mais *moi je suis* pour tout de bon, répondit Stanley, fâché de se sentir à nouveau au bord des larmes. Mon jeu n'est peut-être qu'un faux-semblant, mais pas moi.

— Justement, s'empressa le Maître de Mouvement. Si tu es un bon acteur, tu joueras avec *tes* émotions, tu mettras en scène *ton propre* rire, *tes* larmes, *ta* sexualité, *tes* inquiétudes. Il faut toujours faire la part de ce dédoublement. Tu dois être transparent, mais ton personnage aussi. Qu'on puisse voir l'un en regardant à travers l'autre. C'est pourquoi le métier d'acteur est tellement difficile. C'est vraiment toi qui te donnes en spectacle.

— Mais il n'y avait *pas* de dédoublement aujourd'hui, cria Stanley d'une voix aiguë qui s'étranglait. C'était simplement lui. Sa chemise qu'ils ont abîmée. Ses poumons qui éclataient. Ses cheveux. C'est *lui* que les autres faisaient souffrir.

— Tu es en colère parce qu'ils t'ont trahi, dit simplement le Maître de Mouvement. Ces autres, comme tu dis, t'ont amené à ressentir quelque chose comme vrai et authentique, pour ensuite le détruire sous tes yeux.

— C'est *lui* qu'ils ont trahi ! hurla Stanley.

Le Maître de Mouvement soupira et s'abîma dans la contemplation de ses mains.

— Ça ne vous pose pas problème ? demanda Stanley au bout d'un moment, sans encore avoir réussi à discipliner son souffle. Comment se fait-il que ça ne vous embête pas, que quelque chose comme ça soit possible ?

— Je comprends ta colère, dit le Maître de Mouvement. Crois-moi, cela n'aurait pas dû se passer ainsi. En fait, je pense que ces garçons n'ont pas bien compris ce qu'ils faisaient. Le manifeste du Théâtre de la Cruauté est bien plus complexe, plus intéressant et plus humainement positif que le titre ne le donne à entendre.

Il ferma les yeux, se remettant en mémoire un passage chéri, et reprit :

— « J'ai donc dit "cruauté" comme j'aurais dit "vie" ou comme j'aurais dit "nécessité", parce que je veux indiquer surtout que pour moi il n'y a là rien de figé, que je l'assimile à un acte vrai, donc vivant, donc magique. »

Il releva les paupières et regarda Stanley avec un sourire triste.

— Artaud, dit-il. Dans le texte.

Stanley ne réagit pas d'abord. Haletant toujours,

il avait l'impression d'être acculé dans une impasse. Il aurait voulu relancer la discussion, secouer l'apathie chagrine dans laquelle le Maître de Mouvement avait cherché refuge, mais il ne se souvenait même plus d'où ils étaient partis.

Justement, le Maître de Mouvement parlait encore :

— Cela me plaît, que tu aies eu le courage de venir me trouver. Je vais parler sérieusement à ces garçons. Qu'ils mesurent bien l'impact émotionnel de leurs actes.

Il regarda Stanley en plissant les yeux et attendit. La grande aiguille bondit avec un *toc* solennel.

Dans son jeune temps, le Maître de Mouvement avait fait partie du Théâtre Libre, bande déguenillée de troubadours et de nomades ratés qui faisaient chaque année le tour du pays, squattant les maisons abandonnées ou campant dans des parkings, pour se produire dans les prisons et les écoles de brousse. Sur le mur au-dessus de sa tête, quelques vieilles photos rappelaient cette époque de fard gras et de funambulisme, de guitares grattées et de feux de joie. À présent, courbé par l'âge et une fatigue tenace, passant une main sèche et ridée dans ses cheveux clairsemés, il se sentait cassant, gris et passé comme le parchemin qu'on a laissé trop longtemps au soleil.

— Est-ce que cela vous est jamais arrivé ? demanda soudain Stanley. L'histoire du viol, je veux dire. Êtes-vous allé voir une pièce où il s'est passé quelque chose pour de vrai, mais personne n'a bougé, puisque tout le monde pensait que ça faisait partie de la pièce ?

— Oui, répondit le Maître de Mouvement. Il y a longtemps. J'ai vu un homme mourir d'une crise cardiaque. Il était vieux. Le rideau est tombé. On nous a priés de quitter la salle. Tout le monde est parti sans rouspéter.

— Qui jouait-il quand il est mort ?

— Oh, c'était une petite pièce que plus personne ne connaît. Elle a fait un bide, d'ailleurs, autant que je me souvienne.

Le Maître de Mouvement se laissa aller contre le dossier de sa chaise, les yeux au plafond pour mieux évoquer le souvenir, soulagé de fuir ainsi le regard de Stanley.

— Tout était assez beau, d'une drôle de façon. Il est mort dans la dernière scène, pendant la dernière représentation. Sur le moment, nous ne nous sommes rendu compte de rien — nous avons pris ça pour un simple malaise. Autant que j'avais pu voir, ça n'avait pas l'air méchant. Nous avons appris la nouvelle le lendemain, dans le journal.

Il était rare qu'on demande au Maître de Mouvement de conter ainsi des épisodes de sa vie, et il savourait le retour en arrière.

— Le personnage qu'il jouait s'était enrichi grâce à des usurpations d'identité, des faux en écriture et d'autres impostures. À la fin de sa vie, il revient au foyer et découvre que les siens l'ont complètement oublié. Comme s'il n'avait jamais existé dans la réalité. C'était ça l'histoire, en gros. Sans doute que le personnage allait mourir de toute façon dans les dernières pages. Bien sûr, je n'ai pas vu la fin.

7

Samedi

La prof de saxophone les attend devant le distributeur de Coca. Isolde ne la voit pas d'abord : le distributeur de Coca, seul objet qui peut vraiment servir de repère dans le hall de la salle des fêtes, est assiégé comme d'habitude par une foule d'inconnus qui eux aussi y ont donné rendez-vous à des parents ou amis. Isolde l'aperçoit enfin à la faveur d'un reflux, grande et dégingandée dans une veste de cuir marron, les mains jointes devant elle, observant le monde de ce regard critique, teinté de dédain, que ses élèves connaissent si bien. Elle aussi l'a vue. Elle l'accueille avec un sourire :

— Salut, Isolde. C'est ta maman qui t'a déposée ?

— Ouais.

Isolde se sent bizarre. Elle n'a jamais encore vu la prof de saxophone en dehors de son studio sous les toits et (chose étrange, maintenant qu'elle y pense) jamais le soir. Elle se laisse offrir le programme et s'y plonge aussitôt, feignant un intérêt qu'elle n'éprouve pas vraiment.

— Enfin ! s'exclame la prof de saxophone, faisant signe à quelqu'un par-dessus les têtes de la foule. Voilà notre troisième larronne.

Une bande de jeunes musiciennes arrive alors en bousculant tout le monde. Elles passent en crabe entre la prof de saxophone et Isolde qui se retrouvent un instant isolées, chacune pour soi au milieu de la presse. Les musiciennes poursuivent leur chemin, aériennes et pétillantes dans un nuage de parfum et de tabac, se tenant les coudes avec leurs fins doigts d'artistes. Le groupe passé, la prof de saxophone dit :

— Isolde, connais-tu mon élève Julia ? Voilà trois ans que Julia travaille avec moi.

Isolde relève la tête et sent son cœur dans sa gorge en reconnaissant le regard qui croise le sien. Les yeux de Julia se dilatent insensiblement. Ses joues se colorent d'une discrète rougeur.

— Salut, dit aussitôt Isolde, luttant pour dissimuler le désarroi qui la met dans une situation de plus en plus inconfortable.

Julia répond sans desserrer les lèvres, d'une inclination de tête accompagnée d'un bref sourire sibyllin.

Sans son uniforme de lycéenne, elle paraît plus âgée. Elle est en noir, avec un gilet de tricot et une jupe longue, les cheveux ramassés derrière la tête dans un chignon lâche qui laisse serpenter des mèches follettes sur ses tempes. Il ne reste pour ainsi dire rien de la Julia sévère et revêche et volontaire qui a frappé Isolde à la séance de soutien psychologique : celle-ci a l'air plus fragile, comme si le soin pris de son apparence trahissait une sensibilité qu'elle n'aurait pas tenu à afficher jusque-là. Isolde sent battre son cœur.

— Vous vous connaissez déjà, vous deux ? Du lycée ?

La prof de saxophone, sa curiosité piquée, promène de l'une à l'autre un regard nouveau. Leur juxtaposition semble lui révéler chez chacune des aspects insoupçonnés.

— Un peu, répond aussitôt Julia, qui s'adresse ensuite à Isolde : Ta tête me dit quelque chose, en tout cas.

— Ouais, dit Isolde. Mais je ne savais pas que tu jouais du saxo.

Elle ne sait pas bien pourquoi, mais elle ne se fait pas à l'idée de Julia comme une vieille élève de sa prof de saxophone, une partie de sa routine. Ça lui fait un choc de se rendre compte que les confidences intimes, les succès et échecs qu'elle a partagés lors de ses leçons du vendredi n'étaient, pour la prof, qu'un épisode récurrent, à replacer dans le contexte de semaines et de mois et d'années entières de confidences et de succès et d'échecs partagés — qu'elle n'est elle-même qu'une parmi beaucoup. Isolde se demande ce que Julia raconte à la prof de saxophone lorsqu'elles sont seules toutes les deux.

— Pourquoi tu ne fais pas partie du jazz-band ? demande-t-elle de but en blanc.

Sa timidité donne à la question un ton de réquisitoire. Elle sent le regard de la prof de saxophone qui va et vient, d'elle à Julia et vice versa, comme si elle, Isolde, était la dernière pièce du puzzle qui allait lui donner le mot de l'énigme qu'est Julia, et Julia la dernière pièce du puzzle et le mot de l'énigme Isolde. Isolde se sent mal, en proie à une bouffée de fièvre et de frustration qui lui fait crisper les orteils dans ses chaussures.

— Je n'ai pas vraiment l'esprit de corps, répond Julia. Ce n'est pas mon genre, enfin. S'il y avait une formation plus petite, moins officielle, je ne dirais pas non. Parfois je joue avec l'idée de lancer mon propre groupe.

— Ah bon ! fait Isolde.

L'idée qu'on peut exceller à une activité sans avoir forcément à le prouver en intégrant l'équipe du lycée lui ouvre des horizons.

— Moi j'ai joué avec un groupe pendant ma première année de fac, intervient la prof de saxophone. Nous avions un nom impossible. Je ne m'en souviens même plus.

— Les Sax Kittens, peut-être ? suggère Julia. Ou bien Sax, Drums & Rock'n Roll ?

— On n'aurait jamais trouvé ça, nous autres. Mon Dieu, on était en dessous de tout. Il y avait un truc qu'on faisait toujours en finale, quand on cachetonnait dans les cabarets, un truc tout bête, mais le public marchait à fond, ça ne ratait jamais. Je me mettais à côté du type qui jouait du ténor et à la fin du morceau il basculait le bec de son saxo pour que je souffle dedans alors que lui avait toujours les doigts sur les clés, bref on jouait à deux du même instrument. Il faut croire que ça avait l'air sérieusement chiadé — les gens beuglaient comme des veaux.

— Vous avez donc un passé dans les cabarets ! s'écrie Julia avec un grand sourire. Vous y avez fait aussi des jam ?

— J'en ai fait des choses, dit la prof de saxophone avec une affectation d'arrogance.

Toutes deux se tournent vers Isolde pour ne pas l'exclure de la plaisanterie. Isolde relève les coins de la bouche.

— Tiens, je retrouve la mémoire, dit la prof de saxophone. On se faisait appeler les Travesty Players.

— Qu'est-ce que ça veut dire ? demande Isolde.

— C'est un terme de théâtre au départ, explique la prof de saxophone. Un rôle travesti, c'est un rôle conçu pour être tenu par une personne de l'autre sexe. Si toi tu jouais Hamlet, le programme dirait « Isolde, dans le rôle travesti d'Hamlet ».

— Ah bon, dit Isolde.

— Pourquoi avoir choisi ce nom-là pour votre groupe ? demande Julia.

— C'était la grande époque du féminisme et des études de genre, dit allégrement la prof de saxophone. Demande à ta mère.

Elle est en forme ce soir, pleine d'entrain, mais Isolde ne peut réprimer un mouvement de recul. Elle trouve l'intimité trop appuyée, provocante, comme si la prof de saxophone était une détenue remise en liberté pour cette seule soirée, serrant les filles contre elle dans un étau d'acier chromé, exigeant qu'elles prennent part à ses minces joies solitaires. Julia paraît à l'aise, elle sourit et sollicite encore des détails sur le sombre passé jazzistique de la prof, et Isolde la considère d'un œil jaloux.

Son cardigan, fermé par de gros boutons cloche en métal doré et légèrement effiloché dans le bas, lui donne une allure studieuse et nonchalante à laquelle Isolde, jeune et gauche et naïve, ne peut se mesurer. Elle porte à son doigt taché d'encre une bague d'argent sertie d'une turquoise et, sous sa jupe, des bas résille à mailles serrées. Isolde n'en perd rien. L'instant d'après, elle se sent pourtant étrangement déçue en contemplant cet avatar nouveau et plus complet, cette Julia qui n'est plus une simple idée, mais une femme avec tout ce qui s'ensuit. Elle se sent jalouse et exclue, voire trahie, comme si Julia n'avait aucun droit d'exister en dehors de sa perception à elle, Isolde.

Elle reporte son attention sur le programme. Le soliste est un étranger, photographié en noir et blanc avec le menton dans la main, son saxophone, étincelant, pressé contre sa joue. Il a l'air lunatique et implacable et plein de talent. Il joue ce soir avec l'orchestre symphonique dont on voit le chef sur la page en regard, un gros bonhomme, jovial, dont la baguette repose sur la paume comme un poignard momentanément sans emploi.

— Un grand soliste, dit la prof de saxophone, n'est jamais un produit lyophilisé, nickel, livré sous emballage hermétique après tant et tant d'années d'étude. Un grand soliste est toujours le fruit d'un compagnonnage ou d'un groupe. Quelqu'un qui a eu de quoi se nourrir.

Julia prête une oreille courtoise, mais ne cherche même pas à cacher son désaccord. Isolde remarque que le scepticisme chicaneur qui au lycée la fait regarder comme une éternelle mécontente, sombre et agressive, apparaît à présent comme l'expression de tout autre chose, une sorte de circonspection, peut-être une retenue, plus spontanée et moins hostile.

— C'est le premier concert auquel tu assistes cette année, n'est-ce pas, Isolde ? demande soudain la prof de saxophone.

Isolde fait oui de la tête et Julia intervient en agitant son programme :

— Il est génial, ce type. J'ai tous ses enregistrements. Tiens, est-ce que les musiciens classiques ont des groupies ? Il faudrait que je me renseigne.

Elle essaie d'être gentille avec Isolde, mais Isolde, rougissant et souriant et bafouillant deux mots sur le plaisir qu'elle se promet, est incapable de se mettre au diapason. Ses orteils se crispent de plus en plus.

Un arpège discret, remplaçant les trois coups traditionnels, vient appeler les auditeurs à leurs places. La foule autour du distributeur de Coca commence à se disperser, et la prof de saxophone adresse un sourire à ses deux invitées à tour de rôle.

— J'espère vraiment que ça va vous inspirer, dit-elle. C'est une soirée exceptionnelle pour moi aussi — la dernière fois que j'ai entendu cet arrangement en concert, j'étais à peine plus âgée que vous deux. Ça m'a réveillée.

Samedi

L'orchestre se découpe, somptueux et rutilant, sur le bois poli de la scène. La prof de saxophone occupe une place au premier rang du balcon, matriarche calme et silencieuse, encadrée entre ses élèves qu'elle domine de la tête et des épaules, formant avec elles un trio qui ressemble à un emblème héraldique, un groupe héroïque qui pourrait mettre la touche finale à des armoiries en couronnement d'un écu. Julia, les mains posées sur les genoux, regarde les éclairs d'or et d'argent avec des yeux d'aveugle, fixes et vitreux, comme attentive à préserver intact quelque chose qu'elle ne perçoit que sur l'écran de l'esprit. Isolde est plus agitée. S'écartant délibérément, de façon que son coude n'effleure même pas celui de la prof de saxophone, elle porte sur les musiciens un regard détaché et songeur qui quitte parfois la scène pour errer sur les visages sans sourire, flous et fantomatiques, qui l'entourent.

Considérant ainsi distraitement les faces blêmes des auditeurs, Isolde réfléchit aux différentes interprétations qu'admet le geste de l'écoute. Il y en a dans la salle qui gardent les yeux fermés, la nuque légèrement renversée pour mieux jouir de la pluie de musique qui les arrose. Il y en a qui hochent la tête, posément et d'un air entendu, disons toutes les quatre ou cinq mesures, comme s'ils voyaient quelque chose de majestueux petit à petit prendre forme sous leurs regards. Il y en a, comme la prof de saxophone à son côté, qui ne bougent pas.

Comme c'est étrange, pense Isolde, que chacun dans la salle soit enfermé dans son propre vécu de la musique, seul avec ses pensées, seul à savourer son plaisir ou son dégoût, frissonnant dans l'immense sentiment d'intimité qu'offre cette solitude, déjà impatient de l'entracte qui lui permettra de comparer ses impressions avec celles du voisin et de constater avec soulagement que oui, elles sont les mêmes. « Et moi, est-ce que j'entends la même chose que les autres ? » Isolde se pose la question, sans conviction, mais déjà se laisse distraire et, plutôt que d'approfondir l'idée, observe, dans les fauteuils d'orchestre, une femme d'un certain âge qui fouille bruyamment dans son sac, à la recherche d'un mouchoir en papier ou d'une pastille de menthe.

Julia écoute d'une oreille rêveuse et ensommeillée, dont la musique tire une impression unie, bien définie, dans la durée, plutôt qu'un diaporama de sensations dont elle pourrait après coup bricoler une somme, à diviser pour obtenir la moyenne arithmétique. Elle pense à Isolde. Elle la voit à peine par-delà le profil austère de la prof de saxophone qui ne bouge pas, rien que l'éclair d'un genou lorsque Isolde croise les jambes, mais même ainsi elle sent sa vision périphérique gauche aiguisée jusqu'à une hyperesthésie tendue, sensible au moindre mouvement de l'autre sur son siège. Elle pense au long regard qu'Isolde et elle ont partagé à la séance de soutien psychologique, sonde toujours à nouveau le souvenir qu'elle en garde, comme elle explorerait une dent douloureuse, en se demandant pour la énième fois d'où ce regard a pu venir et à quoi il pourrait conduire.

Quelquefois, quand les pensées de Julia tournent ainsi en rond, elle est prise d'une peur irrationnelle d'ouvrir la bouche et de dire tout de go ce qui lui passe par la tête, pour se punir elle-même. Elle pense à ce qu'elle dirait si elle parlait maintenant, puis se mord la lèvre, transie à l'idée de lâcher le mot pour de bon.

La prof de saxophone pense à Patsy. Elle pense à Patsy dans le bar enfumé d'après-spectacle, s'accrochant toujours au programme, commandant du vin au verre en se réservant de leur resservir, avec la griserie du secret, de celui qu'elle a apporté dans son sac, dans une bouteille en plastique. Elle les revoit toutes deux se caser dans un coin, se débarrasser de leurs écharpes et manteaux, causer de l'assistance et de l'arrangement et du soliste, puis Patsy qui lui a demandé, impatiente, balançant déjà au bord du rire : « Qu'est-ce que tu as vu en imagination ?

— J'ai vu la musique se déverser du saxophone comme de l'eau, a répondu la prof. Elle se répandait par-dessus le bord du pavillon et s'accumulait aux pieds du soliste, le niveau de l'eau ne cessait de monter, la marée montante bouillonnait, de plus en plus irrésistible, et à la fin il a dû terminer le morceau simplement pour sauver sa peau. Puis tout le monde a applaudi et il a commencé une autre pièce, mais ce n'était pas lui qui soufflait dans le saxo, c'était l'instrument qui pompait l'air de ses poumons, le bec s'enfonçait de plus en plus profond dans sa gorge, le saxophone voulait sérieusement le suffoquer et du coup, s'il tenait à sa peau, il ne pouvait plus s'arrêter de jouer. »

Patsy a ri et battu des mains et elles ont trinqué ensemble et la prof de saxophone a demandé : « Et *toi*, qu'est-ce que tu t'es imaginé ?

— Je me suis imaginé que le son aurait le pouvoir de blesser grièvement ou même de tuer, a répondu Patsy, selon la maestria du musicien. Plus le jeu serait élégant, plus la mort serait totale. La salle municipale serait l'arène où on t'enverrait si tu avais commis une vraie atrocité. On t'y amènerait sous escorte et on te ficellerait sur ton fauteuil de peluche rouge de façon que tu ne puisses plus bouger. Le soliste serait le bourreau, jouant de plus en plus vite et t'observant par-dessus les feux de la rampe avec des yeux moites et avides. »

La prof de saxophone a ri et applaudi à son tour et elles ont trinqué à nouveau et Patsy a dit : « Ce concert m'a changée, je ne serai plus jamais la même. »

Samedi

Le samedi soir, Bridget travaille dans le quartier, au magasin de location de vidéos. Elle reste lugubrement assise sur un haut tabouret en vinyle et regarde les chalands solitaires errer de rayon en rayon, gardant un œil collé au moniteur de surveillance noir et blanc qui enregistre ce qui se passe à l'abri des rideaux, dans le coin où on relègue les cassettes classées X. L'horloge indique neuf heures et demie. Bridget suit du regard la progression rampante de la grande aiguille tout en dressant l'oreille, à l'affût du *plof* annonçant le retour tardif d'une cassette glissée dans la boîte qui ce soir prend la pluie.

— Bonsoir, Bridget, dit quelqu'un.

Bridget pousse son chewing-gum dans un coin de sa bouche, tourne la tête — elle est bien fatiguée — et aperçoit M. Saladin près de la porte. Il est craquant, en pantalon beige et pardessus de laine, et il lui sourit comme un gamin. Réjouie, elle se laisse glisser à bas de son tabouret.

— Tiens, monsieur Saladin ! C'est la première fois que je vous vois au magasin.

— Mes neveux habitent à côté, dit M. Saladin. À deux rues d'ici.

— Ah bon !

Bridget s'étonne en toute bonne foi. Elle n'a jamais pensé à M. Saladin comme à quelqu'un qui pourrait avoir des neveux. Elle le regarde un peu timidement.

— Comment se fait-il qu'on vous laisse travailler là ? Vous n'avez pas dix-huit ans, dit M. Saladin en croisant ses mains gantées sur sa poitrine. Je parie que la moitié de vos films sont interdits aux enfants de votre âge.

— Je ne les regarde pas. Je les vends, c'est tout.

— Et dès que je serai parti, vous consulterez ma fiche pour voir si je suis amateur de porno.

M. Saladin a un petit rire, et Bridget fond de gratitude d'être ainsi reconnue capable de badiner.

— Y'a des chances, dit-elle. Et j'apprendrai aussi votre vrai âge.

— Trop, c'est trop, proteste M. Saladin, pince-sans-rire. C'est une information classée. Je vous le défends !

Bridget glousse, mais se rappelle aussitôt à l'ordre en plaquant une main sur sa bouche. Dans son dos, la rangée d'écrans montés sur le mur fait défiler en silence sa série de carambolages rutilants et de morts subites et intempestives.

— Travailler le samedi soir, reprend M. Saladin en hochant la tête d'un air désapprobateur. Ce ne serait pas plutôt le moment de se soûler et de se défoncer et de griller des clopes en jouant de la musique à fond la caisse ? Ou bien c'est moi qui ne suis plus dans le coup.

La main de Bridget vient étouffer à nouveau le rire qu'elle a peine à réprimer. M. Saladin aussi sourit, se laissant distraire un instant par une des images qui passent.

L'aiguille de l'horloge se déplace.

Jusqu'à cet instant de sa vie, Bridget a compris la coquetterie comme une sorte d'autoréclame, une stratégie de communication dont une fille se sert quand elle a envie d'un compagnon d'un quart d'heure ou d'une partie de touche-pipi. À présent, à voir M. Saladin si calme et souriant et impavide dans ses vêtements impeccables et bien repassés, avec son écharpe proprement nouée autour du cou, ses gants élégants de cuir veiné et sa coiffure en coup de vent, elle éprouve soudain un désir éperdu, une vague de fond qui la prend au bas-ventre comme un poing qui se serre. Pour la première fois de ses seize ans, elle se sent poussée à flirter sans autre but que de ruiner un autre, rendue téméraire par la vague et excitante idée que *voilà* enfin un homme qui la verra uniquement en objet sexuel. Elle tend une main, ouvre les doigts et pince doucement le bord du comptoir en stratifié tout en se balançant sur les talons d'un air aguicheur, s'offrant en appât simplement pour avoir le plaisir de voir mordre cet homme en vain.

— Vous faites quoi maintenant ? Vous avez trouvé un autre boulot ? demande-t-elle. Vous nous manquez en jazz-band.

— Pour l'instant, je suis dans la peinture en bâtiment, répond M. Saladin. Le temps de voir venir. Mais alors ? Votre nouveau chef vous mène la vie dure ?

— Le chef est une cheftaine. Mme Jean Critchley. Ça va.

— Je la connais de nom. Je l'ai même vue en concert. Elle est bien.

— Ouais, reconnaît Bridget sans conviction.

M. Saladin sourit et regarde autour de lui comme s'il s'apprêtait à y aller. Bridget le relance sans prendre le temps de souffler :

— Quand vous êtes parti, on nous a envoyées chez le psy. Tout le monde, des fois qu'on serait traumatisées. C'était nul.

M. Saladin hausse les sourcils et garde un instant le silence avant de répondre calmement :

— En effet, vous n'avez pas dû vous amuser.

— C'était nul, répète Bridget.

C'est inepte. Elle aurait envie de rentrer sous terre, mais du coup elle se souvient que *voici* un homme, au moins un qui comprendra sa gaucherie et ne lui en voudra pas : loin d'être un handicap, son adolescence disgracieuse est pour celui-là un plus. Le poing dans son bas-ventre s'agrippe à nouveau, vissé à bloc, et elle se remet à bafouiller, avant que M. Saladin n'ait pu réagir, essayant à sa manière godiche et chiffonnée de causer avec la désinvolture de ces belles filles qui, au lycée, badinent en secouant leur crinière et en paradant, les pieds en dehors, comme des poneys de concours :

— Victoria n'est toujours pas revenue. Elle laisse tomber le lycée ?

— Je ne crois pas, non, dit M. Saladin. Elle reprendra sans doute avant les examens.

— C'est bien.

Bridget sourit d'un air qu'elle voudrait encourageant, pour montrer qu'elle est de tout cœur avec lui, mais M. Saladin la quitte, lui aussi sur un sourire, attiré par les néons qui signalent les nouveautés.

— Allez, Bridget, c'était un plaisir. Continuez à travailler votre instrument. Je vais voir ce que vous nous proposez de beau.

— C'est dix dollars les deux, lance encore Bridget dans son dos.

Elle reste un instant plantée là avant de se replier sur son perchoir. Consultant par habitude le moniteur de surveillance, elle voit un couple se glisser furtivement dans le coin classé X. Pendus au bras l'un de l'autre, ils ricanent bêtement en faisant courir les doigts sur la tranche des cassettes. Finalement la femme en choisit une, et la partie de rigolade continue en admirant les postures illustrées en petit au dos. L'homme lui parle à l'oreille, elle fait semblant de se fâcher, le gifle du bout de son écharpe, puis tous deux rient de plus belle.

Après le départ de M. Saladin, Bridget consulte sa fiche. Elle est déçue d'apprendre qu'il n'est pas amateur de porno. Il a trente et un ans.

Samedi

Après le dernier rappel, elles restent un instant silencieuses, sans bouger. La salle se rallume. Autour de leur groupe de trois, les gens, délivrés du sortilège qui en faisait autant de fantômes, reprennent des couleurs et se mettent à rire et à bavarder et à se préparer au départ, récupérant par terre qui son écharpe, qui son programme ou son sac à main. La prof de saxophone ne suit pas le mouvement. Captive d'un souvenir, elle a les mains molles, moulues d'avoir tant applaudi, les yeux écarquillés, perdus dans le vague du côté de la scène. Julia cependant se penche en avant, se tourne brusquement vers Isolde et demande :

— Tu veux que je te ramène ? J'ai ma voiture. Il n'y a pas de souci.

Isolde n'a pas encore appris à conduire, et la proposition de Julia lui fait prendre douloureusement conscience de sa jeunesse inexpérimentée et inélégante, comme si on l'obligeait à avouer qu'elle ne sait pas lire ou qu'elle a toujours peur du noir. Cette autre, de quelques années son aînée, lui paraît impossiblement adulte, de même que les copines de Victoria aussi font toujours trop adultes, poudrées et parfumées et pleines de secrets et de rires entre elles, méprisant la petite Issie pour tout ce qu'elle ne sait pas.

— Merci, dit-elle maintenant avec une légère inclination de tête et un sourire. Ce serait super. Sinon, il faudra que je trouve un taxi.

— Je ne le dirai pas à ta mère, promet la prof de saxophone, réintégrant enfin le présent. Je sais que tu vas garder l'argent qu'elle t'a donné pour le taxi.

— Et *moi*, alors ? Comment savez-vous que je ne vais pas me faire payer ? demande Julia.

— Je sais à quoi ressemble ta voiture, pour commencer.

La prof de saxophone éclate de rire, puis se met à causer de la musique, s'adressant surtout à Julia. Elle ouvre grand les mains en parlant, tournant et retournant ses impressions du concert comme un potier devant son tour.

Isolde hoche la tête et sourit. Elle regarde Julia en dessous, se demande si elle a mûrement médité son offre, assise là, en silence, dans la pénombre grise où se réverbèrent les feux de la scène, réfléchissant pendant tout ce temps à la meilleure façon de poser la question. Tu veux que je te ramène ? J'ai ma voiture. Il n'y a pas de souci.

— Ce n'est pas une formation qu'on voit souvent, dit justement la prof de saxophone.

Isolde continue à hocher la tête d'un air entendu, tentant de cacher le frisson à l'entrecuisse qui la laisse transie tout ensemble d'émoi et d'effroi. Que signifie cette offre ? Isolde imagine presque l'autre qui se penche vers elle, par-dessus le levier de vitesse et le frein à main, et tend une main tachée d'encre, parée de bijoux, pour écarter une mèche folle de son visage. Elle l'imagine presque puis, dans un éclair de panique, y met le holà.

— Formidable ! conclut la prof de saxophone avec entrain, en frappant du plat de la main les accoudoirs du fauteuil qu'elle quitte enfin pour prendre la file engourdie de l'exode. Ça vous inspire, il faut le dire !

Samedi

— Bravo pour le concert, dit Julia à la prof de saxophone lorsque, sorties à tout petits pas de la salle et du hall lambrissé de marbre, elles émergent enfin à l'air froid du dehors. C'était incroyable. Je vais y penser toute la semaine.

La prof de saxophone resserre la ceinture de sa veste de cuir et prend congé.

— Je te dis donc à lundi. Et toi, à vendredi.

Ces derniers mots s'adressent à Isolde. Celle qui les prononce paraît soudain très seule et un peu guindée, debout là, sur le perron sablé de la salle des fêtes, avec la foule qui se déverse de part et d'autre, éclairée à contre-jour par le rougeoiement velouté du hall. À la voir ainsi, Isolde est frappée de la trouver assez jolie. En même temps, elle ne résiste pas à un petit sentiment de triomphe : ce n'est plus elle, mais la prof qui est en marge, la prof qui les regarde d'un air hésitant, comme si elle voulait les retenir encore, mais ne savait pas bien comment.

— C'est ça, dit Isolde en lui adressant un petit signe d'adieu.

Julia sourit et toutes deux se détournent et s'en vont dans la nuit.

Dimanche

Mme De Gregorio se cramponne au sac à main qu'elle serre sur son ventre tout en sirotant son thé. Elle serre aussi les genoux qui pointent un peu vers le haut, car elle a accroché les talons au barreau de sa chaise, ne gardant au contact du sol que le bout carré de ses souliers. Les seins lui dégoulinent presque sur les genoux. Elle a donc pris soin, en s'asseyant, de coincer le sac dans l'infime espace libre à la charnière de son corps. La prof de saxophone s'étonne de l'aspect étrange que présente Mme De Gregorio, lovée ainsi autour de son sac comme pour le mettre à l'abri. Pour sa part, elle ne distingue que les deux boules symétriques du fermoir doré qui font discrètement saillie sous le relief acrylique du buste. Elle sourit.

— Que puis-je faire pour vous, madame De Gregorio ?

— C'est à propos de ma fille.

Comme toujours, la prof de saxophone admire tacitement la performance de cette femme qui joue à elle seule toutes les mères, chacune de façon si individuelle, chaque personnage créé étant un objet aussi unique et subtil que les veines qui nuancent imperceptiblement l'eau d'une perle fine. Mme De Gregorio n'a pas fini.

— Vous allez peut-être trouver ça étrange, une

femme comme moi qui s'amène comme ça pour vous poser de but en blanc une question aussi personnelle, mais à la maison ces derniers temps on voit bien qu'elle n'est plus la même et…

Mme De Gregorio baisse les yeux sur son giron et soupire avant de lâcher le morceau :

— Bref, elle est devenue tout bonnement *impossible*.

— Commençons par le commencement, voulez-vous ? propose la prof de saxophone, expéditive, en tirant les pans de son chemisier vers le bas pour lisser son pull en femme qui compte bien prendre le problème à bras-le-corps. Premièrement — pourquoi le saxophone ? Pourquoi avez-vous choisi cet instrument plutôt qu'un autre ? Le saxophone n'est pas neutre, vous le savez comme moi. Le saxophone, c'est autre chose que le piano ou la flûte traversière. Ce sont des jeunes filles d'un type très particulier qui se sentent attirées vers le saxophone et, entre nous, ce ne sont pas les plus tranquilles. Pourquoi avez-vous choisi le saxophone pour votre fille ?

— Ce n'est pas moi, c'est *elle* qui a choisi, proteste Mme De Gregorio.

La prof de saxophone ne la laisse pas poursuivre.

— Allez, madame De Gregorio, jouons cartes sur table. Votre fille est votre créature, je le sais comme vous. Les éléments qui échappent éventuellement à votre contrôle se comptent sur les doigts d'une main. Vous êtes le type de mère qui ne lâche pas les rênes, cela se voit. Le type de mère qui reconnaît le libre arbitre de ses enfants, c'est une mère négligente, brouillonne, irresponsable et sans amour, qui ne sait pas apprécier le travail bien fait. Vous n'êtes pas de celles-là.

Légèrement dépitée, Mme De Gregorio approuve néanmoins d'un signe de tête.

— C'est donc vous qui avez choisi ce destin pour votre fille, poursuit la prof de saxophone. Vous qui avez insisté pour qu'elle apprenne l'instrument qui lui sera fatal. Vous auriez pu avoir une fille violoniste, une fille chevelue et excentrique, sûre d'elle sans pour autant se mettre en avant, mais vous avez choisi le saxophone. C'est vous qui l'avez voulu.

Mme De Gregorio a du mal à trouver ses mots. Elle bafouille :

— Je voulais juste... Je voulais dire que ça se voit, c'est tout, elle n'est vraiment plus la même. Elle ne veut pas parler... Ben, vous savez comme elles sont. Et je voulais juste demander ce qu'elle *vous* raconte, semaine après semaine. Si vous n'auriez pas par hasard des pistes. Un petit ami, je ne sais pas moi. Quelque chose dont on pourrait parler, qu'on pourrait comprendre et assumer.

— Qu'est-ce qui vous fait croire que votre fille *me* dirait la vérité ? demande la prof de saxophone.

— Quelque chose à propos de ses études, ressasse faiblement Mme De Gregorio. Ou sa vie au lycée. Un petit ami, quelque chose de ce genre, un problème dont on pourrait parler, qu'on pourrait comprendre et assumer.

La prof de saxophone garde un instant le silence, juste assez pour mettre Mme De Gregorio mal à l'aise et lui faire regretter d'avoir parlé aussi librement. Enfin elle demande, plus songeuse, moins abrupte :

— Mais comment pourrez-vous jamais savoir ? Comment voulez-vous dénicher le noyau de vérité derrière tout cela ? Vous pourriez la surveiller.

Mais n'oubliez pas qu'il y a deux sortes de surveillance : ou bien elle se saura surveillée, ou bien elle ne s'en doutera pas. Si elle se sait surveillée, son comportement changera sous vos yeux, si totalement que ce que vous verrez ne sera plus à la fin qu'une chose *faite exprès pour* être vue, sans rapport avec la réalité. Et si elle ne se doute pas de votre regard, ce que vous verrez restera sans apprêt, un rôle impropre à être joué, une matière brute, non raffinée, que vous essaierez vous-même de transformer : vous vous efforcerez de donner à tout une signification que cela n'a pas, vous coulerez donc, de force, votre fille dans un moule qui ne sera qu'un grand malentendu. Vous voyez bien, aucune des deux images ne correspond à ce qu'on pourrait appeler la vérité. Elles dénaturent, l'une et l'autre.

— Vous *a-t-elle dit* quelque chose ? insiste Mme De Gregorio. Je sais que c'est une question bizarre. Ça me gêne de devoir la poser. Mais est-ce qu'il n'y a pas quelque chose qu'on devrait savoir ?

Sa main disparaît sous ses seins, vérifiant que son sac est toujours là, blotti au chaud dans son giron. Ses doigts trouvent la masse de cuir compactée et la palpent fugitivement.

— Allez, madame De Gregorio. Je ne suis que son professeur de musique, dit la prof de saxophone.

Elle pose sa tasse sur la table et joint les mains.

— Mais alors, qu'est-ce que je vais faire ? demande Mme De Gregorio au bord de la panique. Est-ce que j'ai encore le choix ?

— Vous pourriez poser la question à votre fille, dit la prof de saxophone. Vous pourriez vous mettre à table avec elle et lui parler en toute franchise. Vous courrez évidemment le risque qu'elle vous raconte des mensonges.

Lundi

— Qu'est-ce que tu t'es imaginé en regardant ? demande la prof de saxophone lorsque Julia vient prendre sa leçon le lundi après-midi. Au concert.

— J'ai trouvé la seconde partie meilleure que la première, commence Julia.

La prof de saxophone agite le bras, impatiente, et l'arrête là.

— Non, je te demande à quoi tu pensais sur le moment. Qu'est-ce qui t'est passé par la tête ?

— Pourquoi ? demande Julia en la regardant de l'air intrigué de celle qui flairerait un piège.

— C'est un jeu auquel je m'amusais dans le temps avec une vieille amie. On se disait, pour rire, que la qualité d'une interprétation pouvait se mesurer à son effet catalyseur. Une mauvaise interprétation ne te ferait penser qu'à ce que tu avais mangé à midi ou à ce que tu allais te mettre demain. Mais une grande interprétation te ferait imaginer des choses que tu n'aurais jamais eu le courage de concevoir sans cela.

Elle parle avec enthousiasme, comme un enfant. Julia ouvre son étui et dit :

— J'ai pensé à la musique, c'est tout.

— Oui, mais *en marge*. Quand ton attention se relâchait. Qu'est-ce que tu as vu en esprit ?

Julia tire une anche de sa gaine de plastique et la garde un instant à la main.

— Je me suis imaginé, dit-elle, ce qui allait se passer quand je ramènerais Isolde chez elle.

Changement d'éclairage. Le plafonnier et la clarté diffuse du ciel couvert qui entre à la fenêtre font place à un projecteur unique ; un gobo est inséré dans le tiroir prévu à cet effet et amorce un mouvement de rotation, imposant à la lumière jaune un motif de fines rayures dont la succession joue sur les deux femmes comme l'éclat des réverbères tombant sur le tableau de bord d'une voiture qui roule. Julia s'assied. Les rayons des réverbères vont et viennent, zébrant ses genoux pour grimper ensuite en s'infléchissant et disparaître par-delà son épaule, la laissant un instant dans le noir avant qu'une nouvelle zébrure claire n'émerge pour prendre la place de la précédente et s'effacer devant une autre et une autre et une autre encore, toutes jaunes et avec la même flexion en avant.

— Je me suis imaginé, raconte Julia, que sur le chemin nous parlerions un peu du concert, de ce que nous en pensions, et des profs que nous avons toutes les deux au lycée, et que nous n'arrêterions pas de revenir à *vous*, de parler de vous, puisque vous êtes le seul vrai fil qui nous relie. Nous parlerions donc un moment de vous, en nous donnant la réplique, mais nous ne serions pas tout à fait de bonne foi, puisque le plus important serait de faire bonne impression, de séduire, et ce que nous pensons vraiment n'aurait pas grande importance. Nous dirions n'importe quoi, pour nous montrer sous notre meilleur jour. Nous mentirions. Tout le long du chemin, nous nous raconterions des mensonges, en nous donnant la réplique.

La prof de saxophone est impassible. Lorsqu'elle toise Julia, seuls ses yeux remuent. Son visage est comme un masque.

— Et ensuite, dit Julia, je me suis imaginé

qu'après que j'aurais arrêté le moteur, nous resterions là un moment, sans nous regarder, les yeux levés sur la maison d'Isolde et ses fenêtres éteintes dans la nuit. Mes clés se balanceraient toujours dans le contact, et nous écouterions le bruit du vent fouettant les feuilles. J'aurais la bouche sèche.

Le gobo tournant s'est immobilisé, laissant les genoux de Julia dans un carré de lumière qui arrive par la vitre de la portière et éclaire tout le bas de son corps. Son visage est dans l'ombre. Son attitude est raide, avec une jambe tendue en avant, ouverte à la hanche, qui semble appuyer sur la pédale de frein. Son saxophone repose sur le canapé à son côté, sous sa main gauche qui soulève légèrement le haut de l'instrument, le poignet cambré avec souplesse, les doigts mollement fléchis, les premières phalanges au contact du plastique qui se creuse sous la poignée du frein à main. De la droite, elle tire doucement sur son sternum, éprouvant la tension d'une invisible ceinture de sécurité dont elle soulève la sangle pour la laisser ensuite retomber en claquant sur sa poitrine.

— Et je lui ferais : Tu sais ce que tout le monde raconte sur moi. Au lycée et tout. Ce n'est pas vrai.

Julia passe sa langue sur ses lèvres. Elle ne regarde pas Isolde : elle est tournée du côté de la vitre, sondant l'argent enténébré du rétroviseur, une main jouant toujours avec sa ceinture.

— Isolde me fait : Je sais. Elle le dit très vite et puis elle répète : Je sais. Elle ne me regarde pas, elle est tournée vers l'avant, les yeux sur sa maison, un doigt à sa gorge, entortillé dans son collier comme dans un garrot. Le bout de son doigt est exsangue.

Julia se retourne, lance à Isolde un regard fugitif et resserre sa main autour du frein.

— Et puis je lui fais : J'avais peur simplement que tu penses que j'allais te faire du rentre-dedans ou t'agresser, te prendre par surprise ou je ne sais pas moi. J'avais peur que tu te fasses des idées.

Elle revient à sa contemplation du rétroviseur.

— Isolde me fait : Nan, je ne pense pas ça. Et je lui fais : C'est bien. Et puis on reste comme ça, on regarde la façade éteinte de la maison d'Isolde, et chacune écoute l'autre respirer, et puis je lui fais : C'est tout. C'est tout ce que je voulais dire.

Quelques lumières se rallument, juste assez pour intégrer la prof de saxophone aussi à la scène qui suit. Elle remue sur sa chaise et croise les jambes. L'air mal à l'aise, elle parle à contrecœur :

— Qu'est-ce qu'on raconte sur toi au lycée ?

Il arrive que Julia lui donne l'impression d'être au pied du mur, et elle y est en ce moment.

— On croit que j'aime les filles, dit Julia.

— Je vois.

Les lumières baissent. La prof de saxophone est à nouveau avalée par la nuit, et on retrouve l'unique réverbère dont le carré jaune tombe sur les genoux de Julia.

— On a donc garé la voiture et on est restées comme ça et je ne sais plus de quoi on a parlé, c'était comme un petit filet d'eau qui s'est tari, dont il n'est rien resté, il n'y avait que nous deux, à attendre qu'il se passe quelque chose. J'avais la bouche sèche. Et puis Isolde me fait : Ça ne te gêne pas d'attendre un peu, là, dans la voiture ? Maman croit que Victoria est venue au concert avec moi, alors il faut qu'on rentre ensemble, au cas où elle ne serait pas encore couchée.

C'est toujours Julia qui raconte :

— Et, au même instant où elle disait cela, une voiture est venue se ranger contre le trottoir un peu plus haut, on a été prises dans la lumière rouge des feux de stationnement, puis les feux se sont éteints, mais personne n'est descendu. On regardait, mais la voiture ne bougeait pas, il ne se passait rien. Alors Isolde me fait : Elle ne sait pas qu'on est arrivées les premières. Elle ne nous a pas remarquées. Isolde regarde la voiture, et elle a les traits durs, le visage fermé, et j'aime mieux ne rien dire, j'ai peur de gaffer, alors c'est elle qui parle. Nous avons tout combiné, qu'elle me dit. Maman nous a déposées ensemble au concert, et j'y suis entrée vous retrouver, vous autres, et Victoria est allée à son rendez-vous avec lui. Il n'y a que comme ça qu'elle arrive encore à le voir. Sinon, le soir, elle est consignée à la maison, et pas une de ses copines ne veut la couvrir. Moi, ça ne me gêne pas.

La prof de saxophone se penche en avant dans le noir. Elle fronce les sourcils.

— Et puis Isolde me fait : Il serait temps que j'y aille. Si on reste encore comme ça, ça va faire bizarre. Il faut que j'y aille.

Julia lisse sa jupe et tire encore sur la sangle de sa ceinture en hochant la tête.

— Mais elle n'y va pas. Elle reste encore dans la voiture, et à travers la vitre arrière de l'autre, devant, on voit Victoria se pencher et poser la tête sur l'épaule de M. Saladin. Ça n'a pas l'air commode, avec le levier de vitesse qui gêne et tout ce vide entre eux deux. De son côté, il lève le bras et lui caresse les cheveux. Il est en train de lui dire quelque chose, mais on ne voit que les silhouettes.

C'est comme des ombres chinoises, et tout d'un coup j'ai le cœur qui bat à se rompre et je regarde Isolde et elle aussi me regarde, très vite, une fois, deux fois, et elle dit : S'il te plaît, n'en parle à personne, et je le lui promets.

La voix de Julia est sèche et étranglée, et sa langue humide ne cesse d'aller et venir entre ses lèvres. Des taches rouge vif se dessinent sur ses deux pommettes.

— Alors elle descend, dit Julia, et les silhouettes se retournent et la voient, et Victoria fait la bise à M. Saladin. Elle ne l'embrasse pas sur la bouche. Il lui présente la joue, pour qu'elle y dépose un bisou, puis ils sourient tous les deux, peut-être même qu'ils rient, comme à une bonne blague. Puis les feux rouges se rallument, et la voiture de M. Saladin repart, et Victoria et Isolde rentrent ensemble. C'est Isolde qui a la clé du portail et, pendant qu'elle manipule le loquet, Victoria se campe sous un réverbère et me regarde, droit dans les yeux, un bon moment, puis elle dit quelque chose tout bas à Isolde, et elle n'a pas l'air contente. Et puis il n'y a plus personne.

Julia termine brusquement et regarde pour la première fois la prof de saxophone. Sa bouche est tordue, son expression revêche, comme si son jeu lui avait remis en mémoire une émotion déplaisante qu'elle aurait préféré oublier.

— Est-ce bien ainsi que les choses se sont passées ? demande la prof de saxophone, tandis que les lumières reviennent à la normale et que Julia reprend son saxophone. Était-ce M. Saladin dans la voiture, Julia ? Pouvais-tu en être sûre ?

— Je vous ai raconté mes imaginations. C'est

tout. Il faisait nuit, dit Julia, soudain ronchonne et renfermée.

Elle regarde la prof de saxophone avec méfiance, comme une ennemie, soulève une clé du saxophone et l'écoute claquer.

— Cela pourrait être très important, dit la prof.

— C'est moi qui ai tout imaginé.

Rentrant au fond de sa coquille, Julia se détourne et joue un arpège pour s'échauffer.

— Julia, dis-moi ce que tu as vu.

Les yeux de la prof de saxophone lancent des éclairs, mais Julia lui répond de mauvaise grâce, sur un ton où elle perçoit presque un accent de triomphe, à croire que son élève a fait exprès de la fourvoyer pour l'abandonner sur ce terrain perfide, loin de tout.

— Rien. Je l'ai ramenée. Elle m'a dit au revoir. Elle est descendue de voiture. Elle a claqué la portière. Il ne s'est rien passé.

Samedi

— Est-ce que tu te souviens d'avoir perdu ton innocence, Patsy ? demande la prof de saxophone.

Elles se trouvent au bar d'après-spectacle, Patsy assise de profil dans le box, les jambes sur la banquette, ses bottes marron croisées à la cheville. Il y a entre elles une bouteille et deux verres, chacun marqué, sous le bord, du baiser gris pâle d'une lèvre inférieure de femme, pareil à une empreinte digitale.

— Tu veux dire un événement concret ? fait Patsy. L'acte qui me l'a fait perdre ?

— Oui.

— La perte de ma virginité ?

— Pas forcément. Simplement l'instant où tu as cessé d'être innocente, si tant est. L'instant de ta chute. Te souviens-tu d'être tombée ?

Patsy réfléchit en silence. La prof de saxophone lève son verre et boit une gorgée. Patsy est belle ce soir. Elle a le front dégagé, les cheveux tirés dans un gros chignon dégoulinant sur la nuque, le regard clair et vif. Elle porte autour du cou un lourd médaillon de cuivre, un cadeau de Brian, vieux bijou qui paraît choisi au hasard, mais qui lui va à merveille, en harmonie avec la largeur solide et compétente de sa poitrine comme avec la douceur des petits creux qui se nichent derrière la clavicule. Patsy, se dit la prof de saxophone, sied toujours à ses vêtements. Quel que soit son costume, l'image qu'elle donne est toujours aussi entière : on ne peut pas la couper en deux, la déshabiller, en soustraire une partie. La prof de saxophone ne peut pas s'imaginer en train de lui ôter son collier, même en esprit — elle ne s'imagine pas Patsy dévêtue, sans les accoutrements et les accessoires qui sont si totalement elle.

Patsy fait tourner le pied de son verre entre ses doigts.

— Gamine, je n'ai pas eu droit aux gazes et au floutage, dit-elle lentement. On n'a jamais essayé de me vendre le père Noël, les cloches de Pâques, les choux et les roses, les flûte et les zut. Je ne me souviens pas d'avoir jamais eu d'illusions. Je ne me souviens pas d'une époque où je n'aurais *pas* su les choses de la vie. Pour moi, la sexualité n'a jamais eu de mystère. Et il n'y avait pas de Dieu chez nous, donc pas de mystère de ce côté-là non plus. Évidemment, j'ai connu mes premières fois comme tout le monde, j'ai fait des bêtises comme tout le monde, je me suis rattrapée et réinventée comme tout le monde. Mais je ne me souviens pas de quelque chose que je pourrais appeler ma *chute*. Je ne me souviens pas d'avoir jamais *été* vraiment innocente. Je n'ai pas la nostalgie d'un paradis perdu.

Elle relève la tête, fixe la prof de saxophone et demande en riant :

— Est-ce terriblement triste ?

La prof de saxophone sourit, et toutes deux laissent le silence se prolonger, le regard ailleurs, couvant leur verre d'une main légère.

— Il y avait toujours un précédent à tout, reprend Patsy au bout d'un moment. Tout ce que j'ai jamais fait, c'était d'après un modèle, un patron, une formule, quelque chose de public, bien visible et *connu*. J'ai connu d'avance la forme de toutes les rencontres que j'allais faire dans la vie. Le modèle précédait toujours la réalité, l'expérience concrète, la vérité individuelle des choses. J'ai connu l'amour par le cinéma et la télé et le théâtre. J'ai appris la formule et je l'ai appliquée. Voilà comment les choses se sont passées pour moi. Toute ma vie, ça a été comme ça.

Elle fait à nouveau tinter son rire et répète :

— Est-ce terriblement triste ? Vraiment, bien triste ?

Sur l'estrade, à côté du piano, le bassiste se penche en avant et annonce dans son micro :

— C'est la dernière chanson. La dernière, m'sieurs dames.

8

Mai

Le lendemain de l'exercice inspiré du Théâtre de la Cruauté, Stanley en croisa la victime dans le grand escalier. Le garçon se dépêchait, descendant les marches deux à deux, tête baissée. Il s'était fait tondre presque à ras pour dissimuler la tonsure subie aux mains du masque, mais ce n'était pas vraiment son style. Il avait l'air effaré, et le peu qui lui restait de cheveux faisait fâcheusement ressortir ses oreilles et son front protubérant. Il portait une chemise flambant neuve.

— Hé là ! s'écria Stanley, tendant une main pour l'arrêter au passage.

Le garçon leva un regard coupable et le salua d'un timide hochement de tête.

— Je voulais seulement que tu saches que je suis allé me plaindre, dit Stanley.

Sa voix lui parut immense dans la cage d'escalier. Il l'entendait monter en spirale jusqu'au dernier étage, se répercuter dans cet espace clos avec les échos clairs et sonores d'une cloche. Il ajouta :

— À propos de ce qui s'est passé. Je suis allé me plaindre au Maître de Mouvement.

— Merci, mais ça va maintenant, dit l'autre calmement. C'était une connerie.

Il allait poursuivre son chemin, mais Stanley s'y opposa, le plaqua contre la rampe de façon à lui couper toute retraite.

— Je vais en parler aussi au Maître d'Interprétation, promit-il. Je trouve invraisemblable que personne à part moi ne proteste. C'est dégueulasse. Ce qu'ils t'ont fait était dégueulasse. Et personne n'a bronché.

Le garçon fixa sur Stanley un regard impénétrable. Les mains dans le dos, il s'agrippa à la tablette d'appui et resta ainsi un instant, tirant doucement sur le bois poli, avant d'avouer enfin :

— J'étais dans la combine.

— Comment ?!

— C'était entendu. Le meneur — Nick, le gars masqué — m'a demandé de participer et il a établi tout le scénario à l'avance. Je savais qu'ils allaient me choisir et je savais ce qui m'attendait, en gros. J'étais au courant pour l'eau, et il a dit aussi que je risquais de prendre une paire de claques. Je croyais que ce serait marrant. Je l'ai fait comme ça, pour rigoler.

— Pourtant, tu t'es taillé, objecta Stanley en se renfrognant.

— Je savais pas qu'ils iraient aussi loin. Ma chemise et tout. Me massacrer les cheveux. Il m'a parlé de l'eau, c'est tout. Je pensais que ce serait sans souci. Que je pouvais bien donner un coup de main, du moment qu'ils avaient besoin de quelqu'un. J'ai dit oui.

— Et la victime est toujours complice ? Chaque année ?

— Probable. Sans ça, on laisserait pas faire, dit le garçon en se détournant brusquement pour regarder par-dessus l'épaule de Stanley, vers le pied de l'escalier.

— Il ne faut pas laisser faire.

L'autre haussa les épaules.

— Ben, c'était qu'un exercice. Pour nous faire comprendre.

— Mais *quoi* ? Pourquoi ?

Stanley parlait avec une agressivité qui n'était pas d'abord dans son intention. Il cédait à nouveau au même sentiment d'impuissance qui s'était emparé de lui chez le Maître de Mouvement. Dans son désarroi, il regardait d'un air mauvais l'autre qui, à la fin, le lui rendait.

— J'ai donné un coup de main, c'est tout. Ils avaient besoin de quelqu'un pour leur projet. Y'a pas de quoi faire un fromage.

— Et ta chemise ? Ce n'est quand même pas rien, ta chemise.

Les doigts du garçon se resserrèrent sur la balustrade, tandis que le sang lui montait au visage. Il serrait aussi la mâchoire, et la colère repoussait la calotte jaune de cheveux sur sa tête rasée.

— C'est bon, allez, j'apprécie, dit-il, mais je suis pas une bonne cause ou un pauvre persécuté, j'ai pas besoin qu'on me défende. C'était de ma faute, j'aurais dû demander aux gars de tout déballer. Y'a pas de quoi faire un fromage. C'était pas la peine de te plaindre.

— Ces gars t'ont *fait du mal* ! hurla Stanley.

— Ouais, et après ils sont venus discuter le coup, riposta l'autre en élevant lui aussi la voix.

Après, quand ils ont eu enlevé leurs masques et que tout a été fini. Et on a tout mis à plat et on a tout réglé. C'est pas tes oignons. T'as rien à voir là-dedans.

Stanley l'interrogea du regard, puis s'écarta et le laissa passer. L'autre baissa à nouveau la tête et, marmonnant un « merci quand même », fila pour disparaître en bondissant au bas des marches.

Stanley respira profondément, les yeux sur la haute fenêtre à meneaux qui éclairait l'escalier. Il avait serré les poings sans s'en rendre compte, et il aurait eu à présent presque envie de cogner, sans savoir sur quoi se venger, ni même pourquoi. Il s'écarta au passage d'un flot d'acteurs de deuxième année et fut surpris de découvrir, dans le sillage des derniers de la troupe, le Maître d'Interprétation qui descendait d'un pas posé, portant sous le bras une grand-voile effrangée et rapiécée, garnie sur les bords d'une série d'œils-de-pie aux bagues rongées par la rouille. Il paraissait soucieux.

— Stanley, dit-il en approchant. C'est toi qui voulais me parler, n'est-ce pas ?

— Ça va. J'ai tout réglé avec le Maître de Mouvement, répondit Stanley en se rangeant respectueusement. Il n'y a plus de problème.

Mai

— Ceci est un exercice de contrôle et de communication, annonça le Maître de Mouvement. Vous allez vous mettre deux par deux, face à face. Vous commencerez les paumes plaquées contre celles de votre partenaire, vos pieds à tous deux formant un carré. À partir de là, vous vous déplacerez en tandem, de façon que chacun présente à chaque instant la parfaite image en miroir de l'autre. Vous pourrez aller où vous voudrez, comme vous voudrez, mais je veux être incapable, en me promenant parmi vous, de dire qui dans vos couples mène et qui suit.

Le cercle se mit pesamment debout et Stanley se retrouva le partenaire de sa voisine. Ils échangèrent un sourire rapide en se plaçant face à face. Stanley sentit son cœur bondir dans sa poitrine, mais se renfrogna aussitôt, honteux, et reporta son attention sur le Maître de Mouvement, plissant les yeux pour bien montrer sa concentration : que la fille ne doute pas de sa détermination à jouer sérieusement le jeu, qu'elle comprenne que, contrairement à ce qu'elle s'imaginait ou escomptait même peut-être, le fait qu'elle soit de l'autre sexe lui était bien égal. À l'extrême périphérie de son champ visuel, il eut conscience du regard qu'elle fixa un instant encore sur lui avant de se tourner elle aussi vers le Maître de Mouvement qui expliquait :

— À chaque couple de s'entendre sur celui ou celle qui assumera d'abord le rôle de meneur. Vous devrez aussi convenir d'un signe pour avertir votre partenaire avant de passer la main. Vous pourrez vous relayer à volonté. Au sein de chaque couple, la communication oculaire sera essentielle. Personne ne parlera pendant cet exercice.

Les couples s'isolèrent pour de brefs conciliabules. Le Maître de Mouvement se détourna et appuya sur une commande de la chaîne multicanal. En attendant que le CD se charge, il passa un doigt sur le bord saillant de l'amplificateur et le retira couvert d'une épaisse poussière gris argent, qui collait avec le moelleux d'un duvet. Il la roula en boule et s'en débarrassa d'une chiquenaude. Le CD se mit à tourner et il haussa petit à petit le volume, faisant monter la musique dans un crescendo de plus en plus puissant, jusqu'à ce qu'elle remplisse tout le gymnase. Il avait choisi une musique de film, une pièce instrumentale, déferlante et ampoulée.

— Mettez-vous en place et commencez, lança-t-il par-dessus les premières mesures. La musique est votre pouls. Laissez-vous inspirer par elle. Faites abstraction de vous-mêmes, partagez votre esprit entre l'observation de votre partenaire et l'écoute de ce pouls. Je vous veux vigilants, mais sereins. Allez-y.

Stanley se campa face à sa partenaire et leva les paumes pour qu'elle y pose les siennes. Lorsque leurs yeux aussi se rencontrèrent, il se tortilla et fit la grimace, inquiet à l'idée de ce que pouvait bien voir le regard franc et ouvert de cette autre qui ne le lâchait plus. Un peu plus petite que lui, elle levait légèrement le menton pour assurer le contact oculaire. Elle avait des yeux gris, résolus, et une bouche pincée aux lèvres minces. Stanley était assez près pour voir le duvet sur ses joues rose tendre, rayonnant sous la lumière indirecte, ainsi que l'accent fauve du semis de taches de rousseur de part et d'autre de l'arête du nez.

La pleine puissance de l'orchestre s'effaça devant les cordes qui se lancèrent à leur tour dans un crescendo de pizzicatos. Stanley décolla sa main droite de celle de la fille et la sentit reproduire le même geste, lentement et prudemment, avec peut-être un quart de seconde de retard. Elle avait l'air vaguement mécontente, mais il eut à peine constaté le fait qu'il comprit qu'elle essayait de refléter sa propre physionomie. Il se détendit, revêtit ses traits d'un masque plus neutre et la vit faire de même. Ses propres mouvements lui revenaient ainsi dans un fragile écho féminin, c'était comme une grotte qui lui aurait renvoyé une réplique femelle, plus fine, de ses appels. Il ferma la main, serra le poing et l'amena sous son menton, s'appliquant à bouger assez lentement pour que sa partenaire ne perde rien du déroulement du geste et parvienne à le reproduire en temps réel. Elle observait ses yeux plutôt que le mouvement de sa main. Leurs yeux à tous deux étaient grands ouverts, écarquillés par l'effort pour communiquer sans paroles. Tout autour, les autres couples exécutaient eux aussi des mouvements semblables, agitaient les mains avec une lenteur pondérée. Écartant les doigts pour les enlacer aux phalanges maigres et froides de sa femme-écho, Stanley se dit que le groupe vu de haut devait ressembler à un champ balayé par le vent, enflant comme la houle frémissante de pousses qui lèvent de terre, irrépressibles, livrées dès lors aux souffles erratiques d'un temps sans cesse changeant.

Du haut de la scène, le Maître de Mouvement les observait en silence, le bout des doigts reposant toujours, gris de poussière, sur l'ampli. Son regard mobile s'arrêta enfin sur un garçon à la périphérie du groupe qui tendait le bras, l'index en avant, jusqu'à toucher le cou de sa partenaire. Le Maître de Mouvement regarda le couple en miroir tracer une ligne invisible de haut en bas de la trachée l'un de l'autre, jusqu'au creux de l'encolure. Le garçon menait. Il le voyait bien. Il le voyait toujours.

Le menton en avant, les jambes écartées, le garçon brûlait visiblement d'une ardeur solennelle qui fit presque sourire le Maître de Mouvement. C'était la première fois qu'il faisait cours avec lui depuis la scène de larmes qui s'était déroulée dans son bureau après l'exercice du Théâtre de la Cruauté. En pénétrant ce matin dans le gymnase, en demandant l'attention de tous, il avait aussitôt repéré la tête de Stanley qui sautillait sur place au dernier rang, mourant d'envie de se faire remarquer. Il s'était détourné. Il ne voulait pas que le garçon s'attache ainsi à lui, avec ce sentiment quasi filial, cette exigence insatiable d'attention et de reconnaissance et de temps, sans se douter que les prises de conscience qui mettaient en jeu tout son jeune être, toutes ces premières fois vibrantes d'émotion, n'étaient pour lui, son professeur, que l'éternel retour, par personne interposée, d'une série chaque fois identique.

Chaque année, il y en avait au moins un qui venait se plaindre de l'exercice du Théâtre de la Cruauté. L'exercice était du ressort du Maître d'Interprétation, le plus souvent c'était donc lui qui recevait l'élève choqué dans son bureau et réparait les pots cassés. Certaines années, comme cette fois, il s'arrangeait pour s'éclipser à la dernière minute et grimpait par le petit escalier dérobé jusqu'à la cabine de régie pour assister au spectacle d'en haut, à l'abri des vitres teintées. Ce qu'il voyait était chaque fois différent. Une année, la victimc avait réussi à se libérer pour passer à l'attaque, et plusieurs masques avaient été sérieusement malmenés ; une autre fois, les spectateurs s'étaient révoltés en masse et avaient envahi la scène pour sauver leur camarade. Ces derniers temps, en revanche, chaque année un peu plus, il y avait quelque chose qui manquait aux élèves acteurs — une disponibilité à *passer à l'action*, se dit sans ironie le Maître de Mouvement. Cette année, par exemple — une chemise, une mèche de cheveux, la piscine et, à l'arrivée, un seul élève assez peiné pour venir pleurnicher sur son épaule.

Parfois il avait envie de les frapper, de descendre au milieu des élèves pour distribuer les claques et les secouer tous, qu'ils se bougent un peu, qu'ils essaient de mordre et arrêtent de se laisser faire ; parfois, face à l'apathie qui les lissait et étouffait et emballait proprement, chacun pour soi, aussi passifs que des poupées fabriquées en série, sous film plastique et marque déposée, il avait l'impression de devenir fou.

Il secoua la tête. Ils étaient hyperprotégés, voilà ce qu'il y avait. Il fallait les réveiller.

En bas, Stanley avait invisiblement passé la main à sa partenaire qui à présent s'écartait et ouvrait le mouvement en éventail, leurs deux figures, revêtues de tee-shirts noirs identiques, se profilant sur les planches comme une tache d'encre symétrique sur une vieille carte à jouer. Ou plutôt non, pas tout à fait symétrique. Les gestes des garçons ne pouvaient jamais se calquer tout à fait sur ceux des filles, et vice versa : il y avait toujours quelque chose qui clochait, un angle mal arrondi qui trahissait la supercherie. Le Maître de Mouvement considéra un instant le panorama qu'ils offraient tous, cette foule de somnambules gracieux et apathiques, qui avaient vu leur camarade mis nu, tondu, noyé presque, sans lever le petit doigt. Comment donc est-ce que je vais pouvoir les réveiller ? se demanda-t-il. Puis : Qui est-ce qui me réveillera, moi ?

Juin

— Je suis venu vous parler du projet dramaturgique original que vous aurez à présenter collectivement en fin d'année et qui représente de loin l'événement le plus important dans l'agenda du premier cycle de votre cursus chez nous.

Le Maître d'Interprétation parlait, comme toujours, dans un silence religieux. Il n'avait pas besoin de hausser la voix.

— Je dois insister d'abord sur le fait que vous serez totalement autonomes. Le personnel enseignant ne surveillera rien : ni les répétitions, ni le texte, ni la création et mise en place des éclairages, le dessin des costumes ou les discussions dont sortira votre concept directeur. Ce projet est le vôtre. Quand nous entrerons dans la salle de spectacle, à vingt heures, le soir du 1er octobre, nous voulons être surpris. Et choqués. Nous voulons que vous nous montriez pourquoi c'est *vous* qui avez été sélectionnés parmi les deux cents candidats qui se sont présentés au concours. Nous voulons quitter la salle fiers de notre bon goût.

Une petite pause pour souligner, et il ajoutait en s'animant, comme chaque fois qu'il évoquait ses anciens élèves :

— Sachez que ce projet a d'ores et déjà une tradition brillante au sein de notre établissement : le travail conçu dans ce cadre a souvent été recyclé dans des productions d'une tout autre envergure, dont certaines ont tourné à l'étranger. Vos prédécesseurs ont placé la barre très haut.

Le Maître d'Interprétation n'accordait en effet son approbation, voire son admiration éventuelle, qu'à titre rétrospectif, mais les première année à qui il s'adressait n'en savaient encore rien. Dans leur ignorance, ils fixaient sur lui des regards flamboyants et rongeaient leur frein, brûlant de saisir aux cheveux cette nouvelle occasion prestigieuse de faire leurs preuves.

— La tradition chez nous, poursuivait l'orateur, veut que, le soir de la dernière, les acteurs choisissent ensemble un accessoire ayant fait partie de leur production, à transmettre à la promotion suivante. La production de l'an passé, intitulée *La Belle Machine*, a hérité des élèves actuellement en troisième année une grande roue de fer. Dans le spectacle initial, la roue faisait partie d'un pousse-pousse. Dans *La Belle Machine*, elle a été rhabillée en Roue de la Fortune pour devenir une composante visuelle essentielle du mécanisme qui a donné son nom à la pièce.

Un des garçons hochait vigoureusement la tête. Il avait vu *La Belle Machine*, se souvenait bien de la roue et voulait que tous le sachent. Le Maître d'Interprétation esquissa un sourire.

— Les acteurs de *La Belle Machine*, à votre place l'an passé, dit-il, ont choisi un accessoire de leur spectacle qui définira le cadre du vôtre. Je l'ai là, sur moi, dans ma poche.

Il marqua une pause assez longue, jouissant du suspens, et demanda :

— L'un de vous a-t-il une question à poser avant que je ne vous laisse à votre première réunion ?

Personne. Pas de questions. Le Maître d'Interprétation sortit de sa poche une carte à jouer. Une carte sans rien de particulier, au revers strié de rose, aux coins arrondis. Il la souleva, de façon que tous la voient, et la retourna pour révéler le roi de carreau avec sa barbe, ses lèvres minces et son air songeur, brandissant derrière sa tête une hache d'armes dans un poing gros comme un jambon. Le Maître d'Interprétation lança la carte à terre, inclina courtoisement la tête et s'en fut.

La porte du gymnase, se refermant doucement derrière lui, engendra un courant d'air qui fit glisser le roi de carreau sur le sol. Légèrement convexe, le rectangle de carton tanguait sur son mince dos voûté, tel un frêle esquif sans mât, perdu en mer. Un instant, personne ne dit rien. Enfin, une fille sauta le pas :

— Le roi de carreau est un des rois suicidaires. Au cas où quelqu'un ne le saurait pas.

Le ton était presque réticent, comme pour s'excuser d'être la première à rompre le silence.

— Le roi de cœur tient son épée comme pour s'en transpercer la tête, poursuivit-elle en mimant l'attitude. Et le roi de carreau aussi a l'air de se viser lui-même avec sa hache. C'est pareil dans tous les jeux anglais. C'est pourquoi on appelle les deux rois rouges les rois suicidaires.

Les autres tendaient le cou pour voir. Elle avait raison. Il y eut alors un nouveau silence, un silence qualitativement distinct, où résonnaient les derniers mots prononcés : *les rois suicidaires*. Le silence, pensait Stanley, n'était jamais le même, une fois la première idée lancée.

Il se prolongea quelques instants encore, avant que la concentration collective ne se relâche. Tous levèrent les yeux avec des sourires timides. On riait, s'étirait, remuait, et enfin tous se mirent à parler en même temps, en quête d'un meneur qui leur montrerait où aller de là.

Juillet

— Qu'en pensez-vous ? demanda le Maître de Mouvement. Est-ce qu'on arrive à la fin à un stade où les seuls élèves qui puissent vraiment nous toucher sont ceux qui nous font le plus penser à une version plus jeune de nous-mêmes ?

— Et une version très flatteuse, enchaîna le Maître d'Interprétation en riant. Nous n'y voyons toujours que la vigueur et les idéaux. Et les corps. Les jeunes corps souples et bien fichus que nous croyons dur comme fer avoir eus autrefois, avant que les choses se compliquent.

Le Maître d'Interprétation avait dix ans de plus que le Maître de Mouvement, et il n'avait pas bien vieilli : ses yeux pâles étaient soulignés d'une croûte rose, suintante, qui lui donnait toujours l'air un peu malade.

— Je pense que dans mon cas c'est tristement vrai, reprit le Maître de Mouvement. Il y a un élève acteur cette année — un des garçons. Sans doute qu'il ressemble beaucoup à ce que j'étais. À l'idée que je me fais de moi-même, rétrospectivement. Quand je fais cours avec lui, j'oublie tous mes doutes sur… tous mes doutes, un point c'est tout. Je l'observe de près et je prends vraiment plaisir à ses progrès — mais *vraiment* —, je le cherche toujours des yeux pour le voir petit à petit évoluer, et je me sens excité et généreux, tout ce qu'un enseignant est censé éprouver.

Le Maître d'Interprétation, lui, avait toujours eu soin, en tant qu'enseignant, de garder ses distances avec ses élèves, mais son attitude réservée et profondément impassible semblait paradoxalement lui valoir de leur part une vénération d'autant plus profonde. C'était le Maître d'Interprétation que la plupart des élèves cherchaient à impressionner, et c'était de lui que la plupart se souvenaient par la suite. Sa froideur et son absence de réactivité avaient quelque chose qui les fascinait, comme les jeunes chiens se sentent attirés par le maître qui brandit un fouet. Le Maître de Mouvement n'avait pas le don de l'indifférence, se disait à présent le Maître d'Interprétation : il laissait voir trop de son intimité, portait sa peau avec trop de franchise ; il était trop méprisant quand ses élèves le décevaient.

« Pour créer l'illusion de profondeur dans un personnage, avait dit le Maître d'Interprétation le matin même aux deuxième année, il suffit de refuser certaines informations au public. Un personnage ne paraîtra complexe et intrigant que si on *ne sait pas* pourquoi. »

Le Maître de Mouvement secoua la tête.

— Et je n'arrête pas de me rappeler, reprit-il en se frottant distraitement les mains, que ce n'est sans doute que la *vanité* qui me fait rechercher une version plus jeune de moi-même et l'observer avec tant d'avidité, comme le héros envoûté d'un conte de fées. C'est triste. Je ne crois pas pouvoir communiquer de la même façon avec les autres élèves. Bref, je ne…

Il ouvrit les bras, haussa les épaules et conclut :

— Je ne *m'intéresse* pas assez à eux. Je ne m'intéresse pas à ce qui met chacun à part des autres.

Ils ne s'en rendent pas compte. Je monte à l'estrade devant eux et j'enseigne comme je jouerais un rôle sur scène. Le rôle, je le connais comme ma poche, alors je lâche la bonde et ça sort. Mais, au fond, c'est de la frime.

— Peut-être que tu es trop dur avec toi-même, dit le Maître d'Interprétation. Trop exigeant, si tu te crois *obligé* de t'intéresser et de t'investir. Peut-être que ce n'est pas indispensable. Peut-être que tu peux te désintéresser et être quand même un excellent professeur.

— Peut-être, dit le Maître de Mouvement.

— Qui est-ce, l'élève qui te fascine ? demanda le Maître d'Interprétation. Toi-même en plus jeune ?

Le Maître de Mouvement hésita, plissant les yeux pour fixer le plafonnier au-dessus de la tête de son collègue.

— J'aime mieux ne pas le dire, répondit-il enfin d'une voix presque timide, comme si le garçon était un béguin, encore trop près de son cœur.

— Bien, dit le Maître d'Interprétation. Mais je parie que je pourrais deviner, si tu voulais bien m'écouter.

Avril

— Mon père a une théorie, dit Stanley. Il pense que les écoles devraient souscrire une assurance vie sur la tête des élèves qui ont le plus de chances de mourir.

Un ange passa, puis tous les six posèrent leurs fourchettes et se retournèrent pour le dévisager.

— Quoi ? firent-ils.

— C'est qu'il y en a toujours un qui meurt, dit

Stanley. Dans tous les lycées, n'est-ce pas ? Si vous repensez à vos années de lycée, dans n'importe quelle école, il y a toujours un mort.

Son sourire vacillait. Il pensait lancer une boutade, impertinente et marrante et un peu sulfureuse sur les bords, mais ses camarades avaient l'air troublés, écœurés. Il tenta une mimique éclair, un air de surprise dépitée, façon de dire qu'il aurait cru son public plus décontract, plus décalé, que tous les six l'avaient déçu avec leur pruderie coincée, leurs horizons vieux jeu, ringards, qui ne laissaient aucune place pour les plaisanteries et la provoc'. Il essaya de relever les sourcils en accent circonflexe, d'abaisser légèrement les commissures des lèvres tout en gardant le sourire, de se faire une tête de vieux routard, dédaigneux et rigolard et indifférent. Il essaya de s'en ficher.

— C'est débile, dit une des filles.

Stanley élargit son sourire. Il ne pouvait plus très bien reculer. Il s'était fait le porte-parole d'un point de vue qu'il ne partageait pas, mais que force lui était dès lors de revendiquer. Se sentant piégé, il tenta de s'en sortir au culot, comme aurait pu faire son père, amplifiant son propre rôle jusqu'à paraître, non plus le simple parrain, mais l'auteur biologique de l'idée.

— On peut souscrire une assurance-vie avec une prime annuelle qui va chercher dans les deux cents, dit-il. Pour les gamins, c'est donné. Les gens qui font de l'argent, hein, c'est ceux qui voient venir. Alors, si on se débrouille pour être dans le coup et en profiter — si on sait pronostiquer le gamin qui aura les meilleures chances d'y rester…

Il écarta les bras, haussa les épaules, comme si la conclusion allait de soi.

— Tu penses donc que l'argent revient de droit au titulaire de la police, peu importe qui c'est? intervint un garçon. Genre, le lycée mérite de toucher du moment que quelqu'un y est assez malin pour repérer le gamin qui a des chances de mourir?

— Qu'est-ce que ça veut dire enfin, « les meilleures chances de mourir » ? protesta la fille. C'est débile. Comment savoir si quelqu'un a des chances de mourir?

Stanley était dans ses petits souliers. Il en voulait, non pas à son père, dont il prenait instinctivement la défense, mais à ce public écœuré, à ses camarades qui le regardaient comme un monstre à travers le lino briqué du dessus de table, comme s'il avait sorti une horreur épouvantable. Il oubliait qu'il avait lui-même accueilli l'idée de son père sur les assurances avec une vague nausée; qu'il réagissait souvent aux provocations de son père par une constriction pénible de l'épigastre et une colère impuissante qui ne le lâchait pas pendant des jours, voire des semaines. Furieux, il soutint le regard des autres et demanda à la cantonade:

— Qui peut dire que la mort ne peut pas avoir aussi un côté positif? Que c'est mal de profiter d'une chose aussi terrible que la mort du prochain, de voir venir et de foncer?

La paraphrase était imparfaite, les mots bancals et improbables dans sa bouche.

— Profiter — genre s'arranger pour empocher un million quand un gamin se ramasse en rentrant de l'école en skate?

— Peut-être, répondit Stanley. Ouais, peut-être bien.

— C'est la pire connerie que j'ai jamais entendue,

éclata l'un des six. Le but des assurances-vie, c'est que les gens aient une réserve, des fois où la personne dont ils dépendent viendrait à mourir. Genre si mon père meurt, ma mère sera dans la merde parce qu'elle a besoin du salaire qu'il ramène tous les mois à la maison pour joindre les deux bouts, payer le crédit maison et les factures et tout. Alors, s'il meurt, elle touchera les assurances, pour ne pas être dans la merde pendant les quelques années qu'elle mettra à se trouver un autre mari. Pourquoi une compagnie accepterait-elle d'assurer la vie d'un gamin ? Ça n'a aucun sens. Ça se voit tout de suite que c'est une magouille.

— Tout ce qui m'intéresse, protesta Stanley, passant malgré tout à la première personne, c'est la possibilité. Je vous dis que c'est possible, c'est tout. Comment faire pour réussir le coup, ça reste à voir.

Au même instant, il se souvint d'une scène remontant à l'avant-dernier restaurant, *La Vista*, se revit avec son père en silhouette contre un mur de verre dépoli et de lierre qu'un ingénieux jet d'eau revêtait d'un rideau de pluie. Son père avait empoigné la serviette de lin pour s'essuyer la bouche avant de demander : « Tu veux que je te dise la pire blague cochonne que j'aie entendue de ma vie ? Je te garantis que tu ne connais pas. »

Le restaurant était feutré. Le couple en face mastiquait en regardant par la fenêtre. Stanley avait répondu, lui aussi en se tamponnant les lèvres : « Vas-y.

— Je t'avertis. Ça craint. Tu veux l'entendre ?

— Vas-y.

— Bien. Qu'est-ce qu'il attrape, le type qui tartine une gosse de six ans de beurre d'arachide ?

— Je ne sais pas, avait dit Stanley.

— Une érection. »

Il y avait eu un long silence. Son père souriait jusqu'aux oreilles, les sourcils en l'air, les traits figés, comme un clown. La femme à la table d'en face avait lancé à Stanley un regard nonchalant, croisant un instant ses yeux avant de se détourner paresseusement pour reprendre la dissection silencieuse du contenu de son assiette. Stanley ne savait pas si elle avait entendu. Il avait reporté son regard sur son père, son père hilare qu'il faisait attendre, il lui avait rendu son sourire. Sourire terriblement faux, qui lui donnait l'impression d'avoir les coins de la bouche relevés de force, par des hameçons ou des pinces à linge, mais ils étaient restés un instant ainsi, tous deux silencieux, immobiles, sourire contre sourire. Finalement, Stanley avait hoché la tête et son père avait enchaîné : « Un truc de ouf, hein ?

— Ouais.

— C'est bien la pire qu'on t'a jamais racontée ? » Son père se balançait gaillardement sur sa chaise, la tête inclinée à un angle coquin.

« Peut-être bien, avait concédé Stanley. Ouais, probable que c'est la pire. »

Le souvenir s'imposa, intempestif, et Stanley s'assombrit encore un peu plus, se sentant doublement trahi. Ses auditeurs lui renvoyaient l'image de sa propre mauvaise humeur, reflétée dans les profondeurs briquées du dessus de table qui les montrait en raccourci, le teint cireux.

— On ne te laisserait jamais profiter de la mort d'un gosse, dit l'un des six. C'est impossible, point barre. On ne le tolérerait pas.

Stanley haussa les épaules et se détourna, promenant ses regards sur les autres tables de la cantine, façon de dire que la conversation était close et qu'il s'en fichait.

— Il ne faut pas le prendre comme ça, fit-il en évitant de rencontrer leurs yeux.

Il leva une main pour se gratter la joue, le regard toujours errant, les lèvres serrées et vaguement railleuses, comme celles d'un enfant entre bouderie et défi.

— Vous le prenez trop au pied de la lettre, dit-il. Je voulais juste plaisanter.

Juillet

— Qu'est-ce qu'un tabou ? demanda le Maître d'Interprétation.

Sa voix résonnait dans la grande salle. Le groupe était assis en tailleur par terre, les mains serrant les orteils froids et crayeux, les visages grisés et fantomatiques sous la lumière diffuse. Des réponses fusèrent :

— Un tabou, c'est quelque chose dont on a envie, mais qu'on ne peut pas avoir.

— Un tabou, c'est quelque chose qui est interdit parce que c'est dégoûtant.

— Ou parce que c'est sacré.

— Un tabou, c'est quelque chose dont on n'a pas le droit de parler.

— Un tabou, c'est quelque chose qui met tout le monde mal à l'aise.

— Un tabou, c'est une chose pour laquelle on n'est pas encore prêt.

Cette dernière intervention émanait de la fille assise à la droite du Maître d'Interprétation.

Lorsqu'elle parla, il sursauta, étonné, tourna vers elle le regard de ses yeux pâles et limpides et arbora inopinément un de ses rares sourires.

— Une chose pour laquelle on n'est pas encore prêt, répéta-t-il. C'est bien.

Ils parlèrent ensuite de la magie et des rites et du sacrifice. Enfin, le Maître d'Interprétation demanda :

— La mort est-elle taboue ?

Il promena un regard inquisiteur de l'un à l'autre, reprit :

— Autrefois la mort était un grand tabou. Est-ce toujours le cas ?

Stanley, renfrogné, gardait les yeux par terre. Le regard incolore et inquiet du Maître d'Interprétation le perturbait. Le professeur posait chaque question du haut de sa grandeur, avec une réserve caustique qui semblait calculée pour souligner la profondeur du sujet et leur rappeler à tous, tant qu'ils étaient, qu'ils étaient incapables de faire une réponse vraiment sensée. La froide simplicité de ce discours lui donnait des palpitations dans l'aine, comme si l'attitude détachée de l'enseignant dotait l'interdit d'une dimension supplémentaire : le Maître d'Interprétation, pensait Stanley, ressemblait un peu au pervers endurci qui aurait offert une cigarette à un enfant en feignant de ne pas remarquer les rougissements, les haussements d'épaules, les bégaiements de sa victime.

Toute la discussion était plus qu'étrange, à croire que le tabou comme tel serait un sujet tabou. Stanley avait la vague impression d'être induit en tentation, avec toute la classe, sans (ni lui ni quiconque) bien comprendre comment. Il se tortillait, attendant que ses palpitations se calment. La plupart des autres avaient, comme lui, l'air gênés, assis là, les yeux baissés, tandis que le professeur choisissait sa victime.

Voilà. Ça y était.

— Dis-nous, Stanley, fit le Maître d'Interprétation. La mort est-elle un grand tabou ?

Stanley ferma les poings et les enfonça dans les planches du sol en réfléchissant.

— Non, répondit-il au bout d'un moment. Plus maintenant.

— Pourquoi ?

— Parce qu'on fait tout le temps semblant de mourir. Je regarde des gens faire semblant de mourir chaque fois que j'allume la télé.

— Et alors ?

Les babines retroussées, le Maître d'Interprétation avait pourtant l'air encourageant.

— Si la mort était un grand tabou, expliqua Stanley, le fait de la simuler ne serait pas sans conséquence.

Le Maître d'Interprétation approuva d'un signe de tête expéditif et, satisfait, reporta son attention sur le groupe. Stanley respira. Il était en nage.

— Je vais vous parler de la mort de mon père, dit le professeur. Il est mort à la maison, dans son lit, et nous avons passé une nuit avec le corps avant que les pompes funèbres ne viennent le chercher. J'avais entendu parler de la rigidité cadavérique. Je trouvais le concept intéressant, sans y croire tout à fait. Ça faisait penser à un conte de bonne femme, à un phénomène d'un autre âge, comme on n'en voit plus. En veillant mon père mort, je l'ai donc tâté toutes les heures, j'approchais l'index à la dérobée et j'appuyais un tout petit peu, sous la pommette, où la peau était bien relâchée et bien molle. Le geste est devenu comme une routine, je lui tâtais la joue en attendant la rigidité. Et elle a fini par arriver. À un moment, quand je me suis penché sur lui et que j'ai voulu enfoncer le doigt, je l'ai trouvé de bois.

Il poursuivit :

— C'est l'intervalle qui m'a fait peur. Il était resté mou pendant si longtemps, et puis tout d'un coup, comme si on avait appuyé sur un interrupteur. L'intervalle était effrayant. Le temps qui séparait ces deux symptômes de la mort — l'arrêt du cœur et la rigidité cadavérique. Du coup, j'ai commencé à regarder la mort, non plus comme un événement ponctuel et définitif, mais comme un processus graduel, une lente accumulation de phénomènes s'ajoutant les uns aux autres, un retrait progressif. Je n'avais jamais pensé ainsi à la mort avant cet instant.

Les élèves le regardaient à présent d'un œil méfiant.

— C'est pour moi un souvenir très intime, dit le Maître d'Interprétation. Le fait est que j'avais toujours cru que je serais effondré à la mort de mon père, hystérique, avec des crises de larmes comme ce que j'avais pu voir chez mes sœurs. Je pensais que mon père me manquerait terriblement, que je perdrais avec lui quelque chose d'irremplaçable et que j'aurais bien du mal à me reconstruire et à revenir à la normale. Je pensais qu'après sa mort je prendrais le temps de réfléchir à la condition humaine et que je regarderais autrement, d'un œil moins frivole, la fragilité de la vie en général.

La voix du Maître d'Interprétation était ferme, mais à peine plus haute qu'un murmure, amplifiée en quelque sorte par le silence ambiant, comme la flamme sauvage, bleu clair, d'une gazinière réglée au plus bas.

— Pour moi, les choses ne se sont pas passées ainsi, dit-il. Je n'ai pas pleuré. Je n'ai pas éprouvé de tristesse particulière, et j'ai vite fait de remplir la lacune que son départ a laissée dans ma vie. La condition humaine, je n'y ai pas pensé plus que ça. Je croyais savoir comment je réagirais à la mort de mon père, mais je me suis trompé.

Il passa les vitesses, accéléra le débit en revenant au présent :

— Comme Stanley, vous pouvez tous allumer le téléviseur et voir des gens faire semblant de mourir. Tous, vous avez vu des milliers de morts qui *n'en étaient pas*, des comédiens vivants qui jouaient les morts. Si je disais maintenant : « Vous venez de vous prendre une balle dans le corps ! », vous tomberiez tous à terre, les mains sur le ventre, en vous tordant et en gémissant, et ce que vous feriez — *tout* ce que vous feriez — ne serait que la copie d'une copie. Je vous demande pour la prochaine fois, non pas de préparer une interprétation de la mort — pour la plupart, en effet, vous n'avez aucune expérience de première main de ce qu'est pour de vrai une mort d'homme —, mais de présenter en cours l'expérience la plus secrète de votre jardin intime. Vous vous livrerez à la merci de cette expérience en mettant à nu votre intimité devant le groupe. Le but de l'exercice est de voir comment nous pouvons *exploiter* ces expériences éminemment privées en tant qu'ersatz émotionnel lorsque nous avons à rendre une scène ou une situation que nous ne comprenons pas.

Un silence rechigné accueillit ce discours.

Évitant le regard des autres, chacun cherchait en vitesse un épisode relativement indolore de sa vie qu'il accepterait de recréer devant toute la classe en le faisant passer pour son expérience la plus intime.

Le Maître d'Interprétation laissa enfler le silence en se demandant paresseusement : Et si l'un d'eux présente une scène d'un de mes cours ? Si le cœur du jardin secret d'un de ces jeunes gens est un rapport à *moi*, je ne sais quel instant précieux vécu avec *moi*, qu'il aurait le culot de recréer en cours devant tous les autres ? Il pinça les lèvres en soupesant la possibilité en esprit. Mais non, ils n'oseraient pas, se dit-il à la fin, avant de reprendre tout haut :

— Moi-même, j'ai tiré parti du souvenir de la mort de mon père plus d'une fois au cours de ma carrière d'acteur. Je me le suis remémoré, je me le suis réimaginé, je l'ai repassé en boucle, jusqu'à vider le souvenir de tout son suc exploitable, et j'y ai *appris* quelque chose. Il m'a servi pour Løvberg. Il m'a servi pour Kent. Il m'a servi, croyez-le ou non, pour le Premier Tragédien. Il m'a servi pour Algernon.

Stanley, au milieu du groupe assis par terre, pensait à son propre père : il se l'imaginait dans la salle avec eux en ce moment, appuyé à la barre, les mains dans les poches, attirant son attention par-dessus la houle de têtes consentantes pour lui adresser un clin d'œil solennel. Il détesterait le Maître d'Interprétation, Stanley en était sûr. Il imaginait son père raillant le discours de son maître : C'est ça, vouez un culte à tout ce qui vous démolit. Vouez un culte aux deuils et aux divorces, apprenez à imposer silence à tous les bruits de la vie pour n'écouter que vos bobos. C'est juste ce qu'il faut pour voir les choses sous un jour bien sain. Vraiment extra. Stanley imaginait son père qui hausserait les épaules sous la veste grise râpée qu'il mettait toujours pour recevoir ses clients, secouant la tête avec le rire dégoûté de celui qui s'en lave les mains.

Mais peut-être se trompait-il. Peut-être son père montrerait-il du pouce le Maître d'Interprétation en disant : À tout seigneur, tout honneur. C'est les gens comme ce type-là qui nous font vivre, nous autres. Il va tous vous foutre en l'air, lentement mais sûrement, et tant mieux, laissez-vous faire. Quand vous vous serez privés vous-mêmes de toutes les bonnes choses et de toute la spontanéité de la vie, quand vous n'aurez plus rien à perdre, j'aurai moi une vingtaine de nouveaux clients à remettre sur pied. Vas-y, fiston, je te soutiens à fond. Je vous soutiens tous. Allez-y, creusez.

— Si ce souvenir est celui d'un péché, disait le Maître d'Interprétation d'une voix qui résonnait comme s'il citait un texte aimé, vous en serez délivré. C'est une espèce de rédemption.

Stanley se demanda s'il avait fait dans sa vie quelque chose qui avait besoin d'être racheté. Il fut marri de ne rien trouver. Il aurait voulu avoir un secret, un secret comme une tache d'encre, bien noir et tentaculaire, qu'il pourrait remâcher ou refouler d'un haussement d'épaules.

Finalement, lorsque l'aiguille des minutes marqua midi, le Maître d'Interprétation dit :

— Une dernière question, avant de clore la séance. Quel est l'ultime tabou ? Plus grave et plus sacré que tous les autres ?

— La sexualité, proposa quelqu'un.

La réponse, trop facile, détonnait. Plus d'un se tortillait en se creusant les méninges, l'air mécontent, les yeux baissés. Stanley sentit à nouveau quelque chose remuer entre ses cuisses. Il tendit ses forces pour résister. Il ne voulait plus que quitter la salle et disparaître. Alors la fille à la droite du Maître d'Interprétation leva la tête et dit :

— L'ultime tabou, c'est l'inceste.

La sonnerie retentit. Le Maître d'Interprétation conclut :

— Je ne vous retiens plus.

Août

Il fallut presque toute une matinée pour que les vingt élèves reconstituent la scène la plus intime de leur vie. La plupart choisirent un moment clé du divorce de leurs parents. Quelques-uns proposèrent une rencontre sexuelle ou un incident qui les avait couverts de honte en public. Une des filles monta sur scène avec une pile de boîtes de pizza. Elle mastiqua chaque part jusqu'à la réduire en bouillie, puis la recracha dans un bol blanc qu'elle tenait sous le bras. Elle pleura comme une Madeleine et fit un sort à trois pizzas froides avant que le Maître d'Interprétation ne frappe enfin dans ses mains et dise :

— Bien. Merci. On peut travailler avec cela.

Une morne tristesse s'abattit sur la classe à mesure que l'heure avançait. Stanley devait être parmi les derniers à se donner en spectacle. Serrant contre lui son petit sac d'accessoires, il regarda les autres se succéder sur l'estrade, tous à tour de rôle pleurant et hurlant et caressant des partenaires invisibles du dos de leurs mains tremblantes.

— Quand j'avais seize ans, disait à présent une fille, je fouillais un jour dans les tiroirs du bureau de mon père. Je cherchais un compas pour un devoir de maths. J'ai trouvé une photo de lui au bain avec un bébé. Le petit ne me disait rien, la baignoire non plus. J'ai regardé au dos, mais il n'y avait rien de marqué. J'ai montré la photo à ma mère.

Elle tira sur la poignée d'une vieille carte géographique sur cylindre enrouleur qu'elle avait montée sur un tableau blanc mobile, plein de marques qui ne s'effaçaient plus. La carte se déroula. La fille y avait collé une énorme copie en peinture de la photo. Son père, barbu et rieur, rejetait la tête en arrière, révélant le rouge secret au fond de la gorge. La fille attacha la poignée de la carte à un crochet en bas du tableau et fit un pas en arrière.

— Il avait deux familles, dit-elle. C'est comme ça qu'on l'a su. Il avait eu une maîtresse dans le temps, il y avait des années, et elle était tombée enceinte, une première fois, puis une deuxième, et une troisième, et du coup il s'était retrouvé avec deux familles, deux lots d'enfants. Je suppose qu'il partageait son temps entre les deux. Quand on a découvert le pot aux roses, il n'a même pas essayé de se justifier. Il a claqué la porte, et on ne l'a plus revu. Je n'en aurais même pas envie. Maman a jeté la photo, c'est pourquoi j'ai dû en faire une copie. C'est lui, là, avec le petit dernier du second lot.

Stanley détailla le père au bain, une figure bien en chair, dessinée sans aucun sens des proportions, avec de gros doigts roses enroulés autour du petit corps d'un bébé qui riait dans le lagon blanchâtre d'eau savonneuse entre ses cuisses. Le Maître d'Interprétation hochait la tête et écrivait comme un fou sur son bloc-notes. Stanley regarda la fille enrouler sa peinture géante et quitter discrètement la scène.

Un autre élève se mit alors à décrire la pire dispute que ses parents avaient jamais eue. C'était un des boute-en-train de la classe, un garçon qui savait manier l'autodérision, qui avait toujours le mot pour rire et tourner la tête aux filles. En l'écoutant, le groupe se détendait, les visages s'éclaircissaient, les dos se redressaient ; toute l'ambiance était à nouveau à la générosité, à la bonne humeur et à la bonne franquette. Le Maître d'Interprétation tourna la page et, la tête inclinée, les mains ouvertes sur le plateau du bureau devant lui, regarda par-dessus les verres de ses lunettes le garçon qui racontait :

— Alors, quand ils en sont arrivés là, papa lui fait : Tu es une névrosée compulsive et il va bien falloir le reconnaître un jour. Il a carrément hurlé, ça n'a pas duré, mais ça faisait peur, parce que mon père c'est un type tranquille, plein de patience avec tout le monde. Après ça, quelque chose s'est cassé. Maman est partie en courant, littéralement, elle s'est sauvée dans son bureau à l'autre bout du couloir et elle a claqué la porte. On croyait que la scène était finie, mais elle est ressortie au bout de dix minutes, la tête haute, un vrai port de reine...

Il mima l'attitude, arrondissant les bras comme une danseuse classique.

— Elle avait des papiers plein les bras. C'était la phrase, elle l'avait saisie dans son traitement de texte, en corps 36, et elle l'avait imprimée à cinquante exemplaires. Elle l'a collée partout. Elle a glissé des feuilles dans la serviette de papa et dans toutes ses poches. Elle l'a scotchée au frigo dans la cuisine. C'était affiché partout chez nous : Tu es une névrosée compulsive et il va bien falloir le reconnaître un jour.

Tout le monde riait. Le garçon leva le pouce en signe de victoire, prêt à reprendre sa place dans la salle. Le Maître d'Interprétation, lui, ne souriait pas. Il l'arrêta.

— Ne t'en va pas tout de suite, Oliver. Pourquoi est-ce cela que tu as choisi de présenter comme ton souvenir le plus intime ?

Le garçon haussa les épaules, fourra les mains dans les poches et dit :

— Sans doute parce que c'est ce jour-là que j'ai appris comment se mange la vengeance.

La réplique fut à nouveau accueillie par des rires, et à nouveau le Maître d'Interprétation y mit le holà.

— C'est vrai ? Ne serait-ce pas plutôt parce qu'il n'y a rien de plus facile pour toi que de faire rire ? Et tu as donc choisi la solution de facilité, tu t'es planqué au lieu de te partager en toute bonne foi ?

Dans la salle, tout le monde s'était tu. Les élèves baissaient la tête, grattaient le plancher avec les ongles pour ne pas regarder le clown Oliver qui restait en scène, sur la défensive, les mains dans les poches, raclant le sol de la plante de ses pieds nus. Stanley remarqua son sourire, réduit à une lueur vacillante aux coins de la bouche.

— Tous les autres ont vraiment partagé quelque chose, dit le Maître d'Interprétation. Ils ont accepté de dévoiler leur point le plus sensible. Ils ont revécu les instants les plus douloureux et les plus sacrés de leur existence, et ils les ont étalés au grand jour, sous nos yeux. Il faut du courage pour faire cela. Nous avons été témoins de beaucoup de confiance ce matin dans cette salle. Je n'en vois pas chez toi, Oliver. Capitaliser sur tes points forts, ça ne demande pas de courage. Tu savais que tout le monde allait rire, et alors ?

Oliver à présent hochait la tête en signe d'assentiment, l'air penaud, n'aspirant plus qu'à descendre de scène pour se fondre à nouveau dans la masse et remâcher sa disgrâce dans son coin. Il aurait pu s'y attendre. Tous les première année subissaient tôt ou tard un dressage de ce genre, une rupture violente et publique du moule dans lequel leur moi s'était coulé, une démolition dans les règles, censée faciliter la reconstruction d'une personnalité plus polyvalente. Près de la moitié de la classe avait déjà été prise pour cible, et les autres, assis là, l'air sombre, savaient qu'ils n'y couperaient pas.

— As-tu une petite amie, Oliver ? demanda le Maître d'Interprétation.

— Oui.

Elle était présente dans la salle, elle aussi élève de première année, et il coula en répondant un regard furtif de son côté.

— Y a-t-il un aspect de ta relation avec ton amie que tu n'aurais pas envie d'exhiber devant tout le monde ?

Le garçon se retourna et marqua un temps, scrutant les traits de son tortionnaire d'un air méfiant avant de répondre :

— Oui.

Bien sûr, pensa Stanley, il ne pouvait guère

dire non. La fille avait l'air vaguement alarmée, comme dans l'attente d'une révélation forcée dont elle sortirait mortifiée ou perdue. En même temps cependant elle puisait une jouissance dans l'aveu du garçon, elle souriait presque en interrogeant du regard ses camarades, comme si toutes avaient lieu d'être jalouses.

— Voilà ce que signifie l'intimité, conclut le Maître d'Interprétation. L'intimité, ce sont tous les instants que tu n'accepterais pas de partager.

Il regardait le jeune Oliver, donnant à entendre sa réprobation dans le tapotement de son stylo sur le bureau.

— Tu peux descendre, dit-il enfin. Mais je n'en ai pas fini avec toi.

Le Maître d'Interprétation était installé dans le dos des élèves, assis de biais derrière un petit secrétaire, ses longues jambes repliées. Il se massa distraitement le mollet tout en notant quelque chose sur son bloc, regarda Oliver quitter son pilori pour retourner s'asseoir à côté de sa copine, puis remit énergiquement le capuchon sur son stylo et dit :

— Allez, Stanley ! À toi !

9

Vendredi

Les fiches cartonnées où Julia a noté les mots clés de son texte gonflent sur les bords entre ses mains moites.

— Les filles, dit-elle, sont comme des mannequins de cire dans un tableau vivant : c'est toujours la même scène, toujours la même distribution. La plus pouf fonctionne comme leurre. Le leurre est toujours au milieu. Trop près des bords, il serait une cible facile et ne pourrait remplir son office.

Le faisceau d'un projecteur cloue Julia au mur où elle perd sa profondeur.

— Le leurre n'est pas forcément la plus belle, mais c'est toujours la plus provocante. Il arrive que le leurre fasse des choses qui gêneront ou feront rougir les autres, le plus souvent en affichant des manières grossières ou délibérément choquantes. C'est normal. Cela fait partie de son rôle, dit-elle.

Ensuite :

— La plus belle est assise à côté du leurre, on l'appelle le gros lot. Le gros lot est par définition intouchable, hors d'atteinte. Elle est souvent le seul personnage du tableau à avoir une relation solide et durable. Le but de cette relation est toujours de souligner son intangibilité. Le gros lot typique est une fille propre sur elle, brillante, insondable.

Et encore :

— La manageuse reste debout derrière le leurre et le gros lot. La manageuse est celle qui prend sur elle d'orchestrer tous les mouvements au sein du tableau. Elle est souvent difficile à repérer : les méthodes de management diffèrent, bien sûr, d'un groupe à l'autre. Parmi les méthodes courantes de management occulte, il y en a qui font appel à la malice ou à la cruauté, d'autres à la mise en avant d'une image maternelle.

Enfin :

— Toutes les autres qui figurent au tableau sont les suivantes empressées de ce trio central. Elles servent de repoussoirs, de boucs émissaires ou de rires en boîte.

Julia a par moments un débit étrange, monocorde, comme si, contrainte de réciter ce texte, elle tenait néanmoins à témoigner du mépris qu'elle éprouve à part elle.

— La fixité démoralisante de ce tableau, dit-elle pour conclure, nous fait bien comprendre pourquoi les filles prisent par-dessus tout la réinvention et la réincarnation.

Lundi

Aucune cellule psychologique n'est mise en place après la mort de Bridget. On récupère un drapeau dans la réserve de la salle de sport, on le repasse vite fait et on le hisse à mi-drisse où il se morfondra jusqu'à la fin de la semaine à claquer contre le mât rouillé. Les filles vont et viennent comme des fantômes à la dérive. Honteuses de leur insensibilité, elles font respectueusement semblant d'être très affectées. Elles regardant la pluie dégouliner sur les vitres et pensent maladroitement à la mort qui les attend, elles aussi. Elles soupirent et traînent aux W.-C. en se disant les unes aux autres: « Je pense que j'ai besoin d'être un peu seule. »

Dans la queue devant l'échoppe du vendeur de sandwiches, Julia entend une fille dire à sa copine: « C'est les petites choses dont on se souvient. Les petits riens. »

Le psychologue proclame devant tout le lycée réuni dans la salle de conférences que Bridget était « une jeune fille à part ». Il dit « à part » comme il dit aussi « important », en arrondissant les lèvres autour du mot comme pour gober un œuf, faisant virer ainsi le sens, sans s'en douter, de cent quatre-vingt degrés. Dans la salle, des filles qui n'ont jamais connu Bridget approuvent, hochant une tête que l'émotion fait trembler, tandis que leurs mains cherchent un réconfort en tirant la manche à leurs voisines.

Dans la salle des profs, les enseignants parlent de dédier quelque chose à la mémoire de Bridget. L'un propose une peinture murale, l'autre une plaque commémorative dans le couloir du pavillon de musique, pour rappeler son investissement dans le jazz-band. Les semaines se suivent.

Pendant ce temps, Victoria, la sœur d'Isolde, reprend les cours.

— Vous avez l'air de bien vous entendre, Julia et toi, dit la prof de saxophone lorsque Isolde, emmitouflée jusqu'aux yeux, déroule son écharpe et libère ses mains de leurs grosses moufles.

— Ouais, dit Isolde en secouant les bras. Ça alors, il fait un froid de canard !

— Tu la vois souvent au lycée ?

— Des fois. La terminale a sa propre salle commune et sa propre permanence et tout. Nous autres, on n'a pas le droit d'y aller. Tiens, j'ai retrouvé quelques enregistrements du type qu'on a vu l'autre soir — il y en a tout un tas à la bibliothèque.

— C'est bien, approuve la prof de saxophone. Alors ?

— Il est génial. Ça me donne envie de jouer avec d'autres personnes, mais sérieux.

— Tu pourrais essayer le groupe underground de Julia.

— Je n'ai pas son niveau, pas possible. Ça fait une éternité qu'elle prend des leçons, non ?

— Elle prépare ses concours cette année. Vraiment, ça m'a fait bien plaisir que ça colle entre vous deux. Est-elle une amie de ta sœur au lycée ?

— Nan, quelle idée ! grogne Isolde. Les copines de Victoria sont… J'allais dire gogoles. Non. Simplement elles sont… nettement plus *girlie*. Rose bonbon quoi.

— Julia n'est pas *girlie* ?

— Pas moyen.

— C'est quoi, le contraire de *girlie* ?

En posant la question, la prof de saxophone se dit à part elle qu'il n'y a que les subtilités d'étiquetage ou de hiérarchie sociale pour inspirer à ses élèves des convictions aussi passionnées.

Isolde réfléchit un instant en enroulant son collier autour de son doigt. Lorsqu'elle parle enfin, c'est avec un accent définitif qui exclut d'emblée toute autre option.

— *Hardcore*, dit-elle. Extrême.

La prof de saxophone fait écho :

— Julia est donc extrême.

— Tiens, j'avais une question que je voulais vous poser, à propos d'un des albums que j'ai empruntés, dit Isolde en se mettant à fouiller dans son sac. Je l'ai apporté.

La prof de saxophone fait la tête. Elle a envie d'un spectacle. Elle a envie d'un changement d'éclairage qui lui fera retrouver la lueur rouge des feux arrière de la voiture de M. Saladin, puis Isolde, baignant brièvement dans cette rougeur avant que l'homme ne coupe le moteur et les feux, Isolde toujours dans la voiture éteinte, dans le demi-jour indistinct du réverbère, elle veut l'entendre dire…

— Il s'agit de la grille harmonique d'une des pistes, dit Isolde qui trouve enfin le CD et le retourne pour chercher le titre. Je peux vous le jouer ? Vous voulez bien ?

— Je t'en prie.

La prof de saxophone s'assied avec grâce et regarde Isolde appuyer brutalement sur le bouton du lecteur pour insérer son disque. Elle dissimule sa déception, tend la main vers son thé refroidi tandis qu'Isolde tâtonne à la recherche de la touche d'alimentation, auscultant en aveugle, du bout des doigts, les commandes de l'ampli.

Isolde règle le volume et, en même temps que la musique se fait entendre, l'éclairage change, l'ampoule du plafonnier passe au noir, noyée dans la marée montante du saxophone. Un instant, elles restent toutes deux dans la nuit, puis, lentement, les lumières se rallument. Elles tirent maintenant sur le rouge, des poches d'une clarté chaude et amortie, qui font penser aux lampes éparses dans les box et sur les tables d'un petit bar tranquille. La musique est paresseuse et chromatique, et elle joue en sourdine. La prof de saxophone pousse un petit soupir de satisfaction et s'installe pour jouir du spectacle.

— Quand nous vous avons quittée, dit Isolde, nous avons entendu cet air-là, sortant d'un de ces petits bars enfumés d'après-spectacle dans les ruelles derrière la salle des fêtes. On faisait un bœuf quelque part, pas le genre où tout le monde se bouscule et transpire et joue des coudes, rien qu'un trio, trois gars qui tuaient le temps en improvisant dans un bar paisible. Julia se tourne vers moi et demande si je veux boire un coup, et il faut croire que j'ai dit oui, parce que l'instant d'après on poussait une porte embuée et on retrouvait la chaleur d'un de ces cafés qui restent ouverts jusqu'aux petites heures...

Isolde tourne encore le bouton volume, et la musique enfle, comme si une porte venait de s'ouvrir...

— ... et c'est là, le bœuf, avec batterie et contrebasse et clavier, un trio de joyeux drilles, pieds nus, le batteur qui se penche et cause au barman tout en jouant.

La prof de saxophone hoche la tête en évoquant en esprit l'image du bar : elle le connaît bien, le motif à losanges de la vieille tapisserie maculée, les lambris sombres avec leur moulure élégante à hauteur d'épaule, les lampes de cuivre rouge, fixées au mur par des bagues qui allongent vers le bas de souples et rayonnants doigts de rouille. C'est la boîte préférée de Patsy, c'est là qu'elle aime boire un verre et traîner. Au cours des années, la prof de saxophone a passé bien des heures dans ce repaire moite et ombreux. Elle revoit le cadre orné du miroir derrière le zinc, son plâtre écorné qui perd sa dorure, les plaques de laiton sur les portes des toilettes, vert-de-grisées par l'âge.

— Nous y entrons, raconte Isolde, et Julia me dit de m'asseoir, qu'elle va commander pour nous deux, alors je me glisse dans un box d'angle, j'enlève mon manteau et mon écharpe et je jette un œil à mon reflet dans le carreau noir à côté de la porte. Je regarde, et je la vois qui se penche par-dessus le zinc et parle au barman, je la vois prendre la monnaie et deux verres, et le barman qui brandit la moitié de citron qu'il est en train de couper et lui dit : Fichez-moi le camp d'ici ! Et il se marre avec elle. Alors elle vient me rejoindre dans le box et elle me dit : Désolée, je ne t'ai même pas demandé. Du rouge, ça te va ? Et j'aime mieux ne pas dire que quand je bois, c'est en général de la vodka ou du rhum avec un sirop de fruits pour masquer le goût, et que la seule fois où j'ai goûté au vin rouge, c'est quand on a volé une bouteille à la maman de Nicola et, pour que ça ne se voie pas, on l'a transvasé dans une bouteille de Coca encore à moitié pleine.

Isolde a la bouche sèche. Elle passe sa langue sur ses lèvres.

— Je bois une petite gorgée, dit-elle, et c'est infect, pire que quand on l'a mélangé avec le Coca et qu'on a bu ça sous les tribunes du terrain de rugby. Je demande à Julia si elle a bien dix-huit ans, et elle fait la grimace, l'air de vouloir parler d'autre chose. Elle dit que oui, depuis huit jours. Elle vient de fêter son anniversaire, il y a tout juste huit jours. Je lui dis que le vin est bon. Puis on commence à parler de vous, on se raconte ce qu'on pense de vous, sans doute parce que vous êtes le seul vrai fil qui nous relie.

La musique est chantante, charmante, toute simple. La prof de saxophone voit la scène : le trio de gais lurons vieillissants, faisant attention de ne pas se prendre les pieds dans les fils jaunes des rallonges, le bassiste hochant la tête et souriant par-dessus l'épaule de bois lustré de son corps de femme unijambiste, le pianiste se balançant, tantôt en pleine lumière, tantôt dans le noir, le batteur maintenant le rythme d'une seule main pendant quelques mesures pour tendre l'autre vers le verre de bière, humide de condensation, dont l'or l'attend sous la frange à glands d'une lampe.

— Après, dit Isolde, quand nous avons fini de boire, nous marchons dans la rue vers sa voiture, et j'ai la tête qui tourne un peu. Je ris trop. Et puis Julia me dit : La plupart des filles au lycée ont un peu peur de moi. Toi pas. C'est bien.

Isolde s'arrête. Elle se trouve maintenant dans le rond de lumière jaune d'un réverbère, les yeux agrandis, le souffle court, les doigts convulsivement agrippés au bas des manches de son pull.

La musique, amorçant une nouvelle phase accélérée, se fait plus insistante, avec des accords dissonants. Isolde se raidit.

— Je l'ai regardée et je lui ai dit: Mais si, moi aussi, un peu. J'ai un peu peur. Ça ne vaudrait pas le coup, sinon.

Isolde lâche un petit cri, un quasi-sanglot étranglé qui lui échappe malgré elle et qui sera ensuite tout ce dont la prof de saxophone se souviendra.

— Et Julia aussi me regarde, dit-elle, et puis elle attrape les deux manches de mon manteau, à pleines mains, elle s'accroche au tissu et elle m'attire contre elle, tout près, bien fort. Et je me souviens, il y a eu encore un tout petit instant, je crois, avant le contact, comme si on calait, un rien de temps avant la fin, je sentais son haleine sur ma lèvre supérieure, suave et chaude et pantelante, je sentais l'odeur d'épices noires du vin dans la petite poche de vide entre nous, et puis elle m'a embrassée.

Isolde ne regarde pas la prof de saxophone; elle contemple, au-delà, le panorama des toits moussus avec leurs grappes d'antennes et les pigeons qui tournoient, tournoient contre le ciel.

— Mais ce n'était pas un baiser comme je m'y attendais, dit-elle. Elle a pris ma lèvre inférieure entre les siennes et elle m'a mordue. Elle m'a mordu la lèvre, mais sans faire mal, plutôt comme une sorte de tendre griffure, en tirant dessus tout doucement avec les dents. Et alors j'ai reculé la tête, il faut croire, et j'ai eu comme un hoquet et j'ai ouvert un peu la bouche, et elle tenait toujours ma lèvre entre ses dents, sans me faire mal, c'était vraiment tendre, comme si ma lèvre, elle l'avait faite prisonnière, et elle ne supportait pas l'idée de la remettre en liberté. Et alors, tout d'un coup, on était contre le mur, je me souviens, j'avais les yeux fermés et les poings plaqués au mur au-dessus de ma tête, et Julia se serre contre moi et ses mains me pressent, me bousculent, cherchent la peau sous l'ourlet de mon pull, et elle glisse ses mains froides le long de mon échine, elle me murmure à l'oreille, toute chaude et salée : Je ne peux pas croire que c'est pour de vrai. Je ne peux pas le croire. Je ne sais plus si c'est mon fantasme ou le tien.

Les lumières reviennent doucement au même instant où la piste se termine sur un ultime accord. Isolde se dépêche d'éjecter le disque avant que la plage suivante ne démarre. La prof de saxophone s'essuie le visage, passant la main sur son menton, de haut en bas, dans un geste qui entraîne la peau molle des joues et lui donne un instant l'air d'un clown triste.

Mardi

— Vous n'y étiez pas préparée, forcément, je comprends, dit la prof de saxophone à la mère de Bridget. Moi-même, cela m'a fait un choc. En partie, il me semble, parce que Bridget était tellement quelconque. Quand je pense à la mort, c'est toujours par rapport aux plus intéressantes, aux victimes d'injustices, aux tragiques, à celles dont la disparition serait un terrible gâchis, une perte irréparable. Je me l'imagine toujours comme une tragédie. La mort de Bridget ne fait pas vraiment l'affaire.

La mère de Bridget tripote le bouton du coussin

qu'elle a pris sur ses genoux. Elle a le teint gris. L'avant-dernier doigt de sa main gauche, bouffie, porte une masse d'or sertie de pierreries qui, coincée entre deux articulations arthrosiques, lui creuse la chair comme un tatouage ou une marque au fer rouge. Impatiente, elle rejette enfin le coussin et secoue la tête d'un air désespéré.

— Si elle avait été plus originale, dit-elle, peut-être que ce serait plus facile maintenant. Si elle avait été plus originale, voyez-vous, on aurait peut-être eu peur qu'elle ne se suicide un jour. Au moins on aurait pensé à la possibilité de sa mort. On s'y serait préparés du simple fait de l'imaginer. Mais un être aussi totalement sans originalité que notre Bridget n'aurait jamais l'idée de se tuer. Elle ne serait pas assez intelligente pour considérer la mort comme une option possible.

La prof de saxophone approuve :

— En effet, cela m'avait frappée aussi. Bridget n'aurait pas eu l'intelligence de désespérer.

Elles restent un instant silencieuses. En bas, dans la cour, les pigeons se chamaillent.

— D'ailleurs, comment se préparer à un accident ? demande la mère de Bridget. Comment se préparer à un chauffard sans phares ?

Apathique, elle semble parler surtout à elle-même, et la prof de saxophone attend un moment avant de la relancer :

— Avez-vous d'autres enfants ?

— Bah ! un garçon, dit la mère de Bridget. Un grand. Il ne vit plus avec nous.

— Vous lui avez téléphoné, n'est-ce pas ?

— Eh oui.

— Il rentre pour l'enterrement, n'est-ce pas ?

— Bah ! l'enterrement.

La mère de Bridget se tait à nouveau, puis reprend :

— C'est simplement que je ne pensais pas que ça arriverait. Je n'étais pas prête. Je ne suis toujours pas prête. Ce n'est pas juste.

Vendredi

— C'est drôle, tu sais, dit Patsy d'une voix rêveuse en se balançant à table, le menton dans la main. En général, c'est quand je suis le plus malhonnête avec lui que Brian me croit le plus proche.

— Qu'est-ce que tu veux dire ? demande la prof de saxophone.

Sa posture est raide, son saxophone bien droit sur ses genoux. Cela se passe il y a longtemps. À l'époque, elle tenait son instrument avec une vénération attentive, craintive presque, des deux mains, comme une épousée encore sans marques de doigts, auréolée du prestige de la nouveauté.

— On est là tous les deux et il m'énerve et je ne pense qu'à ça, dit Patsy, par exemple quand il lit et qu'il n'arrête pas de renifler, *sniff, sniff*, à toutes les pages. Alors, tout d'un coup, il lève les yeux, il me sourit, et je me sens obligée de dire quelque chose, j'ai peur d'avoir laissé voir le fond de ma pensée. Bref, je panique et, à force de me sentir coupable, je lui dis : C'est merveilleux d'être ensemble comme ça, à lire, sans avoir besoin de se parler. C'est tellement reposant. J'adore passer les soirées comme ça avec toi. En fait, c'est pratiquement le contraire de ce que je pense. Ça arrive tout le temps. Je le regarde, je me dis que vraiment il prend du ventre, puis je me sens coupable d'avoir eu une pensée aussi mesquine, je panique et je lui sors un « je t'aime ». J'ai toujours les plus drôles de choses derrière la tête.

— C'est pourtant vrai que tu l'aimes, Brian.

La prof de saxophone donne la réplique. Les mots semblent s'imposer, mais à l'époque elle n'a encore vu Brian qu'une fois, à un récital qu'elle a donné dans la vieille chapelle de l'université. Il lui a serré la main, il l'a complimentée sur sa musique et il s'est lancé, d'une voix de stentor, dans un discours sur la restauration des tentures et des boiseries du lieu. Il était intarissable, et il la regardait du haut de sa très haute taille avec des yeux pétillants du plaisir de la voir incapable de cacher son ennui. Patsy allait et venait en papillon qu'elle était, en lui décochant des petites tapes et en répétant encore et toujours : « Voyons, mon Nounours, elle n'a pas envie d'écouter tout ça. »

— Ciel, oui ! Je *l'adore*, dit Patsy maintenant. Presque tout le temps. Une bonne partie, en tout cas. Mon record, jusqu'à présent.

Elle rit et hausse les épaules d'un air dégagé, invitant la prof de saxophone à se moquer avec elle de sa folie et celle de toutes les perfides qui disent le contraire de ce qu'elles pensent. La prof de saxophone esquisse un petit sourire pincé et observe son rire qui s'éteint petit à petit, se perd enfin dans un hochement de tête et un soupir. Elle a envie de l'embrasser sur la bouche. Elle a envie de la sentir d'abord reculer légèrement, effarouchée par l'étrangeté du geste, par ce qu'il lui fait éprouver et l'interdit qui s'y attache, puis, tout d'un coup, y répondre — serait-ce malgré elle. Malgré elle, à plus forte raison.

Si Brian n'existait pas... Les pensées de la prof de saxophone commencent souvent ainsi. Si Brian n'existait pas, qu'y aurait-il ? Brian n'est-il qu'un homme, un individu anecdotique, fortuit, ou plutôt le représentant de tous les mâles ? Est-il le symbole d'une préférence globale, d'un penchant générique ? Si Brian n'existait pas, y en aurait-il un autre, un Mickey ou un Hamish ou un Bob ? Il lui arrive de craindre que la masse de Brian, sa simple présence physique, n'ait remodelé depuis le temps les formes mêmes de Patsy, la courbant et recourbant jusqu'à la réduire à un espace en creux qui enveloppe l'homme, chacun traçant les contours de l'autre. De craindre que Patsy, avec ou sans Brian, ne puisse plus désormais vivre autrement qu'infléchie pour se définir autour d'un homme, celui-là ou un autre : un yin qui tend vers son yang contrepointé, un bras toujours replié, l'autre arqué, à jamais.

Patsy secoue encore la tête, comme incapable de croire à sa propre folie, et lève les mains à ses tempes pour repousser, de la face interne du poignet, les cheveux qui voilent ses traits vieillissants. Elle a les attaches fines. La prof de saxophone suit des yeux le mouvement.

Mercredi

« Il paraît qu'elle prend du Prozac », dit la rumeur dès la fin de la première semaine, ou aussi « il paraît qu'on a dû la mettre sous Ritaline quand elle s'est fait pincer, elle était trop incontrôlable ». Victoria est maintenant marquée, condamnée à subir l'un des deux sorts contraires dont l'alternative est tout son avenir. « Ou bien elle finira en serial coucheuse, pour la vie, son corps deviendra une arme dont elle dépend, mais qu'elle ne sait pas vraiment bien manier, murmurent les filles, ou bien elle ne sera plus qu'une loque émotionnelle, une coquille vide, un zombie. Ce sera l'un ou l'autre. Vous allez voir. L'un ou l'autre, c'est fichu pour elle maintenant. » Elles l'observent avidement, guettant le chemin qu'elle prendra, tendant le cou lorsqu'elle entre dans une salle pour ensuite se dégonfler, déçues et soulagées, lorsqu'elle s'en va.

Rien n'indique que Victoria s'apprête à s'engager dans l'une ou l'autre de ces deux voies. Elle se montre effacée et courtoise avec tous ses professeurs et essaie sans grand succès, dans la cour de récré, de rafistoler les amitiés mises à mal par sa trahison. Les filles la regardent d'un œil soupçonneux, plus particulièrement celles qui furent naguère ses meilleures copines, avec qui elle aurait dû partager son secret et à qui elle n'a rien dit. Elle pose des questions polies sur ce qui s'est passé pendant son absence, et les autres répondent sans mentir, mais en gardant leurs distances, partagées entre la pitié et le dégoût.

— Est-ce que tes parents ont rencontré M. Saladin ? demande un jour une des filles à la pause de midi. Je veux dire après que tu as quitté le lycée. Est-ce qu'il y a eu une réunion ou quelque chose comme ça ?

— Ouais, dit Victoria. On était tous les quatre.

La réponse est accueillie par un silence fasciné. Toutes se figent et la regardent.

— Il est quand même nettement plus jeune que

mon père, dit Victoria. Donc c'était toujours genre nous contre eux.

C'est tout. Elle finit de manger sa pomme et va jeter le trognon à la poubelle à l'autre bout de la cour. Lorsqu'elle revient, la sonnerie retentit et les filles, qui se dispersent, la mangent des yeux, l'air jaloux, tout en récupérant leurs sacoches pour y ranger leur Tupperware.

« Tu te rends compte que la seule façon de te faire pardonner ta trahison, c'est de tout nous raconter, jusqu'au moindre détail. » Voilà ce qu'elles auraient envie de dire.

« Tu serais une célébrité parmi nous, poursuivraient-elles, une star, si seulement tu nous donnais tout, si tu nous disais tout, si tu nous ouvrais la porte. »

Elles auraient envie de dire : « C'est injuste, que tu aies cet avantage sur nous. Tu es égoïste de garder pour toi un savoir aussi précieux et redoutable. »

Les semaines se suivent.

Lundi

— J'ai apprécié ton jeu la semaine dernière, dit la prof de saxophone à l'arrivée de Julia. Ton interprétation du retour en voiture après le concert, vous deux ensemble. Ce que tu as ressenti. Ce que tu as vu. Cela m'a plu.

— Merci, répond Julia.

— Tu as travaillé ? demande avidement la prof de saxophone. Comme je te l'ai demandé ?

— Un peu.

— Avec une mise au point particulière ?

— Plutôt un panoramique. Comment une fille s'y prend pour en séduire une autre.

— Va donc pour le panoramique, approuve la prof de saxophone, ouvrant la main et faisant signe à Julia de commencer.

— J'ai potassé les bases, toutes les techniques usuelles de la drague, dit Julia. Se mordre la lèvre et détourner le regard une fraction de seconde trop tard, et glousser tout le temps et faire de tout le prétexte d'un attouchement, le bout des doigts qui viennent en plein rire frôler l'avant-bras ou la cuisse, en signe d'insistance ou de ponctuation. J'ai réfléchi au réconfort qu'on puise dans ces méthodes classiques, précisément parce qu'elles ne demandent pas à être décodées ou traduites. Autrefois, il y a bien longtemps, on pouvait sans doute se mordre la lèvre, et cela voulait dire : je meurs d'envie de toi, je n'en peux plus. Aujourd'hui, si on se mord la lèvre, cela signifie : je veux que tu *voies* que je meurs d'envie de toi, que je n'en peux plus, j'utilise donc un signe généralement admis, le plus clair que je connaisse, pour te le faire savoir. Aujourd'hui cela signifie : nous savons l'une et l'autre ce qu'implique ma lèvre mordue et ce que j'essaie de communiquer par là. Nous parlons l'une et l'autre un langage qui nous est commun, mais que nous n'avons pas inventé, un langage dont nos énoncés n'ont pas l'exclusivité. Nous récitons le texte d'un autre. Ça rassure.

Le saxophone de Julia est posé de biais, en travers du siège du fauteuil écru, le bec reposant, sans appuyer, sur l'accotoir, l'arrondi du pavillon caché contre la couture du coussin, là où le siège fait un angle presque droit avec le flanc du meuble, tapissé de même. La posture de l'instrument évoque dans l'esprit de la prof de saxophone le corps d'une jeune fille lovée, les genoux contre la poitrine, la tête sur le bras, regardant la télé, seule dans le noir.

— Je ne sais pas comment la séduire, dit Julia qui elle aussi promène ses regards le long du corps du saxophone. Parfois il me semble que lui sourire et me mordre la lèvre et baisser les yeux, prendre des mines vulnérables et farouches, ce serait comme de vouloir lui jeter un sort dont elle serait elle-même l'auteur. Est-ce que cela aurait d'ailleurs la moindre chance de *réussir* ? Rien qu'en me posant la question, je me sens toute désarmée et suante et défaite. Mais ai-je donc le choix ? Devrais-je faire plutôt le garçon, jouer un rôle de garçon, me comporter comme elle aurait peut-être envie de voir agir un garçon ?

Regardant toujours le saxophone couché dans le fauteuil, Julia poursuit, pensive, sans attendre de réponse :

— Est-ce ainsi que ça marche ? Comme un grand jeu de faire-comme-si ? Une comédie ? Ça donne bien cette impression-là, comme un monologue à deux, sur une fille et un garçon qui tombent amoureux. Sauf qu'il n'y aurait que des filles pour jouer la pièce, et la pièce n'aurait que ces deux rôles, pas un de plus, il faudrait donc bien qu'une fille se déguise : que l'une des deux soit moustachue, les seins bandés, bien campée sur ses jambes et large d'épaules, pour jouer le garçon. Si on s'en tient au texte, si on ne regarde que les costumes et les rideaux et les éclairages, tous les artifices de la mise en scène, on ne verra que les amours d'un garçon et d'une fille. Mais si on regarde les comédiens sous le masque, si on choisit de ne pas se laisser abuser par le spectacle, on verra qu'en fait ce sont deux filles. Peut-être est-ce comme ça chaque fois que deux filles se lient : l'une assume toujours le rôle du garçon, mais elles sont deux à jouer la comédie.

— Mais enfin, pourquoi les deux filles ne pourraient-elles pas jouer une pièce qui parle d'elles ? demande la prof de saxophone qui s'amuse bien. Une pièce écrite pour deux filles.

— Il n'y en a pas, répond Julia. Il n'y a pas de pièces qui parlent de deux filles. Les rôles n'existent pas. C'est pourquoi il faut faire semblant.

— Mais non, Julia, je suis sûre que tu te trompes. Ça ne peut pas être vrai.

Julia hausse les épaules et se détourne, fixe le reflet flou que lui renvoie le vernis du piano.

— J'ai quand même un atout, avec tout cela, dit-elle. Le risque. Il y a là un pouvoir de séduction. Voilà sans doute la carte qu'il faudra jouer. Il faudra grossir l'interdit, le côté improvisé et sans précédent, ce qu'on y risque.

Elle insiste :

— L'élément du danger. Voilà de quoi transformer en son sein la moindre palpitation de plaisir en la grosse caisse d'une peur surpuissante. Voilà mon atout : la force de son sentiment, l'immense libération qui mettra un terme à ses affres, lorsqu'elle finira par se rendre et par répondre. Si elle se rend. Quel que soit son sentiment final, au moins il ne sera pas ambivalent. Ce sera ou bien la houle interdite et terrorisée de son désir, massive, explosive comme la rupture d'un barrage, ou bien au contraire la force écrasante de sa répulsion, de son dégoût, de sa résistance, de la négation dont elle me frappera. Dans les deux cas, je lui aurai donné des émotions. Elle sera bien obligée de sentir quelque chose. Peu importe ce qui vient après.

Vendredi

Les filles d'Abbey Grange passent leur temps à se définir les unes les autres, avec tendresse et férocité et, quelquefois, non sans rancune. C'est un art qui sera affûté comme une lame à la fin de leur cinquième et dernière année dans l'établissement. L'art le plus noir, le plus assassin, qui permet à chacune de bâtir ou de démolir l'image de n'importe quelle autre.

Elles demandent : Qu'en pensez-vous ? Qui sera la première à se marier ? Et : Qui sera la plus coureuse ? La reine de la triche ? La meilleure au lit ? Enfin, inéluctablement : Qui, parmi toutes les filles de notre année, qui donc a le plus de chances de virer lesbienne ?

Cette dernière question déclenche toujours des cris et des claques et des hoquets hilares. Elles soupèsent en esprit celles qui ont le moins de noms à leur tableau de chasse, celles qui sont momentanément en disgrâce ou un petit peu moins bien de leur personne. L'impopularité, le mutisme, l'introversion studieuse, la moindre réticence à marcher sur les pas du plus grand nombre — ce sont là autant de symptômes, de l'avis unanime des filles qui s'agglutinent pour poser leur diagnostic. Elles lancent des noms tout haut et se tordent de rire comme un sabbat de sorcières écervelées assemblées pour jeter un mauvais sort.

Pourtant, si le nom de Julia vient sur le tapis, les filles font la grimace et l'écartent cavalièrement en se récriant : « D'accord, mais à part Julia. » Statuer sur l'avenir de Julia, ce n'est pas marrant. Elle n'a rien à faire dans ce tribunal pantelant et hystérique d'investitures sexuelles et mondaines, où les filles sont citées à comparaître, reconnues coupables et condamnées à leur insu. Les autres ne pourront pas changer le sort de Julia en disant : « Je pense que c'est Julia, celle qui a le plus de chances d'être homo. » Leur pouvoir est sans prise sur elle. Elle est comme un fusil chargé, jeté dans leur boîte à joujoux et à moitié enseveli sous les carabines et revolvers en plastique, les canons miniatures, les pétards. Son éclat métallique fait peur.

Quelques-unes ont embrassé d'autres filles pour faire plaisir aux garçons de Saint-Sylvestre, contre la promesse d'un petit tour dans le baquet d'une voiture surbaissée, ou en échange d'une caisse de bière ou d'une bouteille volée. Elles se sont embrassées entre elles à des soirées, au salon d'une copine, quand les copains sortent vomir dans les pots de fleurs. Sans passion — voilà ce qu'elles allèguent à leur décharge —, simplement comme ça, pour voir, sans aucune idée de tendresse ni promesse de lendemain, sans tendance revendiquée. Ce ne sont pas des amours. C'est un calcul égoïste, histoire de marquer des points dont elles pourront faire état un jour comme d'un brevet de liberté et de tolérance, preuve aussi qu'elles ne sont pas tombées de la dernière pluie. Le baiser est une assurance qui permettra, plus tard, de lancer en passant : « Ouais, clair que j'ai embrassé une fille. »

En ne parlant pas de Julia, les autres conservent un avantage subtil : elles réduisent à presque rien la menace qu'elle représente. Quand elles la croisent dans les couloirs, elles se détournent et passent leur chemin.

Vendredi

Il y a un message en attente sur le répondeur de la prof de saxophone après la leçon d'Isolde. Celle qui l'a laissé se fait connaître aussitôt, gracieusement, comme l'une de ces mères en manque d'inspiration, mièvres, collantes et sirupeuses, qui aimeraient mieux étouffer leur fille entre leurs mamelles, lui serrer la face contre leur sein jusqu'à ce qu'elle en meure, plutôt que de rallonger sa laisse et de la voir s'éloigner.

La prof de saxophone appuie du bord de l'ongle sur Pause et reste un instant, le doigt en suspens au-dessus des touches, à réfléchir tout haut :

— Les mères s'imaginent toujours que je suis de leur côté, que notre commune maturité a pour effet de nous unir contre la fille, l'enfant. Elles pensent que la fille est simplement l'activité qui nous réunit, le passe-temps auquel nous prenons plaisir l'une et l'autre, le club du Grand livre du mois, la partie de tennis. La fille est simplement le véhicule de notre amitié, une occasion de nous retrouver, un intérêt partagé qui nous permet de mieux explorer et approfondir nos personnalités adultes.

Elle remâche :

— Les mères s'imaginent que je suis leur alliée contre leur fille, et elles les miennes : elles pensent que j'ai les mêmes peines qu'elles à forger un lien avec leur enfant, et elles me regardent en levant les yeux au ciel, avec des hochements de tête et des rires en coin, comme s'il était entendu entre nous que la fille est impossible. Elles m'invitent à être tendre avec cette petite, ou à lui témoigner mon mécontentement ou même à en désespérer, à condition de la traiter surtout en objet, simple prétexte à nos rapports réciproques, d'adulte à adulte, entre soi.

Elle s'interrompt, enfonce à nouveau le doigt, et la voix ressuscite, comme si la femme était là, présente, dans le studio.

— J'attends donc votre appel, reprend la femme enregistrée. Stella a quatorze ans, ça fera bientôt trois ans qu'elle étudie la clarinette, et avant de commencer elle a déjà fait près de six ans de piano. Elle est vraiment très motivée pour passer au saxo. On a beau dire, la clarinette a un côté tellement ennuyeux, tellement inélégant, je n'ai pas besoin de vous faire un dessin, bref, je pense qu'elle a envie maintenant de passer à quelque chose d'un peu plus sexy. Quelque chose de plus piquant, qui la rendra plus désirable. D'ailleurs, nous l'approuvons de tout cœur. Si on a eu peur pour elle à un moment, c'est au contraire parce qu'elle n'avait pas l'air d'assez s'intéresser à ces choses-là, comme si elle n'en avait rien à faire. Rien à faire des garçons et des belles fringues et tout ce qui s'ensuit. À un moment on a eu peur, je ne vous le cache pas. Ce n'est pas qu'elle ne se liait pas — au contraire, ses amitiés étaient presque trop vives. Elles étaient inséparables, elle et sa chérie du moment. Elle en a eu toute une série, mais une chérie, il y en avait toujours une.

Je faisais le taxi, quand elles allaient au cinéma et tout, je les déposais puis revenais les chercher à la sortie, elles se mettaient toujours sur la banquette arrière, ensemble, la tête sous un vieux plaid pour causer tranquilles, sans que je les voie. Je regardais dans le rétroviseur ce fantôme écossais à deux têtes. Elles se chuchotaient à l'oreille, joue contre joue, on aurait presque pu croire qu'elles se bécotaient. Je n'étais pas tranquille, je ne vous le cache pas.

Une dernière phrase, pour conclure:

— Si vous voulez bien me rappeler au numéro suivant.

Suivi d'un petit bip, signalant la fin du message.

Samedi

Il reste à Bridget trente-cinq minutes à vivre. Juchée sur son haut tabouret en vinyle au magasin de location de vidéos, la recette de la soirée déjà comptée et serrée sous le comptoir dans sa vieille sacoche de toile, elle voit le parking, vide et luisant de l'autre côté de la vitre, et la rangée de réverbères jaunes qui vont se perdre dans la nuit.

Bridget se souvient de deux filles qu'elle a connues à l'école primaire et qui, à un moment, se sont mises à enquêter de façon maniaque sur la sexualité. L'acte, dans leur bouche, s'appelait *Ça*, et elles passaient des heures à en discuter solennellement ensemble, à réviser et à élargir leurs connaissances réunies, fermant de temps à autre les yeux de l'air dégoûté de celles qui en auraient vu d'autres et lâchant des propos comme: « Deux-sur-une Ça. *Trop* dégueu. » Elles étaient taciturnes et cachottières, réticentes à partager leur savoir, comme des sphinges fières et lasses, gardant l'entrée d'un monde que les autres ne pouvaient espérer comprendre.

Bridget se souvient d'un cours d'athlétisme. Les deux filles, bras dessus bras dessous, regardaient la prof d'EPS avec l'expression de gravité indulgente qu'elles réservaient à l'étude de Ça. La prof d'EPS venait d'annoncer : « Nous allons faire aujourd'hui des sprints en travaillant le départ accroupi. » La plus petite des deux filles a donc murmuré : « Départ accroupi pour Ça. » Elles ont échangé avec componction un regard écœuré, comme si l'image évoquée leur faisait littéralement mal. Bridget était un peu jalouse en regardant ces deux-là se conforter l'une l'autre dans leur sentiment partagé de dégoût condescendant. La nausée réfléchie de la plus petite avait quelque chose de fascinant. « Départ accroupi pour Ça », avait-elle dit. Le sujet était trop pénible pour s'étendre davantage. La plus grande baissait les yeux, compatissante, et secouait la tête comme pour reconnaître que toute l'affaire était vraiment trop ignoble. Impossible d'y échapper. Elles nageaient en plein dedans.

Bridget, à l'époque, n'a pas compris le rapport terrible entre le cours d'athlétisme et Ça. En repensant maintenant à la scène, elle se rend compte qu'elle ne saurait toujours pas effectuer ou même reconnaître un départ accroupi pour Ça. À supposer que cela existe, se dit-elle, mais ce doute lui remet en mémoire l'aplomb imperturbable de la fillette de neuf ans qui aujourd'hui en aura dix-sept et sera sans doute maîtresse d'arts qui, pour sa part, dépassent son entendement.

Bridget pense à la profondeur de son ignorance. Les gouttes de pluie atteignent le rebord de la fenêtre et y restent accrochées, tremblotantes. Elle a honte.

Mardi

La prof de saxophone lisse le journal et relit l'article. Le journal n'est plus tout frais et il y a eu d'autres papiers depuis, reprenant et développant ce premier compte rendu, des papiers sur l'enquête de police et l'appel à témoin et la désignation d'un coupable, mais elle garde toujours ce vieux numéro, plié en huit, fripé et gris, voué à l'effacement des nouvelles qui n'en sont plus. Le gros titre clame *Adolescente fauchée par la mort, «perte irréparable»*, mais l'article est très bref. Bridget n'est pas nommée — comme de juste, pense la prof de saxophone, vu sa personnalité peu mémorable. L'adolescente anonyme donc, lit et relit-elle, rentrait à vélo de son travail lorsqu'elle a été fauchée par une berline rouge en traversant la chaussée au sortir du parking du magasin de location de vidéos. Le chauffard ne s'est pas arrêté.

La prof de saxophone se dit: Elle aurait été ce soir-là au concert avec nous trois, si seulement je l'avais trouvée assez sympathique pour l'inviter. L'idée sollicite un instant son esprit, à titre purement hypothétique, comme un chemisier neuf qu'il ne tiendrait qu'à elle d'essayer. Au bout du compte, elle la chasse d'un haussement d'épaules. Dehors, dans la cour, elle entend vaguement un groupe d'élèves de l'école de théâtre qui scandent des paroles indistinctes en tapant des pieds. Elle repousse le journal et va regarder par la fenêtre.

Près du tronc du ginkgo, six élèves ont formé une pyramide humaine sur un mince tapis de mousse, tandis que devant eux un groupe plus nombreux fait les cent pas. Sous l'uniforme noir de l'Institut, avec leurs pieds nus qui se découpent, exsangues, sur les pavés, leur grouillement fait penser à une troupe de corbeaux, et la pyramide, vue de haut, à un château de cartes. Elle chancelle légèrement, mais ne tombe pas, au contraire, elle grandit en largeur et en hauteur à mesure que des acteurs toujours plus nombreux se retirent de l'action au premier plan pour ajouter leurs corps à l'entassement.

La prof de saxophone reste là un bon moment à suivre le va-et-vient des figures noires. Lorsqu'elle reporte les yeux sur la pyramide de corps au pied du ginkgo, elle est étonnée de constater qu'elle aussi est observée. Un des garçons à la base de la construction, à genoux sur le sol, les bras raidis de part et d'autre du corps, a les yeux fixés sur elle. Sa tête est rejetée en arrière, et le col ouvert de sa chemise offre une vue plongeante sur sa gorge blanche. Le premier mouvement de la prof de saxophone est de quitter la fenêtre, mais elle ne bouge pas, et elle a l'impression que le garçon lui sourit. Elle détourne le regard.

La répétition est près de se terminer. Une des filles au premier plan se dresse soudain et lance, d'une voix chaude et sonore, qui remplit toute la cour :

— *Moi* je fantasme quand je regarde les gens.

Et, les mots lâchés, lorsque le carillon merveilleux de sa voix se tait et que le trépignement et les tambours aussi marquent une halte, effrayante dans sa brusquerie, livrant la cour à un déferlement de silence, les mots lâchés donc, le château de cartes au second plan commence à crouler. Il se défait dans une cascade majestueuse, méticuleusement chorégraphiée, comme s'il fondait au ralenti. Les corps des acteurs s'en détachent et font la culbute pour se recevoir, élastiques, sur les talons et les genoux, puis déguerpir loin du tapis, jusqu'à ce qu'il ne reste rien de la pyramide fondue, rien qu'une flaque d'une immobilité noire égale au néant, tous les acteurs restant muets et figés, là où leur dernier bond les a plaqués.

La fille à l'avant est la seule qui demeure debout. Elle ouvre grands les bras et répète :

— Je fantasme…

Il y a un infime temps mort, la fille tendue en avant, pleine du souffle retenu qui enfle ses côtes, à les faire éclater. Puis, comme si un charme se rompait, comme si un rideau invisible s'abaissait, entraînant un non moins immatériel obscurcissement de la scène, tous les corps tombés se remettent à bouger. Ils se relèvent d'un bond, s'époussettent et parlent entre eux. La prof de saxophone saisit des mots :

— La chute était drôlement mieux cette fois, tu as fait ton truc au poil.

Et :

— Allez, vous autres, y'a encore de la marge, on peut améliorer la synchro !

Et :

— On recommence.

10

Juin

C'était la première réunion des première année pour discuter de leur projet collectif autour du roi de carreau du jeu de cartes.

— Nous sommes donc bien d'accord: la sexualité au moins est une question qui intéresse tout le monde, dit l'élève Felix, enflant la voix pour se faire entendre.

Le Felix en question était un garçon cassant et effronté. Ne comprenant pas la cocasserie de ses grands mots, il foudroya du regard deux camarades à l'autre bout du cercle qui se permettaient d'en rire sous cape.

— Moi, l'idée d'utiliser des histoires trouvées m'a bien plu, lança une des filles. Des histoires piquées dans les médias et dans notre entourage et tout, qu'on détournerait et adapterait pour la scène. Ça me plaît bien comme idée.

— D'accord, concéda Felix de bonne grâce.

Ce disant, il dessina avec un gros marqueur un nuage moutonnant autour des mots LA SEXUALITÉ. Les autres le regardèrent faire. Felix, qui avait travaillé dur en début d'année pour s'attribuer le rôle d'esprit moteur de la promotion, horripilait la plupart des autres, persuadés, à le voir tirer un bout de langue en écrivant, de pouvoir faire mieux.

— Et si on prenait l'histoire que Grace nous a apportée ? proposa Felix, sa bulle une fois refermée. Le truc entre l'élève et l'enseignant à l'Abbey au Rabais.

L'emploi du surnom familier était délibéré. Que les autres sachent que, quand bien même il les encadrait, ils auraient tort de lui en vouloir ou de le mettre dans le même sac que les enseignants.

— J'ai une frangine à Abbey Grange, dit un des garçons. En première. Elle, elle pense qu'on ne connaît pas encore la moitié de l'histoire. Il paraît — ça se dit là-bas — qu'il y a eu un moment où toutes les copines de la fille étaient au courant, mais le prof a quand même réussi à étouffer l'affaire pendant des mois encore. Il les achetait avec de l'alcool.

— Mais enfin, elle n'était pas en terminale, la fille ? La plupart de ses copines auraient dix-huit ans de toute façon.

— C'est ce qu'on m'a raconté, rétorqua le garçon avec un haussement d'épaules.

— Comment est-ce qu'ils ont fini par se faire pincer ? demanda quelqu'un.

— Il paraît que c'était une prof, répondit toujours le même. Le type sortait dans le temps avec une nana qui enseignait dans la même boîte, ils n'étaient plus ensemble, mais c'est elle qui l'a attrapé avec la fille. C'est Polly qui me l'a dit.

— Je croyais que c'étaient ses copines à elle, intervint une des filles. Quand elles ont pigé ce qui se passait, elles ont été la balancer au proviseur.

— Moi, on m'a dit qu'il n'y avait pas qu'une seule victime, renchérit un autre. Elles étaient tout un tas, et il se les tapait toutes en même temps, mais il n'y a que l'une qui s'est fait pincer.

— Est-on vraiment sûr qu'il s'est passé quelque chose ? objecta une fille. Peut-être qu'il n'y a rien eu entre elle et son prof ? Qu'est-ce qu'on fait alors ?

— Il y a des preuves. On a trouvé des fringues de la fille chez le prof. Et puis une brosse à dents.

— Une brosse à dents, ce n'est pas une preuve de *viol*, répliqua la fille avec un petit rire cassant. Ça serait tout le contraire d'un viol. Même pas un plan cul. Une brosse à dents, ça veut dire qu'on pense à l'avenir. C'est comme si on y avait trouvé un *pyjama*, une chaste chemise de nuit, en flanelle imprimée, rose, avec de gros nuages blancs. Ce n'est pas une pièce à conviction, ça. C'est un *investissement*. La brosse à dents est un investissement.

Il y eut un silence, le temps pour tous de digérer ce concept nouveau. Enfin, un des garçons demanda :

— Il avait pas genre soixante ans ?

— Nan, pas tant que ça. Il y avait sa photo dans le journal la semaine dernière. Il n'a même pas les cheveux blancs.

— Bref, on ne sait pas grand-chose en fait, conclut Felix.

Il écarta sa frange d'un geste rageur, sans chercher à cacher sa mauvaise humeur. Il bouillonnait de l'exaspération impuissante de celui qui fait du zèle en pure perte, luttant pour garder la haute main sur un groupe trop nombreux, dont l'originalité le dépasse. Il décapuchonna son stylo et inscrivit le mot QUESTIONS en haut de sa feuille de brouillon.

— Il faudra faire quelque chose de génial avec la carte, dit une des filles. Que les cartes à jouer soient partie intégrante du spectacle, pas un simple à-côté ajouté après coup.

— Ça va de soi, je dirais, approuva Felix. Bon ben, alors parlons de la carte et de ce qu'on pourrait faire avec.

Il souligna le mot QUESTIONS, remit le capuchon sur son stylo avec un claquement méticuleux et se tourna vers les autres, dans l'expectative.

— Rien que la carte qu'on a tirée ou tout le jeu ?

— Tout le jeu, opina quelqu'un. C'est vraiment bien pour l'esthétique des costumes, et on pourra s'en inspirer aussi pour l'articulation de la pièce, genre si on a quatre actes, un pour chaque couleur, ou bien treize scènes, selon les noms des cartes d'une même couleur.

— C'est pas mal comme idée.

— Ouais ! On pourra s'habiller comme les figures, avec leurs armes et tout. Toutes les figures portent des armes, non ?

— Et si on inventait un *jeu* ? Un jeu de cartes qu'on pourrait mettre au centre de l'action. Si tu pioches une carte rouge, tu aimeras les femmes. Une noire, et ce sera les hommes.

— Ouais, et chaque carte dans le jeu pourrait symboliser comme une… Je ne sais pas moi… Une habitude particulière, une manie, une passion quoi. Quelque chose ayant à voir avec la sexualité.

— Si c'est le Pouilleux, tu tires ton coup et tu te tires ? lança un garçon, faisant rire tout le mode.

— Qui c'est, le Pouilleux ?

— Le valet de pique, dans le jeu éponyme.

— Minute, cria Felix en gribouillant. On va trop vite.

— On va très bien, dit un garçon. C'est toi qui écris trop lentement.

Sentant son autorité contestée, Felix fit la grimace. Il aurait dû nommer un secrétaire de séance.

— On pourrait en faire une fantaisie, situer toute la pièce dans un monde imaginaire où, dès qu'on atteint un certain âge, il faut tirer une carte…

— Genre on t'envoie chez une diseuse de bonne aventure…

— Une cartomancienne quoi.

— Ouais ! C'est comme un rite de passage. Pour marquer la majorité.

— La carte devient ta carte d'identité. Il ne faut jamais t'en séparer.

— Il ne faut la montrer à personne.

— Les dames, par exemple, pourraient signifier le transformisme. Si tu pioches une dame, il faudra t'habiller en femme.

— En *drag queen* quoi !

— Justement.

— Mais est-ce qu'on y croit vraiment ? demanda Stanley. Que la vie est comme ça — ton identité, le fruit d'une donne fortuite, quelque chose qui te tombe dessus le jour où tu cesses d'être un enfant et qui devient dès lors ton… ta marque de fabrique ou je ne sais pas moi ? Comme un badge ?

— Ben ouais, dit le premier garçon. T'es pas d'accord ?

Stanley ouvrit la bouche pour répondre, mais se ravisa. Au fond, il ne savait pas.

— Mais ça veut dire qu'on aura une seule carte

pour tout le reste de sa vie, non ? demanda un autre.

— Oui, confirma le premier qui, lui, ne doutait de rien. Si on ne la perd pas au jeu. Dans un de ces jeux de hasard où on joue le tout pour le tout. Un jeu dangereux, dans un bar clandestin, où on risque de se faire complètement lessiver.

— Ça serait trop bien.

— Super comme potentiel scénique.

— Genre *steampunk*.

— Je pense aussi.

— De toute façon, ce qu'on croit vraiment n'a pas d'importance, coupa une des filles. L'idée est géniale. Le Maître d'Interprétation en serait dingue. Le mélange des genres, il adore.

— Comment ça, le mélange des genres ?

— Avec l'affaire entre le prof et l'élève. Les histoires piquées dans les médias. Est-ce qu'il y a là quelqu'un qui a vu le spectacle sur la chasse aux sorcières, il y a quelques années, où il y avait des comédiens déguisés dans toute la salle, faisant semblant d'être des spectateurs comme les autres ?

— Ouais, moi.

— Au point qu'à la fin on regardait son voisin et on ne savait plus qui jouait la comédie ou pas. C'était flippant. Ils ont fait salle comble à toutes les représentations. Ils ont dû prolonger d'une semaine.

Il y eut un bref silence. Ils s'imaginaient eux aussi obligés de jouer les prolongations. Felix avait cessé d'écrire et promenait ses regards sur ses camarades, sur le point de lâcher son stylo.

— J'aime bien l'histoire d'Abbey Grange comme idée, dit une voix.

— Moi aussi.

— Mais on va se baser sur quoi ? Deux ou trois papiers dans le journal du coin, c'est tout ? Ça ne suffit pas.

— Il faudra enquêter. En savoir plus.

— Parce qu'à la fin tout s'écroule, dit une fille. Pour la fille, la victime, celle qui a été violée. Tout lui tombe sur la tête comme un château de cartes.

Juillet

Les stores étaient levés du côté couloir quand Stanley y passa avec la fille en rapportant les costumes à l'atelier. Le bruit leur fit d'abord tourner la tête. L'instant d'après, ils s'arrêtaient et s'approchaient de la vitre pour regarder.

C'était un garçon qui hurlait en se tortillant, le corps presque cassé en deux, les mains plaquées sur le bas-ventre. La Maîtresse de Voix et de Diction, accroupie, les pieds campés solidement de part et d'autre, se penchait sur lui, joue contre joue, ses bras dodus passés autour de son corps, le serrant étroitement contre elle. Elle lui murmurait à l'oreille, des mots pressants, inaudibles au milieu des hurlements. Les hurlements, irréguliers, sautaient d'un registre à l'autre et ne cessaient de se transformer, faisant place tantôt à un bourdonnement guttural, tantôt à un gargouillis, à un moment même à un cri de chauve-souris, trop aigu et ténu pour percer la vitre. Le garçon semblait vouloir s'arracher à l'emprise de la Maîtresse de Voix et de Diction, mais elle restait collée à son dos, il se tordait et se débattait en vain. Il avait les yeux fermés.

— Qu'est-ce qu'elle lui fait ? murmura Stanley.

— C'est un cours de soutien en travail vocal, répondit la fille, elle aussi en chuchotant. Il est en train d'extérioriser un tas de choses qu'il trimballe depuis l'enfance, je crois. Des choses pas jolies, qu'il a toujours refoulées.

Le garçon avait les traits détendus, la bouche ouverte, sa physionomie n'exprimait aucune douleur, et pourtant les bruits qu'il émettait étaient chargés de souffrance, des bruits de bête ou d'écorché vif. C'était effrayant, ces sons terribles, sortant d'une gorge paisible, en apparence décontractée. Sans le va-et-vient convulsif de la pomme d'Adam, Stanley les aurait crus enregistrés.

— C'est horrible, dit-il.

La fille le regarda de haut en bas, comme un béotien à qui on ne pouvait demander de comprendre.

— Ça vaut mieux que de se défouler autrement. En fourrant les petits chats au micro-ondes, par exemple, dit-elle.

— C'est ça qu'il fait ? Il se défoule ?

— Ouais clair, dit la fille en relevant la tête d'un air dédaigneux. C'est sa spécialité, à la Maîtresse de Voix et de Diction. On la paie pour ça, en dehors de l'Institut — elle se déplace chez les gens, à domicile. C'est une thérapie très pointue. Elle y est drôlement calée.

Ils regardèrent un instant le garçon hurler et se débattre, raide, sous le poids mort de la Maîtresse de Voix et de Diction qui ne le lâchait pas. Son expression se transforma. Il retroussa les lèvres, fronçant le nez et montrant toutes ses dents comme un chien hargneux, tandis qu'à l'intérieur de sa bouche on voyait la masse informe de la langue se déployer, tendue, frémissante. Il fit claquer les mâchoires et se mit à aboyer, poussant du fond de la gorge des petits cris haletants qui faisaient penser à une toux. La Maîtresse de Voix et de Diction lui chantait à présent à l'oreille, une berceuse tendre, intime, qui sourdait et enflait sous les aboiements frénétiques et laissa enfin le garçon pantelant, à plat. Stanley eut soudain honte.

— Bon, il faudrait y aller, dit-il en arrachant les yeux au spectacle.

La fille n'était déjà plus là.

Septembre

Dans une cabine de l'atelier des costumes et des décors, désert en ce samedi après-midi de printemps, Stanley se penchait sur la machine à coudre, luttant sans succès pour démêler son fil de canette. Il avait presque terminé son costume de Dame de Pique, il ne lui restait qu'à doubler le tissu du buste (à sa couleur) d'un gros morceau de carton ciré pour en accentuer la saillie anguleuse. Il avait passé toute la matinée aux prises avec le nimbe en fil de fer qui devait s'ajuster à son front. Cette couronne était constellée de baleines métalliques conçues pour soulever davantage sa guimpe géométrique. Au bout de cinq heures d'un travail qui avait mis ses yeux et ses doigts à rude épreuve, à modeler le fil rugueux et à soigner les coutures, il était assez content du résultat. Il portait maintenant la guimpe en se penchant sur sa machine, coupé du reste de la salle par une grappe de meubles XVIIIe que les gars de l'atelier venaient de peindre et qu'ils laissaient sécher pendant le week-end. Il nageait dans une odeur fade de peinture acrylique, coupée — selon la coutume à l'Institut, où les décors étaient décapés à la fin de chaque production — avec de la lessive.

Stanley s'appliqua à son costume. Les recherches entreprises en préparant le spectacle lui avaient beaucoup appris sur sa carte : il savait que, dans le jeu français traditionnel, la dame de pique répondait au nom de Pallas et était censée, d'après certains, représenter Jeanne d'Arc, tandis que dans le jeu *Hearts* (en français « Dame de Pique »), les anglophones, moins charitables, l'appellent la Garce en noir. Il la savait la seule dame dans le jeu anglais à porter non seulement une fleur, mais encore un sceptre, qui lui avait valu aussi le surnom de Dame Quenouille. Il avait passé des heures chez lui à potasser toutes les figures du jeu, au point d'en revoir les images, rouges et noires, la nuit au lit. Enfin ! Il dégagea la canette du bouchon de fil qui s'était formé sous la semelle du pied-de-biche, coupant là où il fallait. Il pinça le bout du fil de canette entre le pouce et l'index pour l'engager dans l'encoche de la boîte et entendit enfin la bobine se dévider sans à-coups.

Au même instant, la porte de l'atelier s'ouvrit, livrant passage à une petite musique en provenance de la salle de danse jouxtant le hall, où un groupe d'enfants prenait son cours de jazz du samedi. Stanley distingua aussi des paroles :

— Bon, alors là-dedans. Au moins là, on devrait être tranquilles. C'est embêtant que la salle des profs soit prise. Allez, assieds-toi ! Là, par exemple.

C'était la voix du Maître de Mouvement. Stanley, une longueur de fil entre les dents, tout au problème de recaser le boîtier dans son minuscule logement basculant sous le capot, ne signala pas d'abord sa présence. Il tourna le volant sur le côté de la machine, regarda l'aiguille plonger dans le trou de la plaque, attraper le fil de canette et en ramener une boucle dans laquelle il glissa alors le bout de ses ciseaux en tirant doucement vers l'arrière. Il était tellement pris par la tâche qu'en levant enfin la tête, il vit le Maître de Mouvement et son invité déjà en pleine conversation. Ils parlaient avec la détente et l'abandon de deux personnes qui apparemment n'avaient pas souvent l'occasion de se retrouver entre quatre yeux.

— Tous les élèves en veulent, disait le Maître de Mouvement. Pas seulement les première année — tous, jusqu'au dernier jour qu'ils passent chez nous.

— Alors, pourquoi est-ce que l'école ne propose pas quelque chose de ce genre ? Des cours individuels ou je ne sais pas moi. Si c'est ce que veulent les élèves.

Tout doucement, Stanley se pencha sur le côté, sortit la tête de la cabine et vit, par une fente exiguë entre un buffet et une bergère à oreilles posée sur la tête, l'élève de deuxième année qui avait joué le rôle principal dans l'exercice inspiré du Théâtre de la Cruauté, celui qui avait giflé, tondu et pratiquement noyé sa victime sous les yeux de tout le monde. Stanley contempla un instant son visage lisse, désormais sans masque, mais les traits tendus par la concentration fervente avec laquelle il écoutait le Maître de Mouvement.

— Dans ton cas, disait celui-ci, je pense que l'Institut laissera à désirer à plus d'un égard. C'est ce que je voulais dire hier — je recommanderais de prolonger tes études, d'envisager même un stage. À l'école de mime, par exemple. Tu ne seras toujours pas prêt à la fin de l'année prochaine. Pas prêt et en demande.

Le ton du Maître de Mouvement était sérieux, mais sans la sécheresse et les accents trop étudiés qui caractérisaient en général son discours. Stanley regarda jalousement à travers sa fente le couple qu'il formait avec l'élève. Celui-ci avait replié une jambe sous lui. Ses doigts caressaient le tissu râpé du canapé, et il accueillait les paroles du Maître de Mouvement en hochant attentivement la tête. Tout d'un coup Stanley comprit ce qui rendait la situation tellement étrange. *Ils sont amis*, pensa-t-il, étonné, en même temps que le garçon sans masque se penchait tout près de son interlocuteur en le tutoyant.

— Ton avis, dit-il, m'est infiniment précieux.

Du coup, Stanley se souvint du jeune prodige, onctueux et brillant comme un mets factice, fixé avec de la laque pour le photographe d'un magazine de gastronomie. Le jeune prodige rayonnait, comme le garçon qu'il voyait là.

Stanley avala sa salive et resta sur un arrière-goût d'injustice amère. Il évoqua sa propre image, retenant avec peine ses larmes pour crier son indignation dans le bureau du Maître de Mouvement. Maintenant encore il se croyait en droit de se féliciter de sa réaction passionnée à l'exercice du Théâtre de la Cruauté. Pourquoi le Maître de Mouvement n'avait-il pas été impressionné ? Pourquoi ne s'était-il pas laissé aller à un de ses rares et précieux instants d'intimité, poussé, par la franchise et la sensibilité à fleur de peau de Stanley, à reconnaître les défauts de sa propre cuirasse ? Pourquoi ce garçon-là ? pensa Stanley.

Ce garçon sans masque, avec son visage lisse, qui n'était ni meilleur ni pire que les autres ?

— C'est drôle, disait à présent le Maître de Mouvement. Dans plus d'un sens, tu as vraiment... Comment dire... Je crois bien que tu m'as réveillé.

— « Ma croissance est projetée dans lui, se *retrouve en lui* », récita le garçon sans masque.

À travers sa fente dissimulée, Stanley les vit sourire tous deux.

— Une « naissance nouvelle ou partagée », enchaîna le Maître de Mouvement. « Non pas l'instruction d'un élève, mais la découverte d'une autre personne. »

Il se tut un instant, puis ajouta :

— Tu as bonne mémoire.

Ils baissèrent les yeux, savourant le silence fragile qui régnait dans la salle. De derrière le flanc froid et décoloré de la machine à coudre, Stanley regardait en couvant son amertume. Il attendit ainsi deux mortelles heures, avec des crampes dans les genoux et une faim terrible qui lui tenaillait les entrailles, avant que le garçon et le Maître de Mouvement ne se disent tout ce qu'ils avaient à se dire et lèvent le camp.

Juillet

— Improvisons, proposa un des garçons de première année. Partons de là où on est arrivés la semaine dernière et voyons où ça nous mène. Ça m'a vraiment plu, ce qui était en train de se passer avec les deux personnages réunis, chacun disant des choses que l'autre au fond n'entend même pas, comme si aucun des deux n'était tout à fait là pour l'autre.

— On se lance et voilà, approuva une fille. D'abord M. Saladin, puis la fille, à tour de rôle. Tout le monde peut intervenir, quand on veut. Tout le monde peut jouer ou lui ou elle, peu importe. L'important, c'est de ne pas sécher, on verra bien ce que ça donne.

— On en fera un vrai dialogue.

— C'est ça.

Il y eut un bref temps d'arrêt, pendant que tous assimilaient la formule et commençaient en vitesse à préparer leur intervention. Enfin un garçon se leva. En se levant, il changea de personnalité, devint un homme qu'on vit émerger, tel un phénix, de l'enveloppe falote, gris cendre, de son personnage de tous les jours. Une fois debout, les mains sur les hanches, la tête en double menton, les pieds nus plantés solidement sur le plancher, à bonne distance l'un de l'autre, il ne restait aucun doute sur sa nouvelle identité.

L'homme dit :

— Quand les filles en parlaient, elles disaient *jusqu'au bout*, comme si le processus était un passage, un voyage, la première traversée rituelle d'une mer dont on aurait encore à dresser la carte. Victoria m'a dit ces mots — *jusqu'au bout*. Elle me posait une question. Elle me demandait : Tu veux aller jusqu'au bout avec moi ? Comme si son départ était déjà programmé, ses amarres déjà larguées, comme si je pouvais simplement choisir de monter à bord, me joindre à elle pour ensuite mettre les voiles et disparaître ensemble. *Jusqu'au bout*, disait-elle. Au bi-du-bout des brises de mer, des embruns salés, du balancement de cette balade qui roule et qui tangue. Passer outre. Tout se passer.

Il se rassit. Suivit à nouveau un bref silence, une fraction de seconde, puis Stanley se leva. Il se déhancha comme font les filles, tout son poids sur une jambe, un bras en travers de la poitrine, la main sur la hanche opposée, l'autre gesticulant, coude plié, main ouverte.

— Il a mis un bon moment à répondre à ma question, dit Stanley. Il est parti d'abord d'un petit éclat de rire, et il m'a cueillie dans ses bras, tout contre lui, et il a déposé un baiser sur le sommet de ma tête. Parfois, quand il m'embrassait, il avait cette espèce de geignement au fond de la gorge, un peu comme un chiot qui pleure ou comme quand on parle sous l'eau, comme la voix fantomatique d'un sentiment profond, bien enfoui en lui. Une fois justement il a plongé la tête dans la laine bleue boulochée au creux de mon aisselle et il a gémi tout haut et il m'a dit : Je me sens si heureux, Victoria. Béni des dieux, à ne pas y croire. On était chez lui, sur le canapé de cuir écru au séjour, et je lui ai demandé : Tu veux aller jusqu'au bout avec moi ? et il m'a dit : Ah, ma mignonne ! ma chère petite ! Pas encore. Pas tout de suite. Savourons donc l'innocence, un instant, avant qu'elle ne s'enfuie sans retour. Prenons simplement cet instant pour nous réjouir de tout ce qui est encore à venir.

Stanley se rassit. Autour de lui, les visages étaient sévères, les regards dans le vague. Les autres avaient à peine écouté son petit numéro, chacun ne pensant qu'à répéter déjà à part lui ce qu'il allait dire en se produisant devant le groupe, à trouver une astuce pour donner à ses paroles apprêtées l'apparence de la spontanéité et de l'improvisation et de la pureté.

Une fille se leva. Comme chez toute jeune fille qui tente d'assumer un rôle d'homme fait, son jeu était exagéré et mettait un peu mal à l'aise. Elle écarta les jambes et, le menton en avant, affectant une attitude excessivement directe et bourrue, lâcha d'une voix de poitrine :

— Aurait-ce pu être une autre, si celle-là n'avait pas osé ? Aurait-ce pu être sa voisine de droite ou de gauche, une autre saxophoniste du premier pupitre du jazz-band, une fille qui aurait eu les seins plus petits, le regard plus tranchant, les ongles peut-être plus courts et moins soignés, qui aurait porté un pull effiloché dans le bas ? Toutes, elles m'ont souri, elles ont échangé des regards, ri avec moi. Quand nous avons remporté le prix dans notre catégorie au festival de jazz des lycées, quelques-unes m'ont même sauté au cou. Les choses se seraient-elles passées différemment avec une autre ?

Une autre se leva lorsque ce M. Saladin-là se fut rassis. Elle écarta les mains et dit :

— Ça fait drôle de penser que je ne l'ai jamais vu se réveiller. Je ne me suis jamais retournée au lit pour le découvrir, encore endormi, je n'ai jamais vu ses paupières cireuses et immobiles à la blême clarté de l'aube, je ne me suis jamais enfouie dans le souffle chaud et tendre des draps en le sentant remuer et lever des bras lourds de sommeil pour m'y accueillir. Nous n'avons jamais connu les matins du lendemain. Jamais connu les nuits, ces longues nuits sans coupure, où on peut dormir, dormir, dormir encore. Jamais, nous n'avons jamais connu le silence. Nous n'avons jamais pris le petit déjeuner ensemble. Jamais nagé ensemble, fait les courses ensemble, nous ne sommes jamais allés ensemble, à pied, au cinéma du coin; jamais je ne lui ai téléphoné au boulot pour savoir quand il allait rentrer; jamais je n'ai mis son linge à sécher. Je n'ai pas connu sa mère ni ses neveux ni sa vie.

La même toujours:

— Tout ça, c'est ce que vivent les adultes, ce que je n'ai jamais vécu avec lui. Les gens parlent de moi maintenant comme d'une enfant à qui on a imposé criminellement un rôle d'adulte. Ils parlent de ma relation avec lui comme d'une relation d'adulte, illicite, intempestive, prématurée. Mais c'est le contraire qui est vrai. C'est M. Saladin qui a eu avec moi une relation d'adolescent, qui a revécu les chuchotements sur la banquette arrière et les caresses maladroites sur le pas de la porte et l'obligation d'être à la maison avant minuit, les éternelles attentes que les parents soient endormis ou sortis, les messages codés qu'on s'envoie en loucedé. Ce n'est pas moi qui ai joué l'adulte. C'est M. Saladin qui a fait l'enfant.

Août

La date de la première approchait inexorablement. Sans charpente écrite, le spectacle collectif ne semblait pas plus près d'assumer une forme définitive, mais se mettait simplement à gonfler et à foisonner à des drôles d'endroits, comme une vieille baudruche ridée qu'on se serait obstiné à vouloir remplir d'un souffle frais. Les esprits s'échauffaient dans le groupe, et les élèves mécontents se retrouvaient en petit comité, aux quatre coins de l'Institut, pour des conciliabules séditieux entre deux portes, dessinant des lignes de fracture autour des fortes têtes.

— Ça me donne la *nausée* de voir Andy frimer dans ce costume, murmurait-on. Il se croit sorti de la cuisse de Jupiter, ou de saint Genest à tout le moins. Chaque fois que je le vois passer, j'ai envie de lui faire un croc-en-jambe.

— Tu as remarqué comme Oliver devient impossible dès qu'Esther est dans les parages ? Elle se frottait à sa jambe aujourd'hui comme si elle allait le sauter.

— Si Felix bafouille comme ça encore une fois, je te jure, il prend mon poing dans la gueule.

— C'est quoi, ce spectacle ? Deux heures d'hommages à un mec ? Pourquoi est-ce que Sam est tout le temps sous les projecteurs ? C'est pas comme s'il était le top du top ou je sais pas moi.

Le vrai danger, c'était que ces mécontents et médisants, fâchés de la relative insignifiance de leurs rôles et excédés de se faire bousculer par les autres, ne se dissocient du spectacle au point de saboter la première en attirant délibérément l'attention, par leur cabotinage, sur le décalage entre l'acteur et son personnage. Cela devint à la longue une menace non dite que chacun sentait peser sur le projet. Les acteurs se montraient méfiants et soupçonneux, se cramponnaient à leur costume comme s'ils voulaient, par la force des bras, empêcher la coque fêlée de leur ego de tomber en mille morceaux.

Quittant un jour l'Institut après la répétition, son paquet d'accessoires sous le bras, Stanley renversa la tête pour jouir un instant du soleil blafard de l'après-midi. Il avait filé à l'anglaise, par les coulisses et l'entrée des artistes, pour échapper aux sourcils froncés et aux regards noirs de ses camarades qui continuaient à se disputer en rangeant les chaises et en débarrassant la salle pour le premier cours du matin.

Il suivit la ruelle, tourna au coin et fut surpris, en débouchant dans la cour nord, de se retrouver nez à nez avec la jeune fille qui était apparue de façon si bizarre, sans crier gare, entre les pendrillons de la grande scène, la petite lycéenne naïve qui s'était heurtée à lui dans la nuit de velours. Il resta d'abord interdit en la reconnaissant, se rappelant à nouveau le choc bref et pantelant dans le noir, le hoquet de la fille ahurie qui l'avait regardé tomber d'un air qui semblait demander pardon.

En sortant de scène, il l'avait cherchée dans la coulisse, mais elle n'y était plus.

« On nous regardait », avait-il dit ensuite à Felix dans la loge partagée où ils se débarrassaient de leurs costumes et rendaient leurs perruques aux formes en polystyrène sur la tablette de la coiffeuse. « En coulisse. Une fille qui a dû passer par l'entrée des artistes. Apparemment c'était ouvert.

— Tu lui as dit de foutre le camp ? » avait demandé Felix sans grand intérêt. Il délaçait justement son corset, avec une agressivité à laquelle les dentelles fatiguées n'avaient pas résisté.

« Elle a disparu, avait dit Stanley, les yeux sur Felix qui pestait tout bas à la vue des dégâts. C'est que ça fait tout drôle, qu'il y ait du monde qui regarde en coulisse, derrière notre dos. Ça leur donne un avantage injuste. Quelqu'un qui entrerait en douce par le foyer pour se mettre à l'orchestre, ça ne me gênerait pas. »

Isolde était assise sur le banc de bois sous le ginkgo. Elle portait son uniforme de lycéenne et balançait doucement les jambes en tournant les pages d'un roman écorné, courbée sur le livre, les cheveux retombant de part et d'autre de son visage. En approchant, il vit plus clairement à quel point elle était jolie, avec des joues rondes, une moue boudeuse et un petit nez retroussé, très fin, qu'elle caressait distraitement d'un doigt tout en lisant. Elle le sentit venir, leva la tête et ne put réprimer un mouvement de trouble et de surprise en le reconnaissant.

— C'est toi, dit Stanley. Des coulisses.

— Ah ! Ouais.

Elle se mordait la lèvre inférieure en parlant. Avec son regard mal assuré, elle était comme le petit chien qui sait qu'il va être grondé.

— Tu m'as fait rater mon entrée, dit Stanley avec une brusquerie qui l'instant d'après les fit rougir l'un et l'autre.

— Je suis désolée, s'excusa Isolde. J'ai entendu le tambour et j'ai suivi la musique. Je suis entrée comme ça, sans me rendre compte.

Il y eut un bref silence.

— Ce n'était qu'une répétition, dit enfin Stanley.

Elle approuva poliment d'un hochement de tête et serra les lèvres dans un petit sourire contrit. Stanley, pour parler d'autre chose, montra du doigt son étui et demanda :

— C'est quoi, ton instrument ?

— Le saxophone alto. Ma prof a son studio là-haut.

— Elle doit être pleine aux as pour se payer un local ici. Les loyers sont hors de prix. Je sais, puisque l'école de théâtre voulait au départ y racheter nettement plus de mètres carrés, mais c'était trop cher.

Stanley ne savait plus où se mettre. Il commençait à avoir trop chaud, et le malaise s'étendait comme une tache d'encre rouge vif sur toute sa poitrine, jusque dans le petit creux ombreux à la naissance de la gorge. Il savait que ça se verrait, c'était parti pour grimper par-dessus le col déboutonné de sa chemise, comme une fraise à l'espagnole, jusqu'au menton. Il regrettait d'avoir adressé la parole à la fille plutôt que de passer son chemin en silence ou, à la rigueur, avec un signe de tête olympien.

— Pleine aux as, je n'en sais rien, dit Isolde.

— Tu joues bien ? demanda Stanley.

Il eut à peine lâché les mots qu'il s'en repentit. Comment poser une question aussi impossible à cette fillette qui le regardait en battant des paupières entre ses bonnes joues rondes. Il espérait qu'elle ne la lui retournerait pas. Mais non, manifestement c'était le cadet de ses soucis. Elle répondit simplement, en haussant les épaules :

— Je vais bientôt commencer la méthode pour avancés.

— J'entends parfois, dit Stanley. Ben, sans doute pas toi en particulier, mais on entend bien la musique, là où on a cours.

— Ouais, moi aussi j'entends parfois des choses. Le plus souvent c'est les tambours, et des cris.

Isolde rougit à son tour, inexplicablement.

— Même des hurlements, je parie, enchaîna Stanley, essayant de faire tourner la chose à la plaisanterie.

Isolde sourit, mais nia :

— Non, je n'ai jamais entendu hurler personne.

— Bon ben, conclut Stanley avec un vague geste des bras. À un de ces jours peut-être.

Les mots, qu'il aurait voulu distants, lui échappèrent presque avec un accent d'impatience, comme s'il escomptait une prochaine rencontre fortuite. Pour qu'elle sache bien qu'il n'y tenait pas plus que ça, il se détourna et promena ses regards sur les pavés, jusqu'aux pigeons et aux vieux papiers qui traînaient au pied des murs, formant comme une croûte blanche et argent sur tout le pourtour de la cour.

— D'accord, dit Isolde en le regardant d'un air bizarre.

Plutôt que de reprendre sa lecture, elle le suivit des yeux lorsqu'il s'en fut, coupant à travers la cour avec des faux pas qui faillirent plus d'une fois lui faire perdre son sac d'accessoires.

Juin

— Stanley, dit le Maître d'Interprétation, je veux que tu deviennes ton père.

Stanley acquiesça timidement d'un signe de tête. Il était debout, les jambes légèrement écartées, les mains croisées derrière le dos. Tous les autres élèves le regardaient, assis par terre, les genoux relevés contre la poitrine.

— Ce sera une séance de questions-réponses.

Tout en parlant, le Maître d'Interprétation lissait calmement, du plat de la main, la feuille étalée devant lui sur le pupitre où il était installé un peu à l'écart, les jambes croisées, un pâle pied nu décrivant des ronds en l'air pour détendre l'articulation de la cheville. Il expliqua :

— Nous allons te poser des questions, en nous adressant directement à toi comme si tu étais ton père. Je veux que tu restes une demi-heure dans la peau du personnage. S'il y a des réponses que tu ne connais pas, invente. Ne t'en fais pas si ce que tu dis n'est pas vrai, tout ce que je te demande, c'est de ne pas détonner.

Stanley hocha derechef la tête. Il baissa un instant les yeux, inspira, puis montra à tous le sourire narquois et spasmodique de son père, ouvrit les bras et dit :

— Allez-y, cognez !

Les réponses viendraient d'un homme malicieux et décomplexé, étranger à tout sentiment de culpabilité.

— Vous le connaissez bien, votre fils Stanley ? demanda d'abord le Maître d'Interprétation.

— C'est un brave gosse. On se raconte des blagues cochonnes, c'est notre truc. On s'entend bien.

— Quel genre de blagues ?

— Ben, on essaie de se choquer, on se renvoie la balle en faisant toujours plus fort. C'est un jeu. Ça nous amuse.

Stanley sourit à nouveau et dévisagea calmement le Maître d'Interprétation, comme s'il lisait à livre ouvert en lui, au fait de tous ses désirs, ses craintes, ses espoirs et ses défauts. Le Maître d'Interprétation soutint le regard sans s'émouvoir et le relança :

— Dites-moi une des blagues que vous avez racontées à votre fils.

— C'est quoi le plus beau, quand on couche avec une mineure ?

— Je ne sais pas, dit poliment le Maître d'Interprétation.

— Se faire payer huit dollars de l'heure le baby-sitting.

Un des élèves assis par terre gloussa. Stanley se retourna et lui sourit de toutes ses dents.

— Pas mal, hein ? fit-il en secouant ses manchettes avec de ces ronds de poignet dont son père avait le secret. Mais j'ai de plus en plus de mal à dénicher du nouveau. J'ai chargé ma secrétaire d'aller à la cueillette. Le meilleur boulot qu'elle a jamais eu, c'est elle qui le dit.

Cela aussi déclencha une petite cascade de rires dans la salle. Stanley afficha un rictus satisfait et se redressa encore un peu plus, passant les deux mains sur son ventre, de haut en bas, plusieurs fois de suite, dans un geste caressant qu'il réussit à faire paraître presque distrait.

— Racontez-moi une des blagues que vous tenez de Stanley, dit le Maître d'Interprétation.

Stanley garda un instant le silence, réfléchissant, avant de répondre finalement :

— J'ai tout oublié. Désolé.

— Diriez-vous que vous avez une bonne relation avec Stanley ?

— On ne se voit pas très souvent, mais c'est un brave gosse. Il a de l'humour. Un peu hypersensible, peut-être, des fois, mais ça ne sera pas un handicap. On s'entend bien.

— Quels sont les points forts de votre fils ?

— Ses points forts, à Stanley ? répéta Stanley, temporisant à la façon de son père. Je crois que les gens le trouvent sympathique, en général. Il s'est bien débrouillé au concours de son école de théâtre. Est-ce qu'il est bon acteur ? Je n'en sais rien. Ce serait plutôt à vous de me le dire.

— Mais ses points forts, alors ?

— Les arts, dit Stanley sans conviction en se creusant la cervelle. C'est un romantique. Il tient ça de moi. Pas de Roger en tout cas, c'est sûr.

— Roger est son beau-père ?

— Oui.

— Quelle sorte d'homme est-ce ?

— Un agneau, répondit Stanley. Le type qui rit même si ça ne le fait pas marrer. Qui panique et se défile quand il ne sait plus quoi dire. Mais brave homme avec ça, je ne dis pas le contraire. Je ne l'aurais pas épousé, personnellement, mais c'est un brave type.

— Est-il un bon père pour votre fils ?

— Il est un bon beau-père pour mon fils.

— Bien, reprit le Maître d'Interprétation en se tournant vers le petit groupe assis aux pieds de Stanley. Ouvrons le débat. Tout le monde peut poser maintenant des questions au père de Stanley. Sentez-vous tout à fait libres.

— Est-ce que vous vous retrouvez en Stanley ? lança une fille au premier rang.

— Je dirais qu'il est un peu plus prudent que je ne l'étais à son âge. C'est un gamin innocent. J'étais plus dégourdi.

— Est-ce qu'il est toujours puceau ? Qu'en pensez-vous ?

La question émanait d'un des chevelus du fond. Le Maître d'Interprétation se retourna vivement, mais Stanley n'avait pas bronché. Il haussa les épaules, sourit et dit :

— Il y a quelque chose dans son comportement. Un côté intact. Mais je ne sais pas. Je préfère ne pas me prononcer.

— C'est quoi que vous lui reprocheriez surtout ? Son pire défaut ?

Stanley fixa le plancher et rentra les lèvres pour mieux réfléchir. La réponse vint enfin :

— Il fait trop facilement confiance. À des gens qui ne le méritent pas.

— Lui avez-vous dit ce que vous en pensez ?

— Non, à quoi bon ? fit Stanley en agitant le bras d'un air contrarié. Qu'il fasse des bêtises, c'est bien, sans cela il n'arrivera à rien. Et je ne suis pas de ces pères-là.

Il releva la tête et à nouveau secoua avec impatience ses manchettes.

— Et Stanley, qu'est-ce qu'il pense de vous ?

— Au fond des fonds, je crois que je le déçois, dit Stanley. Il est déçu et en colère parce que, d'un côté, il a vraiment envie de se révolter contre moi. Il a envie de démolir tout ce que je représente, de me démasquer à mes propres yeux, mais ce n'est pas possible. Il y a erreur sur la personne. Il n'a pas besoin de se révolter contre moi, puisque ce n'est pas moi qui fixe les règles. Je suis en dehors de tout cela, une étoile filante. S'il essayait sérieusement de se révolter contre moi, je lui rirais au nez. Je crois qu'il m'en veut. Pour lui, c'est une déception.

— Vous voyez vraiment tout cela chez lui ? demanda un garçon.

Le ton, franchement sceptique, semblait reprocher à Stanley de ne pas jouer le jeu. Le Maître d'Interprétation, bien calé sur son siège, les bras croisés, le regardait intensément, les paupières mi-closes. Il répondit simplement :

— Oui.

Puis, ouvrant à nouveau les bras :

— Je suis psychologue. C'est mon boulot de voir ce qui se passe chez les gens.

— Ça y est, on a des tuyaux !

Stanley pénétra discrètement dans la salle de répétition et s'assit par terre avec les autres tandis que Marcus s'emballait, criant à qui voulait l'entendre :

— Une copine d'une copine à Polly était la meilleure copine de la fille qui s'est fait violer, elle savait pratiquement tout. On l'a interviewée et on a tout noté !

Il brandit un petit bloc-notes, le teint allumé par ses propres succès.

— Alors ? Ça donne quoi ? demanda quelqu'un.

— Genre il était son prof de musique, répondit Marcus tout excité en consultant ses notes. Elle jouait du saxophone alto, et il lui donnait des cours de perfectionnement, en tête à tête. Et quand il l'emmenait quelque part en bagnole, elle s'allongeait par terre à l'arrière et elle se recouvrait d'un plaid. Et lui, dans ses heures perdues, il faisait de la peinture à l'huile, en amateur, mais il n'a jamais fait son portrait à elle, ç'aurait été une preuve et il n'était pas si bête. Mais il en avait trop envie, il en parlait sans arrêt, parce que, quand elle jouissait, elle avait toutes les veines à fleur de peau, juste un instant, on voyait en bleu toutes les veines de sa gorge et de sa poitrine, il disait toujours que s'il pouvait la rendre juste à cet instant, ce serait son chef-d'œuvre de tous les temps. Il le savait, instinctivement. Ils en rigolaient entre eux, comme quoi il aurait pu faire toute une série comme ça, toute une expo. Il disait qu'il n'avait jamais rien vu de pareil, quelqu'un qui changeait à ce point en jouissant, dans cette fraction de seconde. C'est ce qu'il aimait le plus chez elle.

Marcus feuilletait son bloc, passant rapidement d'une page à l'autre en sautillant sur place.

— Il y a *tant de choses*, dit-il encore. Tout pourra servir. Des masses d'infos de première bourre. On devrait lui acheter un cadeau, à la fille, pour la remercier. Elle joue avec Polly dans l'orchestre.

— On lui offrira des places pour la première. Il ne faudra pas oublier, dit Felix en en prenant note dans la marge de son bloc. Avec un petit bon de consommation au bar.

— Lis-nous le reste, lança une voix. Lis-nous tout.

Août

Vers la fin de la première année, il y avait au programme un événement souligné, présenté simplement comme « la Sortie », dont le planning, fruit de calculs méticuleux, devait permettre aussi aux élèves de deuxième et de troisième année d'y prendre part. Le jour venu, tout l'effectif de l'Institut s'assembla dans le gymnase, ceux qui connaissaient déjà l'exercice affichant une assurance insolente qui les mettait d'emblée à part des perdreaux de l'année.

Chacun des soixante élèves s'y vit assigner un rôle extrait d'une pièce. Le Maître d'Interprétation avait soigné la distribution, choisissant des jeunes gens qui présentaient, au physique ou au moral, une ressemblance avec les personnages qu'il connaissait si bien. Il souriait donc en égrenant la liste des noms inscrits au stylo dans son cahier.

— Henry, dit-il, j'aimerais que tu joues Torvald. Je suis impatient de voir ton Torvald. Ou je me trompe fort, ou cela donnera un mélange passionnant…

Comme si Henry et Torvald étaient deux transparents colorés dont la superposition promettait d'engendrer une image nouvelle et plus éclatante, un amalgame qui serait meilleur et plus vibrant que l'un ou l'autre, le garçon ou l'homme fait, par lui-même.

— Claire, disait-il à présent, s'adressant à une élève de troisième année perchée en marge de la foule. J'ai choisi pour toi le rôle de Susan, dans *Un lit parmi les lentilles*. Ce n'est pas tout à fait ta tranche d'âge, mais je pense que tu t'en tireras très bien.

Les règles de l'exercice étaient relativement simples. On demandait aux élèves de quitter les locaux de l'Institut et de se disperser dans un rayon de quatre rues autour du campus. Ils auraient à rester deux heures dans la peau de leur personnage. Ils effectueraient leur sortie par petits groupes, selon un horaire échelonné sur trois jours, un groupe quittant l'Institut en même temps que le précédent y rentrait. Les enseignants et les élèves qui avaient quartier libre patrouilleraient dans les quatre fois quatre rues en se donnant l'air de vaquer à des occupations ordinaires, ils feraient des courses ou du footing, prendraient un petit noir au comptoir ou deviseraient au hasard de leurs rencontres, tout en jugeant la prestation de ceux qui étaient momentanément de sortie.

Dora. Septimus. Martha. Bo. La liste n'en finissait pas. Stanley regarda par la fenêtre et permit à ses pensées de s'égailler. Il n'arrivait plus à distinguer les noms fictifs de ceux des élèves qui auraient à les incarner.

— Stanley, lança le Maître d'Interprétation.

Stanley leva la tête, arraché brusquement à sa rêverie, mais les paroles ne s'adressaient pas à lui. C'était le Stanley d'*Un tramway nommé désir*, devenu le lot d'un élève qui hochait énergiquement la tête en en prenant note dans son calepin. Stanley soupira et s'abîma dans la contemplation de ses mains.

— Je sais, dit le Maître d'Interprétation. Certains de ces rôles sont plus faciles que d'autres. Il y en a qu'on a du mal à visualiser en dehors du contexte de la pièce, mais — ne l'oubliez pas — le jeu d'acteur est toujours une interprétation. Lâchez la bride à votre imagination. Vous seuls déciderez de votre costume, vous seuls choisirez de prendre ou non un accent, de modifier ou non votre apparence pour coller de plus près au personnage.

Le regard de Stanley dérapa, vint s'arrêter sur le Maître de Mouvement qui se tenait au second plan, les chevilles jointes, les talons contre le mur, comme une ombre patiente. Il souriait vaguement et hochait la tête, mais le mouvement avait quelque chose d'aussi mécanique que le va-et-vient débonnaire d'un balancier d'horloge derrière son panneau de verre. Tout d'un coup, il adressa un clin d'œil à un des élèves. Stanley se retourna pour tenter d'en identifier le destinataire. Trop tard. Il reporta les yeux sur le Maître de Mouvement et le vit sourire en promenant un regard prudent sur la salle.

Le Maître d'Interprétation était arrivé aux première année. Tout autour de Stanley, ses camarades se voyaient cataloguer l'un après l'autre. Harry Bagley. George. Moss. Irene.

Stanley reçut le rôle de Joe Pitt.

— Lis d'abord la pièce, lui conseilla le Maître d'Interprétation avec un sourire à peine ébauché avant de retourner à sa liste.

Quelqu'un dans la salle ricana et Stanley rougit, se demandant quelle sorte d'homme était donc ce Joe Pitt. Il ouvrit son agenda, inscrivit le nom en haut d'une feuille vierge et le rangea dans sa sacoche.

Août

— Tu restes combien de temps ?

Le serveur était reparti avec la commande, mais le père de Stanley, occupé à gribouiller dans son agenda électronique, ne répondit pas tout de suite. Il toucha une dernière fois l'écran, ferma l'appareil, secoua ses manchettes et s'excusa :

— Pardon, mon colon. Tu disais ?

— Tu restes combien de temps ?

— Juste le week-end. J'ai ma conférence demain, et je reprends tout de suite l'avion. Mais j'ai une blague pour toi. C'est quoi, la différence entre les boutons et un prêtre catholique ?

— Je ne sais pas.

— Les boutons ne giclent sur ton visage qu'*après* la puberté.

— C'est répugnant, papa, dit Stanley, pensant

à part lui : Un tabou, c'est quelque chose qui est interdit parce que c'est sacré.

Son père leva les bras au ciel et rendit les armes.

— Je suis allé trop loin ?

— Oui.

Ou parce que c'est dégoûtant.

Stanley se renfrogna malgré lui et but une gorgée d'eau.

— Alors parle-moi de toi, dit son père. Parle-moi de ton école de théâtre. Ah ! J'oubliais... J'ai quelque chose pour toi. Je l'ai découpé dans le journal ce matin.

Il fouilla dans sa serviette, trouva enfin la feuille de journal pliée en huit, la tendit à Stanley par-dessus la table et se mit à fredonner gaiement pour lui laisser le temps de lire.

Le gros titre clamait *Adolescente fauchée par la mort, « perte irréparable »*. L'article n'était pas long.

— Tu connais la fille ?

Tout le visage de son père respirait l'impatience, avec des yeux comme calqués sur les demi-lunes hilares du masque de la Comédie dans le hall de l'Institut.

Stanley parcourut une seconde fois l'article et répondit, la gorge serrée :

— Tu vas me dire que c'était elle, la fille qui valait un million.

— Stanley, fit en effet son père en riant, c'était elle, la fille qui valait un million. Tu la connaissais ?

— Supposons que oui et que tu viens de m'apprendre la nouvelle, tu t'es comporté comme une vraie brute envers nous deux. Alors ?

Le père de Stanley avança la main pour récupérer la coupure, l'escamota derechef dans sa serviette et protesta :

— C'est un jeu, voyons. Je pensais que tu allais rire. Ne me regarde pas comme ça.

Il menaça Stanley d'un doigt espiègle, chercha son verre et reprit :

— Enfin, si jamais tu l'avais connue, je te devrais des félicitations. Tu l'aurais tout de suite repérée, l'argent des assurances serait dans la poche.

— Cette fille-là est une vraie personne qui existe quelque part, dit Stanley.

— Cette fille-là est un corps mort qui n'existe plus, corrigea son père en lui lançant un regard de censeur sévère, désappointé. Je croyais sincèrement que tu allais rire.

Comme s'il apercevait pour la première fois le vrai visage de son fils. Comme si ce qu'il voyait n'était pas pour lui plaire.

11

Lundi

Le secteur d'affectation du lycée d'Abbey Grange est vaste et socialement divers. Assez près du centre-ville pour drainer quelques beaux quartiers, il s'étend également à des communes de banlieue sans grand standing, voire à quelques franges des faubourgs défavorisés, avec leurs rues inutilement larges, s'étalant entre des caniveaux béants et des pelouses mal entretenues.

Les filles de familles modestes, qui conjuguent leurs études avec des emplois à temps partiel dans des fast-foods ou des boutiques de fringues franchisées, se croient moralement supérieures à celles qui reçoivent de l'argent de poche de leurs parents et n'ont pas besoin de travailler. Lorsque les moins aisées visitent les maisons immaculées et rutilantes des riches, elles y arrivent fortes d'une inébranlable conscience de leurs droits et s'en prévalent pour piller le frigo, monopoliser la télécommande et squatter la douche à n'en pas finir, innocemment, voire avec la conviction d'agir en redoutables redresseuses de torts. C'est presque un acte noble que de soutirer à force de cajoleries ou de dérober carrément la moitié d'un sachet de chips à une fille dont le garde-manger est artistement éclairé par un rail chromé de spots halogènes : ce n'est pas du vol, mais une forme de justice distributive, une façon de rétablir l'équilibre. C'est ce que se disent les économiquement faibles, qui grappillent encore et toujours une bouchée de plus en rappelant à qui veut les entendre qu'elles bossent le soir jusqu'à pas d'heure au kiosque à bonbons.

Les plus fortunées sont amenées par ces procédés insidieux à rougir de la richesse de leurs parents, elles font donc de la surcompensation en justifiant les petits luxes et autres extra de leur vie, présentant chaque gâterie comme un objet de première nécessité. « Nous sommes obligés d'avoir toujours des fruits frais à noyau pour le régime de maman », disent-elles, ou « j'ai ma propre voiture parce que je ne peux pas compter sur papa qui est tout le temps en voyage d'affaires », ou « avec le lumbago de papa on n'avait pas le choix, il a bien fallu faire installer un jacuzzi ». Les justifications répétées deviennent des incantations et, à force, les filles plus riches se mettent à croire elles-mêmes les mensonges que leur inspire la honte. Elles se persuadent que leurs besoins sont simplement plus pointus, plus pressants, plus impérieux que ceux des filles qui font la queue devant la friterie et rapportent le paquet graisseux à la maison dans leur décolleté. Elles ne se considèrent pas comme privilégiées et favorisées par le sort. À leurs propres yeux, elles sont des personnes qui n'ont que ce qu'elles méritent, et si on les qualifie de fortunées, elles hausseront les sourcils, battront des paupières et diront: « Eh bien, on ne meurt pas de faim, c'est vrai, mais quand même, on n'est absolument pas *riches*. »

Ce chassé-croisé acharné de revendications agressives et défensives est l'expression d'une peur réelle dans l'esprit collectif des élèves d'Abbey Grange qui traversent leurs années de lycée dans une meute solidaire, réfractaire au changement. Elles ont toujours peur que l'une d'elles ne se mette à part et n'éclipse les autres, que le groupe ne se retrouve soudain plongé dans son ombre, sans recours, l'engagement tacite de toutes à se rencontrer à mi-chemin réduit à rien, malgré qu'elles en aient. En groupe, leurs différences sociales se nivellent dans une moyenne banale, et leur médiocrité collective devient une sorte de pouvoir, chacune exerçant au sein de l'ensemble une fonction spéciale qui délimite son territoire. En revanche, si l'une d'elles se détache pour briller, les autres en pâtiront, pâliront forcément. Conscientes du danger, elles serrent les coudes, s'agglutinent en grappes bleues dans les couloirs et mettent au pas quiconque menace d'affirmer son indépendance — quiconque semble pouvoir un jour se libérer et se passer d'elles.

C'est un tel groupe que Victoria a dynamité en choisissant de filer en douce un parfait amour égoïste. L'usage veut que les garçons, même fréquentés et gérés individuellement, par chacune pour soi, demeurent néanmoins la propriété collective du groupe: l'intrigue nouée, l'intéressée n'en parlera peut-être qu'à sa meilleure copine — le cas échéant, à quelques rares élues, selon son réseau personnel d'allégeances et d'inimitiés — mais il est entendu qu'elle en parlera au moins à *quelqu'un* et que le garçon, lui, sera un objet étranger au bouillon de confidences où baigne le groupe, un objet justement, dont on parle, mais à qui jamais on ne pourra se fier ou se livrer. Ce sont ces règles que Victoria a transgressées, sans rémission. Avoir mené toute une relation en cachette, avec une mauvaise foi flagrante, en se fiant à M. Saladin plutôt qu'à l'un ou l'autre des multiples courants du parti des filles pour qui la communauté est tout : sa trahison mine la forteresse kaléidoscopique du groupe, gâche tout le plaisir, nie tout le sens que les autres y trouvaient, fait éclater leur illusion de pouvoir et d'unité. Les filles commencent à se fuir. Même les garçons de Saint-Sylvestre leur paraissent insipides et bêtes, comme des gamins déguisés en soldats, brandissant des épées de carton.

« Ce n'est pas juste. » Voilà ce que pensent les filles, toutes les filles distancées et éclipsées, qui cuisent dans leur jus, tapies dans le noir, dans l'ombre de Victoria. « Ce qu'elle nous a volé. Ce n'est pas juste. »

Lundi

Isolde se demande si ce qu'elle ressent est simplement une forme d'adoration, la même admiration fascinée pour une aînée qu'elle vouait naguère à Victoria et à son hautain cortège de copines : désireuse de leur plaire à tout prix, collée à leurs chevilles comme l'ombre raccourcie de midi et quelques, retenant son souffle dans l'impossible espoir de pouvoir un jour se compter, *elle*, au nombre de leurs plus proches. Julia n'est-elle réellement qu'un reflet que lui renvoie son miroir intime, l'image de la femme qu'Isolde voudrait devenir — expérimentée, supérieure, ténébreuse, désinvolte ? L'attirance qu'elle éprouve pour Julia n'est-ce que cela — une autosatisfaction narcissique, une fille envoûtée par l'image d'une fille ? En tombant amoureuse de Julia, Isolde se voit-elle condamnée à tomber aussi, jusqu'à un certain point, amoureuse d'elle-même ?

Elle n'a que cette unique soirée incertaine, faite d'esquives et de bribes et de non-dits, cette unique flambée d'une clarté qui a fait battre son cœur et affluer son sang à la peau si fine de sa gorge et de sa poitrine, suivie de jours et de semaines d'évocations solitaires, d'une vie suspendue, paralysée par le manque de confiance en elle-même qui semble réduire Julia à un impossible, un délire, un rêve éveillé qui s'éloigne dans le rétroviseur de son esprit indécis.

Elle s'imagine vaguement les plaisirs de la persécution. Elle les voit toutes deux défier ses parents en s'affichant ensemble, se tenant peut-être par la main. Elle voit son père, tout rouge, se gratter le cou et secouer la tête en lui disant : Ne te ferme pas des portes, Issie chérie. Ça passera peut-être, tu ne peux pas savoir. Elle voit sa mère — son haussement d'épaules, son sourire réservé. Elle voit sa sœur, qui resterait muette et les observerait à distance, avec tant de défiance envers Julia qui est en fait son égale, sa camarade de classe, celle qu'elle a méprisée lors des matches de sélection de l'équipe de netball, celle dont elle médisait en baissant la voix : Elle ne sait donc pas ce que tout le monde pense d'elle ? Mais si, forcément qu'elle sait.

Isolde se figure le plaisir qu'elle aurait à se savoir identique à l'image qu'elle s'est forgée. Le plaisir d'un prétexte pour jouer les belles ténébreuses, en butte aux basses calomnies des autres.

Tous ses choix ne sont qu'une façon de poser autrement, sous un nouveau déguisement, l'éternelle question : Qui suis-je ?

Pour Isolde, il en sera ainsi pendant des années encore.

Mardi

Parfois Julia se sent prise de rage devant le fait même de son corps, le renflement fécond de ses hanches, ses seins froids, semés de taches de rousseur, le double repli secret de sa matrice. Elle ne voudrait pas être différente, elle n'a que faire d'un phallus ou d'une moustache ou d'une paire de grosses mains calleuses aux veines saillantes et aux ongles courts — elle se sent simplement frustrée que son équipement anatomique présente un avantage aussi inutile et déplacé. Si les inclinations rougissantes et hésitantes de l'autre visent une autre cible, si Isolde ne cherche pas un amour miroir, mais un amour contre-pied, une contrepartie qui serait son revers, alors Julia est perdue.

Pour séduire Isolde, se dit Julia, il ne suffit pas de se montrer attirante, tentante au possible, en espérant que l'autre mordra à l'appât. Si elle se proposait de séduire plutôt un garçon, un procédé aussi primitif serait sans doute efficace. Le simple fait de son anatomie serait assez. Elle serait la tentation incarnée — elle en tant que corps, en tant que tout. Pour séduire Isolde, en revanche, il faut d'abord l'obliger à porter sur elle-même un regard nouveau : Julia ne pourra espérer qu'une fois qu'Isolde aura appris à chérir sa propre personne, le yin concave de son épiderme féminin. Isolde devra apprendre avant tout à s'aimer elle-même. La séduction sera une persuasion, visant petit à petit à obtenir l'adhésion de son esprit.

Julia pense aux offrandes ordinaires de l'amour naissant, aux fleurs qu'on fait porter à la bien-aimée en plein cours, aux cailloux lancés à sa fenêtre à minuit, à la faction patiente à la grille du lycée, avec le vélo qu'on poussera en rentrant lentement à pied avec elle. Tout cela lui paraît grotesque. Elle s'imagine envoyant des fleurs à Isolde dans la classe de son prof principal, mais ne voit que l'horreur incrédule que la jeune fille ne parviendrait pas à dissimuler en écartant le haut du cornet de papier de soie rouge dont elle aurait déjà enlevé la carte en rougissant elle-même pour la froisser en boule. Elle voit un bouquet trop grand et trop fragile pour disparaître au fond du sac d'Isolde, et toutes les bimbos en train de rire et de s'égosiller : Il s'appelle comment ?

Cédant à un accès de mélancolie, Julia donne un coup de stylo féroce qui transperce la feuille de son cahier de textes. Elle se demande : Quelles chances y a-t-il ? Que la seule qui fasse battre mon cœur soit aussi la seule à me désirer en retour ? Que le hasard de mon attirance coïncide avec le hasard de la sienne ? Et encore : Puis-je m'en remettre à la chimie, à une odeur ou une phéromone, portée par l'air que je déplace en marchant et qui viendra l'embrasser sur mon passage ?

Julia se méfie de cette substance, comme de

l'invisible courant d'arrachement qui affouille toutes ses rives. Elle se dit : Non, je ne peux pas compter sur la chimie. Je ne peux pas compter sur le hasard de son attirance. Il faut la séduire, la poursuivre activement et la persuader. Faire appel à l'autonomie problématique d'une adolescente qui n'est pas encore en droit de savoir ce qu'elle veut.

Mardi

— Tiens, Isolde ! Tu veux jouer ?

Isolde lève la tête en entendant la voix. Elle revient de la sandwicherie et serre dans chaque main un petit sac en papier où des taches grasses se dessinent lentement en plus clair, traces d'un glaçage qui coule. Elle les brandit en guise d'excuse et répond :

— Non, merci.

Celle qui l'a interpellée sourit et reprend le jeu. Isolde jette un œil en passant. Elles sont quatre ou cinq à tenter une partie de footbag malgré leur tenue : les gros souliers, les chaussettes grises tombantes et les jupes d'uniforme qu'elles relèvent des deux mains, exhibant les fossettes de leurs genoux dont l'hiver a effacé les couleurs. Isolde tourne à l'angle de la bibliothèque et poursuit son chemin.

Louvoyant entre les coteries qui ont planté chacune son cercle hermétique dans une partie de la cour, elle découvre Julia alors qu'elle s'y attend le moins, assise sur l'herbe, dans un rare rayon de soleil, de l'autre côté du pavé. Coiffée de ses écouteurs, plongée dans la lecture d'un roman bon marché, Julia plisse les yeux d'un air fâché.

Isolde se dirige timidement de son côté. Son cœur bat très fort.

Julia lève la tête, la voit venir, se débarrasse du casque et dit :

— Tiens, salut !

— Salut, répond Isolde en agitant ses deux sacs.

— Qu'est-ce que tu as là de beau ?

— Un panini et un beignet, c'est tout.

— Assieds-toi, si ça te dit.

Isolde croise les chevilles et, avec le mouvement coulant des habituées de la posture, se retrouve aussitôt assise en tailleur. Sous l'épingle argentée qui ferme son kilt sur le côté, sa main libre tire sur le double pli du tissu de façon à couvrir son genou. Julia pousse un peu les pieds pour lui faire de la place. L'entaille sur le côté du panini d'Isolde saigne, teinte en rose par le jus de betterave. Isolde y passe un doigt, recueille la mayonnaise qui suinte et lèche soigneusement.

— Tu sais ce que je trouve merdique ?

La question posée, Julia se cambre, tend la main et arrache quelques brins d'herbe qu'elle s'applique à réduire en charpie en se répondant à elle-même :

— Qu'on t'oblige, toi, à assister à ces séances du psy sur la légitime défense ou les enseignants violeurs ou quoi.

— Mais j'ai appris tant de choses, minaude Isolde. Genre mon corps est un temple. Et tout le monde a probablement été violé dans sa petite enfance ; il faut juste un bon travail sur nous-mêmes pour retrouver la mémoire.

Julia rit et s'acharne sur son brin d'herbe.

— Toi, tu as été super, reprend Isolde. Le contredire comme ça. Comme tu l'as fait.

— Maintenant il a peur de moi.

— Tout le monde a peur de toi, après ce que tu as dit.

Isolde veut plaisanter, mais Julia se renfrogne et hoche la tête d'un air sceptique.

— Je paraphrasais de toute façon. Ce n'est pas comme si j'avais trouvé ça toute seule. Espèces de conasses. Pas toi.

— Eh non.

Isolde parle sans hésiter. Sa nervosité a fait place à une sorte de vertige, une sensation électrique, téméraire, qui amplifie le pouls qu'elle sent battre à la naissance de sa gorge et aiguise sa vue pour mieux goûter la présence totale de Julia, les flots de cheveux qui lui encadrent la figure, le moindre geste de ses mains qui ne cessent de tourmenter le petit carré de gazon jaunissant et à moitié dégarni. Les mains de Julia sont maigres et un peu rouges, avec des ongles larges et carrés, qui gardent quelques taches d'un vernis sombre mordillé sur les bords. Elle a plusieurs longueurs de ficelle sale nouées autour de son poignet osseux et des pense-bêtes notés à l'encre bleue au dos de la main. Ces mémos ne sont plus tout frais, les traits de plume se sont floutés, le bleu bavant dans le réseau de plis microscopiques qui dessinent le grain de sa peau. Le simple fait de regarder les mains de Julia paraît à Isolde insupportablement sensuel. Elle s'empresse de se détourner, vers un groupe de filles qui, à l'autre bout de la cour, battent des mains en mesure en répétant un numéro pour le concours de danse du lycée.

— C'est nous qui sommes en position de force, dit Julia. Voilà la vraie leçon de toute l'affaire

Saladin. La leçon qu'on veut nous empêcher de tirer.

— Ah ! fait Isolde, regardant à nouveau les mains de Julia.

— Cela tient à notre place dans la chaîne du pouvoir. Nous pouvons être victimisées, mais nous ne pouvons pas victimiser les autres. Enfin, nous pourrions sans doute nous faire du mal entre nous, les unes aux autres, mais pas à nos professeurs, à nos parents ou je ne sais pas moi. Il n'y a qu'*eux* qui peuvent nous victimiser, *nous*. Et ça veut dire que c'est nous qui menons la barque.

— Comment ça ? Quelle barque ? demande Isolde.

Julia relève la tête d'un air sombre et explique :

— Tout le monde voue un culte à la victime. C'est tout ce que j'ai appris dans cette boîte, le culte de la victime. En quatrième, je faisais partie de l'équipage du quatre avec barreur qu'on a envoyé au championnat national d'aviron. Dès qu'on y a débarqué, on a compris qu'on était les plus faibles de toute la compète, ça crevait les yeux. On était mal équipées, le bateau était un vieux rafiot qui pesait une tonne, et on ne s'était même pas sérieusement entraînées. Mais du moment qu'on était données perdantes, on a cru dur comme fer qu'on allait gagner. Toutes les histoires se terminent comme ça. Dans les dix dernières secondes, ceux qu'on donne perdants s'en sortent et gagnent d'un cheveu, et le bien triomphe du mal et, au bout du compte, l'argent ne fait rien à l'affaire. Je m'en souviens, j'étais à mon poste, les mains sur mes avirons, à attendre le signal du départ et à penser : Ça leur apprendra, quand on aura gagné.

— Sauf que vous n'avez pas gagné.

— Évidemment. Les gagnantes, haut la main, c'était une école huppée avec un bateau en fibre de verre qui en mettait plein la vue. Nous avons été bonnes dernières à couper la ligne, avec au moins quarante-cinq secondes de retard sur les avant-dernières. Mais ce qui m'intéresse, c'est la qualité de victime. Si c'est toi la victime, tu crois vraiment que tu vas avoir le dessus. C'est ce qu'on nous apprend ici. À vouer un culte à la victime. Qui perd gagne.

Isolde justement est un peu perdue, intimidée par la façon dont Julia profère ses opinions, comme autant de morceaux de bravoure qu'elle met en scène, la tête penchée sur l'épaule, les yeux flamboyants. Son opinion est moins un point de vue qu'un défi.

— Tu vois, reprend Julia, autrefois on réservait une place d'honneur au meilleur élève dans toutes les classes. Maintenant ce n'est plus le meilleur qu'on distingue. Au contraire, il n'y en a que pour les classes de rattrapage et de soutien, l'enseignement spécialisé et les enfants à problèmes, les conseillers d'orientation et les psychologues scolaires. C'est eux qui ont tous les droits.

— Tu penses à ma sœur, conclut Isolde.

— Oui.

Isolde regarde Julia en dessous, mais ne trouve rien à dire. Elle tire de son sandwich une allumette de jambon, rose pâle, et la grignote du bout des dents.

— Allez, raconte, fait Julia. Ça s'est passé comment, avec Victoria ?

Elle a enlevé le papier d'une barre aux céréales qu'elle mange en chipotant, détachant un à un les flocons gluants pour les rouler entre le pouce et l'index avant de les porter à sa bouche. Les filles ont souvent de ces manières-là lorsqu'elles sentent de la nervosité chez les autres.

— Qu'est-ce que tu veux dire ? demande Isolde.

— Je pensais simplement... Elle est ta sœur, après tout. Est-ce qu'elle t'en a parlé, après ? Est-ce que tu t'es doutée de quelque chose sur le moment ? Est-ce qu'elle va s'en sortir ?

Julia sent battre son cœur. Son instinct lui dit d'afficher une dureté qu'elle n'éprouve pas, de ne faire aucune concession, d'essayer de plaire à Isolde par un cynisme insolent, en revendiquant âprement des opinions tranchées qui, jointes à leur différence d'âge, lui en imposeront. En même temps, Julia cache un sentiment palpitant de vulnérabilité solitaire, un désir tout simple, enfantin, d'être caressée, acceptée, accueillie et enlacée et bercée dans les bras de cette fille. En même temps qu'elle parle agressivement, crache ses opinions, hausse les épaules et fait la gueule comme si tout cela lui était bien égal, quelque chose en elle essaie de montrer que, sous cette carapace, elle saurait être tendre ; elle saurait être douce et délicate et assoiffée, les impulsions animales de sa féminité ne sont pas perdues sans retour. Équilibrer le tout, l'apparence de dureté et l'apparence de douceur, c'est plus qu'étrange. Julia se sent dévastée par l'effort, sur le point de fondre en larmes, là, sans façon, sur l'herbe de la cour.

Isolde extrait une demi-lune de concombre du sandwich et en lèche le bord humide en réfléchissant à la question. Elle s'apprête à répondre lorsqu'une ombre vient leur couper le soleil. Toutes deux lèvent la tête.

Ce sont les bimbos, et toutes sourient, de petits

sourires pincés, en circonflexe renversé, qui leur font serrer les lèvres dans un retournement cruel de leur habituelle moue lippue.

— Alors, tu as quand même fini par te trouver une petite amie, Julia ? dit la plus belle de toutes. Tu vas la ramener à la maison pour la présenter à ta maman ?

Julia la dévisage en silence. Isolde promène ses regards de visage en visage, essayant de décider s'il faut sourire, ne serait-ce qu'un peu.

— Elle va balayer les toiles d'araignée ? demande encore la belle. Faire un peu le ménage là-dedans ? C'est ça l'idée ?

Elles ricanent. Sur les lèvres d'Isolde, l'ombre de sourire s'efface.

— Tu l'as eue par une agence ? Tu lui refiles des thunes pour ce privilège ?

— Putain alors ! Vous avez toutes douze ans ou quoi ? dit enfin Julia.

Le ton est brusque, mais elle ramasse déjà ses affaires, écouteurs et bouquin, pour leur laisser le terrain. La réponse vient de la fidèle acolyte de la ravissante qui, pour une fois, se met en vedette et lance :

— Nous autres, non. Mais *elle*, si ! Ou je me goure ?

Elle désigne du doigt Isolde qui se sent rougir comme une tomate. Elle se demande si elle devrait revendiquer ses quinze ans accomplis ou si ce serait chercher une nouvelle vanne. Les belles rient en chœur, et Julia fait la tête. Il est clair qu'elle s'en veut de leur avoir prêté le flanc. Elle fourre les restes de son déjeuner dans son sac. La fidèle acolyte en remet une couche :

— T'aurais pas pu trouver quelqu'un de ton âge ? Personne ne voulait de toi, hein ?

— Dégage, Tiffany, dit Julia. Je ne sais pas ce que tu cherches, mais ça ne passe pas. Dégage !

— Donc, si c'est elle la dure, reprend la plus belle, s'adressant maintenant à Isolde, toi tu es quoi ? La femme-femme ? C'est bien comme ça que ça marche, hein ? Y'a toujours un homme et une femme de toute façon, hein ? Comme les gosses qui jouent à papa et maman ?

Isolde, mal à l'aise, mise dans l'alternative ou de renier ou de défendre publiquement quelque chose qu'elle ne comprend pas encore, serre les mâchoires et essaie de sourire, un pauvre sourire tendu que les bimbos prennent manifestement pour un aveu. La meneuse cherche quelque chose à ajouter, mais finit par lancer simplement un « fiasses ! » en guise de point final et se retire au comble de l'indignation, entraînant sa suite derrière elle. Le groupe coupe à travers la cour comme une petite comète bleue avec sa tête resplendissante et les poussières de sa queue qui vont en s'estompant, tirant de plus en plus sur le gris et l'anonyme.

Julia se venge sur la fermeture éclair de son sac.

— Connasses, marmonne-t-elle.

— Je suis désolée, dit Isolde.

— Moi aussi, dit Julia.

La première sonnerie annonce la reprise des cours, mais ni Julia ni Isolde ne fait mine de se lever. Elles restent là, assises côte à côte sur le gazon qui borde la cour, à tourmenter des brins d'herbe.

— Paraît qu'elle s'est fait refaire le nez quand même, dit Isolde. La meneuse. L'an passé.

— Je peux avoir un bout de ton beignet ? demande Julia.

Au fond des fonds, les règles ordinaires de la fauche sont toujours en vigueur.

Mardi

Le rôle de Mme Bly exige un costume spécial, rembourré, qui la fait paraître plus corpulente, avec aussi des poches en latex qui se glissent dans la bouche pour lui donner des bajoues. Le costume est impeccable. En silicone, moulé sur l'ossature de la femme et assez lourd pour la faire vaciller sur ses jambes. Elle porte une jupe tubulaire en jean boutonnée devant et, autour du cou, une fine chaînette d'or ornée d'une petite breloque également dorée. Elle a mis du rouge sur ses joues rebondies et vaporisé un nuage de parfum sur ses cheveux. Elle fait son entrée en se dandinant gracieusement, abaisse aussitôt sa masse dans un fauteuil, pousse un soupir et se penche encore pour se frotter un mollet artificiellement grossi. On jurerait que tout est pour de vrai. La prof de saxophone, admirant l'effet du *fat-suit*, en oublie presque de parler.

— Vous m'avez été recommandée par une des mères Tupperware, dit Mme Bly. Elle disait que sa fille était passée chez vous pour ses cours particuliers après le scandale au lycée et qu'elle est très contente.

— J'en suis ravie, répond la prof de saxophone. C'est vrai, j'ai eu cette année beaucoup de nouvelles élèves d'Abbey Grange.

— Mais ce scandale ! Quelle horreur, n'est-ce

pas ? glousse Mme Bly avec une moue coquine en fermant à demi les yeux.

— Catalytique, approuve la prof de saxophone.

Telle qu'elle la connaît, Mme Bly continuera sur sa lancée sans y regarder à deux fois. En effet, le mot ne l'arrête pas.

— Eh oui, une horreur ! répète-t-elle. La fille est perdue. Si elle se marie, c'est qu'il y aura eu tromperie sur la marchandise. Et, bien sûr, toutes les autres lui battent froid.

— Bien sûr, dit la prof de saxophone.

— C'est comme un virus, voyez-vous, ça s'attrape, c'est ce que j'ai dit à mes petites. Ces taches-là ne partent pas au lavage.

Mme Bly rajuste un pan de sa vaste jupe sur son genou tout en avançant les lèvres dans un petit sourire moustachu qui aspire goulûment toutes les rides autour de sa bouche. La prof de saxophone se sent soudain très fatiguée. Elle s'assied et dit :

— N'oubliez pas, madame Bly, que ces années ne sont dans la vie de votre fille qu'une répétition qui prépare tout ce qui viendra après. Il est dans son intérêt qu'il lui arrive là tous les pépins possibles et imaginables. Son intérêt est de faire des bêtises *maintenant*, tant qu'elle est encore en sécurité dans le foyer des artistes, entre les meubles houssés et les rangées de porte-perruque en polystyrène, les miroirs poussiéreux et fêlés et les vieux papiers qui traînent par terre. N'attendez pas qu'elle sorte sous le feu implacable des projecteurs, où tout se voit. Laissez-la s'entraîner d'abord dans un environnement sécurisé, avec un casque et des genouillères et des paniers-repas, et vous au bout du couloir, derrière la porte entrebâillée d'un centimètre dans le noir, pour le cas où on vous appellerait au cœur de la nuit.

La toile d'araignée de rides qui a pris au lasso la bouche de la grosse Mme Bly se desserre légèrement. La prof de saxophone ouvre son agenda et va droit au fait.

— La bonne nouvelle, dit-elle, c'est que j'ai un créneau le mercredi après-midi, si cela peut s'accorder avec l'emploi du temps de votre fille. Une de mes élèves s'est fait écraser par un chauffard.

— Ah, n'est-ce pas que les rues sont dangereuses ? s'exclame Mme Bly. J'ai interdit le vélo à ma Rebecca, peu importe où, je ne veux pas en entendre parler. Le mercredi après-midi sera parfait.

— À quatre heures.

— Quatre heures, entendu.

Mme Bly ne retient pas un dernier gloussement.

— Elle sera tellement contente, dit-elle. Elle a travaillé tellement dur pour avoir un bon niveau en clarinette et elle a tellement envie de passer à la suite. Comme si, à partir de là, elle allait commencer enfin à cueillir les fleurs de la vie.

Vendredi

— Je ne crois pas que tu aies connu Bridget, dit un jour la prof de saxophone à Isolde.

— Celle qui est morte ? Elle était en première, dans la classe au-dessus de moi.

— C'était une de mes élèves.

— Ah bon. Non, dit Isolde, je ne la connaissais pas.

Elle reste court, l'air gauche, se balance d'avant

en arrière sur les talons et demande finalement avec une grimace, pour ne pas paraître tout à fait insensible :

— Ça va ?

— Quel choc, n'est-ce pas ? répond la prof de saxophone.

— Ouais.

— Tout le monde doit être terriblement bouleversé. Dans votre lycée et que sais-je.

— Ben ouais, dit Isolde. On a convoqué une réunion.

— C'est tout ?

— On a mis le drapeau en berne.

— J'imagine que vous l'êtes toujours, dit la prof de saxophone. Terriblement bouleversées. Avec de l'absentéisme et des crises de larmes et les souvenirs qui affluent sur ce que nous perdons d'irremplaçable avec Bridget.

— Peut-être. Elle était dans la classe au-dessus de moi. Je ne connais personne qui la connaissait.

Isolde affiche l'expression à demi affligée de celle auprès de qui on cherche, à la suite d'un décès, de la sympathie ou des conseils qu'elle n'est pas en mesure de donner. Elle se dandine inconfortablement d'un pied sur l'autre et regarde par terre.

— Bridget, reprend la prof de saxophone dans une brusque volte-face, était celle de mes élèves que j'aimais le moins. Bridget avait une façon de frimer et d'avancer le pubis en jouant que je trouvais franchement dégoûtante. Bridget se cabrait en arrière, les genoux fléchis, les yeux fermés, tendant ses muscles, s'apprêtant à catapulter son poids vers l'avant, sur les orteils, avec son saxophone qui se dressait comme le rouleau qui déferle et se brise en écume dorée. Elle serrait les mâchoires. Moi je me penchais sur sa partition pour ne pas avoir à la regarder, elle, j'y notais en marge des consignes succinctes, à ne pas oublier en travaillant son instrument. Timbre, par exemple. Puis, un peu plus bas : Fraîcheur.

Timidement, presque avec respect, Isolde dépouille son propre personnage et devient Bridget — pas la vraie Bridget, une simple doublure, un lieu que la prof de saxophone peut cibler, une figure à laquelle elle peut s'adresser. Elle se tient au milieu de la salle avec un air de chien battu, le saxophone sur la hanche, les cheveux dans les yeux. Elle se tait. La prof de saxophone parle :

— C'est la dernière fois que j'ai vu Bridget. Elle a joué les dernières mesures du « Vieux Château », elle a éloigné l'instrument de sa bouche en avançant et reculant plusieurs fois la mâchoire inférieure, comme pour remettre un dentier en place. Elle avait travaillé. Elle n'y manquait jamais. C'était une des choses que je n'aimais pas chez Bridget. Je lui ai demandé : Qu'est-ce que ton psychologue t'a appris aujourd'hui ? Et Bridget a répondu : Notre thème cette semaine c'est la culpabilité. Comment la culpabilité peut être éclairante. On organise des jeux de rôle autour des idées qu'on se fait sur la culpabilité. La culpabilité — je lui ai renvoyé le mot, et Bridget a lâché la bonde, ravie de se trouver, elle, sous le feu des projecteurs, de parler pour une fois de sa propre voix et de savoir qu'elle avait vraiment quelque chose à dire. Elle a dit donc : C'est drôlement important, la culpabilité. C'est le premier pas sur le chemin de quelque chose de meilleur.

Isolde a les orteils et les genoux légèrement

en dedans, les ailes du bassin qui, à l'inverse, s'ouvrent et basculent vers l'avant dans une attitude qui paraît bien incommode. Un doigt frotte le pavillon de son instrument. Elle garde les yeux rivés sur les chaussures de sa prof.

— Alors moi, poursuit la prof, je lui dis : Je pense, Bridget, qu'on vous trompe. La culpabilité est surtout un dérivatif. La culpabilité est un sentiment qui nous détourne de nos émotions plus profondes, plus vraies. Je te donne un exemple. Tu te sentiras peut-être coupable si tu es attirée par une personne qui est taboue pour toi. Tu éprouves de l'attirance, mais ensuite tu te rappelles qu'il t'est défendu d'être attirée par cette personne, alors tu te sens coupable. À ton avis, lequel de ces deux sentiments est plus fondamental ? L'attirance ou la culpabilité ? Et Bridget répond : Ben l'attirance, je pense, puisque c'est elle qui est venue avant. Et je lui dis : Parfait. La culpabilité vient après. La culpabilité est secondaire, un sentiment qui reste en surface.

Isolde esquisse un hochement de tête, un tout petit geste pour montrer qu'elle écoute. La prof de saxophone, elle, a l'air absente. Le souvenir accapare sa vue, colle sur chaque œil grand ouvert une cataracte qui fait miroir.

— J'ai dit cela, poursuit-elle, parce que Bridget était celle de mes élèves que j'aimais le moins. J'ai dit cela parce que je la trouvais franchement antipathique.

Le souvenir se dissipe et son regard reprend une acuité féroce. Ses yeux plissés foudroient Isolde, et elle demande :

— Et *toi*, qu'est-ce que le psychologue t'a appris ?

Isolde bat des paupières, redresse le dos et redevient insensiblement elle-même. Elle ne sait pas quoi dire. Pendant qu'elle hésite en tripotant gauchement la cordelière et le bec de son saxo, elle pense à cette autre fille, à l'unique réunion, au drapeau de récup', à la cellule psychologique dont on a fait l'économie, aux larmes de crocodile précuisinées qui, pendant la première semaine, ont permis à certaines des grandes de se payer une demi-heure de liberté en allant faire un tour à l'infirmerie.

La prof de saxophone a toujours les yeux sur Isolde, attendant une réponse. La réponse vient, à voix basse, toute honteuse :

— Le psychologue nous fait pleurer tout ce que nous avons perdu d'irremplaçable avec le malheur de ma sœur. Nous faisons toutes notre deuil de la Victoria qui n'est plus.

Lundi

Julia vient prendre son cours en sortant directement d'une retenue. Elle est presque en retard. En ouvrant sa porte, la prof de saxophone la découvre toute rouge et en sueur, son casque vélo accroché au poignet.

— Ma prof est un trouduc, résume-t-elle, une fois entrée. Mme Paul est un trouduc. Quand ils donnent une colle, il faut qu'ils en indiquent le motif sur la fiche, alors j'ai dit : Pourquoi ne mettez-vous pas « pour avoir dit tout haut ce que tout de monde pensait tout bas » ? Et elle a doublé la dose. Putain, je déteste le lycée. J'ai la haine.

— Pourquoi est-ce qu'elle t'a collée pour commencer ? demande la prof de saxophone, admirative.

Julia cependant, l'air sombre, répond par un geste de refus. Elle met un moment à se débarrasser et à retrouver sa partition, et la prof de saxophone remue son thé en attendant, la tête inclinée sur l'épaule.

— Quand tu quitteras le lycée et que tout cela sera du passé, dit-elle, il y aura toujours un enseignant dont tu te souviendras jusqu'à la fin de ta vie, un enseignant qui aura *changé* ta vie.

— Pas moi, rétorque Julia. Je n'ai jamais eu de prof comme ça.

— Si, tu en trouveras un. Une fois que tu auras pris quelques années de recul et que tu pourras y repenser objectivement. Il y aura une de ces mesdemoiselles — Mlle Hammond, Mlle Gillespie, que sais-je — quelqu'un dont tu te souviendras plus que des autres, un enseignant qui les dépasse tous de la tête et des épaules.

Julia a toujours l'air sceptique. La prof de saxophone balaie ses doutes d'un revers de main et poursuit :

— Mais combien d'enseignants ont-ils le bonheur d'avoir eu un *élève* qui aura changé leur vie ? Un élève qui aura vraiment fait d'eux *quelqu'un d'autre* ? Je te dirai une chose : ça n'arrive pas. L'inspiration est à sens unique. Toujours. On demande toujours aux enseignants de travailler pour l'amour de l'art, d'inspirer et d'éveiller et d'électriser sans aucun espoir d'être inspirés et éveillés en retour ; leur plus grand plaisir, le seul dont on veut bien leur concéder l'espoir, serait qu'un élève revienne les voir au bout de dix ou vingt ans, qu'il passe un beau matin et leur parle de l'influence qu'ils ont eue sur lui, pour ensuite s'éclipser à nouveau dans le succès privé de sa propre vie. C'est tout. On demande aux enseignants de recommencer chaque année à partir de zéro, de rompre le fil d'un an de progrès avec sa relation laborieusement bâtie, de défaire tous les fruits de leur travail pour revenir à la case départ et recommencer avec un autre enfant. Chaque année, nos enseignants sèment et cultivent une nouvelle récolte pour laquelle personne ne les remerciera et qu'eux ne récolteront jamais.

— Je ne suis plus une enfant, dit Julia.

— Une jeune adulte, concède la prof de saxophone. Comme tu voudras.

— Je n'ai jamais été inspirée ou électrisée.

— Mais tu vois ce que je veux dire.

— Non, je ne vois pas, rétorque Julia avec aigreur. On vous paie. C'est un boulot comme un autre.

La prof de saxophone se penche en avant et croise les jambes.

— Ta mère, dit-elle, me demande un bulletin de tes progrès. Elle veut que je raconte comment je t'ai inspirée, comment je t'ai éveillée, comment, à force de patience, je t'ai mise dans la voie glorieuse de l'excellence et de l'application et du mérite. Sans le dire, elle veut aussi que je lui confie à quel point tu as été *pour moi* une source d'inspiration — pas directement, mais de façon subtile, détournée, comme si j'en étais un peu déconcertée, atteinte au défaut de ma cuirasse, comme si nous abordions là un sujet terriblement tabou. Elle me demande de mentir un peu.

— Allez-y, mentez.

— Elle veut, reprend la prof de saxophone, ce

que veulent toutes les mères. Elle veut que je lui dise que nous avons un rapport privilégié, toi et moi, que tu me fais part de choses que tu ne dirais à personne d'autre. Elle veut que je lui dise que je vois *chez toi*, Julia, quelque chose de rare, que je n'ai pas rencontré depuis des années. Elle veut que je lui dise que notre rapport a pour nous deux le sens d'une naissance nouvelle ou partagée — non pas la simple instruction d'une élève, mais la découverte d'une personne par une autre.

— Donnez-lui donc ce qu'elle veut, dit Julia.

Elle est obstinée et difficile aujourd'hui, portant toujours l'injustice de ses deux heures de retenue comme un voile revêche qui lui colle au visage. Elle a attaché son saxophone à sa cordelière, elle est prête.

— Bon, d'accord, allons-y, dit la prof de saxophone non sans irritation. Fais du bruit.

Jeudi

— Je crois que deux de mes élèves sont amoureuses.

Voilà ce que la prof de saxophone dirait à Patsy, si Patsy était là. Ce serait un brunch, comme toujours avec Patsy, et ce serait un jeudi, et les rayons obliques du soleil entreraient par les hautes fenêtres, inondant l'appartement d'une lumière paresseuse, pleine de poussières en suspens.

— L'une de l'autre, tu veux dire ? demanderait Patsy, se penchant en avant pour poser les deux coudes sur la table, le menton dans les mains.

— Oui. C'est moi qui ai fait les présentations, au concert. Elles sont condisciples… Enfin, l'une a deux ans de plus que l'autre, mais elles fréquentent le même lycée.

— Eh oui, il faut toujours une différence d'âge au départ. Dans les relations homosexuelles. C'est un rite d'initiation. Il faut que l'un des partenaires soit plus expérimenté, sinon ça ne donnera rien.

— C'est vrai ?

— Absolument. Si on ne peut pas se référer aux stéréotypes des deux sexes, il faut d'autres critères pour répartir le pouvoir. Il faut une structure. Maître et élève. Prédateur et proie. Quelque chose dans ce genre.

Patsy renverse la tête et, ravie de ce qu'elle vient de dire, éclate d'un rire limpide qui résonne comme un carillon dans l'appartement en mouchoir de poche.

— Je savais que ça te ferait rire, dit la prof de saxophone.

Elle est irascible aujourd'hui, elle s'énerve à voir Patsy rejeter ses cheveux par-dessus son épaule et sucer le petit morceau de beurre sur son doigt et en général se comporter comme une personne qui adore se faire désirer.

— Elles t'en ont parlé ? demande Patsy.

— Pas expressément, mais… Enfin, tu vois.

— Elles présentent tous les symptômes.

— C'est ça.

Patsy réfléchit un instant, l'air satisfait, puis demande :

— C'est celle qui a eu sa sœur dans les journaux ?

— Oui. La plus jeune, Isolde. Sa sœur aînée a été victime d'abus.

— Alors ce sera sans doute vrai, conclut Patsy.

— Ah bon ?

— Absolument. Pour toutes sortes de raisons.

Elles restent un moment sans se parler. Le journal s'étale sur les reliefs du repas, avec des saillies où l'on devine le pot de confitures et le flacon de sirop d'érable, ses pages chiffonnées, maculées de graisse et de marmelade. Il reste une fraise solitaire au fond de la barquette en plastique, un fruit dont la tête chenue trahit l'immaturité et le profil fait penser à un ciseau à froid.

— Je veux simplement y démêler la vérité. C'est tout. Le noyau de vérité qui se cache derrière toutes choses, dit soudain la prof de saxophone dans le vide.

Vendredi

— Papa essaie de communiquer, dit Isolde avec la lassitude spécifique qu'elle réserve aux tentatives de communication parentales. Ça et reconstruire, c'est son truc en ce moment. Il veut en savoir plus sur nous. Toutes les deux.

— C'est bien ? demande la prof de saxophone.

— Hier soir je regardais la télé, et il s'amène et il me fait : Coucou, Isolde ! Tiens, au fait ! Tu as un petit ami ?

Isolde a un petit rire sardonique. Elle reprend :

— J'ai ri à cause du coucou. Il a dit ça style relax, djeun', comme s'il s'était entraîné devant son miroir ou je ne sais pas moi, alors j'ai dit oui. Et il a applaudi et il a dit : Mais c'est super ! Si on invitait ce jeune homme à dîner ?

— Tu as dit oui ? demande la prof de saxophone.

Elle s'est figée et regarde Isolde, la tête sur le côté, une main qui pend, flasque, au bout du bras, caricaturale, dans une pose de petit chien effarouché.

— Ouais, répond Isolde, méfiante, en repoussant une mèche derrière son oreille. Ça ne fait que quelques semaines, mais quand même.

La prof de saxophone fait un petit geste de la main, comme un tic, invitant Isolde à développer. Isolde tire un bout de langue, se lèche la lèvre inférieure et regarde l'autre femme un instant encore avant de poursuivre :

— On ne parle plus maintenant que de manger ensemble. Manger ensemble, en famille, c'est la solution à tout. C'est comme un rite — personne n'a le droit de commencer avant que tout le monde soit assis et alors tout le monde dit merci à maman et on se passe la sauce et tout. Papa dit qu'un bon repas en famille est la réponse à tout. Si nous avions mangé ensemble dès le début, Victoria ne se serait jamais heurtée à M. Saladin dans le couloir à l'insu de son plein gré pour lui faire sentir ses seins, un petit frotti-frotta contre sa poitrine, juste une fraction de fraction de seconde avant qu'elle se recule et dise : Ah, pardon, je suis trop godiche. Si nous avions mangé ensemble dès le début, M. Saladin n'aurait jamais baissé la tête en se mordant la lèvre chaque fois que Victoria le regardait — le dragueur qui joue les écoliers timides, comme il le fait depuis les années quatre-vingt, mais ça marche toujours, ça n'a pas fait un pli. Si nous avions mangé ensemble, Victoria ne lui aurait jamais sucé le bout des doigts, elle n'aurait pas enfoncé sa langue dans le creux entre l'index et le majeur jusqu'à le faire hoqueter de plaisir. Il ne se serait rien passé.

— Je ne savais pas que tu avais un petit ami, dit la prof de saxophone.

— Et personne n'a jamais rien à dire à table, reprend Isolde. Même papa. Il finit toujours par nous sortir un laïus sur son boulot et tout le monde décroche et bouffe et essaie d'en finir le plus vite possible.

— Comment l'as-tu rencontré ?

— Par hasard. Comme ça, dans le coin.

— Il devrait venir au récital le mois prochain, dit la prof de saxophone qui dévisage Isolde avec une expression de dureté nouvelle. Il devrait venir t'entendre jouer.

— Ouais, dit Isolde, tirant le mot comme une note aspirée à l'harmonica de façon à paraître indifférente, au-dessus de tout cela.

— Il est en seconde, lui aussi ? demande la prof de saxophone.

— Nan, fait Isolde avec un petit air suffisant. Il n'est plus au lycée. C'est un acteur. À l'Institut d'art dramatique.

Par-delà la fenêtre aux rideaux tirés, sa main désinvolte désigne l'autre côté de la cour. Du coup, l'éclairage change et la prof de saxophone voit la scène se dérouler devant ses yeux comme la vidéo amateur d'un tiers, floue et traversée de rayures noires à gros grain.

« C'est un acteur, dit le père d'Isolde.

— Puisque je te le dis, dit Isolde.

— À l'Institut d'art dramatique.

— Puisque je te le dis.

— Quel âge a-t-il ?

— Il n'est qu'en première année, papa, dit Isolde essayant de faire du charme.

— J'espère qu'il ne pense pas que tu vas coucher avec lui.

— Allez, papa !

— Tu n'as que quinze ans, dit le père d'Isolde à voix haute et claire, comme si sa fille était à moitié sourde. Si tu couchais avec lui, ce serait un crime.

— Papa, enfin !

— Je vais te poser une question maintenant, dit le père d'Isolde en ouvrant de grands yeux. Je vais te poser une question et je veux que tu me répondes franchement. Tu as couché avec lui ?

— Arrête, papa, c'est dégueulasse, proteste Isolde, inspirée ensuite par un rare trait de génie qui lui fait ajouter : Tu veux l'égalité en tout, hein ? Pour ne pas être injuste, tu veux me traiter comme Victoria. Exactement pareil. Chacune son crime. Arrête !

— Pourquoi tu éludes la question ?

— Pourquoi tu me parles sur ce ton-là ? Je pourrais pas parler plutôt à maman ?

— Tu as couché avec lui.

— Super. Tu t'es fait ton idée. Maintenant j'aurai beau dire, tu me croiras jamais.

— Tu n'as que quinze ans.

— Je peux parler à maman ?

— Allez, dit tristement le père d'Isolde. Je n'ai jamais eu de sœur, Isolde. Donne-moi un os à ronger. »

L'éclairage revient à la normale, restituant au studio une lumière d'après-midi qui tire sur le jaune. La prof de saxophone bat des paupières comme si elle se réveillait.

— L'Institut, dit-elle. Le concours d'entrée passe pour très sélectif, n'est-ce pas ? Il doit être vraiment bien.

12

Septembre

Fallait-il commencer par la déshabiller, elle, ou plutôt attendre d'avoir lui-même ôté ses vêtements ? Il n'aimait pas l'idée de la déshabiller d'abord — comme un goinfre, qui n'aurait pas pu attendre — et l'idée de la mettre nue en restant, lui, tout habillé le troublait. Si un tiers venait les surprendre ainsi, qu'en penserait-il ? Ou bien cela se ferait peut-être par étapes, comme un duel courtois — chemise contre corsage, maillot de corps contre soutien-gorge et ainsi de suite, jusqu'au bout ? Ou ils pourraient aussi se déshabiller chacun de son côté et ne se retrouver qu'après leur métamorphose respective. Le cœur de Stanley battait à se rompre lorsqu'il la conduisit vers le lit, lorsqu'ils s'y assirent, envoyèrent de concert valser leurs chaussures et basculèrent maladroitement sur le côté pour s'étendre dans les bras l'un de l'autre.

Il s'était très souvent imaginé cet instant, mais maintenant qu'il y était, il se rendait compte que sa fantaisie ne lui avait montré la scène qu'en gros plan : les reins cambrés et cabrés, le souffle pantelant, la peau. Comment faire pour arriver là ? Il tenta l'acrobatie de se hisser sur la fille sans lui envoyer son genou dans l'aine. Il était raide, comme l'acteur qui applique les consignes de son metteur en scène ou à qui on donne la réplique. Il pataugeait, ne savait plus où mettre son poids, eut soudain une vision peu flatteuse de lui-même, d'en haut, agenouillé, un bras tâtonnant furieusement derrière son dos, cherchant à rattraper la couette qui glissait et à la ramener sur ses épaules pour se protéger du courant d'air. Une bouffée de colère contre sa propre ineptie lui fit glisser presque brutalement la main dans le corsage de la fille, simplement pour prouver qu'il était à la hauteur. Il sentit des côtes, agitées d'un soubresaut, venir se presser contre ses doigts.

Stanley aurait voulu être plus âgé, et de beaucoup. Non pas un petit jeune, mais un homme fait, à l'aise avec lui-même, capable de mettre une fille à poil et de rire et de savoir que ce qu'il faisait était bien. Il aurait voulu être l'homme qui aurait posé un doigt sur les lèvres de la fille en disant : Maintenant je vais te faire jouir. Il aurait voulu être l'homme qui aurait employé le mot « con », qui l'aurait prononcé tout haut, comme si de rien n'était, sur un ton qui le ferait admirer et adorer par toutes les filles. Il aurait voulu être un homme à l'aise dans son corps, un homme qui pourrait dire : Tu es belle, en sachant que cela aurait un sens, parce qu'il aurait parlé en homme mûr, et non pas en petit jeune.

Stanley fit descendre sa main sur le ventre de sa partenaire, au-delà du nombril, petite fente se creusant à l'abri d'un pli de peau qui se hérissa en épine lorsqu'elle leva les bras au-dessus de la tête. C'était pour chercher sa tête à lui. Voilà qu'elle l'attirait et tendait le cou pour l'embrasser sur la bouche. Lui luttait pendant ce temps avec le bouton qui fermait son jean. Il avait honte d'aller si vite en besogne, mais il n'y pouvait rien, entraîné par un désir impérieux de s'anéantir, qu'il puisse se tirer et que la scène se poursuive sans lui. Le tissu du jean était tendu sur les os du bassin. Il eut du mal à défaire le bouton, n'y réussit enfin qu'en le tordant brutalement. L'écueil franchi, il baissa la fermeture éclair et sentit sous ses doigts le coton fin du slip, gonflé par les volutes embroussaillées des poils pubiens. Il en fut surpris. Mais enfin, croyait-il qu'elle serait glabre, comme une poupée ?

La fille avait le souffle rapide. Stanley mit la main dans son slip, ferma les doigts sur le monticule rêche du pubis en soulevant le poignet pour desserrer le pantalon. Tout doucement, sensible à la chaleur de la chair sous la fraîcheur de son toucher, il s'appliqua à écarter la fente. Il aurait voulu dire quelque chose. Lui murmurer à l'oreille, rompre l'horrible silence qui remplissait toute la chambre d'une maladresse haletante, avec les petits bruits de souris de sa main qui remuait.

Il se demanda ce que ça donnerait si la scène était filmée, se mit du coup à trop se soucier de l'aspect qu'il pouvait présenter, vu de haut ou de profil — il fit son possible pour être plus félin, moins agité, s'efforça de repousser tendrement les cheveux de la fille pour dégager son visage en laissant traîner les doigts sur sa mâchoire et en caressant le petit creux duveteux du lobe de son oreille, comme il l'avait vu faire si souvent au cinéma. Ça ne donna rien.

— J'ai des fourmis dans le bras, pardon, chuchota-t-elle d'un ton d'excuse en se tortillant pour dégager le membre engourdi.

— *Merde*, dit Stanley.

— Qu'est-ce qu'il y a ?

La fille, surprise, s'écarta et remonta la couette en s'en enveloppant frileusement, jusqu'aux aisselles.

— Je ne…

— Tu ne sais pas comment faire ?

— *Si*, protesta Stanley avec un peu trop de véhémence. Si, je sais comment faire.

— Ça ne fait rien.

La fille leva une main, repoussa de la base du pouce les cheveux qui tombaient dans les yeux de Stanley.

Le geste était rude et tendre à la fois. À voir cette fille atteindre si facilement la vérité du même mouvement qui tout à l'heure lui avait tant résisté, Stanley eut honte.

— Allez, viens, dit-elle encore. Fais-moi juste un petit câlin.

Il obéit, la queue basse, et elle souleva la couette pour l'accueillir. Ils reposèrent un instant l'un contre l'autre. Stanley sentait les mains de la fille aller et venir le long de son omoplate, jusqu'à la nuque et à la naissance des cheveux. Son cœur battait à nouveau très fort.

— Je ne croyais pas que ce serait comme ça, dit-il sans réfléchir.

— Quoi donc ?

Elle leva la tête en s'appuyant sur le coude. Stanley, qui ne voulait pas la froisser, s'enferra :

— Je veux dire moi. Je ne m'attendais pas à être comme ça.

De mal en pis. Un instant, il s'abandonna à la frustration et au mépris de soi. Ce qu'il avait voulu dire, c'était que tous les films, toutes les émissions de télé qui auraient pu le préparer à cet instant l'avaient mis dans la position du tiers, du voyeur confortable et confiant qui *s'imagine* à la place du héros, mais n'a jamais à agir pour de bon. À présent, il se sentait totalement démuni, à la dérive, avec pour seul désir de s'affranchir des affres de la décision, que la fille prenne l'initiative, que lui n'ait plus qu'à se laisser faire.

— C'est ta première fois, dis, demanda-t-elle d'une voix qui n'était plus la même, où il perçut un accent de tendresse presque maternelle.

Elle lui ouvrit les bras et il s'y enfouit. Elle lui frotta le sommet de la tête en murmurant :

— Gros bêta, va ! Ça ira, n'aie pas peur.

Ils restèrent un moment sans bouger, à écouter la camionnette du marchand de glaces qui passa dans la rue en jouant sa petite musique pour attirer les enfants. Le véhicule s'éloigna sur une note aiguë, prolongée, et le silence retomba.

— Voilà, c'est ça, dit Stanley, levant le regard pour la première fois face aux projecteurs.

La fille s'écarta, lui caressa doucement le creux des reins et demanda :

— Quoi donc, Stanley ? Allez, dis.

— La scène la plus intime de ma vie, dit Stanley. Cet instant-là. C'est ça.

— Monsieur Saladin, à toi ! cria un des élèves. Roi de Pique ! Qu'est-ce que tu fous, Connor ?

Suivit un remue-ménage en coulisse, à l'abri des regards, et le Roi de Pique fit son apparition au pas gymnastique, la face allumée, émergeant si vite des pans du rideau qu'il semblait avoir été littéralement catapulté en scène.

— Désolé, lança-t-il, effaré, en direction de la fosse.

Pourtant il mit un moment encore à trouver son repère, deux petits bouts de scotch blanc dessinant sur le sol un X semblable à un pansement de bande dessinée.

— Allez, joue ! Putain, c'est parti ! hurla quelqu'un.

Sous les regards méprisants et satisfaits des autres, le Roi de Pique se plaça enfin, se redressa et respira à fond. Une des ficelles attachant son plastron aux épaules s'était défaite, et le carré raide et cireux pendouillait tout de guingois. Il avait oublié ses gants et son épée, mais il n'était plus temps de se rattraper.

Les élèves en scène poussèrent un soupir collectif et firent marche arrière pour lui redonner sa réplique. Ils récitèrent :

— Pourtant, regardez cela autrement. Elle a perdu sa virginité, certes, mais au bon moment, avant qu'elle ne commence à lui coller à la peau et à la ringardiser comme une vieille liquette qui dépasse. Elle a mis le grappin sur un homme plus âgé. Elle a atteint la célébrité. Et maintenant elle a un secret que tout le monde brûle de connaître :

un secret sexuel, de la meilleure espèce, un secret dont le vortex ne cesse de la creuser, de plus en plus, si bien qu'elle n'est jamais tout à fait *là*. Allez, ne plaignez pas Victoria. Plaignez le pauvre M. Saladin, resté seul, lui qui a goûté de l'éclatant fruit mûr de la jeunesse et de la pureté et ne pourra plus se contenter de moins.

L'orchestre ponctua d'un gros coup de timbale. L'effet sur le Roi de Pique fut dramatique. Il s'affaissa sur lui-même, comme frappé dans le dos, assommé, se transforma d'un instant à l'autre en un vieillard fragile et infirme. Tandis qu'il commençait à parler et que les personnages secondaires se rassemblaient comme des enfants autour de ses genoux, un des garçons dans les fauteuils d'orchestre se pencha pour murmurer à son voisin :

— Il fait toujours le pitre. Ça ne marchera pas tant qu'il fera le pitre.

Le Roi de Pique dit :

— Il y avait là quelque chose de tellement attendrissant, dès le début. Sa façon de jouer son jeu, comme si elle lisait dans un livre, ces grands yeux rêveurs, ce col déboutonné, cette jupe troussée au-dessus du genou. D'un amateurisme si touchant. C'était comme un dessin d'enfant, imparfait et discordant et mal fichu, mais fait pour être porté aux nues, épinglé au mur ou collé au frigo, loué et adulé et adoré.

Il fit un pas en traînant le pied, baissa les yeux et sourit pour lui-même d'un air mystérieux, comme à un souvenir infiniment intime. Les musiciens dans la fosse firent entendre une pulsation jazzique, conjuguant la batterie, la contrebasse et le murmure rauque d'un saxophone ténor. Il dit :

— Dans dix ans d'ici, elle sera capable de regarder froidement un homme en pensant : Nous sommes compatibles. Vu ton esprit généreux, vu ta capacité de m'offrir la sécurité affective dont j'ai besoin, vu ton sens si particulier de l'humour, ouvert à l'ironie et à l'autodérision, vu ton intérêt pour le cinéma muet, les plats que tu aimes cuisiner et ton côté un tantinet pédant, vu les activités dont tu meubles tes loisirs — vu tout cela, se dira-t-elle, j'ai lieu de croire que nous pourrons nous entendre. Sa vie passera à dresser petit à petit ce morne catalogue de desiderata. Année après année, elle réduira la béance de son désir à une petitesse d'offre d'emploi : concierge, sentinelle, roi fainéant. La petite annonce dira : On demande. Point barre.

Le Roi de Pique haussa les épaules et reprit :

— Avec moi, elle n'avait pas de formule. Elle ignorait ses propres appétits, le sens des palpitations erratiques qui faisaient bondir son cœur, encore et encore, dans l'ombre rouge du fond de sa gorge. À notre moindre attouchement, elle apprenait quelque chose — non sur moi, mais sur elle-même, ses flux et reflux et redevances dues, ses réactions, le vase de vide renversé qu'elle porte toujours en elle comme un inachèvement, ni fait ni à faire.

Derrière lui, des ombres se cabraient et griffaient sur des paravents à meneaux. C'étaient des silhouettes qu'un éclairage cru découpait en noir sur le tissu blanc, celles des filles les plus canon que comptait la première année, choisies pour leur ligne et leur profil. Les autres les avaient triées sur le volet, plissant les yeux jusqu'à ne voir que le contour et à pouvoir juger de l'effet dans l'absolu.

L'orchestre de jazz reprit en douceur le leitmotiv du spectacle, le grouillement sur le plateau se reforma pour la scène suivante. L'éclairage changea avec la musique, et le Roi de Pique fut englouti par la foule.

— Tu as sauté un bout, lui dit un des régisseurs lorsqu'il entendit enfin le signal de sa sortie et tira sa révérence côté cour.

Il insista, agitant devant le visage ombreux du Roi de Pique sa liasse de papiers réunis par une pince à dessin :

— Tu as sauté toute la partie où il dit : Comment est-ce que je peux protéger ces filles et les exciter en même temps ?

Septembre

— Est-ce qu'il est jamais arrivé un pépin ? demanda Stanley. Un dérapage, dans le projet collectif ? Genre le pistolet était chargé et personne ne savait que c'était pour de bon ? Ou le harnais de vol s'est défait et quelqu'un est tombé des cintres en s'écrasant au beau milieu du plateau ? Une vieille tragédie qui serait presque sortie de toutes les mémoires ?

— Tu as le trac, dit Oliver.

Il se glissa dans le siège en face, prit une pomme dans son sac à dos et se mit à jongler avec.

— C'est simplement que ça fait un peu peur qu'on nous laisse à nous-mêmes. Sans les profs pour nous surveiller et tout. Qu'on soit entre nous pendant des mois et des mois. Je me demandais donc s'il n'y avait jamais eu un gros dérapage. Quelque chose de vraiment terrible, style *Sa Majesté des Mouches*.

— Tu as peur de finir empalé sur les baleines de ta guimpe.

Oliver mordit gaiement dans le fruit, sourit et en remit une couche tout en mâchant :

— Suffoqué par cette grande robe noire. La mort par enfroquement.

— Il n'y a donc jamais eu de pépin ?

— Ben, rien ne dit que ce ne sera pas pour cette année.

Oliver savoura un instant encore la sombre détresse de Stanley, puis se pencha et lui donna une tape sur le bras.

— Hé, allez, tu es génial dans ce rôle. Tout le monde le dit, dès que tu as le dos tourné.

— Ce n'est pas ce que je voulais dire.

Stanley tambourina sur le plateau de la table et poussa un soupir.

Août

Stanley quitta les locaux de l'Institut au grand trot, emmitouflé dans une longue gabardine de laine. Il portait un costume-cravate, et ses chaussures noires étaient cirées comme des miroirs. Il dévala les marches, se sépara du gros de la troupe et coupa à travers la cour, la tête penchée et les épaules légèrement voûtées, les poings serrés au fond de ses poches. Marchant vite, il ne tarda pas à distancer les autres et se retrouva seul sur le boulevard.

Derrière lui, une poignée disparate de personnages sortis d'œuvres de Tennessee Williams, Steven Berkoff, Ionesco et David Hare tournicota pendant un moment avant de se fixer chacun un but et de se disperser de même. Une des filles avait choisi comme costume une robe en taffetas qui ne lui arrivait pas au genou, et elle paraissait inconfortable et peu vêtue par cet après-midi plutôt frisquet. Ses jambes nues étaient marbrées de rouge et le duvet de ses bras hérissé.

Stanley se proposait de faire le tour du parc, avec un crochet pour éviter le terrain de jeu des enfants, puis de décrire une boucle circonspecte autour du lac pour regagner le campus de l'Institut par les arrières. Il rentra encore un peu plus la tête dans le col de sa chemise et accéléra l'allure. Il était probablement sous surveillance: les Maîtres d'Interprétation et de Mouvement, la Maîtresse d'Improvisation et sa collègue de Voix et de Diction avaient tous quitté les lieux dans la matinée pour se poster à des endroits stratégiques dans le quartier.

« Il ne faut pas sortir de l'aire délimitée », avait dit et redit le Maître d'Interprétation en tapant de l'index sur le transparent tout en regardant, par-delà le bras métallique du rétroprojecteur, la masse animée des élèves qui déjà ne tenaient pas en place. Son pantalon de toile et sa chemise à col ouvert étaient à peine plus coquets qu'à l'ordinaire. Pourtant, lui aussi semblait subir la contagion, partager le frisson grisant du déguisement qui avait saisi ces jeunes gens, méconnaissables pour certains sous leurs costumes de fortune et leurs coiffures d'époque.

Stanley quitta le boulevard et franchit le portail de fer forgé massif aux barreaux épointés donnant accès au jardin botanique. Un monsieur lui aussi en costard le fixa longuement en le croisant dans l'allée sablée. Il faillit se détourner, puis, se rappelant à temps qu'il était Joe Pitt, réagit par un regard non moins appuyé et ne quitta l'autre des yeux qu'après l'avoir dépassé. Il ressentit l'ombre cuisante d'un remords à le berner ainsi, sentiment qui ne le quitta pas même lorsque l'homme tourna et disparut derrière l'orangerie. Stanley crut apercevoir du coin de l'œil la Maîtresse d'Improvisation, assise sur un banc dans une flaque de soleil, un journal ouvert sur ses genoux. Il s'emmitoufla plus étroitement dans son manteau et poursuivit sa promenade.

Le fait de jouer à être un autre lui donnait un sentiment insolite d'intangibilité à l'intérieur de sa bulle. Les idées et toute la vie intime de son personnage, visible seulement dans la mesure où il choisissait de lui donner une expression à travers un jeu de physionomie, la tenue de ses mains ou la courbe de son dos, tout cela entourait ses propres pensées comme d'une atmosphère protectrice, emballant le vrai Stanley sous un film à double épaisseur composé du Joe Pitt apparent et du Joe Pitt profond. Il s'y sentait bien au chaud, comme lové au-dedans d'une coquille de noix, à l'abri, certain que personne ne pouvait le voir pour de vrai sous le double écran de fumée de son déguisement.

— Bonjour, dit là-dessus une petite voix.

C'était la fille de l'incident en coulisse, celle qui prenait des leçons de musique. Elle arrivait dans l'autre sens, son étui à saxophone en bandoulière, comme un carquois. Elle lui adressa un grand sourire, le premier vrai sourire non expurgé qu'il voyait chez elle, accompagné d'une question :

— Tu me suis ?

— Je serais plutôt derrière toi, non ? demanda Stanley.

— Pas forcément, si c'est une traque.

La fille souriait toujours en considérant la gabardine, un peu trop grande pour Stanley dont les mains disparaissaient dans les manches, comme chez le gamin qui s'amuse à mettre les habits de son père.

— En fait, c'est un exercice d'interprétation pour mon école.

Il avait parlé sans réfléchir. Les mots lâchés, il s'attendait à un serrement de cœur : il avait échoué ; quelque témoin invisible avait bien dû enregistrer la rencontre. « Si vous dites à *quiconque* que ce que vous faites est un exercice, si vous faites la moindre allusion à l'Institut ou à votre métier, avait dit le Maître d'Interprétation, il va sans dire que vous serez automatiquement recalés. »

— Il faut que je reste tout l'après-midi dans la peau de mon personnage. C'est la consigne, expliqua encore Stanley, s'empêtrant de plus en plus.

Son cœur était tranquille. Bizarrement, il se sentait plutôt exalté qu'abattu, là, dans le parc avec cette jolie fille dont tout l'être rebiquait comme le bout de son nez. Il battit des ailes dans son manteau extra-large et éclata de rire.

— Ça te dirait de prendre un café ensuite ? demanda-t-il. Quand j'aurai fini d'être Joe Pitt.

— D'accord, acquiesça timidement Isolde. C'est qui, Joe Pitt ?

— Eh bien, il s'habille comme tu me vois là. À part ça, je ne sais pas grand-chose.

— Alors elle est plutôt ratée, ton imitation.

— Ouais.

Stanley avait fini par cerner ce qui lui donnait des ailes : c'était un sentiment d'exister *pour de vrai*, comme ça ne lui était plus arrivé depuis des mois.

— Comment est-ce que je peux savoir que tu ne joues pas la comédie maintenant ? demanda Isolde.

C'était un peu facile, mais Stanley n'allait pas lui en vouloir, pas avec cette exaltation dans le cœur, pas à la voir si jolie avec ses oreilles rosissantes et son manteau de laine et ses moufles collées l'une à l'autre contre le froid.

— Je pourrais te poser la même question, dit-il.

Isolde sourit et fit un geste baroque, écartant les bras et montant sur les pointes comme pour montrer qu'il n'y avait pas un centimètre carré de son corps qui aurait su lui répondre. Stanley avait l'impression de se noyer dans un flot de bonheur.

— Bon, c'est donc un risque qu'il va falloir courir, conclut-il.

La Maîtresse d'Improvisation le rattrapait. Il la voyait venir du coin de l'œil. Il ajouta :

— Il faut que j'y aille, j'ai encore ma promenade à terminer. Mais je t'attendrai sous le ginkgo.

— Je sors à cinq heures, dit Isolde.

— Je sais. J'ai remarqué.

Juillet

— Il faut mener vos gestes jusqu'au bout, râla le Maître de Mouvement en lissant d'une main lasse, machinalement, les cheveux au sommet de son crâne. Là, il est tout à fait clair que vous savez que la scène est presque finie, vous vous relâchez donc sans attendre le noir. Ce n'est qu'une fraction de seconde, mais ça compte. Il faut donner l'illusion que l'action se poursuit derrière le rideau. Il faut mener tous vos gestes jusqu'au bout. Allez, encore une fois.

Stanley et la fille se replacèrent, Stanley caressant la joue de sa partenaire, un doigt casé dans le bouton floral de l'oreille. Ils redirent leur texte en faisant attention de ne trahir aucune baisse de régime à mesure que la scène approchait de sa fin invisible.

— C'est ce que je veux. C'est bien cela que je veux.

C'étaient les derniers mots de Stanley, et il les souligna en resserrant son emprise sur la mâchoire de sa partenaire avec une petite secousse. La fille leva les yeux et le regarda. C'était la fin.

Le visage de Stanley était tout près de celui de la fille dont la joue reposait dans sa main. Il mena son geste jusqu'au bout : il se pencha et l'embrassa pour tout de bon.

— Nom de Dieu ! éclata le Maître de Mouvement. Quand est-ce que je t'ai dit de lui rouler une pelle ? J'ai dit : Mène ton geste jusqu'au bout.

Ils se séparèrent aussitôt, et Stanley, rouge de honte, protesta en cherchant à rencontrer le regard du professeur par-delà les feux de la rampe :

— Je croyais que c'était ce que vous vouliez dire.

La fille, elle, s'essuya les lèvres et regarda par terre.

— Il n'est pas question qu'on baisse le rideau sur vous deux en train de vous sucer la pomme comme une paire d'ados attardés ! hurla le Maître de Mouvement. Pense à la pièce, enfin !

Il était rare que le Maître de Mouvement hausse ainsi le ton. Il était, dans l'ensemble, plus coulant que le Maître d'Interprétation, moins enclin à humilier les élèves et à vouloir les briser, à piquer des crises d'énervement ou de mépris à froid. Aujourd'hui cependant il était rogue et revêche, oppressé comme un grand asthmatique ; en foudroyant du regard les deux fautifs depuis son fauteuil d'orchestre, il suffoquait littéralement d'indignation et de colère.

— Alors, qu'est-ce qui te prend ? reprit-il. Tu as juste profité de l'occasion, hein, tant qu'à faire ? C'est ça ?

Le garçon avait l'air blessé. Il s'attendait probablement à des louanges, à se faire féliciter pour son engagement physique, son empressement à faire abstraction de sa propre personne pour l'amour de son art ; loin de là, il s'était vu mortifier, et cela sous les yeux d'une fille. Avec cette humiliation publique qui les avait arrachés aux bras l'un de l'autre, d'un bond et en rougissant, le Maître de Mouvement avait peut-être tué dans l'œuf toute possibilité d'une relation entre ces deux-là. Il le savait et il s'en fichait, pris soudain d'un agacement sans borne contre le couple, le garçon avec ses cils blondasses et sa moue vulnérable, la fille avec son masque de naïveté fragile, usé jusqu'à la corde.

— Je croyais que c'était cela que vous vouliez dire, c'est tout, répéta Stanley. Je m'excuse.

Le Maître de Mouvement garda un instant le silence. Ils le regardaient à présent d'un air vaguement apitoyé, pensait-il, comme tout adolescent considère l'adulte qu'il croit perdu à jamais pour la libido. Ils le regardaient comme s'ils croyaient l'avoir rendu jaloux en se pelotant gauchement devant le pli du rideau ; comme si la collision de leurs deux chairs avait réveillé chez lui la nostalgie d'une spontanéité juvénile du toucher dont il avait dû faire son deuil ; comme s'il n'avait exprimé en s'emportant que son inassouvissement, la reconnaissance de cette perte démesurée qui était la sienne. Le Maître de Mouvement était écœuré. Il aurait voulu se détourner et cracher par terre. Il aurait voulu monter les sept marches conduisant à la scène et arracher ces petits jeunes à leur bulle d'égocentrisme et de suffisance. Il aurait voulu hurler et leur faire comprendre qu'il n'était pas jaloux, qu'il ne pouvait pas être jaloux du baiser pathétique de deux sales gosses sous les projos, que s'ils lui avaient inspiré quelque chose, c'était une profonde nausée d'avoir dû regarder.

— Encore une fois, dit le Maître de Mouvement avec aigreur en se laissant retomber sur son siège.

Septembre

Stanley attendait Isolde sous le ginkgo lorsqu'elle sortit après sa leçon, descendant les marches de pierre usées et trottinant à travers la cour pour le prendre dans ses bras et lui faire une bise sur la bouche.

— Petite bohémienne, va ! s'exclama-t-il lorsqu'elle le lâcha. Qu'est-ce que c'est que tous ces sacs ?

— Les vendredis, c'est l'horreur, se plaignit

Isolde. Le saxo et la gym et les arts plastiques dans un même après-midi.

— Ma petite bohémienne.

Isolde respira, battit des ailes, puis sourit à Stanley, un grand sourire en toute franchise qui l'illuminait tout entière. C'était la même ouverture sans retenue qui avait séduit M. Saladin chez Victoria, mais en l'occurrence l'expression était transplantée chez sa sœur, le même sourire sur d'autres traits. Stanley se pencha et l'embrassa sur le nez.

— Alors, quand est-ce que je t'entends jouer ? demanda-t-il.

— Je croyais que tu entendais d'ici, dans la cour.

— Mais je ne sais jamais lequel des deux saxos est toi et lequel est ta prof, dit Stanley en souriant. Je te prends peut-être pour nettement plus forte que tu ne l'es.

— En fait, nos instruments n'ont pas du tout le même timbre, si on sait bien écouter. Le mien a un bec en ébonite, celui de ma prof, en métal. Le bec en métal donne une tout autre qualité de son.

— Comme la différence des voix, quand on parle.

— Ouais, c'est ça. Comme la différence entre une femme et une jeune fille.

Le bâtiment de pierre se dressait, aveugle, derrière eux, tous ses rideaux tirés, ses lumières éteintes. À l'intérieur, les bureaux étaient fermés pour la nuit, les derniers restes de chaleur en train de s'évaporer dans l'ombre grandissante du crépuscule. Au dernier étage, il n'y avait pas non plus de lumière à la fenêtre de la prof de saxophone, comme si elle avait bouclé le studio après le départ d'Isolde pour rentrer, de son côté, à la maison. Pourtant, celui qui aurait levé le regard à travers les branches du ginkgo aurait vu une silhouette sombre soulever le rideau pour observer, dans la cour en bas, le couple réuni sous l'arbre. Stanley et Isolde ne levèrent pas le regard. Stanley passa un bras autour des épaules d'Isolde, la serra contre lui, et tous deux s'en furent ainsi en se parlant à l'oreille, tête contre tête, jusqu'à disparaître enfin, avalés par les arcades et le fouillis des branches.

Septembre

— Sais-tu pourquoi je t'ai convoqué ? demanda le Maître de Mouvement pendant que Stanley s'asseyait.

— À propos de ma Sortie, non ?

Stanley croyait deviner, mais le Maître de Mouvement haussa les sourcils et leva le menton d'un air de surprise.

— Ta Sortie ? Pourquoi ?

— Je ne suis pas recalé ?

Se rappelant un peu tard que la prudence n'est jamais de trop, il tenta de se composer la tête de l'innocent qui ne sait pas ce qui lui arrive. Le Maître de Mouvement le rassura :

— Je ne crois pas. J'ai eu communication de ton bulletin, rempli par la Maîtresse d'Improvisation. Elle disait avoir été très impressionnée. Tu étais Joe Pitt.

— Ouais, dit Stanley.

— Je pense qu'elle t'a très bien noté.

— Ah bon.

Stanley voulut hausser les épaules en souriant, mais ne réussit qu'un haut-le-corps et une grimace.

— Tu t'attendais donc à être recalé ? demanda le Maître de Mouvement en scrutant ses traits.

— Non, pas du tout. En fait, je ne sais pas pourquoi vous voulez me voir.

Le Maître de Mouvement se laissa aller contre le dossier de son siège, les deux mains posées à plat sur le plateau du bureau devant lui. Il arborait un air de profonde déception, fruit d'un long entraînement, que Stanley ne put affronter sans un début de panique. Les paroles tombèrent enfin :

— Tu as fait l'objet d'une plainte. D'une plainte très grave. Tu ne devines pas de quoi il s'agit ?

— Non, dit Stanley, sincèrement perplexe. De la part de qui ? Pourquoi ?

Le Maître de Mouvement ne répondit pas aussitôt. Il regardait son élève avec un mélange de pitié et de dégoût face auquel Stanley n'en menait pas large.

— C'est une dame qui enseigne la musique dans un studio donnant sur la cour nord qui s'est plainte auprès de nous. À l'en croire, tu aurais importuné ses élèves.

— Comment ?

Stanley se sentit rougir malgré lui.

— Tu aurais importuné ses élèves. Notamment une jeune fille en classe de seconde au lycée. Ça te dit quelque chose ?

Stanley resta muet.

— Rien ? insista le Maître de Mouvement.

Il étira soigneusement le silence entre eux, comme dans un exercice de respiration. Stanley avait une boule d'angoisse dans la gorge. Immobile, le regard rivé au bois verni sous les doigts de son professeur, il ne parla pas.

— Normalement, reprit le Maître de Mouvement, nous n'interviendrions pas dans une affaire de ce genre, cela va de soi. Tu es majeur et vacciné. Normalement, nous te laisserions régler le problème tout seul. Attendu cependant que cette dame s'est adressée directement à nous — tu comprends que nous ne pouvions pas ne pas t'en parler. Tu comprends bien, n'est-ce pas ?

— Oui, répondit Stanley en hochant la tête machinalement.

— Cette dame, qui donne des leçons de musique, se fait donc du souci pour la sécurité de ses élèves lorsqu'elles se rendent à son studio, étant donné le très proche voisinage de notre Institut.

Stanley approuva derechef.

— Qu'est-ce qui s'est passé, Stanley ? demanda le Maître de Mouvement. Qu'est-ce que c'est que cette histoire ?

Stanley leva les yeux, croisa un instant le regard de son professeur, mais se détourna aussitôt, faisant semblant de s'intéresser aux affiches et programmes de spectacle encadrés qui ornaient le mur au-dessus du classeur. Ils se suivaient selon l'ordre chronologique, comme une recette linéaire de la vie du Maître de Mouvement, le chemin tout tracé qui l'avait conduit là où il se trouvait en cet instant, derrière son bureau vide, les pieds nus joints, les sourcils froncés.

— Je ne sais pas, répondit finalement Stanley. Je ne connais pas de prof de saxophone.

— Je n'ai pas parlé de saxophone.

Stanley hoqueta, regarda à nouveau le Maître de Mouvement, mais se détourna plus rapidement encore, comme si les traits hagards de l'enseignant lui brûlaient les yeux.

— Je savais qu'elle jouait du saxo, dit-il à voix basse.

C'était comme un aveu innommable, la reconnaissance de sa culpabilité. Une petite toux au fond de la gorge cassa le dernier mot en deux, et le silence reprit, pénible.

— Je présume que c'est pour ne pas t'accuser toi-même que tu refuses de parler, dit froidement le Maître de Mouvement au bout d'un moment.

— C'est simplement que je...

En fait, Stanley n'avait rien à dire. Il haussa les épaules, sans insolence, dans un geste d'impuissance qui eut pourtant le don d'irriter le Maître de Mouvement. Ses yeux lançaient des éclairs, et Stanley le sentit redoubler de froideur, vit ses mains crispées accroître leur pression sur le plateau du bureau.

— Comme la jeune fille en question est en classe de seconde, dit le Maître de Mouvement, tu comprends bien qu'elle n'a pas encore seize ans.

Stanley n'avait pas cessé de hocher la tête.

— Comme elle n'a pas encore seize ans, dit le Maître de Mouvement, tu comprends bien que toute relation sexuelle qu'un adulte aurait ou aurait eue avec cette jeune fille serait un crime. Je te parle là en ma qualité de conseiller d'études.

Stanley acquiesça toujours. Il avait vaguement conscience d'être devenu blanc comme un linge, conscience de la salive qui s'accumulait sous sa langue révulsée dans un horrible prélude au vomissement imminent. Il était pris de nausée, l'odorat soudain étrangement aiguisé : il sentait la laine humide de la veste de son professeur, accrochée derrière la porte, le petit cornet de noix sur la commode, le fond de café qui refroidissait dans une tasse elle aussi froide. La tête lui tournait.

Le Maître de Mouvement l'observa un instant avec des yeux ronds, l'air de se retenir, comme si le pire était encore à venir. Il se pencha vers Stanley, avança les lèvres dans un semblant de baiser et choisit soigneusement ses mots.

— Stanley, je vais te poser une question à laquelle je voudrais que tu réfléchisses. Tu n'es pas obligé de répondre, je te demande simplement d'y penser. S'il se trouve que les parents de cette jeune fille soient *dans la salle* ce week-end, quand tu monteras avec tes camarades le projet collectif de première année, est-ce que cela changera quelque chose ? S'ils sont là ?

C'était une question étrange. Stanley ne comprenait pas. Il fixa le Maître de Mouvement d'un air ahuri et bafouilla :

— Je ne vois pas ce que vous voulez dire.

— Cette jeune fille que tu as...

— Isolde.

— Oui. Elle a une sœur. Je ne me trompe pas ?

— Je ne sais pas. Pourquoi ?

Le Maître de Mouvement le regardait à présent sans dissimuler son dégoût.

— Voyons, Stanley, ne tournons pas autour du pot. C'est grotesque.

Stanley ravala sa salive, leva une main pour essuyer la sueur qui perlait sur sa lèvre supérieure et dit :

— Je vous demande pardon. Apparemment j'ai raté quclquc chosc.

— La sœur d'Isolde s'appelle Victoria, aboya le Maître de Mouvement. Tu y es maintenant ?

Stanley le regarda une demi-seconde, béant, avant de comprendre — trait de lumière qui tomba comme un couperet. *Victoria*, hurlait son esprit. *Victoria*, la vedette du spectacle, cueillie dans une coupure de presse, raflée et pillée et greffée sur toutes les affiches, en rouge et en noir, *La Dame Quenouille*. Est-ce que cela changerait quelque chose si les parents de *Victoria* étaient là, dans le public ? Voilà la question que lui posait le Maître de Mouvement.

Puis, comme si la guillotine tenait un second couteau en réserve, encore un coup, si possible plus terrible que le premier. Ils croient qu'Isolde n'est qu'un pion sur l'échiquier, pensa Stanley. Une marionnette. Ils croient que je l'ai manipulée pour avoir des tuyaux pour la pièce.

— En principe, bien sûr, j'ignore tout du projet collectif de nos élèves de première année, disait le Maître de Mouvement, et je ne sais réellement pas grand-chose de vos répétitions ou du spectacle que vous nous préparez. Pourtant, je ne peux pas m'empêcher de passer de temps à autre devant une porte ouverte, d'entendre quelques mots échangés dans le couloir. Tu comprends.

Stanley se recroquevillait sur son siège moite de sueur, faisant son possible pour ravaler la boule de nausée qu'il sentait comme une pierre, inentamable, au fond de sa gorge.

— Et Isolde, elle est au courant ? demanda-t-il bêtement.

— Au courant de quoi ?

— Du spectacle. De quoi il s'agit, ce qu'on veut faire.

— Je n'en sais rien, dit le Maître de Mouvement. Je n'ai parlé qu'à la professeur de saxophone.

Nous avons discuté de la situation et elle m'a expliqué que la famille avait eu une année difficile, avec tout le ramdam autour du viol de l'aînée. J'ai reconnu le nom et fait moi-même le rapport.

Stanley s'acharnait à se remémorer toutes ses conversations avec Isolde. En avait-il parlé ? Avait-il jamais prononcé le nom de Victoria ?

— Est-ce que vous allez le dire ? demanda-t-il. Allez-vous téléphoner aux parents ?

— Je crois que ce serait à toi d'y réfléchir, Stanley. Comme je viens de le dire, tu es adulte, tu peux régler le problème tout seul.

— Et la prof de musique ? Si elle leur a déjà téléphoné ?

Il n'avait jamais vu la prof de saxophone d'Isolde, mais il l'imaginait comme une méchante ombre grasse, postée derrière le rideau à épier à travers les branches ce qui se passait dans la cour en bas.

— Je ne sais pas, dit le Maître de Mouvement, fixant Stanley d'un air étrange. Tu veux donc me faire croire que tu n'étais pas au courant. Pour la sœur.

— Ben non, dit Stanley.

Il se sentait encore diminué. Comment avait-il pu être aussi bête ? La fille, il ne lui avait même jamais demandé son nom de famille. Il n'avait jamais posé de questions — sur sa famille, sa vie à la maison, ce cadre où elle se réveillait le matin et se douchait et prenait le petit déjeuner et travaillait son saxophone, les feuilles de sa partition éparses par terre : c'étaient là des scènes qu'il ne s'était jamais imaginées. Il n'avait jamais imaginé la fille en dehors des moments qu'il passait avec elle : elle avait été seulement — quoi donc ? Un appendice de lui-même, peut-être. Elle lui avait offert simplement un rôle à remplir.

— Mais tu as bien eu une relation avec cette jeune fille ? demanda le Maître de Mouvement.

Il énonçait soigneusement, insistant sur l'adjectif *jeune*, comme pour laisser l'empreinte de son doigt sur le mot.

— Pas... je veux dire... ce n'était pas... elle était consentante, bafouilla Stanley. Oui, nous avons eu une relation.

— Tant qu'elle n'aura pas seize ans, Stanley, son consentement ne pèse pas lourd.

Le Maître de Mouvement recula sur son siège, regardant Stanley de haut en bas, l'air de se laver les mains de toute l'affaire.

— Il ne faut pas qu'ils viennent, dit Stanley. Les parents. Il ne faut pas qu'ils y assistent. Il ne faut pas qu'ils sachent.

— En effet. Il ne faut pas.

— Qu'est-ce qu'on va faire ? On annule ?

— Je ne suis pas responsable du spectacle, dit le Maître de Mouvement. Je ne suis pas responsable de la vente des places. Je ne suis pas responsable de la jeune fille. Je me borne à t'informer de ce qu'il est utile que tu saches. Je ne décide pas pour les autres. Je ne veux pas savoir ce que tu as fait avec cette fille. Mais si cela doit se révéler préjudiciable à l'Institut, d'une manière ou d'une autre — je ne peux pas ne pas intervenir.

Stanley, hébété, acquiesça de la tête.

— Franchement, Stanley, dit enfin le Maître de Mouvement, se laissant aller pour la première fois à de l'exaspération contre la victime blême qui tremblait face à lui dans cette pièce exiguë. Comment est-ce que tu as pu ne pas savoir que quelqu'un vous regardait ? Nom de Dieu ! On n'est pas étourdi à ce point ! Faire tout cela, depuis le début, sous les yeux d'un tiers !

Septembre

— Stanley, dit Isolde. Est-ce que tu veux aller jusqu'au bout avec moi ? Un jour ?

Stanley fit courir un doigt sur sa joue. Au fond de lui-même, il lui en voulait de mettre la chose en paroles, de donner forme et voix à cette perspective. Cela avait quelque chose d'indécent. Il aurait préféré laisser l'acte sans nom jusqu'à ce qu'ils l'aient accompli. Il aurait préféré ne rien dire en général, lui fermer la bouche d'un baiser et tirer sur les manches de son chemisier et la ceinture de sa jupe et l'effeuiller vite fait, comme il aurait enlevé la pelure d'un fruit mûr. La question était d'ordre logistique, organisationnel, réducteur. Il ne l'aurait pas posée. Il était un romantique.

— Tu crois que nous sommes prêts ? fit-il, répondant astucieusement par une autre question tout en la regardant d'un air penaud, assez solennel pour qu'elle s'y laisse prendre et le croie sérieusement aux prises avec le problème.

— Ben oui.

Elle commença à sourire avant la fin de la seconde syllabe, et l'instant d'après lui aussi souriait et approchait la tête pour l'embrasser et rire avec elle, tout contre elle, dents contre dents.

— Moi aussi, dit Stanley. Je crois que nous sommes prêts.

— Tu veux ? demanda timidement Isolde.

— Évidemment que je veux. J'attendais que tu

te décides, c'est tout. Je ne voulais pas faire pression. Je voulais que ce soit toi qui me le demandes.

En fait, ce n'était pas vrai, mais Stanley était content : ça sonnait bien.

Octobre

La porte du bureau du Maître de Mouvement était ouverte, et Stanley ne frappa pas. Silencieux sur ses pieds nus, il se campa dans l'embrasure de la porte et attendit un instant avant de parler.

— J'aurais dû être recalé, commença-t-il. Je vous en informe. J'aurais dû être recalé à l'exercice de la Sortie. J'ai dit franco à quelqu'un que c'était un exercice pour l'école. Une jeune fille. Je lui ai même dit que je jouais Joe Pitt.

Le Maître de Mouvement leva la tête et le regarda, la clarté de sa lampe de bureau creusant les ombres autour de ses yeux et de sa bouche.

— Pourquoi ? demanda-t-il.

Il n'esquissa pas un geste pour l'inviter à entrer, et Stanley resta donc sur le seuil, se dandinant d'un pied sur l'autre, les deux mains accrochées aux courroies de son sac à dos.

— Parce que sinon elle aurait peut-être cru que Joe Pitt, c'était mon vrai moi, dit Stanley. Je ne voulais pas qu'elle pense cela.

Le Maître de Mouvement poussa un soupir et se frotta le visage.

— Pourquoi est-ce que tu me racontes tout cela, Stanley ? Tu n'as pas envie d'une mauvaise note sur ton bulletin. Ce sera un point contre toi. Si tu as des remords, pourquoi ne pas te promettre simplement de faire mieux la prochaine fois ? Pourquoi veux-tu à tout prix te couler toi-même ?

— Pour vous obliger à me respecter, répondit Stanley.

— Pour m'obliger à te respecter, répéta le Maître de Mouvement.

— Pour vous obliger à me voir, reprit Stanley dont la respiration était de plus en plus précipitée. Pour vous obliger à me voir quand vous regardez.

Le Maître de Mouvement regarda le garçon en hésitant, presque disposé à se laisser fléchir. Stanley avait la gorge nouée et un tremblement dans la voix. Pourtant, même à présent, la nervosité laissait percer une note persistante d'autosatisfaction. La Maître de Mouvement sentit sa colère se ranimer. Maintenant encore, pensa-t-il. Ce garçon joue maintenant encore la comédie et se félicite de sa prestation, il est en adoration devant lui-même.

— Chaque année il y a quelqu'un comme toi, Stanley, dit-il. Et une nouvelle copie conforme viendra se couler dans le moule le jour où tu nous quitteras. Chaque mot qui sort de ta bouche n'est qu'un *rôle* appris. Un rôle que tu as si bien repassé, en te donnant tant de mal, que tu as réussi à te persuader que ce sont bien tes propres mots, mais ce n'est pas vrai. C'est un rôle que j'ai déjà vu jouer je ne sais pas combien de fois.

Il releva brusquement la tête, poursuivit en laissant éclater son irritation :

— Mais toi, pourquoi est-ce que tu ne *me* vois pas quand tu me regardes ? Je pourrais poser la question à tous mes élèves. À mes égoïstes d'élèves à l'emporte-pièce, qui arrivent et s'en vont chaque année en bloc, comme une marée dans une flaque.

— Et le garçon de l'atelier des costumes ? Lui aussi, il est à l'emporte-pièce ? demanda Stanley avec aigreur.

Il y eut un silence. Le Maître de Mouvement haussa les sourcils.

— Le garçon de l'atelier des costumes ?

— Le masque du Théâtre de la Cruauté. Nick, bafouilla Stanley.

— En quoi Nick t'intéresse-t-il ?

— Lui aussi, c'est un élève à l'emporte-pièce ? répéta Stanley qui avait définitivement perdu pied.

Le professeur le toisa et faillit éclater de rire.

— Ça se peut, répondit-il. Mais il me ressemble. Il est comme moi, autrefois. Je l'écoute parler, je le regarde bouger, et c'est comme une nouvelle naissance. Je peux revivre ma vie à travers lui. Je peux me renouveler simplement en ouvrant les yeux.

Stanley baissa les siens et ne dit plus rien.

Lorsque le Maître de Mouvement reprit enfin la parole, d'un ton froid, il lui montra à nouveau un visage fermé.

— Merci d'être venu me voir aujourd'hui. Nous rectifierons donc ton dossier qui fera état d'une note insuffisante.

13

Vendredi

— Tu es proche de ta sœur ? demande un jour la prof de saxophone à Isolde.

La leçon est terminée, la jeune fille range son instrument, et le ton de la question est débonnaire.

— Pas vraiment, répond Isolde.

— Tu la vois beaucoup au lycée ?

— Nan. Ça ferait trop bizarre, les seconde et les terminale ensemble. Elle a des copines dans sa propre classe. Elles n'en ont rien à faire de moi.

— Est-elle quelqu'un à qui tu te confierais, si tu éprouvais le besoin de parler ?

Isolde rougit comme une pivoine, se détourne et fuit la prof de saxophone en se baissant pour tripoter le fermoir de son étui.

— Je ne crois pas, répond-elle.

La prof de saxophone l'observe.

— Bon, dit-elle avec bienveillance.

— Je ne sais pas à qui je parlerais, bafouille Isolde.

— Pas à tes copines ?

— Nan.

La prof de saxophone attend pendant qu'Isolde ramasse ses partitions, essaie d'y mettre de l'ordre et fourre tout le paquet dans son sac à dos.

— En fait, c'est drôle que Victoria ait tellement la cote, raconte-t-elle en se ressaisissant. Il y a trois ans, en troisième, elle était au fond du trou. Ses copines avaient décidé qu'elles ne l'aimaient pas vraiment et elles ont tenu conseil pour savoir comment lui faire son affaire. À la fin, elles se sont rassemblées à la pause de midi et elles lui ont annoncé qu'à partir de ce jour-là elles lui interdisaient de s'asseoir avec elles ou de leur parler. Et elles l'ont plaquée.

— Elle aura tourné la page, je suppose, dit la prof de saxophone. Elle se sera trouvé d'autres copines.

— On ne peut pas, en fait, dit Isolde. Pas quand on s'est fait larguer par une bande. Les autres, ça les rend méfiantes. Tout ce qu'on peut faire, c'est tuer le temps à la bibliothèque et venir en classe à la dernière minute pour ne pas avoir l'air de poireauter là toute seule.

Elle ajoute encore :

— La plupart des filles ont une meilleure copine pour se sécuriser, au cas où. Ça fait toujours quelqu'un sur qui on peut compter, et on risque moins de se faire larguer.

— Mais alors comment ta sœur a-t-elle fait pour renverser la vapeur ? demande la prof de saxophone. Si elle était vraiment, comme tu dis, au fond du trou.

— Elle s'est mise à traîner avec des garçons, dit Isolde. Elle traversait la rue à midi pour zoner sur les quais avec ceux de Saint-Sylvestre. Elle était la seule fille, avec tous ces gars. C'était son arme. Alors les filles aussi ont recommencé à l'accepter.

— Et toi ? Tu as déjà été larguée ? demande la prof de saxophone. Par un groupe, je veux dire.

— Nan, pas moi, dit Isolde.

Elle a fini de s'emmitoufler dans son manteau et son écharpe et elle hausse les épaules d'un air impuissant pour mettre fin à la conversation.

— À la semaine prochaine, dit-elle encore.

Un bref instant, la prof de saxophone ressent presque une pointe de tristesse. Elle aurait envie de demander à Isolde de rester encore. Ces bribes d'une demi-heure par semaine de la vie de la jeune fille sont pour elle comme les carrés éclairés des fenêtres de cuisine qui se suivent le long d'une rue obscure, offrant en jaune un coup d'œil rapide dans la bouche ouverte des maisons, sans aller plus loin.

La leçon une fois finie, Isolde se referme sous le vernis de la politesse. Elle se tient maintenant près de la porte, son étui à la main. L'intimité, l'intensité si précieuse de la situation d'apprentissage n'est plus, et la prof de saxophone ne peut que sourire et lui faire un signe d'adieu en disant :

— À vendredi, Isolde. Porte-toi bien.

Jeudi

Patsy a apporté des croissants et du jambon et un fromage jaune, à pâte molle, que la lame émoussée du couteau à beurre a du mal à entamer. Voilà déjà près d'une heure qu'elles parlent et que la prof de saxophone regarde Patsy en désespérant, impatiente, avec l'urgence blessée d'une biche prise au piège. Elle semble sur le point de fondre en larmes. On dirait que Patsy ne se rend compte de rien.

— Vois-tu, Patsy, dit-elle enfin. Chaque fois que j'ai un moment d'intimité tête à tête, quand je suis bien avec quelqu'un que je fais rire, que j'embrasse et à qui je donne du plaisir — chaque fois que j'ai l'impression de *réussir* vraiment mon rôle d'amoureuse, de faire ça *bien* —, chaque fois, il y a quelque chose en moi qui voudrait que tu me regardes.

— Mais qu'est-ce que tu racontes ! s'exclame Patsy en fronçant le front d'un air interrogateur et à moitié fâché.

Elle se retire déjà, se raidit contre le dossier de sa chaise, lève la main à sa joue pour repousser une mèche et devenir du coup impénétrable, comme si elle était déterminée à comprendre de travers tout ce que la prof de saxophone aurait encore à dire. D'un coup, son visage se fait de pierre, s'éloigne à mille lieues.

— Je ne veux pas dire que j'aurais envie que tu sois là, explique la prof de saxophone. Simplement, tout ce que je fais avec les autres devient une façon de prouver quelque chose. De *te* prouver quelque chose, sans que tu me voies. Comme si je disais tout le temps : Voilà ce que tu n'as pas su voir en moi. Voilà ce qui aurait pu être à toi. Voilà ce que tu as raté.

— Tu voudrais que je sois jalouse, dit Patsy.

— Non, proteste la prof de saxophone. Il ne s'agit pas de jalousie. Je veux que tu voies le meilleur de moi, c'est tout. Parfois j'agis comme si tu regardais vraiment, simplement pour me prouver à moi-même que je peux valoir le coup.

Parfois, dans les situations les plus intimes, je dis des choses qui n'ont aucun sens pour la personne avec qui je suis. Des choses qui n'auraient un sens que pour toi. Si tu regardais.

— Chérie, dit Patsy tout bas.

Un ange passe.

— Bien sûr, je vais répéter tout cela devant mon miroir, dit finalement la prof de saxophone. Avant de parler. Je n'arrêterai pas de répéter. Tant que je ne me sentirai pas assez sûre de moi pour te le dire tout haut.

Lundi

— Parle-moi d'Isolde, dit tout de go la prof de saxophone lorsque Julia vient prendre sa leçon du lundi après-midi.

Julia hausse les sourcils en se tortillant pour s'extraire de sa doudoune qu'elle jette ensuite sur le dossier d'un fauteuil. Elle rayonne toujours du froid hivernal qu'elle a introduit dans la salle, et la prof de saxophone en saisit une bouffée, respire cet air du dehors comme une senteur exotique.

— Parle-moi de Patsy, rétorque Julia.

— Qui ? fait bêtement la prof de saxophone.

Les bras lui en tombent, mais elle se rattrape aussitôt en tirant sur sa manche avec agacement :

— Enfin, bien sûr que je connais Patsy. Je voulais dire pourquoi ?

Julia hausse les épaules.

— Ma prof principale a accroché une pancarte dans sa classe, dit-elle. Avec écrit dessus : Qui est-ce qui pose les questions ici ?

La prof de saxophone plisse les yeux.

— Et toi, d'où connais-tu Patsy ?

— Tout le courrier que vous recevez là vous est adressé « chez » Patsy, dit Julia en montrant du doigt. Vous êtes amantes ?

La prof de saxophone rougit et prend un ton digne pour s'expliquer en relevant le menton :

— Le studio appartient à Patsy. Elle me l'a laissé.

— Dans son testament ?

— Non, elle n'est pas morte. Elle est toujours propriétaire en titre du local. C'est pourquoi la boîte aux lettres porte son nom.

— Donc vous n'êtes pas amantes.

La prof de saxophone tape des doigts sur son bureau et répète :

— Parle-moi d'Isolde.

Julia passe le bout de la langue sur sa lèvre inférieure avant d'obtempérer :

— On se retrouve à l'école, dans la réserve du club de théâtre. C'est un endroit où personne n'a rien à chercher, et puis on coince la porte pour le cas où. On se fait un nid dans les habits de religieuses et les uniformes nazis et les crinolines, et quand ça sonne, on ne sort jamais ensemble, il y a toujours l'une ou l'autre qui attend, alors les gens n'y voient que du feu.

— Et ?

— Et quoi ? fait Julia.

— Ça ne suffit pas, dit la prof de saxophone. Ça ne me suffit pas de vous savoir là-dedans. Comment en êtes-vous arrivées là ? Comment est-ce que cela a commencé ?

— Pourquoi voulez-vous savoir ? Vous serez toujours dehors, dit Julia. À regarder de l'extérieur ce qui se passe en dedans. Même si vous savez tout, tout ce qui ne vous regarde pas, vous serez toujours dehors. Pourquoi elle vous a laissé le studio ?

Elles sont tendues, comme deux chiens qui tirent sur leur chaîne et ne peuvent se rejoindre. La prof de saxophone répond :

— Pour marquer sa confiance dans ma musique. C'est elle qui m'a appris le saxophone, autrefois, mais elle a eu des problèmes d'arthrose très jeune. Cela a commencé dans les pouces, puis les douleurs ont fait tache d'huile, lentement, inexorablement, toute la main y est passée. Elle a dû renoncer à l'enseignement. Elle est retournée à la fac, et moi j'ai repris le studio. J'ai pris la relève, si tu veux. Maintenant je lui paie un loyer.

— Elle était votre prof ?

— Dans le temps, oui.

La prof de saxophone a les bras croisés, les mains crispées autour de ses coudes. Dans cette posture, elle hésite, aspire un grand coup et demande précipitamment :

— Qu'est-ce que vous faites, dans la réserve ?

— On se parle surtout, dit Julia. Tout bas, puisqu'il n'y a qu'une cloison de placo entre la réserve et les salles de musique. C'est ça qui a été fatal à M. Saladin et Victoria. Quelqu'un est entré dans la réserve du club de théâtre et les a entendus à travers la cloison. Il fait toujours noir là-dedans comme dans un four — on n'ose pas allumer, ça se verrait sous la porte. Ce que j'aime le plus de ce qu'elle fait dans le noir, c'est le compas. Elle écarte l'index et le majeur, comme les bras d'un petit compas, et sa main me tâte sans arrêt la figure pour voir si je souris, elle est là, couchée dans le noir, et elle garde les doigts, tout doucement, sur les coins de ma bouche. C'est ce que je préfère.

— Qu'est-ce que vous dites ? Quand vous parlez. Qu'est-ce que vous vous racontez ?

— On parle de ce qu'on vit, dit Julia, et comme chaque instant est précieux. De la chance que nous avons, que le hasard de mon attirance ait coïncidé avec le hasard de la sienne. On reste couchées là à s'émerveiller et à sentir chacune la peau de l'autre sous la main et, tout au fond de moi, j'ai l'impression d'être plus âgée, de tout un tas d'années — ce n'est pas de la lassitude, ni de l'expérience ou quoi que ce soit, c'est plutôt que ce que je ressens est tellement immense que ça me met en rapport avec une immensité plus grande encore, un infini, une sublime *inscience* dont l'arc monumental dépasse et englobe toute fraction infime de temps ou d'espace où je peux me trouver piégée. C'est comme si ce seul instant, ce minuscule fragment de présent, ce *maintenant* éphémère et parfait où je sens sa peau sous mes doigts et le goût de sa langue dans ma bouche et moi-même si totalement captive d'elle, comme si cet instant était tout ce dont j'allais avoir besoin, quelque chose qui allait me nourrir jusqu'à la fin de mes jours.

La prof de saxophone cherche à tâtons le bord de son bureau et se laisse aller, sans force, contre le meuble. Julia continue :

— Mais il y a en même temps une sorte de tristesse dans ce que je ressens. Une tristesse douce-amère, qui prend à la gorge et y reste en travers et que je n'arrive pas à avaler. Comme si je savais que j'étais en train de *perdre* quelque chose ; quelque chose qui s'écoule et disparaît, comme l'eau dans les sables. Et c'est une idée étrange, que la perte — cette fringale déchirante qu'est la perte — n'attend pas la fin d'une relation, quand l'autre se dérobe et s'en va et que je sais que rien ne me la rendra. C'est un sentiment qui commence au tout début, dès le tout premier attouchement, le hasard qui nous fait nous heurter dans le noir. L'innocence de la rencontre — la douceur, la pureté, cette tendresse si timide, qui ose à peine être ce qu'elle est — c'est quelque chose que je ne peux que *perdre*.

Julia fait un pas vers la prof de saxophone.

— C'est le sentiment que tu as eu ? demande-t-elle. Avec Patsy ?

— Julia..., dit la prof de saxophone, puis elle se tait.

Elle passe une main sur ses yeux, recommence :

— Patsy...

Mais, là encore, elle reste court, se ravise. Lorsqu'elle parle enfin, c'est pour dire :

— Crois-moi, Julia. Cet instant dont tu parles. Cet unique baiser parfait. C'est tout ce qu'il y a. À partir de là, ma chérie, tout ne sera que copie conforme. Tu essaieras de recréer ce baiser-là avec toutes celles ou tous ceux que tu aimeras, tu essaieras de faire revenir le temps en arrière pour le revivre, encore et encore ; il sera là, devant toi, comme la vidéo que tu fais passer en boucle sur l'écran de ta télé, tu te pencheras pour sentir la fraîcheur du verre bombé contre ton front, pour sentir l'électricité hérisser de près en près la pulpe de tes doigts, la chair de ta joue, te sentir illuminée, rayonnante de cette lueur bleu-noir coupée d'éclairs, mais au bout du compte tu ne pourras jamais vraiment le *toucher*, ce souvenir parfait, ce seul et unique instant d'ignorance, où tu étais simplement *innocente* de toi-même, de celle que tu pouvais devenir. Tu ne mettras plus jamais le doigt sur ce sentiment-là, Julia. Plus jamais.

— C'est comme ça pour toi ? insiste Julia. Avec Patsy ?

La prof de saxophone soupire, mais ne répond pas.

— Où est-elle maintenant, Patsy ? demande Julia.

— Eh ! elle habite toujours dans le coin, dit la prof de saxophone en agitant vaguement la main vers le nord-nord-ouest. Nous sommes de vieilles amies, Julia, c'est tout. Patsy est mariée. Nous ne sommes qu'amies.

— Mariée à un homme ?

— À un homme, oui.

— Mais vous avez été amantes, autrefois, dit Julia.

— Non.

— Jamais ?

— Non.

— Vous mentez.

— Qu'importe, d'une façon ou de l'autre ? éclate la prof de saxophone. Je ne pourrais te communiquer que mes souvenirs, pas la réalité de la rencontre. Que l'étamine froissée de ma mémoire toute boulochée et mangée aux mites, qui laisse passer la lumière. Et toi, tu as menti sur ce que tu préfères. C'était un plagiat.

Julia se renfrogne, mais garde le silence. Au bout d'un moment, elle relève fièrement la tête et lance :

— Sans doute que vous saviez déjà tout de toute manière, par une autre source.

Vendredi

Stanley attend Isolde après sa leçon. Il perçoit à l'intérieur quelques bribes d'une mélodie jouée par deux saxophones, l'un au son assuré, qui mène, l'autre plus terne, timide, quelconque. Il est nerveux. Il regrette de ne pas avoir préparé un scénario.

Finalement les saxophones se taisent et il lui semble entendre, par la fenêtre ouverte, la voix grave de la prof d'Isolde, puis Isolde elle-même qui rit. Il se dandine d'un pied sur l'autre.

Quelques minutes encore, et Isolde émerge et descend en trottinant les marches du perron, son étui de saxophone à la main. Elle n'a pas sa tête normale : son sourire est trop gai, trop preste à se dessiner, alors qu'elle a les yeux tristes. Stanley n'y fait pas attention. Il est trop occupé à se tripoter le col et les cheveux, et il a du mal à la regarder en face.

— Salut, toi ! dit-elle. Tu m'as entendue aujourd'hui ?

— Ouais, dit Stanley. Tu es drôlement forte, dis donc.

— Tu veux venir à mon récital ? T'es pas obligé. Ça risque d'être casse-pieds.

— Ouais, clair, dit Stanley sans se rendre compte de l'ambiguïté.

En quittant la cour au côté d'Isolde, il regarde par-dessus son épaule vers la fenêtre de la prof de saxophone. Y a-t-il quelqu'un, derrière le rideau, qui les regarde de là-haut ? L'élève suivante attend-elle patiemment sur le palier que la prof ait fini de les épier, puis se donne un coup de peigne avant d'ouvrir la porte pour l'accueillir ? Il est trop loin pour rien distinguer, et l'instant d'après la fenêtre disparaît derrière les branches du ginkgo.

— Mes parents y seront, dit Isolde. Ils sont vraiment chauds pour te rencontrer. Papa surtout. Ma sœur a eu, ben, une drôle d'histoire cette année, genre elle a couché avec un prof, alors le grand truc de papa c'est de revenir à la normale. Il est trop content que tu sois pas un type de trente ans, un peu chauve et mon prof au lycée.

Stanley en a le souffle coupé. Il s'écarte un peu d'Isolde. Voilà : tout ce qu'il aurait eu besoin de savoir, l'information décisive, elle la lui sort comme ça, d'un coup, comme une fleur. Trop tard.

— Pourquoi tu ne m'en as pas parlé avant ?

— Bof, répond Isolde, désinvolte. Je sais pas. Sans doute parce que j'en ai marre. On parle plus que de ça — Victoria et comme elle s'est fait violer et les choses difficiles que ça nous a fait vivre. J'avais pas envie d'en parler encore avec toi, c'est tout.

Elle lui prend la main et l'attire plus près d'elle tout en marchant. Il ne l'a jamais connue aussi tendre.

— Y'a pas de quoi faire tout un plat, dit-elle.

— Qu'est-ce que tu veux dire, elle a couché avec son prof ? demande Stanley.

— Ben, d'après ce qu'elle raconte maintenant, il paraît qu'ils ont même pas couché ensemble. Je sais pas. C'est jamais deux fois pareil. Elle devient cachottière.

— Tu dois bien savoir. Elle est ta sœur, après tout.

Isolde lui lance un regard étrange.

— Je ne sais pas, dit-elle. Je ne sais rien.

Ils avancent côte à côte sans se parler.

— Est-ce que tu parles de moi à ta prof de saxophone ? demande enfin Stanley.

Sa voix est tendue, plus haut perchée qu'à l'ordinaire. Isolde répond :

— Ça peut m'arriver, ouais. Comme ça, en passant. Les profs de musique, c'est un peu comme les psys. On y va une fois par semaine et on sort tout ce qu'on a besoin de raconter à quelqu'un et puis on s'en va. C'est une espèce de thérapie.

Elle aussi a une voix de tête et ne semble guère convaincue par ses propres paroles.

— Qu'est-ce que tu lui racontes sur moi ? demande Stanley.

— Des trucs.

Isolde n'a pas l'air tranquille. Du coup, Stanley se décide à parler, mais sans tout dire. Il s'arrête court, se tourne vers elle et lâche :

— Elle a porté plainte contre moi. Ta prof. Apparemment, elle nous observait par la fenêtre. Elle m'accuse de harcèlement — parce que tu es tellement jeune, je suppose, et moi pas. Pas jeune, je veux dire. Enfin, je suppose que c'est ça.

Il se tait, à bout de souffle, et la regarde. Isolde ouvre un peu la bouche, mais rien ne sort. Son regard s'arrache à celui de Stanley, va chercher une réclame collée au mur par-delà son épaule. Stanley finit par s'impatienter.

— Alors ? Qu'est-ce que tu racontes sur moi ? répète-t-il. En prenant ta leçon.

— Rien, répond précipitamment Isolde.

— Tu viens de dire le contraire.

— Juste un mot, comme ça, en passant.

— Alors pourquoi est-ce qu'elle irait se plaindre ? Qu'est-ce qu'elle a contre moi ?

Isolde lui lance un regard calculateur et demande :

— Tu as des emmerdes ?

— Je veux savoir ce que tu racontes sur moi.

Stanley hausse le ton. Dans sa frustration, il oublie que lui-même n'est qu'à moitié franc avec Isolde. Il commence à se dire que tout est de sa faute à elle. Il ne supporte plus ses airs étonnés, sa moue boudeuse, tout son côté enfantin.

— C'est cette histoire avec ma sœur, dit enfin Isolde. Apparemment, ma prof sait le coup que ça a été pour moi. Elle sait comme je suis vulnérable, comme je suis impressionnable, comme je risque de me désocialiser ou de faire une grosse bêtise ou de finir par coucher à droite et à gauche, simplement pour attirer l'attention. Ça arrive, quand il y a eu un traumatisme dans la famille. Elle veut me protéger, faut croire.

— Contre moi ?

— Ben ouais. Enfin, c'en a l'air.

— Et tu étais au courant.

Il a fini par se fâcher sérieusement. Pourtant, Isolde nie.

— Non, je n'étais pas au courant. Elle a fait cela derrière mon dos, comme une de ces mères poules qui veulent tout contrôler dans la vie de leurs enfants.

— Mon œil ! dit Stanley. Toi et ta prof, en train de casser du sucre sur mon dos. Des conneries.

— Mais de quoi tu parles ?

— Apparemment tu m'as taillé un costard de violeur.

— Je ne t'ai pas taillé un costard, et surtout pas de *violeur* !

— C'est ma réputation, dit Stanley. Ma réputation à l'école qui est en jeu. Je sais pas ce que tu lui as raconté, mais c'est à cause de toi qu'elle a fait ce qu'elle a fait. C'est toi qui lui as fait porter plainte.

— Ce n'est pas vrai. Je ne lui ai rien *fait* faire !

— Si ! hurle Stanley. C'est pas possible autrement. C'est forcément toi. Toi et tes histoires.

Des voitures passent. Les passagers collent le nez aux vitres pour ne pas rater le spectacle. Stanley et Isolde se disputent, Stanley en gesticulant, Isolde les mains croisées sur le ventre. Enfin Stanley mime un coup de karaté qui signifie *assez*. Il est le premier des deux à tourner le dos et à s'en aller.

Lundi

— Que feriez-vous, demande Julia, si je racontais que vous jouez à des petits jeux avec moi quand on est seules, toutes les deux ? Des petits jeux indécents. Si je me laissais tirer les vers du nez. Si je craquais.

La tempête souffle de plus en plus fort au-dessus des toits, abaissant le ciel qui apparaît sombre et meurtri. La prof de saxophone traverse la salle pour allumer une lampe et tirer le rideau, comme s'il pouvait les mettre à l'abri du mauvais temps. Elle répond sans regarder Julia :

— Je ne sais pas ce que je ferais.

— Je mentirais, dit encore Julia en plissant les yeux pour mieux suivre son idée. J'inventerais des bijoux de mensonges sertis d'éclats de détail, de splendides minuties qui seraient comme les morceaux d'une mosaïque, des lames d'images nettes, ineffaçables, d'une si parfaite vraisemblance que personne n'aurait idée de douter de mes paroles. J'aurais des alibis. Je ferais intervenir des tiers à qui j'apprendrais une histoire, je leur ferais répéter leur rôle si longtemps et avec tant de soin qu'ils ne douteraient même plus de la vérité de mes paroles dans leur bouche.

— Ce serait te donner bien du mal, dit la prof de saxophone. Qu'est-ce que tu aurais à y gagner ?

Son ton est calme, mais ses yeux et ses mains aux aguets ; elle observe maintenant Julia avec toute son attention.

— Ça changerait ce qu'on raconte sur moi au lycée.

— Qu'est-ce qu'on…

— Que j'aime les filles, dit Julia en haussant la voix.

Le col de son chemisier est déboutonné, le petit creux à la naissance du cou marbré du rouge de la colère.

— Et qu'est-ce que cela y changerait ?

— S'il y a une histoire tragique là-dessous, ça me ferait un prétexte, je serais tout excusée. Comme l'autre. Victoria.

— La sœur d'Isolde.

— Ouais, approuve Julia avec feu. La sœur d'Isolde. Elle peut faire n'importe quoi maintenant, péter les plombs et coucher avec la terre entière et boire comme un trou et rater son bac et sécher ses concours, personne ne lui reprochera d'être une perdante ou une pétasse. Tout le monde saura que c'est parce qu'elle a été *traumatisée*, parce que tout s'explique, et l'explication, c'est le viol dont elle a été victime. Elle pourra faire n'importe quoi, ce ne sera qu'une preuve de plus. Dans un sens donc, elle est libre. Quoi qu'elle fasse, elle ne sera jamais responsable. Elle a une *excuse*.

— C'est une façon intéressante de voir les choses, dit la prof de saxophone.

— *Moi* je veux une excuse, insiste Julia. Si on découvre que j'ai été traumatisée, ce ne sera plus de ma faute. Ce ne sera pas dégoûtant, ce sera tragique. Ce sera un *effet* — l'effet d'une cause qui n'est pas en mon pouvoir. Je serai une pauvre victime.

— Vous voulez toutes être traumatisées, éclate soudain la prof de saxophone. Toutes. S'il y a bien une chose, une seule, que toutes mes élèves ont en commun, c'est ça. C'est le thème dont vous déclinez, toutes, des variations : le désir suprême d'être victime. Vous y voyez le seul moyen pratique de prendre l'avantage sur vos copines, et vous n'avez pas tort. Si j'abusais de toi, Julia, je te rendrais un service formidable. Je te donnerais carte blanche pour une orgie d'autoadoration et d'autodétestation et d'apitoiement sur toi-même où aucune de tes camarades ne pourrait espérer rivaliser.

— Oui, c'est bien ce que je me tue à vous dire, approuve Julia.

Elles se dévisagent un instant en silence.

— Quels détails y mettrais-tu ? demande alors la prof de saxophone. Quels seraient-ils, les fragments coupants de mosaïque qui doubleraient ton alibi comme les mailles serrées d'un haubert ?

— Rien de physique, pas dans un premier temps, dit Julia. Ce serait trop voyant. Un mensonge trop beau pour y croire. Non, plutôt quelque chose de psychologique. Quelque chose d'insidieux et d'insinuant. Une lente érosion qui, au bout du compte, serait pire, bien plus subtile et plus traumatisante qu'un pelotage entre deux portes ou une gifle taquine.

— Ce sera quand même un mensonge, Julia. Au fond des fonds. Tu ne seras pas satisfaite. À la base, tu ne feras jamais en sorte que ce soit vrai.

— Qu'en savez-vous ? rétorque Julia. Que savez-vous de votre influence sur moi ? Comment pouvez-vous être sûre que je n'en ai pas souffert ? Que je ne couve pas quelque petite critique, une remarque qui vous aura échappé l'air de rien et que vous aurez oubliée depuis longtemps, mais dont je me souviens chaque fois que je trébuche ou que je me retrouve en situation d'échec ? Un petit rien qui ne cessera de s'enfoncer, de plus en plus, comme l'écharde de verre qui, partie de mon doigt, finit par me transpercer le cœur ? Un petit rien qui m'aura si bien changée que je ne serai plus jamais la même... Qu'en savez-vous ?

Pour une fois, la prof de saxophone n'a rien à dire. Elle regarde les oiseaux à la fenêtre.

Mercredi

Dans le jazz-band d'Abbey Grange, le pupitre des saxophones reste brèche-dent après la défection de Victoria, qui a choisi de ne plus revenir, puis de Bridget, qui ne le pourra pas. Les lacunes ont été comblées par des musiciennes des derniers rangs et on a rapproché les chaises pour que ça ne se voie pas.

— Bridget aurait vraiment apprécié, dit de temps à autre le premier trombone.

D'après son expérience, les défunts sont des gens toujours très sentimentaux, facilement réjouis par les choses simples de la vie. Parmi ses camarades, certaines pleurent encore, moins sur Bridget, peu mémorable, que sur elles-mêmes, en s'imaginant comme elles se révéleraient irremplaçables si elles s'étaient trouvées à la place de la morte.

Le groupe de jeunesse chrétienne, très discret sur le licenciement de M. Saladin et ses implications, revit à l'occasion de la mort de Bridget. La folle passion d'un homme pour une jeune fille que sa position lui faisait un devoir de protéger est un mystère humain. Le mystère divin de cette autre fille, solitaire et sans lampe, fauchée sous la rosée nocturne, est plus vendable : c'est même tout à fait le rayon des jeunes chrétiennes, qui en font leurs choux gras. Des publicités pour des groupes de prière surgissent aux quatre coins du lycée. Les inscriptions pour les retraites n'ont jamais été aussi nombreuses. Une petite crêperie chrétienne débite maintenant ses marchandises dans la cour à midi, tenue par quelques exaltées qui garnissent des galettes de sucre et de citron en rayonnant, aux yeux de tous, d'une lumière intérieure. Elles ne distribuent ni tracts ni paroles de sagesse ni appels à une vie meilleure. Elles distribuent des crêpes. Cela suffit. Bientôt, les filles sont nombreuses à échanger leurs bracelets Baise-moi contre des rubans de nylon marqués d'un sigle qui les invite à se demander ce qu'un homme de trente ans ferait à leur place, confronté aux mêmes choix, dérouté par les mêmes désirs. Bridget elle-même a été autrefois membre du groupe, affichant sa dévotion par le port d'un bracelet QFJ — c'est un réconfort, les filles en conviennent tout en priant silencieusement chacune pour son propre salut et en cherchant la main des copines à droite et à gauche.

Le mouvement, qui tenait jusque-là sa permanence de midi dans une classe, prend possession de la salle de conférences pour faire face à l'afflux, et comme ça fait un moment que le psychologue s'est à nouveau retiré derrière les vitres dépolies du coin de bureau minuscule entre l'intendance et l'infirmerie où il assure ses quelques heures de permanence, les animatrices de la jeunesse chrétienne répondent présentes à l'appel et prennent la relève. Elles ont toute raison de croire qu'Il ferait exactement comme elles. Elles regardent donc leurs bracelets avec un frisson de satisfaction, certaines de détenir la seule bonne réponse à la question rhétorique brodée sur le ruban.

Dans un sens, Bridget finit malgré tout par éclipser Victoria. Le statut de victime revendiqué par Victoria est remis en question par la part indéniable qu'elle a prise à sa propre victimisation. Tout compte fait, elle ne peut pas rivaliser avec la victime indubitable d'un accident de la route. Cela dit, la Bridget posthume n'est pas une célébrité singulière et universelle, glorifiée comme l'a été Victoria, symbole et site de sa propre gloire ; Bridget est un instrument, plus subtil et plus maniable et bien plus diffus. C'est ce qu'elle aurait pu espérer de mieux.

« Il y avait dans mon lycée une fille qui est morte, diront les autres des années après. Elle s'est fait renverser en rentrant du boulot à vélo. Dieu que c'était triste ! Ça nous a vraiment affectées, tu comprends ? Tout le monde. Je la connaissais à peine, mais quand même. C'était trop triste. »

Mardi

« Alors voilà, ça y est », a dit Patsy lorsque la prof de saxophone a reçu son diplôme d'enseignant.

Elles le contemplaient ensemble, le beau papier à filigrane bleu, estampé en argent, calligraphié et rutilant dans son sous-verre.

« Ça y est, a donc dit Patsy. Te voilà condamnée. Jusqu'à la fin de ta vie, tu seras aux yeux du monde une célibataire endurcie, vieille fille efficace, aux lèvres en lame de rasoir, qui passe sous ses paillettes des nuits tétaniques, sans jamais une miette d'amour ou de plaisir pour éclairer la chambre. C'est le seul axiome, vrai de toutes les profs de musique et que tout le monde connaît : elles sont seules, toujours seules, flasques et grisonnantes dans leurs studios froids, attendant dans le noir l'élève suivant comme le mendiant attend un repas. Félicitations ! »

Elles ont trinqué ensemble.

« Pourtant, tu n'es pas célibataire, toi, a dit la prof de saxophone, admirant toujours son beau diplôme, épelant les mots du regard.

— Les gens le pensent quand même. Ou bien lesbienne. Les plus généreux me prennent pour une lesbienne.

— C'est pourquoi elle a insisté pour la bague, a dit Brian en montrant le quatrième doigt de la main gauche de Patsy. Elle m'a dit : Je veux le plus gros diamant que tu pourras trouver. Ce n'est pas seulement un symbole, c'est toute une putain de campagne de pub.

— Et *voilà* tout ce que tu as déniché », a dit Patsy, agitant la main avec une mine dégoûtée, comme si la bague était de la camelote.

Ils ont ri.

« Allez, bravo, vieille branche, a dit Brian en se penchant pour poser les deux mains sur celles de la prof de saxophone. Voilà où tout commence. »

Vendredi

Tandis qu'Isolde déballe son instrument, la prof de saxophone parle avec enthousiasme du récital qui approche, du local et des autres élèves qu'elle a mises au programme, de l'occasion ainsi fournie à chacune d'entendre le travail des autres. Isolde n'écoute pas. Elle veut soulever la question de la plainte que la prof de saxophone a portée contre Stanley. Elle a le cœur dans la gorge à la simple idée, et elle se sent paralysée, totalement obnubilée par les mots qu'elle essaie de trouver à l'avance. Elle sent que c'est un terrain miné où elle sera placée d'entrée de jeu sur la défensive : elle a fait sans le savoir quelque chose de mal, et elle sera perdante.

On frappe à la porte.

— Minute, Isolde, dit sereinement la prof de saxophone. Ce sera sans doute Julia.

— Comment ? fait Isolde.

— J'ai pensé qu'on pourrait essayer la pièce de Raschèr pour deux saxophones avec vous deux ensemble, dit la prof de saxophone. Chacune en a étudié une partie, de son côté, alors je me suis dit qu'on pourrait s'amuser à recoller les morceaux et jouer la pièce pour tout de bon.

Isolde rougit. Elle regarde un instant en silence la prof avant de dire :

— Je ne savais pas que j'allais jouer ça en duo.

— Eh bien, je n'étais pas sûre que Julia pourrait se libérer. C'était un peu une idée de dernière minute. Mais ça vaut vraiment le coup, tu sais, de jouer à deux, avec quelqu'un en face. C'est une tout autre expérience, un plaisir nouveau.

La prof ne va toujours pas ouvrir : elle surveille son élève, lui tourne autour, les mains sur les hanches.

— J'aurais travaillé davantage, dit Isolde, si j'avais su.

Elle a soudain la bouche sèche.

— Tu te souviens de Julia, n'est-ce pas ?

— Oui.

— Parfait.

Sans plus attendre, la prof de saxophone va soulever le loquet de la porte et accueillir la nouvelle arrivante qui fait une entrée majestueuse en s'exclamant :

— Bonjour, ma belle !

Isolde comprend aussitôt que Julia a dépouillé sa peau pour devenir une autre : elle joue la comédie, et Isolde va devoir faire de même.

— Chérie, dit-elle.

Elles se font la bise comme un couple de vieilles amies, des femmes de trente ans et quelques, qui autrefois, il y a longtemps, étaient professeur et élève. La prof de saxophone est allée se fondre dans l'ombre au pied du mur.

— Je sais qu'on est censées répéter, Patsy, dit Julia, et on a encore des choses à travailler, mais il faut que je te parle. Après ce qui s'est passé entre nous. Je m'excuse de te tomber dessus comme ça. Sur le palier, je n'arrêtais pas de remâcher ce que j'ai à te dire, et il faut que je crache le morceau maintenant ou je vais finir par avoir trop peur. C'est tout. Tu trouves ça bizarre ?

— Non, cela n'a rien de bizarre, dit Isolde.

Sa voix est douce, mais elle fait quelques pas en arrière, s'écartant de l'autre. Elle tient son saxophone à la main. Celui de Julia est toujours dans son étui. Elles paraissent donc de force inégale : Isolde serrant contre sa poitrine l'arme luisante de son instrument, Julia désarmée, les mains retournées, montrant la pâleur des paumes.

— C'est que ça me semble si terriblement injuste, dit Julia. Que moi je porte une marque indélébile, ineffaçable, ton nom tatoué en bleu sur mon cœur, alors que chez toi, Patsy, l'encre part au lavage. Tu ne risques pas d'être marquée, jamais, et tu le savais.

— Voyons, chérie, dit Isolde, tu parles d'un baiser sans suite. D'un unique baiser au goût de vin rouge, dans la nuit noire d'une fin de soirée, dans le prolongement du frisson vertigineux d'un concert qui venait de te fouetter le sang.

— Justement, confirme Julia avec passion.

— Quelque chose qui ne se reproduira pas.

— Justement.

— Voyons, répète mollement Isolde. Quand même, nous exagérons. Nous nous comportons comme des adolescentes.

Il y a un silence. Elles se regardent.

— Je ne crois pas qu'il y ait pire humiliation, dit Julia. Être rejetée, non sur des présomptions ou sous condition ou à cause d'un droit d'antériorité, mais pour la simple, l'unique raison contre laquelle rien ne tient : parce qu'on *ne veut pas*, parce qu'on *ne voudra jamais* de moi. J'ai l'impression d'être épinglée par un projecteur au milieu du désert éblouissant d'une scène vide, sans rien derrière quoi me réfugier, rien à quoi imputer la faute.

Elle lâche un petit rire — dur, cruel, pas du tout le rire de Julia —, marque une pause, puis revient à la charge :

— Tu ne pourrais pas au moins me dire pourquoi ? Me dire au moins *pourquoi* c'est Brian et pas moi ?

Julia fait quelques pas vers Isolde, qui ne recule pas. Elles sont plus proches maintenant, et Isolde la fixe un long moment droit dans les yeux avant de parler.

— J'avais toujours pensé, dit-elle, que le choix que pourrait faire une femme de vivre avec une autre femme serait un choix réactionnaire, défini pour l'essentiel négativement, par les modèles auxquels elle entend se soustraire. Ce ne serait qu'après avoir décidé qu'elle ne voulait pas des hommes qu'une femme pourrait conclure qu'elle désirait d'autres femmes. J'y voyais donc une prise de position publique et, sans aller plus loin, une sorte de militantisme. Une protestation. Une façon de marquer son insatisfaction. Le genre d'attitude qu'on ne rencontre que chez un type de femme très particulier : intransigeant, activiste, radical, le genre de femme qui boycotterait certaines entreprises pour des raisons éthiques ou ferait le piquet de grève à l'entrée d'une usine.

Celle qui n'est pas Isolde s'adresse toujours à celle qui n'est pas Julia :

— C'est une qualité que je retrouve chez toi, jusqu'à un certain point — dans tes opinions tranchées, ton scepticisme, le défi qui sous-tend ta moindre prise de parole. Mais il y a aussi un autre côté de ta personnalité, plus déroutant, que je commence à entrevoir — une sorte d'impuissance enfantine, une vulnérabilité, un besoin. C'est cette dernière qualité qui m'a fait ouvrir ma vision du monde à une possibilité nouvelle : la possibilité que le choix d'une femme par une autre femme soit libre, en et pour soi, et non pas un pis-aller péjoratif, un second choix, réduit de moitié, une fois tous les hommes censurés et exclus. Cette définition positive — qu'une femme puisse aimer une autre femme simplement pour elle-même — est ce qui me donne la chair de poule.

— La chair de poule ? Pourquoi ?

En posant la question, Julia approche encore d'un pas. Instinctivement, elle tend la main, emprisonne le bout des doigts d'Isolde dans ses propres phalanges maigres et rouges. Isolde ne se dégage pas. Elle baisse les yeux, contemple un instant leurs deux mains, le pouce osseux de Julia, taché d'encre, qui lui caresse doucement les jointures. Elle a les mains froides.

— Tu veux que je t'explique ce qu'il y a entre Brian et moi, dit Isolde, relevant à nouveau la tête. Ce *je-ne-sais-quoi*, en train d'éclore, qui mûrira peut-être et donnera un fruit, ou peut-être pas. Pourtant, je ne crois pas avoir fait un choix entre toi, en tant que femme, et Brian, en tant qu'homme. Je me suis arrangée plutôt pour ne pas avoir à choisir. J'ai accepté d'incarner pour lui la tentation. Passivement. Je l'ai laissé venir, sans lever le petit doigt. Je n'étais pas tranquille avec toi, chérie, pas tranquille avec l'inconnu qui se creuse en toi, à l'idée d'errer, hors chemin, par tes brumes et tes marais. Je voulais quelque chose de protégé, quelque chose d'éprouvé. Je voulais un sentiment par défaut, pas un jardin défendu, pas un sentiment inquiet et incertain, où tout aurait un arrière-goût de peur, sinon de culpabilité. Je n'ai pas envie d'être séduite. Je ne veux pas, un point c'est tout. J'ai envie de confort.

— Ce n'est pas possible ! proteste Julia. Comment peux-tu ?

— C'est ainsi, dit Isolde. Tout compte fait. C'est ainsi, et voilà.

Julia s'avance et l'embrasse sur la bouche, et du coup elles se retrouvent dans le bar enfumé, et on joue la dernière chanson. Elles sont dans leur coin et elles viennent de se lever pour partir, pour se remmitoufler dans leurs manteaux et leurs écharpes et montrer un visage souriant à l'orchestre en signe d'ultime remerciement et d'adieu. Patsy se tourne vers la prof de saxophone pour dire quelque chose, mais les mots, quels qu'ils aient pu être, ne passent pas ses lèvres. Ses yeux cherchent la bouche de la prof de saxophone, un regard fuyant, et alors la prof de saxophone se penche et l'embrasse en lui effleurant la joue du bout de ses doigts gantés.

Patsy ne s'accroche pas, à pleines mains, au manteau de la prof de saxophone. Elle ne cherche pas à tâtons l'ourlet de son pull pour glisser les mains dessous, à même la peau, tout le long de son échine. Elle ne fait pas le tout dernier pas, jusqu'à ce que leurs seins se frôlent, leurs hanches se collent, leurs corps se serrent l'un contre l'autre, bien fort, de haut en bas. Elle ne lève pas la main pour mouler sa paume sur la joue de la prof de saxophone. Elle reste simplement là, telle quelle, et reçoit le baiser, les yeux fermés. Quand la prof de saxophone se recule, elle rouvre les yeux, sourit tristement, hoche la tête et s'en va.

14

Octobre

— Des pensées liminaires ? Voire, des appréhensions ? demande le Maître d'Interprétation dans le hall, tandis que tous deux, ayant récupéré le talon de leur billet, contemplent la foule qui se presse devant le bar.

— Des appréhensions, oui. Plutôt deux fois qu'une, répond le Maître de Mouvement sans sourire.

— Ils sont une drôle de bande cette année, lance le Maître d'Interprétation avec sa distraction habituelle. Je suis décidément prêt à me laisser surprendre.

— C'était quoi encore, leur accessoire ? La carte à jouer…

Le Maître de Mouvement répond à sa propre question et poursuit en se massant la nuque :

— C'est trop facile. Dans un projet original, du moment qu'on tient l'idée esthétique, on a fait la moitié du boulot.

— Quand même, je suis prêt à tout. Allons-y.

Les portes massives de la salle s'ouvrent enfin.

Les verrous de sécurité sont désenclenchés par un huissier maigrichon, un sous-fifre de l'équipe des Costumes, costumé lui-même en As de Pique. Il se penche, raide dans ses panneaux peints d'homme-sandwich et son grimage méticuleux pour, d'un clic, libérer les battants. Les tiges une fois rentrées dans leurs cavités encastrées, il se redresse et rajuste sa coiffure, un bonnet noir qui lui moule le crâne comme un bonnet de bain. Il sourit prudemment. Les professeurs lui tendent leurs bouts de carton bordés de rose et passent sous la voûte pour gagner leurs fauteuils.

Samedi

— Un grand merci à tout le monde d'être là, dit la prof de saxophone à la salle obscure.

Sa voix est bizarrement tendue, égarée à un étage au-dessus de son registre habituel, et pourtant elle ne semble pas avoir le trac. Ses mains pendent, paisibles, à ses côtés.

— C'est vraiment merveilleux que vous ayez toutes pris sur votre temps pour venir.

Elle baisse les yeux pour reprendre son souffle avant de continuer.

— Comme toutes les mères avides présentes ce soir, chacune d'entre vous verra exactement ce qu'elle veut voir et rien de plus. Maintenant déjà, j'imagine votre impatience d'être quittes de mes préambules, que je laisse la place à vos filles qui offriront, à l'une après l'autre, l'immense réconfort d'assister à la confirmation en chair et en os de ses propres attitudes.

Dans l'ombre de la salle, l'une des présentes

tousse. Une autre aussitôt s'enhardit jusqu'à se racler la gorge dans un écho soulagé de la première.

— J'aime toujours encourager les parents à regarder notre récital, en quelque sorte, comme une marque d'affection en public — une exhibition de sentiments, si vous préférez, en ce sens que le jeu de celles qui s'y produisent ne sera jamais autre chose qu'un avant-goût ou un indice, dit encore la prof de saxophone. Pourtant vous auriez tort, et j'insiste là-dessus, ce serait plus qu'indiscret de vous attendre à voir en vérité vos enfants en assistant à cette soirée. En tant que mères, vous êtes exclues, incapables de partager l'intimité de leur prestation.

La cordelière de son saxophone s'est emmêlée, accrochant un côté de son col, tirant sur le tissu pour mettre à nu la peau laiteuse et fragile de sa poitrine. Elle parle toujours :

— Si vous n'étiez pas les mères de ces filles, vous pourriez peut-être les voir autrement, à la fois comme individu et comme type. Si vous n'étiez pas des mères et si vous regardiez bien, vous pourriez peut-être voir le rôle, le personnage, en même temps que l'individu qui lutte pour en être une incarnation, celui ou celle qui était là d'abord pour décider que c'est précisément ce personnage-là qu'il ou elle veut devenir. Il y a des gens qui ne voient que les rôles que nous assumons, et il y en a qui ne voient que les acteurs et leur jeu de faire-semblant. C'est cependant un phénomène très rare et très étrange que quelqu'un ait la faculté de voir les deux à la fois : cette sorte de double vue est un don. Si vos filles commencent à vous faire peur, c'est qu'elles sont en passe de l'acquérir. Je m'adresse surtout à la femme qui se cache sous Mme Winter, Mme Sibley, Mme Odets et les autres, à la comédienne que je fais semblant de ne pas voir, à la femme qui joue toutes les femmes, mais jamais les jeunes filles, leurs enfants. Le rôle de la fille est désormais perdu pour vous, vous n'êtes pas sans le savoir.

Elle gesticule, levant une main évidée en forme de coupe. Les mères hochent la tête.

— Permettez-moi, dit-elle, de présenter maintenant ma première élève, une étudiante de la faculté Sainte-Marguerite qui travaille avec moi depuis près de quatre ans. Je demande à tout le monde d'applaudir Briony-Rose.

Octobre

— Stanley ? Ça va ?

C'est Felix qui passe une tête soucieuse par la porte du foyer des acteurs.

— Je reprends mes billes, dit Stanley à son reflet blême dans la glace. Je ne peux pas. Les parents de la fille sont dans la salle. Je ne peux pas. Je me tire. Je ne veux plus être acteur. Je ne peux plus. Ça va foutre en l'air le spectacle, mais je ne peux pas, je suis désolé. C'est impossible.

— Tu as perdu la boule, rétorque Felix d'un ton qu'il voudrait rassurant. Pense à tout le fric qu'on a sorti. Sans la recette, ce sera une perte sèche. Tu vas te faire détester. Tu ne peux pas nous laisser tomber maintenant.

— Je déménagerai, dit Stanley. J'irai vivre ailleurs, le temps de me faire oublier.

Il veut se prendre le visage dans les mains, mais

il est déjà passé entre celles de la maquilleuse et il sait que son rouge risque de baver sur sa poudre de riz. Il pousse soudain un hurlement de bête et abat les deux mains sur la coiffeuse.

— Pourquoi est-ce qu'ils sont venus ? Pourquoi ? Quels parents sadiques peuvent avoir carrément envie de voir une pièce sur le viol de leur fille ?

— Comment ? fait Felix, qui vient enfin d'enregistrer ce qu'il entend. Tu veux dire les parents de la vraie fille ? La Victoria ?

Stanley gémit en réponse et décoche un grand coup de pied au radiateur. Il savoure la douleur, un élancement qui lui déchire le mollet et s'y attarde un instant, irradiant.

— Tu débloques, tranche Felix. Comment pourraient-ils savoir ? Personne ne sait de quoi ça parle. C'est la première ce soir. Même les profs n'en savent rien. Qui est-ce qui t'a raconté ça ?

Stanley le regarde tristement et explique enfin avec un geste négatif de la tête :

— Je les ai vus. Dans le hall. Avec sa petite sœur.

Un ange passe. Puis Felix dit :

— Quels parents sadiques iraient…

— Elle est venue pour moi, dit Stanley. Isolde est venue me voir jouer. Elle voulait me faire une surprise.

— Qui ?

Felix perd pied.

— Isolde, répète Stanley. Punaise ! Et elle a amené ses parents. Elle ne sait pas de quoi ça parle, elle ne sait pas ce qu'on a fait avec Victoria et le reste, et voilà que toute la petite famille va… Punaise ! Je ne peux pas. Pas face à eux.

Une lueur de panique passe dans les yeux de Felix qui commence à comprendre que Stanley risque vraiment de se carapater. Il jette un regard rapide par-dessus son épaule, sondant la galerie qui mène aux loges, puis demande :

— Et tes parents ? Ils sont là ce soir ?

— Mon père, oui, répond Stanley dans un nouveau hurlement. Il ne manquait plus que ça, putain ! Mon père.

— Le mien aussi.

Felix hésite, puis reprend comme en marchant sur des œufs :

— Si les parents de la fille sont vraiment là, Stanley, c'est qu'ils sont prêts à être choqués. On ne peut pas prendre des places pour un spectacle de ce genre et s'attendre à garder son... son innocence. Ce n'est pas possible. Ils savent forcément que ce ne sera pas de tout repos. Ils ne sont plus des gamins.

— Mais ils ne savent pas encore de quoi ça parle. C'est la première, ce soir. Où dans le putain de programme leur dit-on que c'est une pièce sur leur fille ? Nulle part. Ils viennent me voir, moi, ils veulent me faire une surprise.

Stanley se regarde à nouveau dans la glace. La maquilleuse a fait du bon boulot, masquant ses sourcils blonds sous une couche de poudre pour lui redessiner des arcs noirs, plus hauts et plus anguleux. Il a une moue vermeille, et toutes les ombres naturelles de son visage ont été soulignées en gris de façon à creuser davantage les plis autour de la bouche, les creux sous les pommettes et le menton. Ses yeux sont cernés de noir.

Felix, lui, a toujours l'air de tomber de la lune, mais il fait ce qu'il peut pour sauver la situation.

— Soyons optimistes, dit-il. Personne ne te

reconnaîtra avec ton costume et tout. Si c'est ça qui te fout les boules. Rapport aux parents.

— Ouais.

Sous son maquillage, Stanley a les mâchoires serrées, les yeux rouges et le teint blême, mais dans la glace la caricature lippue qu'est son reflet esquisse un vague hochement de tête et paraît même sourire.

Samedi

Isolde et ses parents sont déjà en scène lorsque le rideau se lève, Isolde tout au bout du canapé, se penchant encore dans le vide, par-dessus l'accoudoir, chaque pouce de son corps cherchant à fuir les deux autres personnages : un père trapu à moustache et une mère décharnée et collet monté.

— Ce qu'il faut comprendre, dit la mère, c'est que tu le portes maintenant en toi, ce petit avant-goût d'une chose qui pourrait se réaliser. Tu l'as avalé, comme un bonbon bon marché.

— Ce qu'il faut comprendre, dit le père, c'est que, maintenant que nous sommes au courant, ça ne se reproduira plus.

— N'oublie pas, dit la mère, que la seule différence entre toi et n'importe quelle autre, c'est ton prix, les conditions auxquelles tu accepteras de céder.

Stanley et son père entrent par le fond, où une porte-fenêtre aux vitres dépolies s'ouvre au milieu du décor peint en trompe l'œil. Ils sont précédés de Victoria qui avance une main comme si elle leur montrait le chemin.

— Le voilà, dit-elle de façon parfaitement inutile.

Elle cherche à faire valoir la réplique plus que de raison, car elle n'en a pas d'autre et elle tient à se faire remarquer. La mère agite la main, et Victoria sort de la démarche guindée du comparse qui soigne à l'excès l'unique geste qu'il lui sera donné d'exécuter.

Le groupe reste un moment sans bouger, Stanley et Isolde se mangeant des yeux avec une intensité provocante, totalement perdue pour les spectateurs au balcon et dans les places d'orchestre à visibilité réduite. Enfin, le père d'Isolde dit d'un ton raide :

— J'allais proposer, comme nous voilà tous réunis, de régler cette question entre nous, en adultes civilisés. Les mots étaient sur le point de sortir, mais en fait, quand j'y pense, *adultes* n'est peut-être pas tout à fait le terme approprié, les choses étant ce qu'elles sont.

Il y a un silence. Le père de Stanley est le premier à s'asseoir.

Samedi

— Le but de ce récital, dit la prof de saxophone, est en fait de permettre aux élèves de sortir ce qu'elles ont dans le ventre. C'est, si vous voulez, l'occasion pour elles de nous parler chacune de son développement, de son éveil personnel, une formule qui leur permet de se dévoiler comme une vierge à l'autel, en se donnant à voir à toutes les présentes. Vous qui assistez au spectacle, vous ferez bien de vous demander ce soir : Qu'est-ce que le jeu m'apprend sur celle qui joue ? Quelle forme nue est-ce que je vois émerger des brumes de plus en plus ténues de la musique de cette jeune fille ? Quels secrets me sont ici offerts, quelles intimités trahies ?

Julia est assise au second rang, une main sur le saxophone qui repose sur ses genoux, attendant le signal de quitter son siège pour monter sur scène.

— J'en parle, poursuit la prof de saxophone, parce que celle de mes élèves que vous allez entendre maintenant vient de passer une année très difficile. Plus d'un événement est venu compliquer l'existence de cette jeune fille en cours d'année, et si nous avons beaucoup de chance, nous verrons quelque chose de cette tragédie et de cette beauté se refléter dans son jeu ce soir. À travers son malheur, les notes qu'elle jouera pour vous deviendront les paroles d'une chanson dont la magie fera surgir bien autre chose que la simple nostalgie de la perte. Si nous avons beaucoup de chance, et j'en ai le ferme espoir, nous pourrons prendre toute la mesure des souffrances qui ont frappé cette année cette jeune fille : voir l'indicible inceste de deux femmes se rejouer sous nos yeux, tel un enregistrement rare, dérobé dans un trésor. Je vous demande d'écouter attentivement.

Julia se sent les mains moites d'une sueur froide. Elle les essuie sommairement à son pantalon.

— Un mot encore, si vous voulez bien, avant d'accueillir Julia à cette tribune, dit la prof de saxophone. Un mot de remerciement à toutes les mères présentes ce soir pour m'avoir accordé l'étrange satisfaction qu'on éprouve à tenir un discours que personne n'entend.

— Tu ne nous as pas dit qu'il jouait le rôle principal, Issie, dit le père d'Isolde en lui indiquant quelque chose dans son programme. Regarde, il a son nom en tête.

— Il me l'a caché, proteste Isolde. Il disait même que ce n'était pas la peine de venir. Il avait peut-être le trac.

Elle lève le regard vers le plateau, tendue, traqueuse elle-même pour lui. La fosse d'orchestre est éclairée, et elle voit les musiciens passer la petite porte dérobée du fond en file indienne pour prendre place devant leurs instruments. En s'asseyant, ils sortent de son champ de vision.

— Dame de Pique…

C'est toujours son père qui lit tout haut, puis enlève ses lunettes, lui envoie un coup de coude en jouant et demande :

— Qu'est-ce que tu en dis, hein ?

— Peut-être qu'on n'aurait pas dû venir à la première, dit la mère d'Isolde, rangeant ses genoux pour laisser passer un jeune couple. S'il a le trac.

— Allez, il ne sait même pas que je serai là ce soir, je te l'ai dit, fait Isolde.

Elle tend le cou pour observer la foule. À l'aspect d'une troupe d'élèves en troisième année à l'Institut qui envahit un carré de sièges au fond de l'orchestre, elle se trouve soudain ridicule d'avoir amené ses parents. Les élèves acteurs s'embrassent et s'étreignent et gesticulent comme des fous en discutant entre eux. Isolde s'imagine en train de s'aventurer dans les coulisses pour faire un coucou à Stanley après la représentation, elle se voit frapper à la porte de sa loge et lui faire timidement signe de la main, debout sur le seuil avec tous les acteurs qui derrière elle s'égosillent et lancent des cris d'un bout à l'autre du couloir… Sans crier gare, elle se sent terrorisée.

— On n'est pas obligés d'aller le saluer dans sa loge, dit-elle tout haut pour se rassurer. Je pourrai lui téléphoner demain, ce sera aussi bien.

Elle n'a pas échangé un mot avec Stanley depuis leur dispute en pleine rue.

— C'est chic, dis donc, commente le père d'Isolde. Regarde-moi les stucs de l'avant-scène. Voilà ce que j'appelle du beau travail.

L'orchestre se met à jouer en même temps que la salle passe au noir.

— J'aurais dû prendre des pastilles de menthe, dit la maman d'Isolde. J'espère qu'il y aura une mi-temps.

Octobre

— C'est toujours — purement — par procuration, dit le Maître de Mouvement.

Ses doigts tambourinent impatiemment sur la couverture glacée du programme qui repose sur ses genoux. L'illustration, dans le style caricature, montre une jeune fille à couettes portant un uniforme d'école et surmontée du titre: *La Dame Quenouille*. Le Maître d'Interprétation allonge le cou et promène un regard curieux sur la foule. Il n'écoute que d'un quart d'oreille, mais le Maître de Mouvement, parlant avec une étrange urgence tendue, surtout à sa propre intention, est trop pressé pour attendre un public. Il dit :

— Il n'y a rien à faire. Avec toute ton efficacité, ta vivacité, ta puissance d'inspiration, tu ne seras jamais qu'un… spectateur.

Septembre

— Vous savez quoi ?

En posant la question, le père de Stanley se penche vers Isolde à l'autre bout du canapé. Elle tourne la tête, et on les voit tous deux profilés sur le dossier écru : le petit nez retroussé et la moue de la jeune fille, la pommette saillante et les joues creuses de l'homme.

— Quand j'anime une séance de thérapie de groupe, poursuit le père de Stanley, pour mon travail — disons si je réunis six ou sept clients, toute une famille, si cela se trouve — j'ai pour principe de commencer par ne rien dire. Je pose des questions, j'encourage les autres à s'exprimer, je mets des sujets sur le tapis, mais je ne dis pas un mot de ce que je pense personnellement. Pas l'ombre d'une allusion. La première séance se déroule ainsi, et la deuxième encore. À la fin de la deuxième séance, les gens n'y tiennent plus. Ils veulent savoir qui c'est ce type, ce psy qui ne fait qu'écouter, qui reste là à écouter ou pose parfois une question, mais des questions anodines, sans provoquer, sans mettre le doigt là où ça fait mal. Je me fais payer trop cher, je suis trop connu pour ne faire qu'écouter. Ils commencent à se méfier de moi. Ils se disputent entre eux, puis me coulent un regard qui me met au défi d'intervenir. Je pars toujours un peu avant l'heure. Je ne traîne pas. Je n'encourage pas l'intimité. Je les tiens à distance, loin du corps, et quand j'entre dans la salle pour la *troisième* séance, ils sont domptés. Ils ne pensent plus à se quereller, ils n'ont d'yeux et d'oreilles que pour *moi*, pour moi seul. Et alors...

Le père de Stanley réunit les deux mains par le bout des doigts, puis relâche la pression dans un geste qui évoque une bouffée de fumée.

— Alors, conclut-il, je peux faire n'importe quoi. La troisième séance vaut son pesant d'or. Ils écoutent tout ce que je raconte. Ils m'entendent.

— Est-ce que cette histoire a une moralité qui a à voir avec la virginité ? demande Isolde, inquiète.

— Pas de moralité. Je ne fais pas dans les moralités, répond le père de Stanley. Mon truc, c'est les blagues cochonnes, et puis aussi les histoires pour tuer le temps.

— Bon.

Isolde se détourne, se laisse happer par la brume aveuglante de la rampe et au-delà qui bannit les ombres de son visage. Le père de Stanley la regarde avec compassion et dit :

— Au fait, la virginité est un mythe. Il n'y a pas d'interrupteur, pas de point de non-retour. C'est simplement une première expérience comme les autres. Tout ce qui l'entoure, les lumières et les rideaux et les effets spéciaux — tout cela est à mettre sur le compte du mythe.

Isolde se retourne pour rencontrer son regard, et un nouvel afflux d'ombres prend possession de la face obscure de sa physionomie. On la voit à nouveau coupée en deux, telle une lune à son déclin. Le père de Stanley sourit.

— N'y croyez plus, dit-il.

— Malgré tout, il y a eu encore des séances avec le psychologue, dit justement Julia, incrustées dans notre emploi du temps au lycée comme un résidu de cuisson que personne n'aurait eu le courage de gratter. Nous avons continué à nous réunir pour débattre du viol discutable de cette fille qui ouvrait le col de son chemisier jusqu'au blanc bouton de rose entre les deux bonnets de son soutien-gorge. Nous avons poursuivi nos palabres sur cette fille qui, à la répétition de midi, sortait une sucette rouge qu'elle laissait tirer sur sa lèvre, juste un tout petit peu, qu'on voie la houle liquide de sa langue dans sa bouche entrebâillée.

Elle poursuit, implacable :

— Quant à M. Saladin… M. Saladin, qui n'aurait eu qu'à attendre le coup de minuit à cinq mois de là, le coup qui allait changer l'enfant Victoria en adulte aussi sûrement qu'il aurait changé un carrosse en citrouille ou un attelage de six chevaux en autant de souris grises. Cela aurait même pu être un cadeau d'anniversaire, si seulement il avait attendu. Nos séances de soutien psychologique nous ont appris que le crime de M. Saladin était, d'abord et avant tout, l'impatience. Nous avons appris que la moralité de l'histoire c'est : « Ils trébuchent, ceux qui courent trop vite. »

Les mères sont pendues à ses lèvres.

— Mais non, dit Julia, ce n'est pas vrai. Ce n'est pas du tout ça que nous avons appris.

Elle parle comme un prestidigitateur ou un Monsieur Loyal.

— Nous avons appris que tout au monde se scinde en deux : le bien et le mal, le masculin et le féminin, le vrai et le faux, l'enfant et l'adulte, le plaisir et la peine. Nous avons appris que le psychologue détenait une carte, une représentation graphique qui donnerait sens à tout. Une clé. Comme dans un programme de théâtre, où on a les noms des acteurs d'un côté et la liste des personnages de l'autre — une ligne de démarcation nette entre réalité et illusion. Nous avons appris qu'il y a une distinction — qu'il y a *toujours* une distinction — entre la comédie et les comédiens, entre le réel et le mensonge. Nous avons appris qu'il n'y a pas de milieu.

Julia observe son public.

— Il n'y a que ceux qui regardent, dit-elle, et ceux qui subissent leur regard, les spectateurs et ceux qui se donnent en spectacle.

Les mères n'osent pas piper.

— Mais le psy a menti, dit Julia. Vous avez menti. Vous avez menti sur la peine, l'horrible gâchis que c'est, infiniment plus épineux, plus misérable, plus à vif que vous ne pouvez vous en souvenir, avec la gaze de chaque année qui passe venant épaissir le voile qui vous recouvre les yeux, jusqu'à faire fondre votre propre enfance dans le brouillard.

La prof de saxophone regarde Julia depuis le côté de la scène. Elle a la gorge serrée, le cœur gros — de fierté, peut-être ?

— Pensez-y, dit justement Julia. Victoria est sans doute avec M. Saladin ce soir, en ce moment même, étalée quelque part dans l'éclat de sa jeune jouissance, tandis que sa sœur et ses parents sont cloués dans le noir mortifiant d'une salle de spectacle à l'autre bout de la ville. Elle est sans doute nue et ronronnante et étendue sur lui, son corps tout mou et lisse comme du beurre. Il est sans doute en train de lui faire à l'oreille le compte du peu de jours qui leur restent avant qu'elle ne devienne elle-même, de moins en moins, jusqu'à cet ultime instant où elle deviendra maîtresse de son propre corps et lui en restera maître. Il est sans doute en train de la caresser du talon calleux de sa main usée d'adulte.

Elle regarde les mères.

— Et vous voudriez être là, dit doucement Julia. Vous voudriez y être.

Samedi

Isolde et Julia sont seules contre le noir de la toile de fond. Il n'y a rien sur scène, aucun décor. Toutes deux portent leur uniforme de lycéenne, chacune à sa manière : la tenue d'Isolde est propre et bien repassée, celle de Julia défraîchie et reprisée et négligée, loin de tout naturel. Elles se regardent.

Isolde parle :

— Est-ce parce que je n'ai pas appris à m'aimer moi-même que j'ai choisi plutôt de m'ensevelir dans l'étrangeté rassurante d'un corps qui était sans la similitude essentielle qui m'aurait obligée à *comparer* ? Avec toi, j'aurais été dédoublée, intensifiée, mon reflet m'aurait été rendu. Avec lui, nos différences se neutralisaient, se soldaient par un néant.

— Oui, dit Julia. Mais ce n'est là qu'une partie de la raison.

— Est-ce donc parce que j'avais peur ? demande Isolde. Est-ce parce qu'il n'y avait pas de modèle tout fait, et l'immensité inattendue de mon innocence, le pur et terrible abysse de mon ignorance était simplement trop exotique, trop effrayant ? C'était trop grand pour moi — trop grand pour que je le garde en moi-même, comme quelque chose de parfait ou de tragique ou de sublime.

— Oui, dit Julia.

— Je n'ai jamais rien connu de pareil, Julia, dit Isolde. Un tel effroi.

— Ne t'en fais pas, dit Julia. Cela ne se reproduira plus.

L'éclairage change.

— Je me souviens de moi dans ta voiture devant chez moi, dit Isolde. De nous deux, assises là, à la lueur grisée du réverbère, séparées par nos ceintures, la sangle de nos ceintures de sécurité en travers de la poitrine, nous clouant contre le vinyle faux croco, à plat, chacune de son côté. Et tu t'es tournée vers moi, tu m'as regardée avec un drôle de petit rire, comme si tu avais un trac terrible, et tu t'es mordu la lèvre et tu as laissé une mèche de cheveux te tomber dans les yeux et tu ne l'as pas repoussée. Et puis tu as demandé : Est-ce que je pourrais juste… ? Et tu as laissé la question mourir de sa belle mort et tu as levé la main et tu m'as pris le menton, tu m'as touchée quand même, malgré la ceinture qui te tirait en arrière, te serrait la bride, t'attachait là. J'avais tellement peur. Je me souviens d'avoir passé ma langue sur ma lèvre. Je me souviens que j'avais la bouche sèche. Je me souviens que tu m'as embrassée.

— Une seule fois, dit Julia.

— Ma chute.

— Ma chute, dit aussi Julia.

— Qu'est-ce que tu vas devenir maintenant ? demande Isolde.

Julia arrache ses yeux à l'autre fille et les promène sur les faces spectrales du public. Elle reste un instant silencieuse. Enfin, elle répond :

— Tout ce que je peux espérer, pour le coup. Un lent fondu au noir.

Octobre

— C'est trop facile, dit le père de Stanley en descendant du taxi. Allez, Stanley, c'est trop facile, mais je le dirai quand même.

Il enjambe le caniveau et ouvre les bras pour donner l'accolade à son fils. Stanley se retrouve dans la brume familière d'eau de Cologne vaporisée sur la chemise paternelle.

— Qu'est-ce qui est trop facile ? demande-t-il lorsqu'ils se séparent et que le taxi disparaît au coin de la rue.

— Tu as raffiné sur mes méthodes, dit son père. Tu as réceptionné mes idées, tu as foncé et tu en as fait quelque chose dont moi-même je n'aurais jamais rêvé. Je suis flatté et impressionné et un peu honteux que tu n'aies pas plus de plomb dans la tête.

— Tu penses à l'affaire des assurances ?

— Justement.

— Parce que j'ai téléphoné aux assureurs, dit Stanley. À quelques-uns. J'ai parlé de ton idée pour gagner un million, mais ça ne marcherait pas.

— Évidemment. J'avais raconté ça pour te

taquiner. Tu devrais avoir honte d'ailleurs d'y avoir donné suite, dit son père. Mais *ça* alors...

Il rit et écarte les bras. Au-dessus de la grande porte du hall d'entrée, une immense banderole rutilante marquée « Soirée d'ouverture ! » claque et gonfle dans le vent, tirant sur les cordes qui l'amarrent à la balustrade du balcon. On a collé aux deux battants des affiches qui montrent une jeune lycéenne en uniforme, en train de glisser mine de rien une carte à jouer dans la poche de sa robe.

— C'est génial, dit le père de Stanley. Et à mourir de rire. Mais ça m'étonnerait que vous teniez l'affiche même une semaine. On vous obligera à fermer la baraque dès demain, il y a des chances.

— Ce ne serait peut-être pas plus mauvais, dit Stanley.

— Tu as des emmerdes ?

— Oui.

— Tu as besoin d'un coup de main ?

Pour une fois, son père ne prend pas sa voix de thérapeute. Il scrute le visage de Stanley en souriant presque, avec fierté.

— Oui, répond Stanley tout bas. J'ai fait l'objet de certaines accusations.

— Très bien, dit son père. Tu pourras me raconter ça en mangeant. Allons chez le Chinois.

Octobre

— Dans ton classeur, dit Isolde, ton classeur noir rayé d'or, j'ai trouvé un article découpé à la une du journal. Avec un gros titre : *Enseignant nie avoir abusé de son élève*. Mais ce n'était pas carrément l'article, c'était une photocopie, une copie de copie, et quelqu'un, peut-être toi, y avait stabiloté les phrases clés en jaune.

Stanley est assis un peu à l'écart, la tête dans les mains.

— La moitié de l'article, je la connaissais déjà, dit Isolde. La moitié de colonne qui est restée dans le pli quand ma mère a foncé pour se venger sur la une, sans succès, en répétant : Charognards ! Charognards ! et qu'elle a roulé en boule la feuille déchirée. Ensuite, quand elle est sortie, j'ai lu les débris, le moignon de texte avec le titre *Enseignant abusé* et tous les mots incohérents, sans suite, et j'ai essayé de recoller les morceaux, les tessons coupants des amours de ma sœur.

Stanley ne bouge pas. Il est accroupi, les mains collées aux tempes, tel le boxeur qui se résigne à perdre un combat.

— J'ai donc lu l'article, dit Isolde, la photocopie intégrale, avec les phrases clés surlignées, des petites phrases comme Prenait des Cours Particuliers et Provisoirement Retirée du Lycée. Je me suis demandé ce que ça faisait dans ton classeur, glissé là-dedans avec ta carte de transports et les rappels de livres à rendre à la bibliothèque et tes sonnets préférés recopiés à la main. J'ai fini par me dire que ça devait être pour ton école, un petit exercice sans plus, quelque chose à voir avec un scandale dans la presse.

Isolde se redresse soudain et rentre les coudes dans un mouvement fluide.

— Mais *maintenant*, dit-elle, maintenant je sais ce qui s'est vraiment passé. Je sais maintenant que tu voyais en moi une occasion à saisir. Je sais maintenant que je suis un pion, le beau pion qui avance jusqu'aux confins fatigués du tablier de carton pour être transformé en dame — couronné pour toi, pour ton jeu et ton spectacle et ta carrière. Je sais maintenant qu'il y a malgré tout quelque chose chez moi qui la trahissait, elle, un petit trait d'identité ou d'intimité qui fait que c'est *elle* que tu voyais quand je tournais la tête et me mordais la lèvre et repoussais une mèche rebelle, et tout d'un coup tu as vu tout ce qui en moi pourrait te servir. Je sais que tu t'es dit : Sa proximité avec sa sœur compte pour beaucoup.

Isolde se recueille. On dirait qu'elle réunit tous les fils de sa vie, rassemble les morceaux qui s'en vont en charpie, se ramasse simplement pour tenir encore. Lorsqu'elle parle, sa voix se serre sous l'étreinte d'une douleur bâillonnée. Stanley se détourne, touché à vif.

— Je te suis utile à double titre, dit Isolde. Dédoublée à mon insu, coupée en deux par le milieu pour joindre la récompense au service rendu. Tu veux exploiter ma proximité, me presser comme un citron, amasser les petites informations sur Victoria, les éclats d'éclats de verre coloré qui sont tout ce que je sais. Tu veux toute l'histoire, pour toi. Tu veux ma sœur, mais pas en entier : tu veux son ombre, son reflet, son image qui déteint sur les colonnes de la une. Tu veux l'air qu'elle respire et les espaces qui l'embrassent et les objets qui la frôlent au passage. C'est pourquoi tu me veux, moi.

— Isolde, dit Stanley, je ne me sers pas de toi. Je n'ai ni usé ni abusé de rien qui touche à toi.

Il parle à voix basse, à travers la sourdine additionnelle de ses mains. L'organe clair et sonore d'Isolde vient lui damer le pion :

— Mais moi je t'ai utilisé. Tu m'as servi comme je t'ai servi, pareil. C'est ce que je voulais te dire. Pour moi, tu fais écran, c'est tout. Histoire de prouver quelque chose.

Samedi

— Avant de nous quitter, j'aimerais dire encore un mot pour clore, annonce la prof de saxophone lorsque la dernière jeune fille effectue sa sortie pour reprendre d'un pas guilleret sa place dans la salle.

Celle qui parle a l'air toute petite contre le désert du plateau. Derrière elle, le Steinway de concert dort sous sa housse, telle une vaste pierre tombale entoilée, tombée à la renverse et qu'on aurait abandonnée en l'état.

— J'aimerais rendre hommage à une de mes élèves, dit-elle. Une élève terne et falote, qui est morte cette année, fauchée par un chauffard alors qu'elle rentrait à vélo d'un petit boulot nocturne.

Aussitôt un silence de mort plane dans la salle.

— Longtemps, dit la prof de saxophone, je me suis efforcée sans succès de voir dans la mort de Bridget une tragédie. Maintenant, enfin, je crois comprendre.

Elle baisse les yeux, rassemble ses idées avant de s'expliquer :

— En arrivant mercredi en jazz-band, le mercredi d'après, qu'elle ne vivrait pas pour voir, Bridget aurait été une célébrité. Cette pauvre Bridget, pâle et maigrichonne, celle qui n'avait jamais rien à dire, jamais d'idées, qui emboîtait toujours les talons ultraplats de sa mère bien-pensante et que les blagues faisaient rire après tout le monde, aurait eu enfin quelque chose à proposer, une histoire à raconter. Elle aurait été entourée et caressée et encouragée en revivant devant les autres les six brèves minutes de son échange avec M. Saladin au magasin de location de vidéos. Tout le monde aurait écouté. On aurait entendu voler une mouche. Et elle aurait été réchauffée par le premier mince rayon de plaisir lumineux qu'elle aurait jamais connu. Un instant, elle aurait été populaire, car elle aurait eu une vraie nouvelle à communiquer, pour la première fois dans le bref espace de sa malheureuse existence. Bridget a été privée de ce petit bonheur. C'est pour cette raison que nous pouvons regarder sa mort comme tragique.

Les mères hochent la tête.

— Cette pauvre Bridget, dit doucement la prof de saxophone. C'est bien cruel.

Novembre

Julia et Victoria sont parmi la poignée ensommeillée d'élèves de terminale qui se prélassent mollement dans la salle commune, léchées par le souffle chaud de l'été imminent. Leurs années de lycée sont un bail qui arrive à expiration, et c'est avec une tendre nostalgie qu'elles contemplent ce monde qu'elles s'apprêtent à quitter. La fenêtre laisse entrer les rires et les cris des filles sur le terrain de sport.

Petit à petit, la salle se vide. L'une après l'autre s'en va, jusqu'à ce que la porte se rabatte bruyamment sur la dernière du groupe et que Julia et

Victoria restent en tête à tête. Julia planche sur les dernières formalités administratives, et Victoria la regarde un moment de l'autre bout de la salle.

— Dis donc, tu as eu une histoire avec ma sœur ? demande-t-elle soudain d'une petite voix. Il y a quelques mois. Vous avez été un peu collées, vous deux, ou quoi ?

Julia lève la tête et observe l'autre d'un air impassible avant de demander à son tour :

— C'est ce qu'on raconte ?

— Ouais, répond Victoria.

Le ton est penaud, et elle paraît plus petite qu'à l'ordinaire. Elle avance la lèvre inférieure d'une façon qui, pendant une fraction de fraction de seconde, la fait ressembler vaguement à sa sœur. Comme si l'image de sa cadette passait fugitivement sur ses traits, rayon de soleil traversant les nuages.

Julia regarde la figure d'Isolde se dessiner et se dérober, puis reprend :

— Pourquoi tu ne poses pas simplement la question à ta sœur ? Si tu as vraiment envie de savoir. Pourquoi tu ne demandes pas à Isolde ?

Le nom d'Isolde dans la bouche de Julia est trop intime. Elles perçoivent l'une et l'autre la fausse note qui les fait rougir.

— Ben, j'attendais sans doute que ce soit elle qui vienne me trouver, dit Victoria. Elle qui m'en parle la première. Sans que j'aie besoin de demander.

— Et elle ne t'a rien dit.

— Nan.

Julia se détourne et demande, parlant à la fenêtre et au mur :

— Alors, qu'est-ce qu'on raconte ?

— Pas grand-chose. Que tu lui as roulé une pelle, une fois.

— C'est tout ?

— Et quelqu'un a trouvé un bracelet Baise-moi dans la réserve du club de théâtre, et c'était cassé.

— C'est bien tout ?

— Ouais. C'est tout. Alors, qu'est-ce qu'il y a eu ?

Julia se tait. Victoria attend. Ses traits portent une expression impatiente, enjôleuse, et elle se penche légèrement en avant, tout son corps suspendu à la réponse à venir. Elle a relevé les sourcils.

Julia regarde toujours par la fenêtre. Dehors, sur le terrain de hockey, les hip hip hip hourra n'en finissent pas. Finalement, Victoria pousse un soupir et dit :

— Allez, Julia, je serai contente si tu me racontes juste assez pour que je puisse me l'imaginer. Que je puisse le recréer pour moi. Croire vraiment que j'y étais.

REMERCIEMENTS

Je tiens à exprimer ma profonde reconnaissance à Denis et Verna Adam ;

à Damien Wilkins, Jane Parkin et Fergus Barrowman, pour leurs encouragements et leurs conseils éclairés ;

à Stephen Pike, pour la folle idée des assurances vie ;

à Lolo Pike et Emily Nyberg, pour leur accueil et leur amour.

Merci à Charlotte Bradley, Tane Upjohn-Beatson, James Christmas, Jane Groufsky, Jemimah Walker, Claire Bramley, Nathan McLoughlin et Gemma McCabe, pour l'écoute et les idées partagées, ainsi qu'à toute la bande du Tennyson St. Studio — Chloe Lane, Lawrence Patchett, Joan Fleming, Sarah Barnett, Amy Brown, Pip Adam et Asha Scott-Morris — dont le soutien m'a été précieux ;

à Felicity, Jonathan et Sebastian, plus près de la maison, avec toute mon affection ;

à Caroline Dawnay, Olivia Hunt, Jessica Craig et Lettie Ransley, dont je ne cesse d'admirer la perspicacité, la patience et la bonté ;

à Sara Holloway et Philip Gwyn Jones, Amber Dowell, Pru Rowlandson, Dan Mogford et tous les autres aux Éditions Granta qui ont parié sur moi.

Un très grand merci à maman, à papa, à Will,

et enfin et surtout à Johnny Fraser-Allen, pour sa confiance.

DU MÊME AUTEUR

Aux Éditions Denoël

LA RÉPÉTITION, 2011 (« Folio », *n° 5534*).

Composition Utibi
Impression Novoprint
à Barcelone, le 20 janvier 2013
Dépôt légal : janvier 2013

ISBN 978-2-07-044951-4./Imprimé en Espagne.

246458